STAR WARS™

IRMANDADE

STAR WARS™

IRMANDADE

MIKE CHEN

São Paulo
2022

Disney • Lucasfilm Ltd

Grupo Editorial
UNIVERSO DOS LIVROS

Diretor editorial
Luis Matos

Gerente editorial
Marcia Batista

Assistentes editoriais
Letícia Nakamura e Raquel F. Abranches

Tradução
Leonardo Alvarez

Preparação
Guilherme Summa

Revisão
Jonathan Busato
Tássia Carvalho

Diagramação
Renato Klisman

Dados Internacionais de Catalogação na Publicação (CIP)
Angélica Ilacqua CRB-8/7057

C447s
Chen, Mike
Star Wars : Irmandade / Mike Chen ; tradução de Leonardo Alvarez. — São Paulo : Universo Geek, 2022.
352 p.

ISBN 978-65-5609-293-5
Título original: *Star Wars: Brotherhood*

1. Ficção norte-americana 2. Ficção científica I. Título II. Alvarez, Leonardo

22-4517 CDD 813.6

Universo dos Livros Editora Ltda.
Avenida Ordem e Progresso, 157 — 8º andar — Conj. 803
CEP 01141-030 — Barra Funda — São Paulo/SP
Telefone/Fax: (11) 3392-3336
www.universodoslivros.com.br
e-mail: editor@universodoslivros.com.br
Siga-nos no Twitter: @univdoslivros

Para Mandy, que,
assim como Anakin,
disse que daríamos um jeito.

Há muito tempo, em uma galáxia muito, muito distante...

As GUERRAS CLÔNICAS eclodiram. Pega de surpresa pela rápida escalada do conflito, a sobrecarregada Ordem Jedi acelerou a elevação dos Padawans para que se integrassem melhor ao Grande Exército da República e auxiliassem nos esforços de guerra.

Recém-promovido a Cavaleiro Jedi, Anakin Skywalker está cada vez mais dividido entre seus crescentes deveres para com a República e seu casamento secreto com a Senadora Padmé Amidala de Naboo. Com Anakin sendo nomeado Cavaleiro, Obi-Wan foi alçado ao Conselho Jedi com o título de Mestre.

À medida que forças sombrias pressionam os Jedi a se transformarem de guardiões em soldados, Anakin e Obi-Wan encontram-se em pé de igualdade, mas em caminhos opostos, cada um refletindo sobre o significado de paz e justiça durante um período de guerra...

CAPÍTULO 1

RUUG QUARNOM

Cato Neimoidia era um mundo de brumas.

Bem acima daquelas brumas, penhascos e galhos projetavam-se, esculpidos em todos os ângulos em imensos pináculos montanhosos. A pedra grossa dos maiores arcos e picos rochosos do planeta se assomavam, lançando sombras em um trecho que parecia se estender ao infinito antes de serem absorvidas pelo denso vapor abaixo. Cidades douradas com torres ornamentadas e desvios refletivos pendiam entre, sobre e acima daquelas maravilhas naturais, estruturas suspensas como pontes entre as cordilheiras colossais.

Mas Cato Neimoidia tinha algo por baixo de tudo aquilo, um nível fundacional na base na neblina espessa. Em dias comuns, fazer a viagem das cidades-ponte de Cato Neimoidia até a superfície significava uma descida gradual em um manto branco cada vez mais denso.

Aquele, porém, não era um dia normal.

Porque, naquele dia, algo deu terrivelmente errado. E, quanto mais baixo a nave voava, mais o leitoso tom da névoa escurecia enquanto ásperos fluxos de cinzas enegrecidas se mesclavam a ela.

Ruug Quarnom vira destruição sua vida toda. Como soldado de elite da Legião de Defesa Neimoidiana, ela tinha lidado com explosivos, blasters, mísseis e estilhaços. E morte — tantas mortes, na maioria das vezes causadas por ela mesma, cortesia do rifle sniper personalizado que parecia ser uma extensão de seus próprios braços.

Assassinato e destruição. Aquela fora sua vida durante muitos anos, cumprindo a vontade de seu governo para criar um lugar melhor para os Neimoidianos na galáxia. Mesmo agora, em sua nova "tarefa" como guarda real de Zarra, a capital de Cato Neimoidia, seu objetivo permanecia: proteger o seu povo.

Ruug aceitara a atribuição de bom grado, embora soubesse que tinha vindo como consequência de questionar o juízo da Federação do Comércio, uma perspectiva considerada dissidente por aqueles que tinham muito mais poder do que um mero soldado. Esse gesto de boa-fé estava sendo questionado naquele momento, numa época em que a galáxia ousava se partir em duas.

— Olha isso — disse a voz do jovem parceiro ao seu lado. A boca de Ketar Nor se abriu, mantendo um pensamento no limbo enquanto um cinza espesso começou a envolver a embarcação deles, fazendo a visibilidade oscilar na cabine da nave de patrulha. — É pior do que eu imaginava.

Mãos firmes. E olhos atentos. Esta era a única maneira de abordar aquele tipo de coisa. Não apenas para voar para a superfície, mas para entender o que exatamente havia ocorrido, e o motivo. A convocação para que todas as forças de segurança disponíveis descessem abaixo da névoa veio tão rapidamente que Ruug pilotava seu veículo em uma linha reta descendente, deixando o porto de uma cidade vizinha e cancelando uma transferência de prisioneiros agendada para mergulhar nas brumas. Não tinham nem ao menos sido informados sobre *o que* estariam investigando, apenas de que ocorrera uma emergência tão catastrófica que todos num raio de duzentos quilômetros tinham sido requisitados — não, convocados — a largar suas tarefas e ir.

As lacunas foram preenchidas pelo falatório nos comunicadores. Uma bomba. Não, várias bombas. Um prédio tinha desabado... não, uma praça inteira.

Não. Apesar da especulação nos comunicadores, a realidade da situação se tornava mais clara a cada segundo.

E estava muito além do que qualquer um poderia imaginar.

Uma porção inteira da cidade-ponte, o bairro conhecido como Cadesura. Quarteirões e ruas da civilização Neimoidiana destruídas em um instante; os suportes estruturais que prendiam o distrito ao restante de Zarra evaporaram-se em um piscar de olhos.

Todas aquelas pessoas. Todas aquelas *vidas* tinham despencado pela névoa do planeta na direção de um destino violento e repentino, terra e rocha esmagando metal e carne.

Mas por quê?

Cato Neimoidia é um planeta neutro, pensou Ruug. Apesar do caos recente em Geonosis, apesar do uso de droides de batalha da Federação do Comércio, a guerra permanecia a uma certa distância. O Vice-rei Nute Gunray levou uma facção dissidente a se aliar à Confederação de Sistemas Independentes; a Federação do Comércio propriamente dita estava livre da influência do Conde Dooku e seus ideais Separatistas. O Senador Lott Dod garantira isso com seu lugar no coração da política da República.

Mas ali, na superfície, os olhos de Ruug lhe diziam tudo o que ela precisava saber. Os estilhaços retorcidos de estruturas outrora elegantes, reduzidos a materiais partidos e rachados, espalhados em incontáveis fragmentos. A devastação aumentava a cada segundo conforme a nave se aproximava. O que parecia ser um amontoado de escombros gradualmente se transformou em destroços irregulares de prédios e pontes; enquanto Ruug manobrava a nave para se aproximar, buscando um lugar plano para pousar, os detalhes ganhavam vida.

Não apenas a destruição das estruturas. Mas, entre as pilhas de destroços, corpos. Muitos corpos, de várias idades, de diversas camadas sociais. Corpos retorcidos em posições inimagináveis, jogados em lugares em que não deveriam estar devido ao caos da gravidade puxando um distrito inteiro para a superfície.

E, no meio de tudo aquilo, a gigantesca nuvem cinzenta que se elevava, dividindo-se em colunas pretas individuais à medida que desciam, como riachos que desaguavam em um rio de morte. Ruug desceu, partículas de cinzas pousando em sua pele verde-escura, e, mesmo em meio ao ar frio do solo do planeta, calor surgia em todas as direções dos intermináveis incêndios que se interconectavam por toda parte no que costumavam ser poderosas estruturas.

— Quem... — começou Ketar, olhando ao redor. Ele piscava de perplexidade ao observar as possibilidades terríveis, sua boca escancarada. — Como...

Ruug já tinha visto Ketar movido por emoções no serviço antes. Às vezes raiva, às vezes medo — um medo que ele *tentava* esconder, mas que ela percebia. Tais emoções vinham acompanhas do tipo de inocência que só se despedaça depois de matar alguém. Para o bem ou para o mal, tais ações calejavam a pessoa, transformando-se em uma casca que ficava mais grossa a cada assassinato sucessivo. No entanto, a expressão congelada em seu rosto naquele momento mostrava claramente uma mistura de emoções, uma dor advinda de um lugar mais profundo do que ele jamais deixara transparecer.

— Firme, Ketar — encorajou ela, movendo-se para o lado dele. Braços acenavam do meio de um monte de escombros acima, acompanhados pelo grito de que alguém tinha sido encontrado com vida. — Eles precisam da nossa ajuda.

— A *República* — rosnou Ketar, cerrando seus longos dedos em um punho fechado e trêmulo. — A República fez isso. Estão nos culpando por Nute Gunray.

— Não sabemos disso. E isso não importa agora. — Aquilo estava errado, é claro. O culpado por trás de tudo aquilo *importava*, e, quem quer que fosse, deveria ser levado à justiça. Mas havia hora e lugar para retaliação. — Mantenha o foco. Fomos chamados para ajudar as pessoas. É isso o que precisamos fazer.

Embora Ketar encarasse a equipe gritando por ajuda do topo dos escombros, seus apelos lhe pareciam imperceptíveis. Ele olhava fixamente para a frente, como se tudo fosse um holograma que entrava e saía de foco.

Mas não era. Aquilo era real, e qualquer dúvida que existisse era apagada pelo cheiro de fuligem que entrava pelas glândulas olfativas sob seus olhos.

— Ketar — disse Ruug calmamente.

— Você está certa — disse ele, assentindo de repente. Seu comportamento mudou, a catatonia sendo abruptamente substituída por movimento muito rápido e um propósito imediato. O jovem guarda pegou sua bolsa de suprimentos médicos e correu, como se uma única pessoa com uma pequena maleta de bacta e pele sintética pudesse fazer a diferença.

A juventude de Ketar carregava uma ingenuidade previsível, um desejo sincero de fazer o que era certo para seu povo. Ruug já conhecia mais da vida; sabia que indivíduos tinham limitações, por mais dedicados que fossem. Ela puxou um pequeno cilindro metálico e clicou em um botão para gerar um mapa holográfico da região. Outros transportes pousaram ao seu redor: equipes médicas, seguranças, funcionários do governo e pessoas que simplesmente queriam ajudar. Muitos dos companheiros Neimoidianos de Ruug ziguezagueavam — alguns erguendo destroços, alguns clamando por ajuda em seus comunicadores e outros andando de um lado para o outro, com os rostos enterrados entre as mãos. Droides de todos os tamanhos disparavam, uma mistura de pequenas unidades de vigilância voando no meio de droides de resgate maiores, que liberavam produtos químicos extintores, de um foco de incêndio a outro.

Não importava para que lado ela se virasse, sua visão estava repleta de devastação, tudo numa escala muito maior do que conseguiria se lembrar. Ela compreendeu o desejo de Ketar de sair correndo com o bacta, a sensação de que uma pessoa de algum jeito poderia consertar tudo aquilo.

E, de certa forma, o jovem estava certo. Eles precisavam começar por algum lugar.

Porque, embora Cato Neimoidia fosse um planeta neutro, tinha sido gravemente ferido. E alguém tinha que pagar.

Mas quem?

CAPÍTULO 2

ANAKIN SKYWALKER

ANAKIN ESTAVA ALI DE PÉ COMO SEMPRE, OS PÉS PLANTADOS NUM espaço um pouco mais largo do que seu quadril em uma postura equilibrada, os braços atrás de si com as mãos unidas na base da coluna.

Mão, na verdade. Um de seus braços ainda era orgânico, parte carne e osso gerada por Shmi Skywalker e criado sob os sóis inclementes do deserto de Tatooine.

A outra mão era de metal, fios e sensores, uma extensão sintética que se movia quase, mas não exatamente, do jeito que ele pretendia. Ainda não era perfeita, mas ele estava ficando melhor naquilo. E embora a textura da prótese mecânica fosse tão *artificial* a ponto de ele cobri-la com uma luva, sua esposa nunca tratara o toque dela como algo diferente dele próprio, ao menos durante o pouco tempo que puderam ficar juntos após seu duelo com o Conde Dooku.

Sua *esposa.* Onde ela estaria naquele instante? A Senadora Padmé Amidala, sempre se reunindo com pessoas, conversando com pessoas ou falando *sobre* pessoas. Ela retornara a Coruscant e provavelmente estava a caminho do Distrito do Senado, um sinal solitário de esperança correndo em algum lugar por entre as gigantescas estruturas daquele planeta.

Anakin fechou os olhos enquanto o Mestre Jedi Mace Windu continuava falando com os ali congregados, o último grupo de Cavaleiros Jedi recém-promovidos. Durante mil gerações, os Jedi tiveram suas tradições de testes e cerimônias, de ascensão de posição e reconhecimento de conquistas.

Mas aquilo foi antes de Geonosis. Antes das Guerras Clônicas começarem, antes de que o voto de serem guardiões da paz de alguma forma os colocasse, da noite para o dia, em papéis de soldados e comandantes, uma sobreposição que os próprios clones não conseguiam compreender, levando ao título informal de "general" em campo de batalha. Anakin sempre imaginara que sua elevação a Cavaleiro seria um marco significativo em sua vida, uma mudança radical em seu coração e sua mente. Já se passara bastante tempo desde a transição oficial para que seus cabelos, antes curtos, começassem a crescer, e agora aquela cerimônia parecia apenas mais uma etapa do processo, uma nota de rodapé para acompanhar os problemas maiores que a galáxia enfrentava. Aquela reunião, cheia de solenidades sob a sombra do pátio de treinamento do Templo Jedi, parecia simplesmente irrelevante, tanto que um desejo compelia Anakin a sair dali, a acelerar o passo da própria galáxia para que ele pudesse finalmente se reunir com sua esposa naquela noite.

Afinal de contas, ele tinha uma lembrança a entregar guardada numa pequena bolsa presa ao cinto.

Mestre Windu caminhou pelo perímetro do pátio sob a sombra da Grande Árvore, Anakin de pé com o restante dos novos Cavaleiros Jedi, enquanto os atuais Padawans observavam, atrás deles. À sua esquerda, D'urban Wen-Hurd, a Tholothiana notável por treinar com seus sabres de luz shoto gêmeos. À sua direita, Keer Stenwyt, Olana Chion e vários outros. Do outro lado do pátio estavam seus mentores, pelo menos os disponíveis: Moragg Bomo, um Kel Dor trajando uma túnica preta e usando óculos de proteção azuis, Siri Tachi, Ma-Dok Risto e muitos mais.

E, claro, Obi-Wan Kenobi, o mais novo membro do Conselho Jedi. Algo assim. Depois da perda de Coleman Trebor em Geonosis, vários Jedi passaram por sua posição no Conselho. Ninguém dizia se aquele método seria permanente ou se os revezamentos eram simplesmente tarefas temporárias, oriundas da necessidade, devido ao vaivém da guerra. Qualquer que fosse o caso, o Conselho recentemente decidira que era a vez de Obi-Wan ocupar a posição. Este, por sua vez, abordava cada tarefa com sua seriedade costumeira, mesmo tratando aquele discurso glorificado como uma decisão de guerra. Anakin não precisava da Força para sentir o peso do olhar de seu antigo Mestre. Em suas costas, seus dedos se fecharam em punhos, a interface neural synth-net do braço protético reagindo da mesma forma que sua mão real. Só que não. Os dedos mecânicos se apertaram em frustração da mesma forma que os orgânicos, mas nenhuma emoção provinha do gesto daquele lado, nenhuma pequena ondulação na Força para mais uma vez denunciar seus sentimentos a Obi-Wan.

Era apenas um membro. Funcional, ainda mais forte do que carne e osso, mas não uma verdadeira parte dele.

— Vocês são Cavaleiros Jedi — a voz de Mestre Windu ressoava enquanto ele andava de um lado para o outro, como se quisesse chamar a atenção de volta para sua figura intimidadora. — Responsabilidade. Paz. Disciplina. Vocês são os exemplos que a galáxia busca. Seus êxitos se estenderão pela República e além. Assim como seus erros. Suas escolhas serão importantes, ajudando os Jedi a manter a ordem durante um período de discórdia. — O Mestre fez uma pausa, franzindo os lábios, pensativo. Anakin imaginou que Mace tinha trabalhado aquele discurso várias vezes desde Geonosis, mas talvez daquela tenha tentado improvisar. — Os jovens aprendizes os consultam. Suas escolhas importam para eles. E alguns de vocês receberão seus próprios Padawans. Suas escolhas — Mace conferiu peso a cada palavra pronunciada — também importarão para eles.

O pensamento fez os lábios de Anakin se curvarem levemente. Um Padawan? Para ele? Aquilo soava como a pior coisa da galáxia. E como se fosse uma deixa, seus olhos captaram Obi-Wan encarando-o diretamente.

Claro que Obi-Wan notou seu discreto sorriso.

Anakin forçou-se a reassumir uma expressão de neutralidade, depois ajustou sua postura, projetando o peito e o queixo para cima para manter a formalidade Jedi; se estivesse falando, sua voz teria retornado ao tom formal e monocórdio que sempre adotava com os Jedi mais velhos.

— Estamos em guerra. Isto não tem precedentes em nossas vidas — continuou Mace. — E vocês estão entre os primeiros a serem nomeados Cavaleiros durante este tempo de conflito. Lembrem-se de que a guerra é como um incêndio em toda a galáxia. Ela se espalha e consome. Nunca devemos vacilar diante desse fogo. Somos guardiões da paz. Somos Jedi. A República precisa de nós mais do que nunca, o que significa que nossa fé na Força, nossa conexão com a Força nunca deve vacilar. — Embora o rosto de Mace permanecesse frio e estoico, Anakin detectou a mais inesperada mudança vindo dele, como uma única gota no oceano da Força. Mas ela produzia ondulações e, embora a maioria provavelmente não a detectasse, Anakin sempre tivera seus sentidos sintonizados com as emoções em um nível muito mais profundo do que os demais.

Talvez porque na verdade ele se permitisse senti-las. Ele estendeu sua consciência para a Força, buscando entender melhor aquele estranho desvio.

Aquilo era... preocupação? Vinda de Mace Windu?

Mas a onda passou, extinguindo-se como aconteceria com qualquer Jedi e suas emoções. Anakin queria balançar a cabeça, imaginando que o momento não passava de uma extensão do constante desdém de Mace por ele estar ali, por sua própria existência. Desde o momento em que Qui-Gon Jinn apresentara Anakin à reunião estratégica depois de Geonosis, Mestre Windu sempre parecia aborrecido com sua presença, como se ele nem devesse estar lá. Certa vez, Anakin notou a expressão do Mestre quando outros Padawans mencionaram a profecia do Escolhido — em tom jocoso, é claro —, e a intensidade de seu olhar parecia mais mortal do que sua renomada técnica de combate.

Anakin o irritava. Sempre o fizera, e aquele provavelmente era apenas mais um exemplo. Ele lembrou *a si mesmo* de ser maior do que aquele momento insignificante e deixá-lo de lado. Respirou fundo e, embora seus olhos acompanhassem Mace durante o restante do discurso, sua mente vagou de volta para sua infância. A cerimônia era o oposto daquelas noites em Tatooine, quando o frio do deserto atravessava as rachaduras de sua velha casa. Em vez do discurso grandioso e desprovido de emoção em meio à arquitetura sofisticada do Templo Jedi, ele pensou em sua mãe recontando uma história pela milésima vez em sua pequena cabana, o calor da mão dela bastando para tranquilizar todo seu corpo e sua mente.

— O dragão solar vive no interior de uma estrela, protegendo tudo o que ama e valoriza — dizia ela, como fizera tantas outras vezes ao longo de sua infância. Gerações de moradores de Tatooine ouviram a mesma história contada com suas próprias variações familiares, mas a versão de sua mãe carregava mais sentimento, o que era apropriado para um mito sobre o coração. — Ele o protege do fogo e da chama, sempre o mantendo seguro. Poderia perseverar em meio a qualquer coisa, até mesmo à vida no interior de uma estrela. Porque o dragão solar tem o maior coração da galáxia, uma fornalha de chamas poderosas o bastante para proteger a tudo e a todos que ama. O coração mais poderoso... mais poderoso do que o coração de uma estrela. — Ela contara aquela história a Anakin dezenas, talvez centenas de vezes enquanto ele crescia, geralmente depois que se envolvia em uma discussão com Kitster, depois de Watto ser desnecessariamente cruel ou quando uma de suas invenções dava errado.

Ele conseguia ver a expressão dela ali mesmo, a maneira como seu sorriso criava linhas que emolduravam sua boca, o modo como seu olhar nunca carregava julgamento, a forma como seus cabelos soltos caíam sobre a testa depois de um longo dia. Aqueles eram os momentos em que ela sempre apertava sua mão e o olhava diretamente nos olhos.

— Você é o dragão solar. Você tem o coração mais poderoso. Nunca deixe de acreditar nisso.

O rosto de Shmi Skywalker desapareceu subitamente da mente de Anakin, sendo substituído pelo frio congelante do deserto, o brilho das chamas, os gritos do Povo da Areia.

O cheiro de sangue.

Durante todos aqueles pensamentos, ele permaneceu estoico ao lado de seus companheiros Cavaleiros Jedi, lutando para manter sua mente sob controle. Outra lembrança veio com uma surpresa, uma que trouxe serenidade às feridas abertas de Tatooine. Ela irradiava, um sentimento tão verdadeiro quanto no momento em que aconteceu pela primeira vez.

As mãos fortes de Qui-Gon Jinn em seus ombros, suas palavras tranquilizadoras sussurradas em seus ouvidos.

Não era a primeira vez que ele sentia a presença do falecido Jedi. Fosse um lampejo de sua profunda lembrança ou um dos grandes truques da Força intercedendo a seu favor, a presença sempre o ajudava a recuperar o foco de uma forma que os sermões de Obi-Wan nunca faziam.

— É hora de servirem a galáxia e a República — disse Mace. — Que a Força esteja com vocês. — O grupo começou a aplaudir enquanto Mace se afastava sem hesitar para assumir seu lugar ao lado de Mestre Yoda. Obi-Wan olhou ao redor do pátio, depois de volta para os outros Mestres. Todos trocaram olhares, e Anakin captou um raro momento de confusão em seu antigo professor.

Obi-Wan, capaz de improvisar e se livrar de qualquer situação com elegância e tato, estava ali confuso devido a um aparente problema de agenda. *Esse é Obi-Wan*, pensou Anakin com um suspiro divertido, *frustrado com protocolo e formalidades em tempos de guerra.* Ele observou enquanto Obi-Wan passava os dedos por entre os cabelos, mechas grossas caindo na direção dos ombros, que tinham crescido mais desde Geonosis.

— Bem, parece que nossos convidados estão um pouco atrasados — disse ele, colocando-se à frente do grupo. Por "convidados" ele se referia ao Chanceler Palpatine, vários senadores e alguns dos comandantes clones que por acaso estavam no planeta, uma mistura de cerimônia e dever para cada um deles. — Tenho certeza de que estarão aqui em breve. Enquanto isso...

Um ruído eletrônico soou pelo espaço, algo urgente o bastante para Yoda acenar com a mão para o painel de controle das holocomunicações na parede oposta. Palpatine surgiu, mas como um holograma flutuando no meio do pátio, e não pessoalmente. E em vez do discurso raso sobre dever, o chanceler dirigiu-se especificamente a Yoda e Mace, e não aos convidados ali reunidos.

— Mestre Yoda. Mestre Windu. Temos notícias urgentes que certamente irão impactar os esforços de guerra. Cato Neimoidia foi bombardeado.

Yoda e Mace entreolharam-se, movendo apenas os olhos. Obi-Wan esboçou uma reação um pouco mais ativa, pelo menos para um Jedi experiente: uma pequena inspiração, seguida pela mão na barba. Os outros reagiram no espaço entre aqueles extremos, embora a própria atmosfera houvesse sofrido uma mudança. Yoda bateu sua bengala no chão.

— Padawans e jovens aprendizes desta discussão não precisam. Retirar-se para estudar eles devem.

Obi-Wan adiantou-se para reuni-los, depois os conduziu para fora, e Anakin deu um passo automático para a frente até sentir uma mão em seu ombro. Obi-Wan falou, sua voz mais gentil do que seus habituais comentários sobre os instintos de Anakin:

— Você não. Agora é um Cavaleiro, lembra? — Ele olhou para os Padawans, que começavam a sair. — Estamos em pé de igualdade — disse ele, com um sorriso leve e forçado sob a barba.

Anakin perguntou-se se a natureza estranha do gesto se devia às terríveis circunstâncias de Cato Neimoidia, ou se seu antigo Mestre simplesmente não estava acostumado a encarar Anakin como outra coisa senão um aprendiz.

— Eu ainda preciso chamá-lo de Mestre? — questionou ele, de forma mais mordaz do que deveria. Seu rosto ruborizou, traindo a memória muscular que queria discutir com Obi-Wan sobre regras e justiça, não importando qual fosse a situação.

— Só se você se puser no seu lugar — respondeu Obi-Wan, daquela vez com um sorriso genuíno, quase parecendo se divertir com o velho relacionamento sempre baseado em longas discussões. Com o pátio livre de Padawans, os Jedi se reuniram diante da figura holográfica do homem mais poderoso da República.

— Bombardeado? — perguntou Mace a Palpatine. — Por quem? Qual a gravidade da situação?

— As informações ainda estão chegando, mas os primeiros relatórios indicam que é a maior catástrofe já registrada na história do planeta. Isso é...

Um comandante clone apareceu na imagem.

— Desculpe interromper, chanceler, mas temos mais detalhes. — Palpatine assentiu e o clone continuou. — Parece que uma seção inteira da capital Zarra foi separada das estruturas fundacionais. Ela desmoronou completamente.

CAPÍTULO 3

OBI-WAN KENOBI

Obi-Wan ficou lado a lado com seu ex-Padawan, da mesma forma que tinha feito muitas vezes na última década, e ainda assim foi diferente. *Parecia* diferente. Juntos, os dois assistiram aos holos de Palpatine e do comandante clone tremeluzirem, ao lado de gravações de segurança de Cato Neimoidia que não tinham nitidez suficiente para estabelecer integralmente a dimensão da devastação. Mas, por vários segundos, Obi-Wan ignorou as catástrofes galácticas, pensando em vez disso em Anakin, que estava quieto com os braços atrás das costas, sua postura habitual de comando com os olhos intensos absorvendo o conflito que se desenrolava.

Um Jedi poderoso, um coração intenso, um impulso incontrolável — todas aquelas coisas eram fundamentais para o ser de Anakin. E agora, alguém em pé de igualdade, sua trança Padawan cortada. Mas mais do que o simbolismo da trança, a transição emocional de Anakin para Cavaleiro Jedi estava se mostrando mais difícil do que Obi-Wan esperava. Em vez de uma simples mudança mental, Anakin parecia dar vários passos à frente em direção a uma tomada de decisão confiante antes de voltar a uma atitude respeitosa.

Anakin Skywalker parecia não ter certeza de qual era o seu lugar. O que era bem pouco característico dele, levando-se em conta todas as discussões que os dois travaram por anos, todas aquelas vezes em que Anakin teimara em estar certo.

Talvez a guerra tivesse mudado aquilo. Ele se lembrou de seus primeiros dias como Cavaleiro Jedi, sua ascensão contrabalançada pela perda de Qui-Gon Jinn, e enquanto seus colegas pareciam encarar suas promoções com tranquilidade, suas próprias circunstâncias criaram muitos obstáculos. Quanto tempo levou para ele sentir que tinha conquistado o título? E agora que tinha a oportunidade de se unir ao Conselho Jedi, como sua opinião poderia ter o mesmo discernimento e peso que a de Mestres Jedi mais experientes?

Uma lembrança vagou pela mente de Obi-Wan, uma conversa que tivera com seu antigo Mestre e na qual não pensara em quase uma década. "Não se concentre nas suas ansiedades." Obi-Wan exalou e sentiu o chão sob seus pés, retornando ao momento presente.

— Estimativas iniciais apontam para quatro mil mortos, com base no tráfego diário do distrito de Cadesura — informou o clone. — A ponte tinha importantes alvos políticos, incluindo o escritório de licenciamento da Federação do Comércio. Mas também abrigava um distrito de artes com diversos prédios comerciais. Receio que o número de vítimas civis seja alto.

O rosto holográfico de Palpatine cintilou quando o chanceler franziu a testa.

— Entendido. Obrigado pelo relatório, comandante.

Yoda deu um passo à frente.

— Neutro Cato Neimoidia é. Nenhum motivo para alvos militares. Com todos os lados a Federação do Comércio trabalha.

Obi-Wan considerou o recente relatório tático que viu sobre a facção dissidente liderada por Nute Gunray, que Lott Dod alegava não ter qualquer ligação com a Federação do Comércio.

— O Senador Dod foi informado?

Palpatine assentiu.

— Ele está fora do alcance das comunicações, mas, até onde sei, está ciente da situação.

Yoda bateu o cajado no chão.

— Alguma ideia nossos novos Cavaleiros Jedi têm?

Obi-Wan flagrou Anakin baixando os olhos, assim como a inspiração curta que deu rapidamente.

— Os legalistas da República poderiam ter guerrilheiros que se tornaram renegados? — sugeriu Keer Stenwyt, e embora sua voz irradiasse segurança, ela olhou para seu mentor, Ma-Dok Risto, que lhe devolveu um sutil aceno de cabeça.

— Caçadores de recompensa? — ponderou D'urban Wen--Hurd. — A guerra sempre impulsiona suas finanças. Poderia ser um esforço coordenado para gerar uma demanda por esse tipo de serviço.

— Talvez — disse Yoda. — Talvez um verdadeiro acidente isso seja.

— Um truque Separatista — interveio Anakin, por fim, com seriedade em sua voz grave. — Um estratagema para angariar simpatizantes. Os Neimoidianos são covardes inescrupulosos. — O tom de julgamento em sua voz chamou a atenção de Obi-Wan, embora, dada a longa e turbulenta história dos dois, aquilo não fosse tão surpreendente.

— Parece contraproducente, mesmo para Nute Gunray. Ele não sacrificaria civis de seu próprio povo — argumentou Mace, seu olhar intenso o suficiente para que Obi-Wan sentisse a vários metros de distância.

Anakin respirou fundo para retrucar, mas então seu olhar voltou a encontrar o de Obi-Wan, e aquela mera conexão entre os dois pareceu bastar para deter os impulsos do jovem Jedi. Yoda balançou a cabeça, suas orelhas tremendo com o movimento.

— Possibilidades a guerra criou — declarou o velho Mestre Jedi, com um raro desagrado em suas palavras. — Pontos de vista distorceu. O escopo das Guerras Clônicas além da tradição de manutenção da paz dos Jedi está.

Anakin endireitou-se, voltando-se para o holograma de Palpatine, que olhou para o lado antes de assentir e continuar.

— O Conde Dooku parece estar fazendo uma declaração agora.

Com isso, o Jedi caído apareceu sozinho, com a capa marrom real sobre os ombros enquanto estava no que parecia ser um pequeno escritório em sua casa em Serenno. A transmissão o pegou no meio da frase, embora seu tom e suas palavras não tardassem em preencher as lacunas.

— ... ato de terrorismo. Como principal representante da Confederação de Sistemas Independentes, asseguro à Federação do Comércio e aos cidadãos de Cato Neimoidia que não temos envolvimento em tal violência sem sentido. Condenamos esses atos, e nosso relacionamento com a Federação do Comércio é, como sempre foi, de natureza meramente transacional. No entanto, não é segredo que o Vice-rei Nute Gunray e seus associados são oficiais-chave em nosso movimento. — Emoção emanou de Anakin, uma onda tangível ante a mera menção ao nome do vice-rei da Federação do Comércio. Obi-Wan observou seu antigo aprendiz, notando o modo como seus ombros ficaram rígidos e o maxilar travado, uma tensão que veio e logo se foi, mas não tão rápido quanto aconteceria com a maioria dos Jedi. — Acredito que a evidência é clara. A República tinha como alvo Nute Gunray, que estava visitando o distrito de Cadesura apenas meia hora antes do bombardeio. Se o vice-rei tivesse parado para desfrutar a culinária de seu povo, ou entrado em um museu local para mergulhar na cultura que tanto sente saudades, teria sido morto.

Dooku endireitou-se, olhando sem piscar diretamente para a câmera, atravessando a distância entre Serenno e Coruscant.

— Mas, apesar dessa montanha de evidências contra a República, se tem algo que sou é honrado. Convido a República a explicar esta atitude. Ficarei distante para evitar qualquer percepção de conflito. Afinal de contas, a Federação do Comércio é uma entidade neutra e deve ser autorizada a julgar usando seu próprio sistema de justiça. Para que a República realmente esteja aberta à discussão de um evento tão catastrófico, parece justo que o próprio Chanceler Palpatine vá a Cato Neimoidia. — A mera sugestão causou uma ondulação no espaço, do punho repentinamente cerrado de Anakin até a testa franzida de Mace Windu. Ao lado do holograma de Dooku, a imagem translúcida de Palpatine cintilou, embora o choque em seu rosto claramente alcançasse a todos que assistiam. — Tal atitude seria um gesto notável — disse Dooku, com um sorriso —, em nome da transparência.

Yoda virou-se quando a transmissão de Dooku foi encerrada, a imagem do conde de Serenno desaparecendo rapidamente.

— Discutir isso mais adiante nós iremos. Os fatos devem ser coletados. Do Senado nós precisamos.

— Não — disse Palpatine, o semblante cansado. — Não há tempo para deliberação do Senado. Eu vou. Devo partir o mais rápido possível. Todo segundo conta. Sem minha presença, Dooku pode influenciar a lealdade da Federação do Comércio a pender para o lado dos Separatistas. Eles são um poder galáctico muito importante para permitirmos que isso aconteça.

— Eu vou com você — ofereceu-se Anakin.

— E um batalhão de clones. *Se* ele for — disse Mace. — O chanceler necessita do mais alto nível de segurança.

Palpatine, deslocando-se para o cenário de um desastre em um mundo neutro? Não um mundo neutro qualquer, mas a joia da Federação do Comércio, a mesma organização ligada a Nute Gunray? Obi-Wan balançou a cabeça e, em uma rara ocasião em que permitiu que seus impulsos aflorassem, pronunciou-se sem ter um plano totalmente traçado.

— Chanceler, você não deve ir. É uma armadilha. Dooku está nos manipulando.

Subitamente, todos os olhares se voltaram para Obi-Wan. Então, ele precisava aliar aqueles impulsos a pensamentos objetivos, com o destino da galáxia em jogo.

— Dooku quer que você chegue em um ambiente hostil, um quadro sem possibilidade de vitória. Veja por esse lado. O planeta está em choque. Seu povo está em luto. Se o chanceler aparecer com tropas, Jedi e uma frota, na melhor das hipóteses as tensões aumentarão. Na pior, isso pode levar à violência. Tudo isso enquanto fica vulnerável à sabotagem.

— Mestre Kenobi, entendo suas preocupações. Mas este é um risco que devo assumir — disse Palpatine, com a voz grave e solene. — Farei qualquer coisa para pôr um fim logo nesta guerra.

Obi-Wan balançou a cabeça novamente, sua mente correndo para uma solução que evitaria a partida imediata de Palpatine.

— Um Jedi sozinho. Um único emissário com uma pequena equipe de cientistas e investigadores, representando a boa-fé da República.

Quando Palpatine arqueou a sobrancelha, Yoda emitiu um sonoro "hmm".

— É o melhor equilíbrio entre diplomacia, transparência e investigação. Um Jedi tem o treinamento para descobrir a verdade, autonomia para tomar decisões e habilidades para agir rapidamente. E autoridade para representar a República — sintetizou Obi-Wan, apressando-se tanto a falar que precisou respirar fundo. — Somos guardiões da paz. Até a Federação do Comércio sabe disso.

— Guardiões da paz — repetiu Palpatine, com um leve sorriso nos lábios. — Não estou convencido de que isso vai funcionar. No entanto, a logística da minha partida repentina infelizmente tomará um dia para ser resolvida. Mestre Kenobi, se você conseguir convencer o governo de Cato Neimoidia e a Federação do Comércio antes disso, vou concordar com você.

— Um dia — assentiu Obi-Wan, depois olhou ao redor, para o pátio. Palpatine. Yoda. Mace Windu.

Anakin.

Todos o observavam.

— Vou elaborar uma estratégia para apresentar dentro de um dia.

— Enquanto isso — disse Mace —, vamos discutir possíveis medidas de segurança para o chanceler com o Senado. Devemos estar preparados para os dois cursos de ação.

Palpatine tornou a desviar o olhar da câmera, então disse algumas palavras inaudíveis.

— Tenho outros assuntos para resolver. Mas estou ansioso por suas propostas, Mestre Kenobi. Devemos agir rapidamente.

O DESASTRE DE CADESURA PRIVOU A REUNIÃO DE QUALQUER SENSO DE cerimônia, embora Obi-Wan esperasse poder expressar seu orgulho a Anakin quando ela fosse encerrada. E dada a importância do marco, ele imaginava que seu antigo Padawan gostaria de ter um momento a sós com ele. Mas Anakin partiu tão rápido que Obi-Wan só percebeu o borrão da capa escura que ele usava quando se afastou. Pensamentos agitaram-se em sua mente; compromissos de guerra mantinham o relacionamento dos dois distante no curto espaço de tempo após a promoção. Ele tinha tantas perguntas para Anakin, aguardando um intervalo de sossego: seu novo braço estava lhe servindo bem? Ele tinha alguma dúvida sobre as novas responsabilidades assumidas ao se tornar um Cavaleiro Jedi?

O que realmente tinha acontecido em Tatooine?

Mas, entre o rápido fluxo de informações sobre as insurgências Separatistas e o puro caos de organizar batalhões militares nas tradições de longa data da Ordem Jedi, Obi-Wan e Anakin mal tiveram tempo de respirar, muito menos de conversar. Obi-Wan seguiu o rastro de seu ex-aprendiz correndo do pátio para o interior, depois descendo os degraus até um dos amplos corredores do Templo Jedi. Manteve o ritmo, embora nunca chegasse muito perto, guardando uma distância que só o deixaria à vista caso Anakin resolvesse diminuir o passo e se virar.

Mas quando ficou claro que a velocidade de Anakin estava na verdade aumentando, ele se lembrou de deixar de lado aquele desejo de alcançá-lo. Anakin viria até ele quando estivesse totalmente pronto. Além disso, a catástrofe em Cato Neimoidia ainda era sua principal prioridade, e as consequências que implicava traziam todo tipo de complicação, não apenas para os Jedi, mas para todos os sistemas, facções e governos de alguma forma envolvidos na guerra.

Ele tinha apenas que encontrar uma forma de começar a desembaraçar tudo aquilo.

Obi-Wan estava prestes a virar à esquerda na direção da escadaria que conduzia aos Arquivos Jedi quando viu Anakin deter-se no corredor. Apesar da distância, ele reconheceu a linguagem corporal do jovem Jedi, e a mudança foi tão grande que desviou os pensamentos de Obi-Wan da guerra.

Anakin, sempre tão determinado, normalmente caminhava com seu peso carregando-o para a frente, quase inclinado, como se perseguisse seu próprio futuro. Mas ali ele parou e seu corpo inteiro se suavizou, desde a postura dos ombros até a forma como seus braços pendiam. O jovem girou a cabeça, aguardando, e seu sorriso cresceu tanto que Obi-Wan pôde vê-lo do outro lado do corredor.

Então ele entendeu o motivo.

Correndo para encontrar Anakin estava Padmé Amidala, acompanhada por uma criada e um membro da segurança de Naboo, que Obi-Wan reconheceu como Mariek Panaka. A senadora marchava em linha reta, usando um vestido marrom esvoaçante com detalhes em azul-marinho, e um simples adorno de bronze que prendia seus cabelos em um coque. Ela dava passos regulares e controlados, um contraste com o andar apressado de Anakin, mas que ainda seguia o mesmo caminho direto, como ímãs arremessados pelo espaço para se atraírem e unirem um ao outro. Ele tinha ouvido dizer que Padmé estava visitando o planeta capital a negócios do Senado por alguns dias, embora todos os senadores estivessem em Coruscant com mais frequência nas semanas seguintes a Geonosis. Por mais que os Jedi vagueassem pela galáxia naqueles dias, os senadores tinham se retirado para o Núcleo, lidando com os "comos" e os "porquês" de uma potencial guerra civil enquanto os Jedi lideravam soldados clones.

A proximidade de Padmé não era uma grande surpresa, mas sua parada no Templo Jedi era um pouco fora do comum. A menos que ela planejasse participar da cerimônia de nomeação dos novos Cavaleiros Jedi no pátio? Poderia ser simplesmente isso, dada sua história com Anakin — uma demonstração de respeito e gratidão, uma mudança de planos devido à notícia de Cato Neimoidia.

Quanto a Anakin, bem, Obi-Wan sabia da paixão de seu ex--Padawan pela senadora há algum tempo. Tendo lidado com seu próprio flerte com a tentação, quando jovem, ele compreendia — pensar naquilo era uma das poucas coisas que ainda o fazia tanto rir como chorar. Pelo menos até que deixasse as lembranças se afastarem, sabendo que elas flutuariam de volta em algum momento. Mas ali, a saudação de Anakin, embora formal e cerimoniosa, fazia uma onda de emoção reverberar através da Força, numa frequência muito específica que Obi-Wan reconhecia como tudo o que sabia sobre Anakin consolidado em um lampejo.

Curiosidade. Adoração. Alegria, ansiedade, medo. Tudo aquilo emanava de Anakin, mas, acima de tudo, algo muito mais perigoso também se manifestou.

Paixão.

E a paixão era um risco mesmo quando os Jedi operavam em condições normais. Mas infinitamente maior no contexto da guerra.

Ele esperava que a senadora seguisse seu caminho, uma breve saudação antes dos negócios oficiais. Também esperava que Anakin hesitasse um segundo a mais, aquele fascínio juvenil desviando sua atenção mais do que deveria antes que seu senso de dever retornasse.

Em vez disso, os dois permaneceram onde estavam. A uma distância cuidadosa, certamente, mas havia ali algo muito diferente. Não muito tempo antes, Padmé praticamente afastara Anakin quando chegaram ao apartamento dela após a tentativa de assassinato, logo antes de Geonosis. Naquele momento, no entanto, embora observassem um ar de formalidade entre eles, estavam claramente envolvidos um com o outro. A senadora conhecida por declamar discursos apaixonados, por seu aguçado poder de observação, por sua capacidade de encontrar um caminho construtivo para seguir estava se demorando para conversar com um Jedi conhecido por nunca desacelerar, fosse num speeder, a pé ou por qualquer outro meio.

Mas lá estavam eles, conversando educadamente, sorrindo um para o outro. Padmé até mesmo deu uma olhada rápida ao redor, um movimento sutil que ninguém notaria de perto, mas que claramente se destacava visto de cima — principalmente porque, por um breve momento, sua guarda-costas olhou para algo à distância. Padmé estendeu a mão, tocando rapidamente o ponto atrás da orelha de Anakin onde ficava sua trança Padawan.

Então, como se o gesto acionasse um botão nela, a pose de Padmé ficou mais firme, seu peito e ombros subitamente mais altos apesar de seu porte físico pequeno. Anakin também reagiu, mas não com o constrangimento esperado de uma interação tão próxima com o objeto de sua paixão, mas olhando para ambos os lados, num gesto semelhante ao de Padmé, mas nem de longe tão sutil.

Ele logo a acompanhou, reassumindo uma postura firme. Embora se elevasse sobre ela em altura, o ar de brandura o cercava, e outra conversa curta se desenrolou, palavras mansas demais até mesmo para o observador mais atento captar. Apesar dessa guinada para uma formalidade estudada, as emoções nuas de Anakin continuavam emanando do Jedi. Mesmo quando os dois se separaram, os sentimentos de Anakin deixaram um rastro na Força, um sinal claro de sua presença que provavelmente apenas Obi-Wan reconheceria. Anakin muitas vezes deixava suas emoções ditarem a situação, o controle de temperamento Jedi funcionando apenas como uma rédea para os impulsos que ainda governavam suas ações. Mas qualquer coisa que pudesse baixar a guarda de um Jedi, ainda que por um instante, poderia colocar a República em risco.

Principalmente quando se tratava de alguém tão poderoso quanto Anakin Skywalker. Principalmente alguém profetizado como o Escolhido, aquele que traria equilíbrio à Força.

E Padmé, ao invés de dispensá-lo como fizera em seu apartamento não muito tempo antes, ampliara a conexão entre eles. O que pensar de tudo aquilo? Ela estava deixando Anakin se entregar à paixão, mas Obi-Wan não sabia dizer até que ponto. Mas havia mais do que isso, e ele não tinha certeza se queria saber até onde aquilo levaria.

— Oh. — A palavra curta lhe escapou, uma expressão tão inesperada quanto o que acabara de testemunhar. Ele prosseguiu observando Anakin, que levou um momento para se recompor antes de parar para conversar com Jaro Tapal e o jovem aprendiz ruivo que o acompanhava. E embora conversassem por mais tempo com ele do que a senadora, nenhum sentimento similar manifestou-se em Anakin, nem em sua linguagem corporal nem em sua conexão com a Força.

— Ah, olá, Mestre Kenobi — disse Padmé com um aceno rápido. — O chanceler ainda está aqui?

Obi-Wan devia ter ficado tão imerso em pensamentos ao observar Anakin que se esqueceu completamente de que Padmé estava subindo as escadas até onde ele estava. Ela ficou ali parada, e tanto sua criada quanto sua guarda-costas aguardavam igualmente afastados dela, quase numa formação triangular precisa. Ele assentiu, cumprimentando o trio, então pensou em como responder.

— Ele participou da cerimônia por holoconferência. Mas o assunto mudou rapidamente.

— Por causa de Cato Neimoidia?

— Por causa de Cato Neimoidia.

— Obrigada — disse ela, um simples e eficiente reconhecimento.

Obi-Wan deu outro breve aceno de cabeça, ainda postado no mesmo lugar, enquanto ela passava rapidamente por ele para interagir com o senador Bail Organa do outro lado do corredor.

Parecia que muitos senadores estavam subitamente interessados em visitar o Templo Jedi. Mas o desastre galáctico causaria aquilo, principalmente depois que o Conde Dooku incitou publicamente a República a enviar alguém para o local do atentado, possivelmente até mesmo seu líder. Obi-Wan afastou da mente o amontoado de dúvidas e preocupações, a questão dos motivos de Anakin o distanciando da tarefa que tinha em mãos, embora lembrasse a si mesmo de que algo assim não poderia ser resolvido imediatamente — e nem por conta própria.

Poderia até mesmo exigir uma conversa com Anakin.

Mas, naquele instante, a República estava em guerra. Os Jedi precisavam intervir. E, se ele quisesse evitar que Palpatine caísse na armadilha de Dooku, tinha que convencer Cato Neimoidia a aceitar um emissário Jedi no lugar do chanceler.

Obi-Wan deixou seus sentimentos de lado e foi em direção aos Arquivos Jedi.

CAPÍTULO 4

ANAKIN SKYWALKER

ANAKIN JÁ TINHA VISTO AQUILO ANTES.

Várias vezes, na verdade. O pano de fundo era sempre diferente — em alguns casos, sob os sóis fortes e avassaladores dos céus de Tatooine. Em outros, no profundo vácuo do espaço.

A experiência, no entanto, sempre se mantinha fiel. Velocidade, luzes, obstáculos. Viradas e forças g. Fosse em um pod de corridas, em um caça estelar Jedi ou costurando por entre construções a bordo de um speeder. Ou ali, onde oferecer alguns créditos da República a um grupo conhecido apenas como a Família garantia o acesso a pistas de corrida de speeder através de setores abandonados no submundo de Coruscant. Agora nada mais que fósseis industriais, estruturas, tubulações e luzes que piscavam por décadas — e que provavelmente continuariam a piscar muito tempo depois de a guerra terminar. Pagar para usar uma pista da Família durante uma noite sem corridas era algo que Anakin sonhava em fazer desde que ouvira rumores da existência do lugar. E embora em algum lugar do espaço batalhões de clones lutassem contra droides de batalha e equipes médicas de emergência tentassem salvar vidas em Cato Neimoidia, Anakin fechou-se para tudo por uma noite para estar na companhia de sua esposa.

Sua *esposa*.

Aquele pensamento, aquela *definição*, ainda lhe parecia irreal. Embora parecesse uma outra vida; pouco tempo antes, Padmé era praticamente uma estranha, alguém de quem tinha vislumbres quando deslocava-se por Coruscant ou aparecia na HoloNet. Ele sonhara com ela, e tentara deixar de lado aqueles sonhos.

Então, Naboo aconteceu. E Geonosis.

E Tatooine.

E ali estavam eles, casados. Eles mal tinham se visto desde a cerimônia secreta e os poucos dias roubados que passaram juntos, os deveres de um Jedi e de uma política os arrastando de um lado para o outro da galáxia, tornando seu casamento quase um vínculo espiritual. Eles trocavam transmissões criptografadas sempre que possível, suas conversas sincronizadas com as imprevisíveis formalidades da guerra e do dever, e ainda assim ele sentia que o relacionamento deles era um sonho, o sonho mais impossível e maravilhoso.

Exceto pelo fato de que ela retornava para ele. Ou ele retornava para ela. Não apenas através de holos expressando o quanto sentiam uma falta desesperadora um do outro, mas de sentimentos tangíveis e toques verdadeiros que faziam tudo aquilo *não ser* um sonho.

E *aquilo* intensificava tudo para ele, tornando cada momento ainda mais precioso, os bons e maus momentos mantidos firmemente unidos como se fossem as únicas coisas que importavam, mesmo em tempos de guerra.

Naquele speeder, no entanto, enquanto se lançavam pelas profundezas de Coruscant em um percurso improvisado altamente ilegal e muito perigoso, aquela deveria ser a primeira vez que ficavam juntos desde que alcançou o posto de Cavaleiro Jedi. O encontro casual no Templo Jedi o pegara desprevenido, e ele precisou de toda sua disciplina para *não* jogar os braços ao redor dela, congelar o tempo e o espaço ao redor dos dois, para que pudesse sentir o peso do corpo de Padmé contra o seu. Mas, naquela noite, embora ele houvesse dito que sairia para dar um passeio e focar seus pensamentos, a verdade é que ele e Padmé tinham planejado aquilo com antecedência: não apenas passar algumas noites juntos quando ambos estivessem no planeta capital, mas também aproveitar os níveis mais baixos de Coruscant, onde ninguém se importaria o suficiente para notá-los — um lugar onde se comprometeram a *não* falar sobre política ou guerra.

Ou Cato Neimoidia.

Embora ela tivesse concordado com tal atividade — e pagado o aluguel do speeder —, quando Anakin pisou no acelerador, fazendo-o avançar em um mergulho quase vertical, ficou claro que ela não vivia e respirava velocidade do mesmo modo que ele, ainda que tivesse alguma experiência de pilotagem.

— Eu deveria ter enviado Dormé no meu lugar — gritou ela sob o vento forte, com o capuz esvoaçando. Se tivesse saído usando qualquer uma de suas costumeiras indumentárias carregadas de adornos, a simples rapidez da viagem já teria desfeito tudo. Mas ali ela usava uma roupa despretensiosa: calças escuras e um capuz de um verde discreto que se misturavam facilmente com o ambiente, e que combinavam com os trajes dele, um macacão de mecânico comum colocado por cima da túnica para dar a aparência de um trabalhador qualquer, e não de um Cavaleiro Jedi. Anakin alcançou a última curva, afrouxando a pressão no acelerador para fazer a traseira derrapar, o ângulo de seu deslizador dando o impulso necessário para que um rápido acionamento do acelerador os fizesse disparar pelo espaço estreito.

— Estou indo com calma — disse ele com uma risada, realizando uma última descida que rendeu um grito que se transformou em risada de Padmé antes de acionar os propulsores verticais, amortecendo o movimento como uma nuvem flutuante de metal, arame e ligas metálicas.

Como seu braço.

Anakin afastou o pensamento, depois alcançou a Força com seus sentidos, como um sonar através do éter para identificar onde o caminho se tornava mais estreito e tortuoso, mesmo onde os pilotos anteriores tinham perdido o controle e caído. Ele pisou no freio para efetuar uma curva, uma série de saltos e mergulhos controlados antes de finalmente ultrapassar a incontestável linha de chegada.

O speeder parou, e tanto Anakin quanto Padmé se inclinaram para a frente antes de bater de volta nos assentos.

— Ufa — disse ele, antes de olhar para sua esposa.

Aquela era Padmé Amidala, que encarara a morte certa em Geonosis e partira para cima munida de um blaster para recuperar seu planeta de Nute Gunray, mas que ali estava respirando pesadamente com os olhos arregalados e uma mão pousada sobre o peito. — Sinto muito — disse Anakin. — Você está bem? Foi demais? Será que fui...

Risos repentinos ecoaram nas fundações do distrito industrial ao redor deles.

— Anakin — disse ela, a voz entrecortada pelo riso, antes de dar um tapa de brincadeira no ombro dele. — Foi emocionante. E eu nunca mais quero fazer isso de novo.

Ele riu junto com ela, depois se inclinou, aproximando-os cara a cara. Ela estendeu o braço e pegou a mão dele — a mão mecânica — da mesma forma que a havia segurado durante a cerimônia de casamento.

Ela baixou os olhos, olhando para seus dedos e a luva preta de Anakin entrelaçados. A pressão de Padmé se traduziu para sinais elétricos nas terminações nervosas no coto restante de seu braço orgânico. Não muito tempo antes, um mero *olhar* dela faria os pelos daquele braço se arrepiarem. Mas tal coisa se tornara impossível agora. Ele retribuiu o gesto, apertando também sua mão, o microssegundo de diferença na sensação entre seu movimento natural e o daquela prótese mecânica ainda o confundindo. Era diferente do combate ou dos rachas ilegais, onde o puro instinto e a percepção sensorial aprimorada pela Força tentavam compensar. Ali, porém, em um momento silencioso com sua esposa, no início de um casamento tão repentino quanto a perda e substituição de seu braço, um microssegundo parecia durar horas.

— Isso não me incomoda — disse Padmé, colocando a outra mão sobre a luva dele. — Nunca vai me incomodar.

— Eu sei. É que ainda não me acostumei completamente.

— É parte de você. Além do mais — ela deu uma risada mais breve e mais íntima do que segundos antes —, você pilotou o speeder muito bem. — Ela se inclinou para a frente, pressionando os lábios contra os dele, sensações pelas quais ele ansiava durante todas aquelas horas passadas em cruzadores e naves, quando o zumbido de um sabre de luz e a conversa de comandantes clones roubavam sua atenção. Ele se inclinou para ela, suas mãos se soltando para vagar por outro lugar, deixando-os em um espaço atemporal onde somente os dois existiam.

Até que a voz mecanizada de um droide o interrompeu.

— A Família agradece a sua preferência — disse BS-1119, o droide de segurança que se parecia muito com uma unidade assassina HK reconfigurada. Anakin ergueu os olhos para vê-lo se aproximando, pistolas gêmeas penduradas em coldres presos em seu quadril mecânico e um único dedo apontado indicando que eles deveriam ir embora. Apesar de sua atitude ameaçadora, o droide parecia realizar a abordagem de forma bastante educada, provavelmente alguma peculiaridade do programa que equilibrava as funções de segurança e as necessidades de negócios. — Vocês estão convidados a agendar outro percurso de prática por uma das rotas industriais da Família. Além disso, as apostas estão abertas para as próximas corridas. — Do outro lado, droides flutuantes de manutenção da lei escaneavam o local, e BS-1119 acionou um interruptor em um painel de controle próximo em uma parede indistinguível das outras. — Esta pista está fechada. Por favor, pilote seu veículo em outro lugar. Vocês devem sair daqui agora.

— Acho que pegaria mal para uma senadora e um Jedi serem flagrados aqui — observou Anakin.

Padmé recostou-se em seu assento.

— Vamos comer alguma coisa em vez de acabarmos presos.

Esposo e esposa.

Que pensamento estranho. Apesar do casamento, suas vidas os impediam de viver como tal, com Padmé lidando com coisas como o problema com Hebekrr Menor e Anakin indo de um lado a outro da galáxia atuando como uma mistura de guerreiro, segurança, médico e entregador. Casais faziam coisas como passear, ir às compras, jantar juntos. Não travar guerras ou negociar a paz, e depois se encontrar por algumas horas porque seus horários permitiam.

Uma frustração repentina ardeu dentro de Anakin, culpando a galáxia por mantê-los separados. Mas até mesmo o passeio de alguns momentos antes serviu como um lembrete: seu corpo, sua mente e seu coração estavam comprometidos tanto com uma vida de aventura quanto com uma vida com ela. Se Qui-Gon nunca o tivesse encontrado em Tatooine, talvez até hoje ele estivesse lá no circuito de corridas de pod, ou teria trilhado uma vida com algum outro tipo de lazer perigoso.

Sua mãe ainda estaria lá, nessa vida?

Mas aquela pergunta levava a um caminho sombrio de outras perguntas. Ele a enterrou profundamente, trancando aquela noite no fundo da memória e lembrando a si mesmo que estava ali com Padmé, em uma vida esquisita que misturava combate e justiça com momentos tranquilos de uma vida a dois.

Ele só queria ser capaz de escolher *quando* cada um desses momentos ocorria.

— Não acho que você precise se disfarçar — disse Padmé, seu peso inclinado sobre ele enquanto caminhavam para o mercado. — Ninguém vai reconhecer você sem sua trança Padawan.

— Ah, ela sempre atrapalhava, não sinto falta. Já lhe contei quando um disparo de blaster perdido a deixou chamuscada? — Aquele momento mais cedo, no Templo Jedi, quando ela colocara a mão atrás de sua orelha onde antes ficava a trança... eles tinham se visto via holo não fazia muito tempo, mas aquele momento inesperado foi como se a Força os desafiasse a manter suas melhores fachadas. Anakin a pegou olhando ao redor antes de efetuar o gesto, depois o sorriso torto que escapou, um sinal particular de que os dois estavam ultrapassando os limites de suas existências no lugar com os maiores riscos.

Aquilo o fez arder por ela ainda mais.

— Na verdade, vou sentir falta do seu cabelo curto — disse ela, passando a mão pelos cabelos que começavam a crescer para além do corte padrão de Padawan. — Sempre foi tão bonito e arrumado.

— Talvez eu o deixe crescer só para irritá-la. Você viu como o cabelo de Obi-Wan está comprido na parte de trás? — perguntou ele.

— Não, por favor. Qualquer coisa, menos isso — disse ela, levando os dois a caírem na gargalhada. Ele tinha ouvido falar que os moradores do submundo estavam muito presos em suas próprias circunstâncias para prestar atenção aos maiores conflitos da galáxia, e ali, naquele momento, ele compreendeu o motivo. Com camadas estruturais densas demais para que o sol atravessasse, a vida ali parecia encerrada em uma bolha. Em alguns casos, poderia ser bastante claustrofóbico.

Mas também significava que, ali, nada podia tocar suas existências — nem a guerra, nem a política e nem as regras dos Jedi.

Eles podiam apenas *ser quem eram*. Porque aquilo seria o mais próximo daqueles momentos à beira do lago em Naboo a que os dois poderiam chegar por enquanto.

Eles caminharam em meio ao neon brilhante, uma mistura de sinalização e iluminação funcional barata, o silêncio de repente tão natural quanto respirar. Ele apreciou o singelo prazer de apenas existir próximo a ela, sem guardas, holos, ou o medo de algo que pudesse afastar algum deles. Os dois chegaram ao seu destino, uma grande placa em arco anunciando MERCADO UHMANDASEE: um lugar que até os mais cultos moradores da superfície de Coruscant enfrentariam para uma verdadeira experiência culinária. Fileiras de barracas e alguns speeders de transporte desativados jaziam ali, cada um oferecendo diferentes níveis de iguarias confusas, mas autênticas, de todas as partes da galáxia.

No entanto, mesmo nesse contexto em que eles tinham espaço simplesmente para estar e desfrutar a companhia um do outro, Anakin viu que Padmé ainda observava ao redor. Aquilo se manifestava em seus menores cacoetes — a forma como sua inspiração se acelerava, como sua sobrancelha se erguia, como sua cabeça se virava para mudar levemente de ângulo.

Ele viu o mercado, uma confluência de cultura individual e submundo industrial. Mas conhecia a mente dela: ainda que olhasse para as mesmas coisas, Padmé enquadrava tudo dentro das circunstâncias específicas de quem ela via. Não apenas o cozinheiro atrás da grelha, mas como ele tinha uma criança a seus pés. Não apenas a artista vendendo mercadorias, mas como o tamanho da bolsa que ela carregava indicava que não tinha um lar permanente. Não apenas a massagista atendendo um cliente em uma cadeira, mas como ela apoiava a cadeira quebrada com peças de reposição em vez de simplesmente comprar uma nova.

Anakin fracassava em perceber aqueles detalhes, pelo menos até que tentasse processar as coisas do mesmo jeito que a esposa fazia. Os Jedi eram altruístas, entregando-se a uma Ordem comprometida com a paz intergaláctica. Mas Padmé era dotada de uma forma muito diferente de altruísmo — possuía uma empatia voltada para o bem-estar de quem quer que encontrasse, algo temperado com um impulso de encontrar uma maneira construtiva de consertar aquilo tudo. Paixão temperada por ação calculada, o oposto do coração de dragão solar de Anakin.

Eles pararam, Padmé puxando o capuz para trás e ajoelhando-se para sentir o aroma das flores emanando do pequeno carrinho de um vendedor. E ainda assim, ele sabia que ela pensava na situação do comerciante, desde o rangido do velho droide regando os buquês até o suporte de flores que fora visivelmente soldado de volta tantas vezes que cedera.

Talvez fosse por isso que eles eram feitos um para o outro. Anakin agia como uma explosão de chamas contra a injustiça, enquanto Padmé trazia uma postura implacável em qualquer situação, uma busca constante por soluções mesmo nas circunstâncias mais terríveis.

Paixão e propósito, unidos para sempre num delicado equilíbrio.

— O que você acha? — perguntou ela, deslizando uma flor roxa com cristais verde azulados sobre sua orelha.

— Achei que queríamos passar batido?

— Você — disse ela, depositando uma flor combinando no bolso do peito dele — não é um Cavaleiro Jedi. E eu não sou uma senadora. Somos apenas um casal saindo para jantar. — Ela gesticulou para o espaço ao redor, e ele notou que vários outros casais também usavam flores combinando.

Claro que ela teria percebido aquilo antes dele.

— Sim — disse ele, segurando-a pelos braços. — Assim como qualquer outro casal.

Ela pousou a cabeça sobre o ombro de Anakin, o brilho de sua flor tingindo-lhe o rosto.

Paixão e propósito, de fato.

— Vamos — disse ela, afastando-se e pegando a mão dele. — Tem algo que eu quero lhe mostrar.

CAPÍTULO 5

OBI-WAN KENOBI

TODO O CONHECIMENTO DA GALÁXIA CONHECIDA RESIDIA NOS Arquivos Jedi. Por isso, pesquisar sobre Cato Neimoidia deveria ter sido fácil. Mas mesmo que Obi-Wan analisasse detalhes como topografia, clima, rotação planetária, estrutura governamental e tendências culturais, nada daquilo parecia realmente fornecer um *insight* particular sobre *como* ele poderia convencer a Federação do Comércio a aceitar um Jedi no lugar de Palpatine. Suas horas de estudo abrangiam tutoriais de como falar Pak Pak, simulações geradas pela República a partir de dados coletados pelos serviços de inteligência dos clones e uma história completa da Federação do Comércio, mas ele não se sentia mais perto de encontrar uma ideia que pudesse romper os preconceitos presentes de ambos os lados. Peneirar metodicamente cada grão de informação teria tanta utilidade quanto ficar se preocupando com Anakin.

Em vez disso, Obi-Wan buscou uma tática diferente: uma pergunta simples que fazia a si mesmo de tempos em tempos durante a última década, e talvez não o suficiente.

Como Qui-Gon Jinn abordaria a situação de Cato Neimoidia?

Aquilo o levou a se mover rapidamente para a saída dos Arquivos, Jocasta Nu mal o reconhecendo, embora sua assistente Noxi Kell — que oferecera uma resposta para cada uma das perguntas que ele apresentara — tivesse oferecido um aceno de cabeça ao vê-lo sair.

Pouco tempo depois, ele chegou aos prédios iluminados pela noite de Coruscant no Distrito CoCo, dirigindo-se diretamente para o estabelecimento que ele visitara pela última vez durante uma época aparentemente muito mais inocente.

— Vocês Jedi não dormem? — A voz de Dexter Jettster soou de trás do balcão mesmo antes de Obi-Wan entrar de fato no restaurante vazio, onde um único droide-garçom zanzava de um lado para o outro limpando os balcões.

— Não quando há uma guerra acontecendo. — As botas de Obi-Wan rangeram no piso de ladrilhos ainda úmido.

— Uma guerra que vocês começaram, por sinal.

As portas duplas da cozinha se abriram quando Dex se espremeu para passar por elas, com manchas de molho e gordura em sua camisa enquanto sua mão esquerda pendurava uma toalha sobre o ombro. Dex olhou em volta, depois para trás.

— Detesto dizer isso a você, mas aqueles clones já estavam lá, mesmo que você não tivesse ido a Kamino. Sem clientes, hein?

— Nenhum. E é bom, porque eu preciso que você seja discreto. Um dardo que parece um brinquedo de criança é uma coisa — Obi-Wan ergueu um datapad e um holoprojetor —, mas isso aqui requer mais cuidado.

— Discreto? — Dex riu. — Eu fui o maior negociante de informações nos mundos do Núcleo durante anos. Você acha que eu não sei ser discreto?

— Você não — disse Obi-Wan, indo para a banqueta que Dex apontou. O dono do restaurante acomodou-se diante dele, debruçando-se sobre os dois cotovelos superiores enquanto os inferiores estavam soltos. — Não ensinam precauções do mercado paralelo no Templo Jedi.

— Admita, Obi-Wan. Você só queria fazer esse velho cozinhar mais um prato esta noite.

Obi-Wan sentou-se, ajustando a capa para que não ficasse presa.

— Você me pegou. Sua comida sempre é melhor do que a dos refeitórios do Templo, mas não conte ao Mestre Yoda que eu disse isso.

— Você está com sorte. — Ele assobiou. — Pratos para dois — disse ele, olhando para trás. Vários ruídos de batida depois, uma das droides-garçonete passou rolando pelas portas, carregando uma bandeja equilibrada sobre a cabeça. — Chegou em boa hora, eu só estou jantando no horário de fechar.

— Um para o Jedi; um para você, chefe — disse a droide, as palavras cheias de atrevimento.

— Obrigado, Wanda.

"Jantar" era um termo relativo, pois parecia que a equipe de Dex simplesmente servira nos pratos o que restara do bolo do dia. A maior parte do Bolo Sic de Seis Andares foi para o prato de Dex, e Wanda serviu uma única fatia no prato de Obi-Wan.

— Aqueci para você, querido — disse a droide antes de se afastar.

— Vai jantar sobremesa? — perguntou Obi-Wan com uma risada. — Isso vai matá-lo.

— Muita proteína no almoço. Muito açúcar no jantar. Parece até que você está dizendo que não sabe nada sobre a fisiologia Besalisk — disse Dex, limpando um pouco de creme branco do canto da boca.

— Parece só uma desculpa para comer o que sobrou do bolo.

— Talvez seja isso — disse Dex, dando sua risada baixa e rouca logo depois.

— O chefe faz isso todas as noites — chiou Wanda na parte de trás. — Diz que é melhor do que deixar o bolo estragar.

— A lógica inquestionável de um empresário eficiente. — Àquela altura, Dex já havia comido duas das seis fatias em seu prato. Obi-Wan decidiu ser um pouco mais contido, dando uma única mordida na camada superior de lascas cor de laranja.

— Então, o que posso fazer por você? — perguntou Dex, entre uma mordida e outra. — Precisa de mim para encontrar mais clones?

— Não, a menos que esteja querendo aumentar sua equipe de garçons. — Obi-Wan tocou o holoprojetor e ativou um holograma que mostrava a simulação do bombardeio do terminal da biblioteca. — O que você pode me dizer sobre Cato Neimoidia?

— Você deveria me pagar antes de eu dizer qualquer coisa. Sei que estou fora de cena há muito tempo, mas se me lembro bem é assim que a troca de informações funciona.

— Aqui está. — Obi-Wan usou dois garfos para levantar a grossa camada inferior de sua fatia de Bolo Sic e colocá-la no prato de Dex. — Seu pagamento.

— Ah, você sabe como subornar um homem. Certo, Cato Neimoidia. — Dex respirou fundo, as luzes piscando acima causando lampejos sobre a grande crista marrom no centro de sua cabeça. — Muita neblina. Árvores com óleo brilhante. Montanhas de aparência engraçada. E cidades que ficam entre elas. Uma a menos — disse ele, apontando para a explosão holográfica em loop —, se a HoloNet estiver correta.

— Não foi bem uma cidade inteira. Mas sim, aconteceu mesmo. E... — Obi-Wan deu uma mordida muito menor que a de Dex. — Dooku está sussurrando no ouvido deles que a República está por trás disso.

O Besalisk ergueu uma sobrancelha e fez uma pausa.

— Você também acha isso? — perguntou ele, por fim, provavelmente hesitando apenas para efeito dramático.

Seu tom quase fez Obi-Wan engasgar com o bolo.

— Claro que não — disse ele, demonstrando indignação em sua resposta. — A República não sancionou nenhuma ação para atacar planetas neutros. — Era uma declaração séria, e ainda assim Dex riu alto, sua mão inferior direita batendo no interior do balcão.

— Você não acredita que algum sistema da República aproveitaria esta oportunidade para enfraquecer a Federação do Comércio? Em algum lugar longe do Núcleo, onde existem menos olhos? Seu idealismo é adorável. — Dex pegou um guardanapo debaixo do balcão e o enrolou, depois o lançou por cima do ombro de Obi-Wan, acertando o aparelho de música de forma cilíndrica na parede oposta. O dispositivo se acionou, com luzes neon azuis e vermelhas se iluminando ao mesmo tempo que uma música composta apenas de instrumentos de percussão começava a soar. — Se a Federação do Comércio ruir, muitos sistemas podem assumir esse vácuo de poder.

O argumento era claro, e qualquer pontada de constrangimento desapareceu rapidamente. Obi-Wan permaneceu focado no momento.

— Honestamente, não sei se isso importa agora. Acabam de divulgar um comunicado concordando com a sugestão de enviar o chanceler para Cato Neimoidia. Dooku quer que ele vá para lá.

— Parece desaconselhável. Logo dá para ver por que os Separatistas estão batendo nessa tecla.

— Exatamente. E Palpatine irá, a menos que eu possa convencê-los a aceitar um Jedi no lugar dele.

— Neimoidianos. — O holograma do bombardeio chiou quando Dex o cutucou, depois o deslizou para o lado para carregar dados sobre os mundos da bolsa da Federação do Comércio. — Uma espécie única. Seus cérebros são programados para cálculos. Para eles, tudo é uma avaliação instintiva de riscos. Alguns chamam isso de covardia. Eu acho que é um forte instinto de sobrevivência, porcentagens e risco. Trabalhei com alguns deles, nos meus dias de mercado paralelo. Têm mentes rápidas. Gostaria de tê-los ao meu lado. No entanto, escolher um lado significa perder metade dos clientes. — Dex ajeitou-se, e de repente seus enormes ombros pareceram montanhas enquanto ele estava atrás do bar. — Na maioria dos casos.

— Então é isso. Apelar para o senso de risco deles. Como você recomenda fazer isso? — Obi-Wan levantou seu prato. — Levo um bolo para eles?

— Vou lhe dizer que eles não têm uma relação confortável com a República. E nem com os Jedi, também. Se bem me lembro, você esteve envolvido nisso.

A voz de Obi-Wan estava desprovida de humor:

— Nute Gunray é considerado um extremista pelo governo deles. O Senador Lott Dod...

— Lá vem você de novo. Vocês, Jedi, perdendo-se nos detalhes.

Obi-Wan bateu o garfo no prato.

— E então, a aposta é no bolo?

— Talvez. — Dex esticou-se, os braços de cima alcançando a cabeça enquanto os de baixo envolviam sua barriga. — É simples, de verdade. Cato Neimoidia é a base de operações da Federação do Comércio. Aqueles Neimoidianos têm muita memória.

— Fazê-los esquecer. — Obi-Wan acenou com a mão, provocando uma risada de Dex. — Não sei se um Jedi é poderoso o bastante para isso.

— Esquecer não. Mostre a eles que enviar Palpatine pode criar mais problemas do que vale a pena. E mostre que um Jedi não vai destruí-los como aconteceu em Naboo. — Obi-Wan concordou, sua mente reformulando as opções de acordo com as novas indicações de

Dex. — Lembre-se que para eles tudo são números. É o que os levou até onde estão. Veja bem, todos os tipinhos da República acreditam que essa seja a ideologia deles. — Dex balançou a cabeça, dando uma risada. — Isso é uma visão míope. É estratégia, não política. A neutralidade deles é diferente da neutralidade que sua velha amiga prega.

Obi-Wan conhecia Dex havia muito tempo, desde uma desventura juvenil nas Regiões Desconhecidas. E embora eles se vissem apenas de vez em quando, seu velho amigo sabia exatamente como provocá-lo.

E aquele golpe em particular foi tão eficaz que um sorriso lhe escapou, e Obi-Wan ergueu uma sobrancelha em sutil reconhecimento.

— Que velha amiga?

— Ah, não sei. Veste-se melhor do que você. Tem olhos marcantes. Realeza Mandaloriana. Costumava chamá-lo de Ben, por algum motivo — insinuou Dex, com uma de suas risadas calorosas. — Aquela lá. Ouvi dizer que é uma política bastante experiente.

Obi-Wan não daria ao cozinheiro a satisfação de dizer o nome dela em voz alta, ou o fato de que a Duquesa Satine de Mandalore mantinha a neutralidade nas Guerras Clônicas para garantir que seu povo não retornasse aos costumes bélicos do passado.

— Ah, a simples tolice de uma juventude impulsiva.

— Você continua dizendo isso a si mesmo, camarada. Não sei, por que você não pergunta a ela sobre neutralidade em vez de a uma lesma velha num restaurante?

— Bom, é simples, Dex. Eu queria sobremesa. — Para provar seu argumento, Obi-Wan espetou dois pedaços de bolo, um de cada camada, depois devorou-os em uma só mordida. — Então, vamos supor que eu os convença. A República envia um Jedi — prosseguiu ele, ainda mastigando. — E aí?

— Eu diria que tudo começa com o bombardeio. Qual foi o alvo, como foi feito e por quê?

Obi-Wan clicou em um botão para desativar o holoprojetor, depois tocou no datapad antes de deslizá-lo na direção do Besalisk.

— Fico feliz que tenha perguntado.

Dex deu uma olhada nos dados e listas no datapad, então o empurrou de volta.

— Não, não, não. Veja, você está olhando para as coisas erradas aqui. Tudo o que você tem são os fatos.

Outra sobrancelha se ergueu, embora não tivesse nada a ver com Satine Kryze.

— O que há de ruim com os fatos, Dex?

— Sem contexto, fatos são inúteis. — As imagens holográficas retornaram quando Dex tocou o datapad com seu dedo grande, que depois começou a deslizar. — Você olha para isso e vê o raio da explosão, o total de baixas, os alvos em potencial. Qual é o contexto? — perguntou ele, batendo o dedo a cada palavra de sua pergunta.

— O contexto é... — Obi-Wan respirou fundo. — Sabemos que a República não fez isso. — Dex começou a retrucar, mas Obi-Wan ergueu um dedo. — *Presumimos* que a República não fez isso. Os Separatistas negam que tenham sido eles. A Federação do Comércio é neutra.

— Quem fez isso é um extremista, independente do lado. Correto? — perguntou Dex. A pergunta veio com um peso tangível, e naquele momento Obi-Wan pensou que Dex seria um ótimo professor para um Padawan.

— É justo supor. E a Federação do Comércio considera Nute Gunray um extremista.

— O extremismo só aumenta quando não é contido. Quando se fica neutro diante dele. — O Besalisk deu um sorriso sabichão. — Mas e se você pudesse transformar a Federação do Comércio numa aliada? Faça a neutralidade parecer uma — a risada de Dex ecoou pelo restaurante — coisa *arriscada* de se manter.

Obi-Wan concordou, de repente se esquecendo da comida que restava em seu prato. Dex estava certo: ir para Cato Neimoidia, tratar as coisas estritamente como uma investigação para limpar o nome da República — aquilo apenas manteria a Federação do Comércio neutra. E aquela neutralidade por si só permitiria a escalada da guerra.

— Esta catástrofe — disse Obi-Wan, apontando para a simulação em loop do ataque — também pode ser uma oportunidade.

— É?

— O Senador Lott Dod atua como uma barreira para a Federação do Comércio. Conseguir uma audiência com sua liderança é quase impossível. Mas isso nos dá uma oportunidade de falar com eles diretamente. De sermos ouvidos. Possivelmente. — Ele recostou-se no banco, a mão sobre a barba. — Especialmente agora, enquanto a guerra só está no começo.

— Agora você está chegando lá. Então, a primeira manobra é fazer com que eles aceitem um Jedi. E depois que esse Jedi ganhar a confiança deles, talvez convencê-los a *abandonar* essa neutralidade. Fácil, não? — Dex olhou por cima do ombro. — Wanda?

A droide-garçonete deslizou até a janela da cozinha.

— Precisa de algo, querido?

Dex deu uma mordida nas fatias de bolo restantes, então olhou para o crono na parede.

— Prepare uma nova garrafa de caf, por favor. Vamos demorar um pouco aqui.

— Pode deixar, chefe. Creme e açúcar no seu, querido?

— Ah, não — disse Obi-Wan. — Prefiro meu caf bem preto.

CAPÍTULO 6

ANAKIN SKYWALKER

A VISTA ACIMA PARECIA UM CÉU ESTRELADO, EMBORA ANAKIN soubesse que não era.

Os dois sabiam. Os pontos de luz, na verdade, eram emissores de *status* piscando ou sinalizadores luminosos de níveis mais altos. Aquela era a vida no submundo de Coruscant, entre as intermináveis fileiras de estruturas colossais. Mas era romântico para qualquer um disposto a fingir que as luzes formavam estrelas e que a fumaça industrial expelida pelas chaminés e aberturas próximas era neblina.

O céu noturno artificial fazia o submundo parecer um lugar completamente diferente — não apenas uma parte da República, mas um portal para outra dimensão. A cada poucos metros, um novo aroma podia ser capturado no Mercado Uhmandasee, embora Padmé conduzisse Anakin a um quiosque enferrujado muito específico. Eles estavam sentados sobre pilhas de caixotes igualmente enferrujados, algo que poderia estar naquele mesmo local desde os dias da Alta República. Será que as coisas mudariam lá embaixo, em um mundo de escuridão quase perpétua, habitado por indivíduos preocupados apenas com o próximo trabalho, o próximo período de sono, a próxima refeição?

Irônico, pensou Anakin consigo mesmo. Porque enquanto ele se perguntava sobre a cultura e a segurança dos habitantes locais, Padmé concentrava-se inteiramente no imediato: o franikhad em suas mãos, cujo embrulho de papel laminado preservava o calor.

— Isso aqui é muito, muito, muito bom — disse ela, abocanhando sem o decoro normalmente encontrado nos salões de banquetes governamentais.

Talvez porque nenhuma das criadas estava ali para ver.

— E — acrescentou ela, terminando de engolir o franikhad — nem quero saber o que tem nisso. — Ela limpou os lábios com um guardanapo. — Você ainda não tocou no seu. Está com medo de que não chegue nem perto da coisa de verdade?

A "coisa de verdade" sendo um franikhad, refeição normalmente encontrada em planetas desertos. O termo *iguaria* seria um pouco exagerado; havia variações baseadas na cultura e nas carnes de diferentes locais, mas quase todos os planetas desertos que Anakin conhecia tinham alguma forma de franikhad — um prato preparado em um forno improvisado aberto no solo para aproveitar o calor natural do planeta e a falta de umidade. Depois do cozimento, as carnes e legumes locais eram servidos em um fino invólucro semelhante a um pão. Ele ainda se lembrava dos passos exatos para ir de sua casa até a vendedora de Mos Espa com um forno de chão bem ao lado de sua barraca — e se conseguissem obter algumas peças extras para negociar, sua mãe o levaria até lá como um tipo de mimo, algo muito mais saboroso do que os pratos sem graça que costumavam comer.

— Como você descobriu isso? — perguntou ele a Padmé.

— Ah, as pessoas no governo sabem onde encontrar comida boa. Elas comentam. E assim que ouvi Bail compará-lo a um "churrasqueiro de um mundo deserto", pensei em você. Nós simplesmente não tivemos a chance de experimentar antes. — A testa de Padmé se franziu com uma hesitação repentina. — Ani, sinto muito. Eu sei que a última vez que estivemos em Tatooine... Eu estava tão animada para lhe mostrar isso, que nem...

— Não, não. Não é isso. — Ele levou o franikhad ao nariz, sentindo o aroma de especiarias e carne. *Era* parecido, parecido o suficiente para evocar lembranças calorosas da mesa de jantar com sua mãe. — São boas lembranças. E essa — disse ele, segurando-o no alto — é uma nova lembrança. Com você. É perfeita.

— No entanto, alguma coisa o está incomodando.

— De certa forma. Não do jeito que você imagina. E não é isso. É que... — Anakin hesitou, sentindo-se subitamente como o garotinho de Tatooine tão perturbado ao vê-la entrando na loja de Watto que falou a primeira coisa que lhe veio à mente. — Eu tenho algo para você.

— Um presente? Ani, você nunca precisa se preocupar com essas coisas.

— Não é muito. Você sabe, os Jedi e todas as regras sobre posses. Não posso lhe dar *coisas* — disse ele, abrindo a bolsa em seu cinto. Seus dedos envolveram um pingente de ouro em forma de disco, a corrente do colar balançando enquanto ele o pressionava em sua mão. — Mas posso dar uma parte de mim.

Padmé ergueu o pingente, a luz forte da janela do quiosque bastando para que conseguisse ver o objeto completamente.

— Isso é...?

— Minha trança Padawan. — Ela correu o dedo pela trança, agora enrolada em espiral e revestida em carbonita, compatível com o design simples do pingente. — Para novos começos.

Mesmo na penumbra, Anakin podia ver o rubor nas bochechas de Padmé. Embora fosse conhecida por influenciar sistemas inteiros pelo poder de suas palavras, ela estava de boca aberta, mas em silêncio. Mas não precisava dizer nada.

O olhar em seu rosto bastava. Ela se inclinou na direção dele, e mesmo passando a corrente ao redor do pescoço, ainda segurava o pingente na mão, como se aquilo pudesse mantê-los unidos apesar do turbilhão galáctico constantemente à sua volta.

— Certo — disse ele, depois de um minuto. Ela o encarou, curiosa. — Agora vou provar o franikhad.

ERA PARECIDO COM A CULINÁRIA DE TATOOINE — PARECIDO O BASTANTE para que Anakin considerasse modos de obter créditos discretamente, encontrar um speeder e saboreá-lo de vez em quando. Ele não tinha certeza se a guerra tornaria tudo aquilo mais fácil ou mais difícil de fazer.

Então, repreendeu a si mesmo. Lá estava ele, compartilhando um gelado de creme Joral com Padmé em completo anonimato, e sua mente vagou de volta para a guerra. Disse a si mesmo para viver o momento, para simplesmente estar com ela, e acompanhou o olhar de Padmé até o trio de crianças sentadas ao lado de uma das barracas, puxando um pod de corrida de brinquedo, construído de forma grosseira a partir de um par de latas, barbante e uma vareta.

— No que você está pensando? — perguntou Anakin, embora já soubesse a resposta.

— Naquelas crianças — disse ela, pegando um pouco do creme gelado entre eles. — Preocupo-me com elas. Será que vão escapar do submundo? Será que sabem o que existe lá fora? Elas sabem que uma guerra está começando?

Ele sabia — ela sempre estava pensando em como melhorar as coisas, da mesma forma de quando enviou Sabé para Tatooine com a missão de libertar os escravizados por lá. Naquele momento, provavelmente ideias sobre subsídios educacionais para jovens desprivilegiados dos níveis mais baixos povoavam sua mente. Pensamentos sobre como usar sua influência como senadora para conversar com governos locais sobre um programa de extensão, esse tipo de coisa. Ele conhecia o coração *e* a mente de Padmé.

E por mais que aquilo fosse grande parte da razão de ele a amar, também meio que o irritou no momento.

— Sinto muito — disse ela, contendo-se. — Não temos muito tempo juntos. Não deveríamos desperdiçar o pouco que temos falando sobre a guerra. É só... — Ela levou a colher à boca e fez uma pausa contemplativa. — ... Cato Neimoidia.

Claro. Durante aquele breve momento, Anakin não se importava com quem tinha bombardeado Cato Neimoidia, nem com os motivos; só desejava que tudo desaparecesse, que o reino sem sol do submundo de Coruscant fosse realmente um portal para outra dimensão, sem Senado Galáctico nem Ordem Jedi. Mas então a culpa rapidamente suplantou tal desejo, a compreensão do sofrimento dos civis no planeta, onde equipes médicas de emergência tentavam resgatar Neimoidianos dos escombros naquele *exato* momento.

— Não sei no que acreditar com esse bombardeio. Nem seu motivo. A forma como essa guerra começou, não é apenas violência. É má-fé e desinformação, deturpação sob a máscara da independência. — Suas palavras vinham com o ritmo de uma oradora pública, como se ela estivesse numa das cápsulas flutuantes da câmara do Senado em vez de sentada diante de uma tigela de creme gelado. — Sei que a República fica presa na burocracia, eu vivi isso. Mas alegar que… — Ela voltou a fazer uma pausa, seu lado humano superando seu lado político. — Me desculpe novamente.

— Não peça desculpas. Quero ouvir o que você tem a dizer.

— É uma armadilha. Não sei por quem nem por quê, mas é uma armadilha. É por isso que chegamos tão rapidamente no Templo hoje, para encontrar o chanceler antes que ele tomasse quaisquer decisões. Tenho certeza de que o Conselho de Segurança da República quer tratar isso meramente como uma operação militar, mas a diplomacia é necessária para essas… — Ela inclinou a cabeça e lançou-lhe um olhar pensativo, um que fazia seu nariz se apertar e formava uma linha entre suas sobrancelhas. — Agora você está apenas tentando me agradar.

— Bem — disse ele, finalmente liberando o sorriso que estava segurando. — Você aguentou a pista de corrida. Estou retribuindo o favor.

— Chega de guerra. Chega de política — disse ela, com um gesto das mãos.

— Chega de corridas. — Uma ideia surgiu na mente de Anakin, uma variação de uma lição elaborada para ajudar os Padawans mais jovens a se concentrarem sob pressão, mas que certamente se aplicaria ali. — Olha para lá. — Ele apontou para o pequeno pátio. — Escolha algo que você vê. A primeira coisa.

Aquele pedido a fez franzir a testa, mas ela entrou na brincadeira, semicerrando os olhos de modo forçado enquanto observava.

— Eu vejo... um balão. Acompanhando aquele jovem Quarren. E agora?

— Continue olhando para ele. Apenas para ele. — Enquanto ela observava, Anakin ajoelhou-se atrás dela, perto o bastante para que seus lábios tocassem a orelha de Padmé. — Tudo o que existe agora somos você, eu e aquele balão — sussurrou ele.

— Só nós dois — sussurrou ela de volta.

— Só nós dois — disse ele, sentindo o calor que irradiava do rosto dela. — E um balão.

Uma rajada de vento soprou, provavelmente criada por uma combinação de saídas de exaustão, o tráfego das pessoas e ventiladores industriais que mal funcionavam. Carregava o fedor de tantos cheiros que nunca deveriam ter se misturado, e Anakin olhou, viu de fato a vida dos habitantes do submundo.

Com exceção da ausência de areia e calor, na verdade não diferia muito de crescer em Tatooine.

— Quero ajudar essas pessoas — disse Anakin. — Não sei como, mas quero fazer alguma coisa.

— Essa é a minha área. — Padmé esticou o pescoço, beijando Anakin na bochecha. — Você só precisa nos manter em segurança para que eu possa fazer algo a respeito.

Ainda ajoelhado atrás dela, ele colocou a mão esquerda em seu ombro. Ela estendeu a mão e segurou a dele, seus dedos entrelaçados em uma posição estranha. Embora ele pudesse ter se movido, o momento era uma representação tão perfeita de quem eram que ele não quis desfazê-lo. Por um instante, não.

— Já considerei solicitar você para o serviço de escolta. Já que agora você é um Cavaleiro Jedi — comentou Padmé, com o tom brincalhão apesar de o assunto retornar à política. — Mas decidi não fazer isso.

— Por quê?

— Porque encontros secretos significam que eu posso passar um tempo com meu marido, em vez de passar tempo com um — ela mudou para um tom mais profundo e formal — Cavaleiro Jedi, protetor da República. — Antes que ele pudesse reagir, ela se levantou e o pegou pela mão mecânica. A flor ainda brilhava acima de sua orelha, e ela o puxou para perto. Os dois caminharam juntos, afastando-se dos caixotes enferrujados que serviam como bancos, e seguiram o caminho que conduzia para fora do Mercado Uhmandasee.

— Espere, ainda não terminamos o creme — disse Anakin, olhando para a sobremesa quase no fim.

— Acho que podemos deixá-la para trás. Você vai ver. — Padmé o puxou com intensidade, acelerando o passo. Eles abriram caminho pelos diversos moradores locais e curiosos vindos da superfície até ultrapassar o perímetro do mercado, onde seu speeder estava estacionado.

Ela abriu o compartimento de armazenamento e tirou a bolsa que aprontara quando alugaram o veículo na concessionária vários níveis abaixo da superfície do planeta. Padmé ergueu a bolsa para lhe mostrar, mas Anakin não conseguiu perceber nada de especial nela.

Parecia ser exatamente o que era.

— É uma bolsa. Estou deixando alguma coisa passar?

— É uma bolsa. Mas às vezes o que importa é o que está dentro. — Padmé manteve os olhos fixos nos dele, com um sorriso travesso no rosto, enquanto puxava os cordões da bolsa, abrindo-a o suficiente para puxar...

Cobertores dobrados?

Mas o olhar em seu rosto fornecia todo o contexto que ele precisava.

Aquela era a Padmé que ele adorava, alguém que passava a maior parte de seus dias entendendo as nuances de incontáveis seres para fazer o que era certo por eles. No entanto, de vez em quando, um fogo irrompia, algo mais brilhante e intenso do que o sol mais ardente... quando ela permitia.

Como naquele momento.

Ela caminhou até a lateral do speeder alugado, um veículo que mal funcionava coberto de amassados e sujeira — muito distante dos caças Jedi ou dos elegantes transportes de Naboo — e desenrolou os cobertores no banco de trás.

— Esses níveis mais baixos têm muitos lugares tranquilos — disse ela. — Você é o piloto. Acha que consegue nos encontrar um lugar mais reservado?

CAPÍTULO 7

OBI-WAN KENOBI

É *SÓ UMA CADEIRA*, **DIZIA OBI-WAN A SI MESMO. UMA CADEIRA EM** que Qui-Gon nunca se sentara, por diversos motivos. Ele teve a chance de se juntar ao Conselho Jedi, é claro, recusando-a para continuar sendo o Mestre de Obi-Wan. E então, essa oportunidade nunca mais voltou; o caminho de Qui-Gon se dividiu em uma direção diferente antes de terminar de modo abrupto em Naboo.

Era apenas uma cadeira. E ainda assim significava muito mais.

Embora algum tempo tivesse passado, Obi-Wan ainda sentia um leque completo de emoções quando entrava na Câmara do Conselho Jedi e olhava para a cadeira que lhe era designada. Ele tentava deixar o sentimento passar, embora a culpa muitas vezes fosse a última a abandoná-lo. Claro que ele não recusaria a oportunidade de preencher o lugar de Coleman Trebor, mesmo que temporariamente; um lugar no Conselho estava entre as maiores honras para qualquer Jedi. A responsabilidade em si não se mostrava assustadora — afinal de contas, ele fora o mentor do Jedi mais poderoso e obstinado da história recente.

O questionamento em sua mente vinha do próprio título. Yoda, Mace Windu, Even Piell, Eeth Koth e outros — todos mais habilidosos ou mais sábios do que ele, algo que admitia abertamente. O fato de todos eles solicitarem sua entrada... *intimidador* não era a palavra certa. Em vez disso, Obi-Wan se perguntava se poderia ter o discernimento e a experiência adequados para contribuir com tal grupo.

Mas tinha sido ele a sugerir um Jedi no lugar de Palpatine. Ele ficara acordado com Dex planejando uma estratégia para apresentar, algo que tinha feito antes para o Conselho e Palpatine. E com a bênção de ambos, tudo o levou até aquele momento.

Tudo o que Obi-Wan podia fazer era respirar, apesar do peso da galáxia em seus ombros.

— Nossos serviços de inteligência abaixaram o número estimado de mortos para aproximadamente três mil e duzentos. O governo local montou enfermarias temporárias para os sobreviventes resgatados, atualmente estimados em trezentos. Pelo menos mil estão listados como desaparecidos. E recebemos mais informações para refinar nossa simulação da explosão.

— Sinais de envolvimento da República existem? — perguntou Yoda ao soldado blindado holográfico no meio da Câmara do Conselho.

— Nada específico que possamos ver. Não há registros de qualquer atividade no setor, nem de movimentação de tropas, transportes ou registros de identificação de cruzadores individuais. Mas chegar à superfície para investigar de perto oferecerá mais direcionamentos.

— Entendido. Obrigado, comandante — disse Mace. — Estes são os relatos mais recentes da HoloNet. — Uma compilação de notícias e discursos oficiais gravados apareceu no lugar do soldado: imagens aéreas de onde o distrito de Cadesura costumava se interligar com o restante de Zarra, agora uma enorme lacuna entre as torres de Cato Neimoidia; imagens das equipes médicas em solo vasculhando os escombros; as enormes enfermarias improvisadas em fábricas e parques enquanto sobreviventes eram tirados dos escombros.

A gravação foi interrompida, pausando antes de desaparecer, apenas para ser substituída por Mas Amedda, o vice-presidente Chagriano do Senado Galáctico.

— Mestres — disse ele, com uma suave reverência —, estamos prontos para a negociação.

Obi-Wan ajeitou-se; a cadeira nunca tinha parecido mais inadequada do que naquele instante.

Yoda bateu sua bengala contra o piso liso do Conselho, depois gesticulou para o holo.

— Permitam-me apresentar Alluv Eyam, ministro de defesa de Cato Neimoidia. — O Neimoidiano surgiu à direita de Mas Amedda, trajando um manto laranja-queimado e um diadema combinando, representando sua posição dentro do governo. — E é claro que nosso chanceler também está ouvindo. — A imagem de Palpatine surgiu do lado oposto.

— Ministro Eyam — disse Obi-Wan, assentindo. — Em nome do Conselho Jedi, estendemos nossas condolências a Cato Neimoidia, bem como à Federação do Comércio.

O Neimoidiano assentiu, depois ergueu um único dedo.

— Aprecio sua preocupação, Mestre Kenobi. No entanto, estamos num estado de gerenciamento de crise aqui. Solicito que sua proposta seja breve. A Federação do Comércio e o Senador Dod decidiram ficar de fora dessa discussão, uma vez que o senador tem participação na política da República. Com total transparência, os líderes Separatistas nos enviaram um relatório preliminar para respaldar suas descobertas apontando atividades suspeitas da República. Diante disso, continuamos apoiando a sugestão de Conde Dooku e agradecemos a rápida chegada do Chanceler Palpatine para discutirmos o assunto.

Obi-Wan lançou um olhar rápido para Palpatine. O acesso a qualquer pessoa dentro da liderança da Federação do Comércio além do Senador Dod era uma vitória imediata. Embora os oficiais de Cato Neimoidia se preocupassem principalmente com o governo local, o próprio planeta ainda era o centro das operações da Federação do Comércio. Conquistar seu ministro da defesa e outros poderia ser significativo para a República.

Obi-Wan levantou-se, a luz da manhã de Coruscant brilhando através das projeções.

— Compreendo. Para simplificar, avaliamos a situação e acreditamos que enviar o Chanceler Palpatine seria um erro para todos os envolvidos. Em seu lugar, um único emissário Jedi com uma equipe investigativa mínima como apoio deve viajar para Cato Neimoidia.

O Ministro Eyam abriu a boca, mas Obi-Wan já esperava por aquilo e, embora fosse cortês deixá-lo falar, ele continuou a expor seus argumentos.

— A chegada do chanceler representa tanto um risco imediato de segurança quanto um convite para a escalada do conflito. Por causa de sua posição dentro da política galáctica, ele precisaria ser acompanhado por muitas camadas de segurança, de guardas a clones e possivelmente até Jedi. Isso não apenas criaria desconforto em uma população que já se encontra enlutada, mas também poderia aumentar as tensões com quem culpou prematuramente a República pela tragédia de Cadesura. Uma única atitude pode levar a guerra até Cato Neimoidia. Essa é a última coisa que seu povo precisa, não por causa de qualquer posicionamento político, mas porque já estão lidando com uma tragédia indescritível. Propomos que esse emissário seja enviado não apenas para avaliar os danos, mas, também, dado o treinamento e as ferramentas Jedi, para realizar uma investigação completa com o objetivo de identificar a verdadeira origem do ataque. Ao mesmo tempo... — Obi-Wan fez uma pausa para enfatizar o argumento que se aproximava — ... o emissário estaria disponível para ouvir suas preocupações e queixas a respeito da guerra ou seu impacto em suas operações. A equipe de apoio estaria aberta a monitoramento e presente apenas como especialistas para auxiliar na investigação. Tal grupo seria muito menor, e muito mais eficaz, do que o chanceler exigiria. Oferecemos os recursos da República a vocês... — Obi-Wan levou um momento antes de olhar o Ministro Eyam diretamente nos olhos — ... como um gesto de boa-fé.

O zumbido do holoprojetor foi só o que se pôde ouvir durante vários segundos. Eyam olhou para o lado, depois entrelaçou seus longos dedos antes de se voltar para Obi-Wan.

— Esta é uma proposta interessante, Mestre Kenobi. Entendo o seu ponto de vista.

— Acreditamos que tal movimento minimizaria o *risco* para todas as partes envolvidas. Espero que considere as possibilidades e também analise esta. Queremos ajudar Cato Neimoidia evitando qualquer possibilidade de violência. E isso não se trata da guerra, mas sim da verdade.

Eyam tornou a desviar o olhar, falando de forma inaudível com alguém que não podia ser visto.

— Você levantou argumentos muito bons, Mestre Kenobi. Considerei as variáveis de sua proposta e acredito que esteja correto. Essa é a melhor maneira de trabalhar com a República sem atrair atenção indesejada ou mais violência.

Obi-Wan soltou o ar e reprimiu a vontade de sorrir. Ele tinha estado em muitas negociações de alto risco durante sua vida, mas nenhuma tão importante quanto aquela — não apenas por causa das implicações para a galáxia, mas também por ser um representante do Conselho Jedi, como um *Mestre* Jedi.

— Agradeço sua consideração. O envio de um único Jedi requer uma logística mínima. Vamos...

Antes que Obi-Wan pudesse terminar, uma nova imagem holográfica surgiu.

Conde Dooku.

A tensão percorreu a Câmara do Conselho Jedi, uma mudança tangível no ar e na Força.

— Se me permite a interrupção, Ministro Eyam — disse Dooku. — Ainda que Mestre Kenobi e o Conselho Jedi falem de forma honrosa, devo lembrá-lo da longa história de preconceito entre a República e o povo Neimoidiano.

— Mestre Kenobi, devo me desculpar — disse Eyam. — A Federação do Comércio convidou o Conde Dooku para ouvir nossa discussão.

Uma série de figuras holográficas estava diante de Obi-Wan, a improvável imagem de Palpatine e Dooku a poucos metros de distância um do outro oferecendo uma representação gritante do equilíbrio de poder na galáxia. Mas em vez de falar, Palpatine virou-se para Obi-Wan e gesticulou para que ele continuasse.

Todo aquele tempo com Dex culminava naquele momento crítico. Canecas de caf e longas horas nunca tinham sido tão importantes quanto naquele instante.

— Os Jedi não se envolvem em política galáctica. Qual é a sua preocupação, Conde Dooku?

— "Não se envolvem em política galáctica"... Acho essa declaração curiosa, uma vez que os Jedi lideram seus clones em batalha enquanto você representa a República em uma negociação política.

Da mesma forma, qualquer equipe de investigação que você trouxer estará a serviço da República e não será confiável.

Vá direto ao ponto, Obi-Wan quis dizer, mas perder a compostura diante de um mentiroso e assassino daria a vitória de mão beijada ao Sith. Ele se agarrou à imagem da calma de Qui-Gon diante do perigo, uma forma de recobrar o foco em que confiava quando necessário, e falou diretamente com Eyam, uma nova ideia surgindo em sua mente.

— Desejo dissipar quaisquer receios e suspeitas de vocês, do povo de Cato Neimoidia, da Federação do Comércio e — ele olhou para o holograma do Lorde Sith — do Conde Dooku. Dessa forma, vou melhorar a proposta. Eu vou. Sozinho. Sem nenhum apoio. A investigação pode demorar um pouco mais, pois sou apenas uma pessoa, mas estou disposto a negociar isso e garantir a boa-fé entre todas as partes.

Dooku ergueu uma sobrancelha e Obi-Wan firmou sua concentração no conde, embora seus instintos dissessem para se afastar e ver a reação de Palpatine.

— Mestre Kenobi, acredito que, na última vez que nos vimos, você e seu aprendiz tentaram me matar.

Obi-Wan pensou em lembrar a todos que, pouco antes daquilo, Dooku tentara executar a ele, Anakin e a Senadora Amidala em uma gigantesca arena Geonosiana. No entanto, aquilo parecia politicamente imprudente, dada a delicadeza do momento.

— Considere como um mal-entendido — argumentou ele. — Caso não tenha ouvido, prometi ao Ministro Eyam ter um compromisso com a verdade. Nada mais, nada menos.

— A verdade — riu Dooku. — Você leva jeito com as palavras. A verdade pode ser manipulada. Como sabemos que o Ministro Eyam pode confiar em você?

Confiar. Obi-Wan olhou para Dooku — mesmo que fosse apenas uma transmissão holográfica através da galáxia, ele reconhecia exatamente a trama que se desenrolava ali. Cada palavra de Dooku era um desafio para ele e uma ameaça para Eyam, Dod e quem mais estivesse ouvindo.

Obi-Wan pensou em tudo aquilo, então lançou um contra-ataque tão direto quanto um golpe de sabre de luz.

— Você conhecia meu Mestre. Você foi o Mestre *dele*. Então, diga-me, conde, você confiava em Qui-Gon Jinn?

A simples menção do nome do falecido Jedi mudou a expressão de Dooku, suavizando seus olhos e fazendo sua boca se torcer por um rápido instante antes de retornar a uma neutralidade fria. A primeira, e possivelmente a única, fissura na armadura de Dooku.

— Qui-Gon Jinn era um homem honrado.

Então, Obi-Wan passou para a ofensiva, um impulso carregando suas palavras.

— Eu trago comigo os ensinamentos dele todos os dias. Se você confiou em Qui-Gon, saiba que também pode confiar em mim.

Os olhos do conde dispararam, um movimento rápido que provavelmente mediu todos aqueles a seu redor. Obi-Wan levou um momento para fazer a mesma coisa, e captou o mais ínfimo sorriso nos lábios de Palpatine.

— Você traz um argumento convincente, Mestre Kenobi. Muito bem. Eu endosso essa proposta. Com mais duas advertências: você deve chegar em um transporte da República desarmado, não em um caça estelar ou qualquer outro veículo com capacidade de ataque. E deve ser proibido de realizar qualquer contato com Coruscant ou com o Conselho Jedi. Claro — disse Dooku —, não tenho a palavra final sobre isso, estou apenas expressando uma opinião. O Ministro Eyam deve tomar a decisão.

— Qualquer coisa que garanta discussões diplomáticas com risco mínimo de conflito ou violência é bem-vinda. As advertências do Conde Dooku fazem sentido — Eyam apressou-se em dizer, seu tom tão direto quanto suas palavras.

Obi-Wan considerou a possibilidade de ficar completamente preso em Cato Neimoidia, sem nenhuma forma de se comunicar com apoio. Ele mordeu o lábio, sua mente correndo de opção em opção para contrapor-se à sugestão, quando a voz de Palpatine irrompeu.

— A República aceita estes termos. Mestre Kenobi partirá amanhã após um dia de preparação.

Eyam olhou para as diferentes partes na holoconferência.

— Receberemos bem qualquer assistência que possa nos ajudar em nosso momento de necessidade.

— Estou ansioso para encontrá-lo pessoalmente, Ministro Eyam. — Obi-Wan fez uma reverência e estava prestes a sinalizar para que a transmissão fosse encerrada quando Dooku falou.

— Um último detalhe, meus amigos — disse ele, a palavra "amigos" se estendendo no ar com uma inflexão grosseira. — Acredito em apoiar Cato Neimoidia durante esse tempo de necessidade. Sendo assim, enviarei meu próprio representante da Confederação de Sistemas Independentes para garantir que este emissário Jedi permaneça — Dooku sorriu de uma maneira que parecia sincera apenas na superfície — "honesto". — Com isso, Dooku sumiu da transmissão antes que alguém pudesse responder.

— MINHA PESQUISA REVELOU UMA ESTRATÉGIA QUE SUGIRO QUE empreguemos nesta operação — disse Obi-Wan aos membros restantes do Conselho Jedi. Cerca de quinze minutos tinham se passado desde que todas as transmissões terminaram, deixando os Jedi reunidos livres da interação de influência política e militar para uma discussão mais aberta. — O chanceler está certo, esta é uma oportunidade de negociação. Considerando como toda a comunicação com a Federação do Comércio passava pelo Senador Dod desde Geonosis, o fato de ele ficar fora disso é notável. — Ele respirou fundo, repassando todos os tópicos que discutira com Dex. — A Federação do Comércio denunciou Nute Gunray como líder de um grupo dissidente. Esse bombardeio, seja quem for o culpado, é claramente o ato de algum tipo de extremista. Esses são sintomas relacionados, não uma causa. O extremismo irá apenas acelerar a guerra e não levar a uma conclusão pacífica. — Todos os olhos se voltaram para ele, sem nenhuma objeção até o momento. — Mas temos agora uma oportunidade única de mostrar à Federação do Comércio que permanecer neutra diante do extremismo é, de fato, permitir o terrorismo. E, com isso, tornar a guerra mais perigosa.

Yoda observou o espaço ao redor em busca de reações. Ki-Adi-Mundi esticou os dedos e se inclinou para a frente, o ferimento em seu rosto de seu recente encontro com o General Grievous ainda cicatrizando.

— Acredito que a estratégia aqui seja a diplomacia e a negociação de partes iguais, sendo elemento-chave entender os Neimoidianos como um povo. Como sua cultura é baseada em uma filosofia de avaliação de riscos, devemos construir uma mensagem em torno do risco inerente de prolongar a guerra deixando o extremismo aumentar. Devemos lembrá-los não apenas dos riscos de instabilidade econômica em toda a galáxia, mas da potencial perda de vidas à medida que a violência escala. Incluindo, como descobriram, o seu próprio povo. Vejo aqui uma missão em duas partes: primeiro, ganhar a confiança da Federação do Comércio ao obter sucesso em limpar o nome da República; depois, apelar para o senso de avaliação de riscos para que passem a apoiá-la ativamente. Esse movimento tiraria grandes recursos logísticos dos Separatistas, com sorte levando a um apaziguamento das tensões e, posteriormente, às negociações no lugar de mais confrontos. E, acima de tudo, devemos mostrar boa-fé.

Obi-Wan respirou fundo, dando ao Conselho e ao chanceler um momento para processarem a informação. Yoda, por fim, rompeu o silêncio:

— Muito informativo, Mestre Kenobi. Uma observação astuta você forneceu.

— Enquanto você parte para Cato Neimoidia, temos um novo assunto para discutir: o pedido do chanceler para prepararmos os Padawans para o campo de batalha — disse Mace Windu com um aceno solene.

— Padawans para ações militares? — questionou Obi-Wan, sem saber que Palpatine tinha realizado tal solicitação. Os Padawans certamente combatiam ao lado dos clones, Geonosis vira aquilo acontecer mais do que deveria, Anakin incluso. Mas ainda mais indefinições entre as fileiras de militares e a Ordem Jedi? A ideia causava tanto desconforto em Obi-Wan que superou a missão de Cato Neimoidia em seus pensamentos por um instante.

— Uma discussão recente. Interrompida pela tragédia de Cato Neimoidia.

— Devemos agir de acordo com o interesse da República. Estamos em guerra — disse Mace, uma declaração tão definitiva quanto Obi-Wan ouvira o velho Mestre fazer. — O chanceler está dando liberdade para que os Jedi avaliem a melhor maneira de equilibrar as missões militares entre Cavaleiros Jedi e Padawans.

— Sua preocupação esta não é. Concentre-se em Cato Neimoidia.

Os vários membros do Conselho murmuraram em afirmação, um voto de confiança em Obi-Wan que explicava o olhar de Yoda. Ele respirou fundo ao ter esta percepção, e foi inundado pela incerteza — não com a capacidade de realizar o trabalho que pesquisara e planejara meticulosamente. Mas pela confiança que o Conselho, e o chanceler, depositavam nele.

Ele a merecia?

Obi-Wan deixou o sentimento passar e simplesmente fez uma mesura.

— Vou começar meus preparativos imediatamente. Mas — ele se voltou para Yoda — meu ex-Padawan ainda é novo em seu papel. Devo falar com ele sobre os pedidos de militarização do chanceler também?

— Skywalker não é mais responsabilidade sua — disse Mace, as linhas de expressão em seu rosto mudando levemente. Obi-Wan reconheceu o olhar: parecia uma constante sempre que Anakin e Mace se cruzavam.

Até os Jedi tinham conflitos interpessoais, supôs.

Yoda devia ter sentido a mudança no ar, entrando com sua costumeira abordagem mais suave.

— Paciência e humildade Skywalker e outros novos Cavaleiros Jedi aprenderam para receber seu título — disse ele. — Mostrá-las aos jovens aprendizes sua próxima tarefa é.

Uma década se passara desde que Obi-Wan lidara com a responsabilidade a que Yoda se referia, e ele se encolheu um pouco por dentro. Aquilo rapidamente se transformou em um sorriso ao pensar em Anakin Skywalker, a pessoa que Qui-Gon acreditava ser o Escolhido, o jovem que se jogara de cabeça contra o ataque de relâmpagos de Conde Dooku, agora dirigindo-se ao maior desafio de sua vida.

— Como seu antigo Mestre, esta tarefa a ele você deve dar. Avisá-lo talvez. Tantas perguntas os jovens aprendizes fazem — disse Yoda, com uma risada. — Tantas perguntas.

CAPÍTULO 8

MILL ALIBETH

A INICIADA JEDI MILL ALIBETH TENTOU ACOMPANHAR. TENTOU de verdade.

— Vamos! — gritou sua amiga Vivert, e ainda assim, o grupo de sete jovens aprendizes seguia à frente delas, com Mill ficando cada vez mais para trás. Seus passos ecoavam pelo grande salão de pedra do Templo Jedi, e ela ergueu o rosto para ver seus amigos virando em um corredor para chegar ao turboelevador. Primeiro Ami-Kat--Ayama, uma garota Cereana com cabelos pretos espessos presos em um coque. Depois, Alay e Mala Thurya, duas gêmeas Twi'lek de pele roxa, seu vínculo familiar garantindo que uma sempre impulsionasse a outra para a frente. Em seguida, mais três correram na frente, e até Felix Yabir, o jovem Sullustano de pernas curtas, avançou mais rápido do que Mill. Eles sumiram de vista, embora Mill tenha conseguido virar à esquerda e ver o grupo de Iniciados se movendo rapidamente, um turbilhão de vozes e empolgação que surpreendia os adultos muito sérios de ambos os lados do corredor.

Vivert finalmente seguiu adiante, demorando-se o suficiente para olhar para Mill, como se aquele único olhar repetisse suas palavras antes de ela correr. O cabelo encaracolado de Vivert Stag saltava em seu rosto pálido a cada passo, e ela se afastou ainda mais.

Mill tomou um tempo para fechar os olhos. Ela já estava mesmo atrasada, e podia sentir a ansiedade se aproximando; por isso voltou para sua recente prática de fazer o *oposto* do que diziam os ensinamentos Jedi.

Onde quer que sentisse a Força, ela tentava afastá-la, silenciá-la, mantê-la à distância.

Outra voz veio para quebrar sua concentração. Dessa vez com o toque robótico de uma modulação sintética.

— Jovens aprendizes! Andem, por favor!

Mas o droide de protocolo não conseguia se mover rápido o suficiente; seus braços e pernas estavam fora de sincronia. Para começar, droides de protocolo nem mesmo eram ágeis, mas aquele tinha passado duas vezes na fila do azar. Em primeiro lugar, recebera a tarefa de tomar conta dos alunos mais jovens em vez de atender aos adultos visitantes de outros planetas, ou àqueles nos principais edifícios governamentais. Os jovens sabiam daquilo, e tinham enganado o droide antes mesmo de ele poder se apresentar. Se ele tinha dito seu número de serviço, Mill nem ao menos escutara.

Em segundo lugar, aquele droide de protocolo tinha um giroscópio solto em seu joelho, o que o tornava ainda mais lento. Rumores diziam que o laboratório de reparos normalmente rápido do Templo Jedi tinha sido convertido em alguma coisa para a guerra. Blasters, escudos, ou o que pudesse ser necessário. Ela nem sabia se aquilo era para os clones ou para os Jedi que lutavam com eles. "Generais", ela ouvia os clones dizerem. Não fazia sentido, uma vez que os Jedi eram Mestres, Cavaleiros ou Padawans. Ou Iniciados, como ela.

Mas aquilo realmente não importava, porque *nada* fazia sentido naqueles dias.

Assim como a forma que Vivert e o restante de seus amigos Iniciados corriam como se nada os incomodasse. As Guerras Clônicas, era como chamavam, e ela até pensava que poderia ser um nome apropriado, já que a República estava utilizando um exército de clones. Mas não era uma guerra sobre... sistemas deixando a República?

Qualquer que fosse o nome que dessem, uma coisa estava clara: cada imagem, holoclipe ou mesmo discussão afetava Mill, às vezes deixando-a mais doente do que a pior infecção bacteriana. Durante toda a sua vida, só o fato de estar próxima de alguma violência ou sofrimento já a deixava profundamente nauseada, mas aquilo só piorava a cada dia que passava desde que os Jedi retornaram de Geonosis.

Na verdade, "retornaram" não era a melhor palavra para o que aconteceu. Porque muitos deles não voltaram. Mestres, Cavaleiros, Padawans, Jedi de todos os tipos perderam suas vidas em Geonosis. Por causa disso, às vezes até estar em certas partes do templo já lhe causava dores de cabeça e mal-estar.

Aquele dia, no entanto, parecia pior do que o normal. Seus amigos tinham pulado da cama, comido rapidamente e corrido pelo corredor para chegar até o módulo de transporte. Cada palavra do que diziam estava fixa na ideia de construírem seus próprios sabres de luz — armas de guerra, pois as Guerras Clônicas pioravam a cada momento.

Tudo aquilo fazia o estômago de Mill embrulhar e suas têmporas latejarem.

"Encontro! Encontro! Encontro!", seus amigos cantavam em grupo, uma alegria que ela não conseguia compreender. Durante várias semanas, tudo o que falavam era que cor de cristal kyber queriam, que tipo de cabo ou emissor queriam usar, ou como o Professor Huyang era tão antigo que o velho droide supostamente chegara ao Templo Jedi há milhares de anos, antes mesmo de ensinar a construção de sabres de luz. Ela se sentira bem o bastante para fingir rir ou participar. Além do mais, os sabres de luz *pareciam* legais, e a maneira como zumbiam e chiavam... Bem, aquela parecia ser a melhor parte de ser um Jedi.

Mas sabres de luz significavam violência. Violência significava sofrimento.

E embora ninguém conseguisse explicar o motivo de a conexão particular de Mill com a Força funcionar daquele jeito, o sofrimento a deixava doente.

— Jovens! — chamou o droide de protocolo antes de segurar um comunicador junto à boca, seu revestimento verde refletindo as infinitas luzes do Templo Jedi. — Atenção, Padawan Quinn. Os jovens alunos já terminaram suas refeições e esperam por você no transporte para Ilum.

— Entendido. Estou correndo para chegar lá.

Mill sabia a razão de os adultos parecerem tensos naquela manhã — desde o dia anterior, na verdade. A única coisa que se falava no Templo Jedi era de Cato Neimoidia. As sessões de treinamento habituais tinham sido canceladas, e os jovens foram entregues a vários droides para praticar acrobacias ou meditação. Os Jedi mais velhos corriam para lá e para cá, alguns acompanhados de seus Padawans, outros sozinhos.

— Estão mandando Jedi para todos os cantos. Para acalmar todo mundo — disse Vivert durante o desjejum. — Cada sistema acha que vai ser o próximo.

O próximo. Mill pensou no que aquilo significava. Tentou se isolar de tudo e se concentrar no que podia fazer: respirar, caminhar, revisar seus estudos, realizar sua refeição, manter-se hidratada, tudo para se forçar a entrar na *Crucible* e voar até Ilum. Ela imaginava que, uma vez que estivesse lá, ao menos poderia se livrar de todas as conversas sobre a guerra e os horrores que aconteceram em Cato Neimoidia.

E ela fez tudo isso. E fez tudo *sem* se conectar com a Força. Aquilo provou-se incrivelmente difícil de se empreender durante um período de crise.

Mill avançou. Seus amigos já estavam na plataforma de embarque enquanto o droide ficava lamentavelmente para trás. Um pé, depois o outro, um pé, depois o outro, pensava ela. Até conseguiu dizer algumas palavras:

— Estou indo — gritou para seus amigos. — Esperem. — Forçou um sorriso, apesar da náusea ardente em seu estômago e de seus dois corações Zabrak estarem batendo acelerados. Estava quase conseguindo, até que algo chamou sua atenção.

Ela não deveria ter olhado. Mas o brilho das hologravações instintivamente capturou seu foco, desviando-a do caminho até a plataforma de ancoragem para um pequeno escritório à sua esquerda, onde alguns Jedi usando mantos estavam reunidos ao redor de uma projeção brilhante.

E então, pela primeira vez, ela pôs os olhos em Cato Neimoidia.

Foi apenas um vislumbre, a visão de cima de um longo trecho de uma cidade envolta em neblina. Só que faltava um enorme pedaço dela. No lugar surgiam linhas de fumaça escura.

Foi tudo o que Mill percebeu antes que seus pés parassem, o embalo quase fazendo-a tropeçar em si mesma. Suas mãos marrom-claras bateram no chão, e a curta cauda de cabelos pretos balançou, fazendo cócegas em sua face e se enroscando em seus chifres. Ela pensou em outros assuntos, qualquer coisa que pudesse bloquear as imagens da paisagem urbana devastada. Embora ela estivesse longe o suficiente do holograma para não reparar nos mínimos detalhes, aquilo não importava.

Sua conexão com a Força trouxe, contra sua vontade, tudo para sua mente quando ela fechou os olhos, como um mapa de navegação da região caída, só que com assinaturas de calor pulsando. Não como uma visão de temperatura, mas como a visão da dor de um povo, uma onda de pontos laranja e vermelhos gritando silenciosamente no éter da Força.

— Jovem aprendiz? Tem algo errado? Você precisa de atendimento médico?

— Hã-hã — disse ela, levantando-se. Àquela altura, os outros Iniciados estavam reunidos no turboelevador que levava à plataforma, e ela deu um passo depois do outro, a vertiginosa conexão com a Força ainda fazendo-a cambalear, sem equilíbrio. Ela tentou se isolar da Força, mas sua ligação se mostrou muito intensa e apoderou-se de todos os seus sentidos.

— Vou fazer um bastão — disse Ami-Kat-Ayama. — Girá-lo ao redor. Cortar uma fileira inteira de droides de batalha como se fosse uma serra circular. — A mera menção trouxe a imagem à mente de Mill, como se ela fosse a fileira de droides de batalha vitimados pelo sabre de luz. Mas diferente das máquinas desprovidas de sentimentos, a sensação de violência percorreu seu corpo.

— Não vai, não. Eles vão dar cinquenta tiros de blaster, e você só vai poder aparar um. É muito lento. — Vivert girou com um sabre de luz imaginário nas mãos.

Felix falou algo em sua língua nativa, uma provocação que Mill ainda não tinha entendido por completo, mas que fez os outros rirem.

— Ah, é? Talvez eu apenas os desvie na sua direção. Vão acertar bem na sua cara — respondeu Vivert, com uma risada.

Mill tentou. Esforçou-se muito para manter a compostura, tanto que seus dedos estavam doloridos de tanto pressioná-los em punhos fechados. Mas quanto mais as brincadeiras de seus amigos aumentavam, mais a violência nas palavras deles provocava sensações em sua mente, ampliando a dor que ela já sentia por causa das imagens do bombardeio.

Suas pernas fraquejaram, os joelhos bateram no chão e, embora ela se apoiasse com um braço, as últimas coisas em que pensava eram Ilum e o Encontro. O desjejum daquela manhã foi expulso dela, fazendo seus amigos exclamarem um "eeeeca" em conjunto.

— M-3M4! O que está acontecendo? — gritou Malera Quinn, a Padawan humana designada para levá-los a Ilum.

— É a Iniciada Alibeth — disse o droide. — Parece que esta jovem está bastante doente.

— Mill, certo? — Malera ajoelhou-se, seus cabelos loiros caindo sobre um ombro. Ela conhecera Malera durante um treinamento anterior liderado pela Padawan, mas algo em seu rosto parecia diferente: linhas de preocupação que não existiam antes de Geonosis.

— Você está bem? — Vivert também apareceu, colocando a mão nas costas de Mill e forçando um sorriso para tranquilizar a amiga.

— Estou bem — disse Mill. — Estou pronta para o Encontro, para conhecer o Professor Huyang e... — Só pensar em um sabre de luz, dentre todas as coisas — uma arma elegante voltada para defesa, sim, mas ainda assim uma arma — fez a náusea retornar, e sua cabeça começou a girar.

— Receio que não esteja, jovem — disse Malera. Ela se virou para o droide de protocolo, aparentemente chamado M-3M4. — Leve esta Iniciada até a enfermaria. Ela vai precisar de uma tarefa diferente enquanto vamos para Ilum.

Mill assentiu, efetuando os devidos agradecimentos e despedidas ao se levantar. Mas, por dentro, ela fez um novo voto para si mesma: Ela não iria apenas silenciar a Força. Encontraria uma forma de se isolar permanentemente dela. Porque não podia viver daquele jeito.

CAPÍTULO 9

OBI-WAN KENOBI

— Aí está você — chamou Obi-Wan. Logo antes de falar, ele viu Anakin sozinho, mas ficou quieto. O refeitório do Templo estava quase vazio, tanto que Anakin deve ter imaginado que ninguém notaria se ele mudasse a configuração das holotelas de uma lista de horários e cardápios para uma corrida de pods em algum mundo remoto. Ele esperou até que Anakin terminasse e se acomodasse em seu assento, com uma simples sopa de legumes na bandeja à sua frente, e deu vários segundos para seu ex-aprendiz aproveitar sua configuração antes de entrar.

Em troca, Obi-Wan aproveitou o tempo para pensar no que estava vendo. Anakin tentando contornar as regras para que servissem a seus desejos pessoais. Ali, tinha sido algo pequeno. Não fazia muito tempo que a mesma atitude fora muito mais drástica, e uma única lembrança passou em sua mente, resumindo as preocupações de Obi-Wan em poucas palavras:

— Você vai ser expulso da Ordem!

Ele gritara para Anakin enquanto o vento açoitava seu rosto, na nave que sobrevoava Geonosis.

— Eu não me importo — gritou Anakin, em resposta.

Mas aquele era o problema. Anakin se importava. Importava-se com tantas coisas — incluindo corridas de pods — que Obi-Wan sentia-se como uma trava no pedal do acelerador do jovem Jedi, certificando-se de que ele não fosse tão rápido a ponto de perder o controle.

No entanto, eles tinham deixado de ser Mestre e aprendiz e se tornado colegas, uma guerra rompendo tal corrente protetora e deixando Anakin à deriva entre seus instintos e sua paixão.

— Mestre — disse Anakin, levantando-se tão rapidamente que seus joelhos bateram na mesa e a sopa espirrou para fora da tigela. Obi-Wan reparou no gesto sutil que Anakin fez pelas costas, cortando a energia da holotela com o movimento de um dedo. — Estava apenas me atualizando das notícias de Cato Neimoidia e...

— Está tudo bem — disse Obi-Wan, acenando com a mão como se realizasse um truque mental, embora ali só estivesse evitando que mais sopa caísse. — Talvez a paz pudesse ser negociada se todos nós assistíssemos esportes e tomássemos cerveja juntos. Na verdade, vim falar com você sobre sua próxima missão amanhã.

Anakin olhou para Obi-Wan, sua boca se torcendo levemente antes de voltar para uma expressão neutra.

— Amanhã? Achei que eu embarcaria dentro de dois dias para supervisionar a missão de ajuda a Langston.

Lá estava novamente. Obi-Wan teria percebido mesmo do outro lado da sala, mas sentado bem ao lado de Anakin era inconfundível: exatamente a mesma ondulação que sentira quando Anakin encontrou Padmé no Templo Jedi. A mistura de emoções tinha uma fórmula diferente, mas vinha dentro da mesma embalagem.

Ela não estava ali à vista. Então, por que o jovem se sentia daquele jeito?

Uma resposta muito estratégica surgiu na mente de Obi-Wan:

— Ah, você ainda vai. A de amanhã é por aqui mesmo. — Sua cabeça inclinou-se levemente, avaliando a reação de Anakin. — Não deve interferir em nada do que já tenha planejado.

— Hã. Quero dizer — começou a dizer Anakin antes de olhar para onde a projeção holográfica do refeitório estava. — Vamos nos encontrar com o chanceler amanhã. Os mais novos Cavaleiros Jedi, digo. Não queria perder isso.

— Anakin, você consegue assistir uma transmissão de corrida em praticamente qualquer transporte. Se souber como fazer. — Obi-Wan falou com uma precisão específica, igualmente projetada para desarmar e ao mesmo tempo investigar um pouco mais fundo. Ele fez uma pausa, deixando seu ex-Padawan tomar um gole de sopa antes de passar ao próximo assunto, um movimento igualmente tático. — Ah, comentei que encontrei a Senadora Amidala no Templo ontem? Parece que ela e alguns outros senadores concordam com os Jedi aproveitarem a oportunidade de falar com Cato Neimoidia. Não a via desde Geonosis, mas ela não parece nada mal.

O jovem Jedi levantou-se novamente, daquela vez com um movimento cuidadoso que evitou qualquer colisão. Depois ajoelhou-se de volta ao painel de acesso do holoprojetor, seu rosto totalmente escondido.

— Caso encontre com ela novamente, diga que mandei um oi. Um segundo — disse ele, mexendo nas configurações. — Não posso deixar ninguém saber que estava assistindo a corrida de pods.

Então, Obi-Wan se sentou e aguardou, dando a Anakin espaço para restaurar as configurações do aparelho, mas também para que ele próprio processasse o que acabara de presenciar, visível apenas através da Força.

Porque aquela mesma onda veio com a menção de Padmé, como um botão sendo pressionado. Mesmo sem sua presença física, ela ocupava os pensamentos dele, e o fato de Anakin nem ao menos tentar esconder aquilo criava um problema monumental, uma vulnerabilidade que colocava em risco tanto o jovem quanto a própria República.

— Quase consegui — disse ele. Por um lado, Obi-Wan sentia a necessidade de confrontar Anakin *ali mesmo*, discorrendo sobre dedicação e responsabilidade e todas as outras coisas sobre as quais Mace Windu acabara de falar para o grupo, especialmente naquele momento, onde o equilíbrio de poder em toda a galáxia estava em jogo. Paixão e outros assuntos triviais poderiam esperar, e como alguém que ocupava uma posição no Conselho — mesmo que em regime de revezamento —, ele não carregava a responsabilidade de garantir que o compromisso fosse puro e resoluto entre os Cavaleiros Jedi?

Mas então um rubor veio às suas faces, algo que o fez agradecer por Anakin ainda estar trabalhando no holoprojetor. Porque Dex conhecia bem o velho amigo, destacando a hipocrisia de Obi-Wan em tal assunto.

Além disso, Cato Neimoidia era *sua* prioridade, e seus sentimentos pessoais sobre Anakin não poderiam interferir em sua missão.

— Pronto — disse Anakin, endireitando-se rápido. A seleção habitual de informações do refeitório retornou à tela e, como se o processo reiniciasse o próprio jovem, Obi-Wan não detectou mais mudanças em seu ex-aprendiz através da Força. — Ninguém viu nada. Então, me contaram que você vai para Cato Neimoidia amanhã.

— As notícias voam.

— Você sabe que eu deveria estar lá com você. — Obi-Wan ouvira variações daquela afirmação antes, e em alguns casos ela vinha acompanhada da insinuação de que Anakin se considerava mais poderoso, mais capaz, a solução óbvia. Ali, no entanto, sua voz, sua postura, a preocupação em seu rosto... tudo parecia autêntico, fruto de uma inesperada maturidade.

Que interessante mudança de atitude.

— Preferia que fosse assim. Mas devemos respeitar as condições do Conde Dooku. Ele encurralou os Jedi de um jeito muito esperto. Devo ir apenas eu. — O desconforto de Anakin com a ideia manifestou-se em sua expressão, e um silêncio pesado se fez, como se o jovem refletisse sobre a situação. — Ainda que eu tenha certeza de que a Federação do Comércio adoraria ouvir sua opinião sobre os melhores pilotos de pod da galáxia. Talvez você pudesse até informá-los sobre seus azarões favoritos — disse ele, permitindo-se um sorriso.

Um sorriso que Anakin retribuiu, formando uma ponte entre os dois, talvez até um reconhecimento silencioso de suas posições em pé de igualdade. Quebrou a tensão, no mínimo.

— Eu gostaria... — começou a dizer, antes de sua voz sumir. Outra onda de emoção emanou dele, mas em vez de uma mistura complexa de sentimentos, Obi-Wan sentiu...

Aquilo era tristeza?

— Gostaria que Mestre Qui-Gon pudesse nos ver agora.

Anakin não raramente deixava Obi-Wan confuso, às vezes com sua bravura, às vezes com sua teimosia, e às vezes com a forma como sua bravura e teimosia sempre *conseguiam* o impossível. Mas aquilo veio com completa surpresa.

Ele mal mencionava Qui-Gon a Obi-Wan. Com que frequência o Mestre Jedi morto ocupava seus pensamentos?

— Desculpe, Mestre, eu não deveria...

— Ele estaria orgulhoso de você — assegurou Obi-Wan, com pura sinceridade em sua voz. Qui-Gon, que acreditava com tamanho fervor que Anakin era o Escolhido — fosse verdade ou não, era difícil argumentar contra os feitos do jovem. — Sua fé seria recompensada.

Os dois permaneceram em silêncio por vários segundos. O único som provinha de talheres e pratos do outro lado do refeitório, agora também silenciados.

Por fim, Anakin quis forçar uma barra. Como sempre fazia.

— Eu realmente deveria ir para Cato Neimoidia. Como reforço. Não confio em Dooku. Nem na Federação do Comércio. Nem nos Neimoidianos em geral, aliás.

— Infelizmente, isso está fora dos parâmetros da missão.

Anakin soltou uma risada silenciosa, então balançou a cabeça.

— Espere aí. Você está me dizendo que os Cavaleiros Jedi realmente ainda seguem todas as regras? Achávamos que era algo que vocês diziam aos Padawans para nos manter na linha.

— De fato. Na verdade, acho que agora você descobrirá que a vida como um Cavaleiro Jedi é muito mais fácil quando você segue as regras. Improvisar tende apenas a atrair problemas. Falando nisso... — Obi-Wan animou-se de repente e se viu tendo que conter a vontade de rir. — Você deveria bolar um plano para amanhã.

— Que missão misteriosa é essa?

— Uma muito mais desafiadora e emocionalmente desgastante do que uma simples negociação, mas é um rito de passagem, algo entalhado no cinto de cada Jedi. — O rosto de Anakin se contorceu de curiosidade, e Obi-Wan soube que tinha seu jovem companheiro exatamente onde queria. — Você deve se encontrar com os jovens alunos e transmitir sua sabedoria.

A risada de Anakin ecoou pelo salão quase vazio, alta o suficiente para chamar a atenção do grupo de Padawans no canto mais distante.

— Está bem, sem brincadeira, qual é a missão?

— Anakin — disse Obi-Wan, pousando a mão em seu ombro. — Não estou brincando com você.

Os olhos de Anakin arregalaram-se e ele começou a balançar a cabeça lentamente.

— Não. Não pode estar.

— Receio que sim. E não pode se resumir a técnicas de sabre de luz ou manipulação física da Força. Você deve transmitir-lhes todo o conhecimento que adquiriu em sua jornada de Padawan até as provações. E... — Obi-Wan mordeu o lábio para conter o riso — ... deve responder às perguntas que fizerem. Todas elas.

CAPÍTULO 10

RUUG QUARNOM

NÃO IMPORTAVA QUANTOS BANHOS TOMASSE, RUUG SENTIA A SUJEIRA acumulada dos últimos dias agarrar-se ao seu corpo, um fedor de podridão que se recusava a sair. Horas inalando fumaça, ficando coberta de fuligem e detritos, ou esperando desesperadamente que restasse alguma vida em outro corpo encontrado, tudo aquilo em um esforço interminável que deixava uma película espessa em seu corpo e sua mente.

Ela havia se banhado, a estação de guarda no complexo da capital de Zarra oferecendo instalações tão luxuosas quanto os escritórios governamentais. No entanto, apesar da limpeza, junto com uma muda completa de roupas limpas e o procedimento de descontaminação em sua armadura personalizada, seu corpo parecia estar em carne viva, como se a neblina da superfície tivesse lhe queimado a pele e exposto todos os nervos.

Ruug atravessou o corredor do último andar sozinha, com uma maleta em cada mão: uma para as peças e módulos de seu rifle e outra para os componentes de sua armadura personalizada. Ela sempre as levava de volta para seus aposentos, não por questões de segurança — cada membro da Guarda Real Neimoidiana tinha um armário de segurança para guardar equipamentos —, mas porque se sentia simplesmente incompleta caso não os carregasse consigo.

Ao virar uma esquina, uma varanda aberta permitiu que a brisa de Cato Neimoidia atingisse seu rosto. Ela se virou, reservando um momento, e embora sua vista da cidade fosse alta o bastante para que ela pudesse distinguir as colunas de fumaça elevando-se de Cadesura, os lampejos imediatamente abaixo dela lhe chamaram a atenção.

Um andar abaixo ficava um pátio plano, uma simples instalação ao ar livre para o treinamento das forças de segurança. E Ketar estava ajoelhado no meio dele, com o rifle apoiado no ombro. Ele disparou, silenciosas rajadas amarelas de blasters de treinamento zunindo pelo espaço em direção aos droides de prática de batalha. Os disparos foram absorvidos pelos escudos leves, embora cada um deles tivesse sido desativado com o impacto — todos, exceto o último, que começou a avançar mais rápido.

— *Vatstu* — praguejou Ketar alto o bastante para que ecoasse, logo se levantando e aproximando do droide restante, com o rifle erguido. Um disparo ressoou, depois outro e mais outro, cada um deles atingindo o ser sintético, cujo corpo ficou mole e os braços pendurados. — *Vatstu!* — exclamou Ketar novamente, ainda que daquela vez não tivesse a ver com sua pontaria. Outra rajada amarela voou na direção do droide que, com seus escudos desativados, acumulava manchas enegrecidas a cada novo disparo do blaster de treinamento que atingia seu revestimento externo.

Ele disparou de novo e de novo, os impactos derrubando o droide solitário. Em vez de se abaixar ou recarregar, Ketar virou o rifle e começou a golpear a cabeça do droide com a coronha. Lascas de liga metálica se partiram, pedaços voando em várias direções até que Ketar caiu de joelhos devido à frustração, exaustão, ou as duas coisas.

Ruug entendia. Ela estivera cercada de morte e destruição por muito, muito tempo, e ainda assim nada chegava perto do que vira em Cadesura. Deixando as duas maletas sobre a beirada, ela saltou sobre si mesma, torcendo-se para aterrissar rolando num movimento que amorteceu seu impacto de forma segura.

O barulho chamou a atenção de Ketar, e o jovem guarda ergueu o olhar.

— Sabe, posso ensiná-lo a saltar assim — disse Ruug, empilhando suas maletas uma sobre a outra ordenadamente antes de se aproximar do parceiro. — Poderia ser uma forma melhor de aproveitar o tempo livre do que praticar tiro ao alvo. — Ela apontou para o droide de batalha sem cabeça caído ao lado deles. — Acho que você venceu.

— Não é tiro ao alvo — disse Ketar, quase baixo demais para ela ouvir.

— Sim — disse ela, postando-se ao lado dele. — Sei como é. Às vezes, tudo o que a gente precisa é explodir um droide. — Ela pegou fragmentos retorcidos da cabeça esmagada do droide de batalha. — Descontar a raiva.

Ketar estendeu a mão para a confusão de servomotores e fios projetando-se do pescoço do droide, embora olhasse para as brumas acima das constrições.

— Simplesmente não consigo entender isso tudo.

— Ei — disse Ruug, colocando uma mão sobre o ombro do parceiro. — E nem precisa entender. Esse não é o seu trabalho.

— Mas como é possível nem ao menos tentar? — O rifle caiu no piso texturizado da área de treinamento, e ele pressionou os olhos fechados com seus longos dedos verdes. — Como alguém pode achar isso justificável?

Aquelas perguntas exigiam respostas. Perguntas sem sentido, respostas sem lógica. Perguntas *sem* resposta. Todas elas surgiam para aqueles que viviam uma guerra pela primeira vez.

Mesmo para alguém que tinha sentido a própria compaixão se despedaçar e reconstruir tantas vezes, Cadesura fazia Ruug questionar a pouca fé que lhe restava. Mas não ali. Ela não podia deixar Ketar ver sua fragilidade.

— Nosso trabalho é ajudar as pessoas. Você fez isso hoje. — Ruug apertou o ombro dele, mas Ketar continuou imóvel, com o rosto mergulhado nas mãos. Ela cogitou entrar no modo soldado: *De pé! Trate sua arma com respeito!* Mas uma catástrofe daquela dimensão fazia cada indivíduo na capital, no planeta, talvez até no setor, processá-la de maneira diferente. Ruug escolheu a única coisa que podiam fazer em um momento como aquele. — Cato Neimoidia está contando conosco — disse ela com uma voz calma, mas firme.

Embora tenha levado vários segundos, aquele sentimento pareceu se infiltrar nele, pelo menos o bastante para Ketar encará-la de frente mais uma vez, com as emoções intensificando a cor das fissuras de suas pupilas. Ruug levantou-se, depois lhe estendeu uma única mão. Enquanto esperava, ela ouviu os sons de outras pessoas andando pelo complexo do governo, de speeders chegando e partindo das plataformas de pouso, dos ventos intensos do planeta soprando ao redor deles.

E quando se sentiu pronto, Ketar segurou a mão dela. Ruug puxou apenas o suficiente para impulsioná-lo e, embora o jovem fosse mais alto do que ela, ele parecia tão pequeno quanto um Neimoidiano recém-nascido em estágio larval.

— Você devia descansar um pouco — sugeriu ela. — Temos muito o que fazer amanhã. Pessoas para ajudar.

— Sim — respondeu Ketar, com o rosto voltado para baixo. Ele se agachou e recolheu o rifle caído, depois jogou a alça da arma de volta ao redor do ombro.

— Estou falando sério. Descanse um pouco. — Ketar grunhiu uma afirmativa. Ainda assim, os droides de treinamento voltaram a funcionar no momento em que Ruug alcançou suas maletas de equipamento. No meio do caminho, ela se virou para vê-lo retornando a uma postura de ataque, a coronha de seu rifle apoiada no ombro enquanto disparos erravam os alvos. Ela pensou em dizer para o jovem ajustar o apoio alguns centímetros para melhorar a estabilidade, mas optou por ficar quieta.

Em vez disso, deixou o parceiro descontar suas frustrações enquanto pensava nas próprias, segurando a armadura em uma mão e o rifle na outra.

CAPÍTULO 11

OBI-WAN KENOBI

A ÚLTIMA VEZ QUE ANAKIN CAMINHOU COM OBI-WAN PARA UM transporte, eles eram Mestre e aprendiz. Naquele dia, no entanto, Anakin parecia um pai dando conselhos a um filho que ia para um acampamento pela primeira vez, exceto pelo fato de que falava sobre a cultura Neimoidiana. Ele claramente passara a noite nos Arquivos Jedi ou conversando com alguém tão versado em relações intergalácticas quanto Dex. Ambas as escolhas ofereciam uma forma de evitar pensar no discurso que ele deveria fazer para os jovens alunos, por isso talvez tivesse sido uma escolha estratégica.

Ao se aproximarem da plataforma de desembarque, o tom de Anakin mudou bastante. Ele estava tão focado em detalhes sobre coisas como "a classe dominante representa apenas uma pequena fração da cultura de uma sociedade" e "o conflito geralmente surge de uma incapacidade de ouvir" que o modo como seu comportamento mudou quando viram a nave destacada para o transporte foi surpreendente.

— Aquela coisa? — perguntou Anakin com um tom completamente diferente. Ele parou para apontar para o pequeno veículo no fim da passarela; não era a pior coisa que Obi-Wan poderia pilotar. O transporte provavelmente estava em serviço há cerca de uma década, talvez desde o mandato do Chanceler Valorum. E tinha sido bem-cuidado, atendendo aos padrões de serviço e manutenção da República.

Mas estava muito longe de ser um caça estelar Jedi elegante e preparado para o combate. Obi-Wan já detestava voar, mas ao menos um caça Jedi era manobrável o suficiente para parecer uma extensão de seu próprio corpo. Aquela nave não parecia capaz nem de superar um droide de manutenção.

— Para cumprir as exigências de Dooku. Nenhum Cruzador da República nas proximidades. Nenhum caça estelar com capacidade de ataque. Apenas uma nave — explicou Obi-Wan — que me leve do ponto A ao ponto B.

Anakin balançou a cabeça enquanto ambos retomavam a caminhada. Atrás deles, um pequeno droide astromecânico carregava uma caixa de suprimentos básicos, não apenas para higiene pessoal, mas também para investigação.

— Eu deveria ir com você.

— Calma, calma. Talvez desta vez seja algo simples.

— Simples? Com a Federação do Comércio? Com Dooku possivelmente à espreita? Com *Neimoidianos*?

— Sim. Mas, Anakin, você está se esquecendo do mais importante.

— E o que é? — perguntou ele, com a testa franzida, provavelmente se perguntando se tinha esquecido algo entre as coisas que havia listado.

— As coisas sempre ficam complicadas quando estamos juntos. Aquela vez com Shaak Ti em Naran-Shiv. Aquele ninho de gundarks. — Obi-Wan riu. — *Geonosis*. Talvez nos separarmos seja o segredo para que as coisas corram bem. Pelo menos uma vez.

— Pelo menos uma vez — repetiu Anakin, com um tom mais brando, mas ainda carregado com o peso da missão.

— Anakin. — Obi-Wan soltou um suspiro rápido. — Vamos precisar aprender a lidar com as coisas por conta própria. Será uma mudança para nós dois.

— Você só está chateado porque não terá a mim para pilotar.

— Pode ser isso. — Eles estavam bem próximos da nave, pelo menos o suficiente para que o droide se afastasse, manobrando silenciosamente ao redor deles, puxando o caixote flutuante de suprimentos para a porta do compartimento de carga. — Ainda assim, você ficou com a tarefa mais difícil. — Ambos pararam, o zumbido de droides de serviço preenchendo o espaço enquanto um braço de inventário especializado levantava o equipamento de Obi-Wan e o depositava no compartimento de carga. Ao redor deles, grupos de clones caminhavam para os transportes maiores; gritos de "sim, senhor!" misturavam-se com comentários aleatórios sobre "latas velhas" e "sucata". Do outro lado, Obi-Wan espiou Quinlan Vos dispensando a ajuda de um droide enquanto colocava peças sobressalentes em seu próprio caça estelar Jedi antes do lançamento. Vos notou, jogando seus longos cabelos para trás antes de lançar uma piscadela e fechar a escotilha de equipamentos de sua nave. — Não invejo você, tendo que conversar com os jovens aprendizes. Eu só estou partindo para deter uma guerra.

— Tenho estudado os Neimoidianos. — Anakin deixou escapar, apesar do esforço de Obi-Wan para manter as coisas leves.

— Evidentemente.

— Há mais detalhes para entender. Eu deveria lhe enviar holos sobre como negociar com eles.

Ultrapassar os limites para obter algo que queria certamente estava de acordo com a abordagem padrão de Anakin, mas não era de seu feitio agir assim de forma... acadêmica. Aquela estranha preocupação com nuances e detalhes metódicos era exatamente o oposto de seu habitual modo de atuação favorito durante negociações agressivas. Às vezes, Obi-Wan se perguntava se Anakin propositalmente ia mal nos estudos políticos apenas para incitar o lado oposto a dar o primeiro golpe e permitir que seu sabre de luz pudesse entrar na conversa.

Outra possibilidade é que aquela mudança representasse um elogio. Talvez seu ex-aprendiz tivesse de fato aprendido algo sobre a arte da negociação durante o tempo que tinham passado juntos.

Obi-Wan escolheu acreditar na segunda alternativa, reprimindo o impulso ainda instintivo de ralhar Anakin sobre saber o seu lugar.

Em pé de igualdade, lembrou ele a si mesmo. Ele não era mais responsável por moldar Anakin. Aquilo passara a ser o trabalho da galáxia.

— Nada de transmissões. Além disso, quando eu chegar a Cato Neimoidia, minhas comunicações com a República ficarão bloqueadas.

— Somente por meios oficiais. — O comentário fez Obi-Wan erguer uma sobrancelha, e Anakin pegou algo do cinto. — Lembra-se disso?

O sol de Coruscant iluminava Anakin por trás, fazendo com que Obi-Wan levasse um segundo para enxergar o pequeno objeto em sua mão.

— Anakin... — disse ele com um suspiro; claro que se lembrava do objeto. Era um comunicador modificado, um dos modelos de longo alcance e alta criptografia de RazBohan, em que Anakin mexera durante uma missão a Taris vários meses antes de Coruscant. O setor próximo a Taris experimentava uma inundação constante de tempestades iônicas que prejudicavam as comunicações, e a única maneira de ampliar o sinal era enviá-lo através de pacotes de dados em camadas. O trabalho de engenharia de Anakin mostrou-se bem-sucedido, resultando em uma criptografia inerente para uma comunicação poderosa e segura entre os dois.

— Olha, isso não está quebrando nenhuma regra. Você se comprometeu a evitar qualquer transmissão ao Conselho. Eu não estou no Conselho — esclareceu Anakin, dando de ombros. — E você não poderá manter contato com Coruscant. Também não estarei em Coruscant, vou supervisionar a entrega de suprimentos médicos em Langston. Até onde a Federação do Comércio sabe, este poderia ser simplesmente seu meio de assistir, digamos, à última corrida do Rally da Montanha de Fogo dentro de alguns dias. Tom Torre está tentando vencer todo o circuito regional e...

— Anakin, quanto esporte você realmente assistiu enquanto era Padawan?

— O suficiente para saber como mudar as configurações das transmissões no refeitório — disse ele, com um sorriso sabichão. — Só estou dando desculpas fáceis para a posse de um comunicador.

Obi-Wan supôs que não deveria ter ficado surpreso e, embora nunca fosse dizer tal coisa, esperava que todas aquelas vezes em que Anakin acompanhou as maiores corridas da galáxia sem autorização tivessem lhe oferecido algum conforto durante os anos mais difíceis.

— Vou manter isso em mente.

— Mas... — Anakin puxou outro objeto, um estojo preto reluzente — ... com isso aqui você nem vai precisar se preocupar. O estojo vai manter o comunicador seguro e escondido. É parcialmente feito de uma liga phrik. Pode ser resistente o bastante até para aguentar um sabre de luz.

— Você não testou? — As luzes da plataforma de embarque refletiam na superfície lisa do estojo, as linhas escuras de phrik misturadas com algum material que provavelmente não era tão caro.

— Só consegui um deles. Levante o polegar.

— Onde foi que conseguiu isso? — perguntou Obi-Wan, balançando a cabeça, mas fazendo o que foi dito. O dispositivo apitou alguns segundos depois de codificar sua biometria.

— Tenho um amigo que se destaca quando o assunto é furtividade. — Anakin colocou o comunicador no estojo, depois tocou o recipiente na lateral, fazendo com que sua tampa deslizasse sobre o aparelho guardado no interior. Obi-Wan olhou o revestimento do estojo enquanto Anakin o segurava; estava tão hermeticamente fechado que não parecia apresentar qualquer tipo de abertura.

Obi-Wan pegou o estojo fino, um pouco mais pesado do que seria esperado, mas que poderia facilmente ser guardado entre seus pertences, talvez até anexado a alguma peça de seu equipamento como disfarce.

Erguendo a mão, Anakin mostrou o comunicador correspondente, um dispositivo igualmente discreto.

— Só para emergências. Prometo que não vou contatá-lo nem rastreá-lo. Você seguirá todas as regras deles. — Um objeto tão pequeno para tamanha rede de segurança. E ele tinha razão... Tecnicamente, não violava regra alguma, e Obi-Wan poderia escolher ignorar a existência do comunicador, se quisesse. Havia um certo pragmatismo em ter opções, principalmente se Anakin mantivesse sua palavra e *não* entrasse em contato com ele.

— Certo — disse Obi-Wan, guardando o comunicador numa bolsa de seu cinto. — Mas *nada* de entrar em contato comigo. Deixe que eu mesmo faço isso, se precisar de algo.

— Ei — disse Anakin, levantando as mãos para dar ênfase —, você me conhece.

Alguns meses antes, aquelas poucas palavras poderiam vir acompanhadas de ressentimento ou um tom de desafio. Naquele momento, no entanto, apenas irreverência transparecia, e o olhar de Anakin não carregava a costumeira crítica do passado. Em vez disso, suas palavras soavam até levemente divertidas.

O que seria da vida *sem* o constante conflito com Anakin?

Obi-Wan sorriu consigo mesmo. Ele certamente teria menos dores de cabeça.

— Preciso ir. — Os dois permaneceram ali, parados, com os olhares fixos um no outro, enquanto uma nave de guerra acionava os motores, seu ronco alto o suficiente para interromper a conversa antes de decolar para se juntar ao batalhão. — Adeus, meu jovem aprend... — Ele se deteve antes de dizer "aprendiz". Atrás dele, o droide apitou para sinalizar que suas coisas estavam a bordo. — Adeus, meu jovem amigo. Que a Força esteja com você. — Ele verificou a bolsa em seu cinto novamente, para confirmar que o comunicador criptografado de Anakin estava seguro, depois virou-se para se despedir.

CAPÍTULO 12

ANAKIN SKYWALKER

ANAKIN ACENOU PARA SEU ANTIGO MESTRE, MAS OBI-WAN PARECIA concentrado demais para ver.

A nave zumbiu quando os sistemas se acionaram, depois a plataforma de ancoragem tremeu com o ronco e a agitação da ativação dos motores, menores e mais barulhentos do que as naves de guerra da República. O transporte era antigo, seu procedimento de decolagem nada parecido com o movimento suave dos mais recentes caças Jedi. Em vez disso, aquela nave espacial, um veículo provavelmente construído para acomodar cinco pessoas e alguns suprimentos, no máximo, roncava no mesmo nível dos transportes de tropas maiores. Pela pequena janela da cabine, era possível ver Obi-Wan sentado, com a postura ereta e as duas mãos nos controles.

A nave pairou, erguendo-se uns bons trinta metros acima da plataforma antes de girar e zunir para o céu, seu distinto ruído *chug--chug-chug* desaparecendo ao se misturar ao barulho constante de Coruscant. Anakin ergueu seu comunicador e pensou em apertar o botão de cima para abrir um canal, um jeito tanto de provocar Obi-Wan quanto de verificar o funcionamento do aparelho. Mas ele o guardou, tendo testado com Padmé durante a noite anterior, na segurança do apartamento dela.

A noite anterior, na verdade, tinha sido inteiramente dedicada àquela missão. Não deveria ter sido assim — eles haviam planejado algo tranquilo, e simplesmente aproveitariam o fato de estarem no mesmo lugar e horário por mais uma noite. Mas Padmé estava totalmente no modo senatorial, e apesar do grande esforço de Anakin em distraí-la com tentações físicas, a maior parte da noite envolveu estudar e compreender as nuances dos Neimoidianos: como uma cultura, com o governo local de Cato Neimoidia e a Federação do Comércio como uma entidade maior.

A incapacidade de Padmé em se desligar do trabalho era algo que já havia tornado seu casamento precoce turbulento em alguns momentos. O processo de integrar duas vidas e personalidades totalmente distintas mostrou-se um pouco mais surpreendente do que ele esperava, mesmo quando estavam isolados em Naboo, logo depois da cerimônia. Mas ele respeitara seus pedidos de pesquisa, selecionando diversos textos e artigos enquanto ela realizava anotações, repassando e fazendo-o memorizar os pontos-chave para passar para Obi-Wan naquela manhã.

Então, eles se entregaram.

Anakin tinha escolhido passear pelos níveis mais baixos de Coruscant. Padmé optou por salvar a galáxia pela diplomacia. Parecia apropriado, embora talvez naquela noite eles pudessem atingir um agradável meio-termo.

Do outro lado, Anakin viu uma pilha de peças de motor de caça, um conjunto delas ali aguardando para uso sobressalente ou possivelmente serem transformadas em sucata. Talvez um técnico clone as tivesse esquecido. Mas ele estendeu seu braço mecânico para cima, com os dedos levemente abertos. O pistão mais alto tremeu antes de se erguer, e Anakin moveu o braço para a esquerda, depois para a direita e mais uma vez para cima antes de abaixá-lo.

E embora o objeto obedecesse ao seu comando, ainda havia um atraso na resposta e na precisão, como os controles de um caça estelar com a fiação ligeiramente solta. A Força fluía pelo seu corpo, e aquele braço fazia parte de seu corpo, sintético ou não. Mas ainda não *parecia* muito certo.

— Posso ajudá-lo em algo, general? — perguntou um clone. *General...* Aquilo ainda não fazia sentido para ele, dada a separação entre os Jedi e o Grande Exército da República. Ele passara por testes para se tornar um Cavaleiro Jedi, não um líder militar. Mas imaginou que aquele era um comandante clone: um indivíduo, mas ainda operando dentro dos parâmetros inseridos em seu corpo e sua mente.

Se tinham a capacidade de ir além daquilo, só o tempo diria. Embora, por enquanto, ele os considerasse notavelmente *humanos*, no bom sentido.

— Não — respondeu Anakin. — Só estou aqui para desejar a um amigo boa sorte em sua missão.

— Entendido. — O clone virou-se e se juntou ao grupo enfileirado próximo a um transporte afastado dali, todos eles idênticos em tamanho, voz e armadura, exceto pela distinção das cores.

Anakin olhou de volta para o céu que envolvia Obi-Wan, outros transportes e naves indo e vindo enquanto alguns cruzadores pairavam baixo o bastante para serem vistos. Então, virou-se e seguiu na direção da saída. Ele tinha jovens para atender e transmitir sabedoria, o que quer que aquilo significasse.

E depois, uma última noite com Padmé. Com sorte, sem política ou guerra.

Somente marido e mulher.

CAPÍTULO 13

RUUG QUARNOM

A MAIOR PARTE DOS ÚLTIMOS DIAS TRANSGREDIRA SOB A NÉVOA, Ruug e Ketar na superfície fazendo de tudo, desde limpar escombros, impedir que focos de incêndio se alastrassem e alcançassem os ramais de fornecimento de gás, até administrar ajuda médica de emergência. E embora sua longa história como agente secreta envolvesse assassinatos tanto de perto quanto de longe, nada se comparava à pura devastação que ela testemunhava no distrito caído de Cadesura.

Mas o governo de Cato Neimoidia ainda funcionava, cuidando dos negócios habituais com as autarquias locais em coordenação simultânea com a Federação do Comércio — e, em nível público, mantinha a postura de sempre com a República e com os Separatistas. Aquilo significava que os turnos de guarda padrão ainda estavam vigentes, a dupla trocando o caos da superfície pelos corredores quase silenciosos do governo.

Durante esse tempo, Ketar não seguiu nenhum dos conselhos de Ruug sobre moderar suas emoções. Principalmente naquele momento, em que ele fazia seu dever ao mesmo tempo que tecia longas críticas sobre a responsabilidade da República pela devastação, e como a facção dissidente de Nute Gunray fazia sentido, dada a longa história de preconceito por parte da República. A reação de Ruug foi deixar Ketar colocar tudo para fora.

Só que levou *muito tempo.*

— E a República — resmungava ele, seu sussurro áspero se tornando muito mais audível —, a República não respeita nada da nossa cultura. Nosso povo. Meus pais, eles...

— Ketar? — chamou Ruug depois de um discurso ininterrupto que deve ter levado vários minutos.

Os dois estavam em lados opostos de uma porta aberta em simples serviço de vigia, a uma eternidade de distância dos intermináveis incêndios e escombros lá embaixo, as paredes de pedra primorosamente esculpidas e os intrincados murais entalhados do teto do complexo da capital de Zarra em gritante justaposição com a destruição que ainda pairava na memória de Ruug.

Mas ali, pelo menos os discursos de Ketar — que começavam a beirar o absurdo — a distraíam. Funcionários do governo passaram no fim do corredor, provavelmente fora do alcance de sua conversa em voz baixa.

— Que foi?

— Você dormiu ontem à noite?

Ketar endireitou-se, piscando ao ajustar seu peso. Em seguida, olhou para o corredor quando um Neimoidiano e um Muun pararam de conversar e se viraram para observar.

— Certo, certo — disse ele, sua voz retornando a um tom mais adequado para guardas de plantão.

— E então?

— Então o quê?

— Você conseguiu dormir ontem à noite? Depois daqueles droides de treinamento?

Ketar olhou para suas botas, um sorriso silencioso logo se transformando em uma risada abafada.

— Não.

— Você lutou com ainda mais droides de batalha, não foi?

— A noite toda.

Claro que sim. Ela supôs que deveria ao menos elogiar Ketar por descontar sua raiva de forma construtiva, embora aquilo obviamente o tivesse privado das faculdades de um guarda real bem descansado e nutrido de Cato Neimoidia.

— Espero que pelo menos tenha varrido os caquinhos depois de destruir cada um deles — disse Ruug, de forma leve o suficiente para arrancar-lhe um sorriso.

Ketar voltou a rir, balançando a cabeça, um gesto suficientemente carregado de desculpas para que Ruug os considerasse quites. Na verdade, ela também riu, mais uma vez distraindo a dupla que tentava ter uma discussão no corredor.

Pelo menos o turno deles terminaria em breve.

— Nada de droides de treinamento esta noite.

— Ruug, eu quero fazer a diferença — disse ele, sua voz um misto de desespero e desafio.

— Certo, olha só. — Ela manteve a voz num sussurro controlado para não revelar o fato de que estavam conversando em vez de cumprir o dever de vigia. — Vou levá-lo à superfície à noite. Vamos investigar de perto o que pudermos. Mas só se você descansar um pouco depois desse turno. Vá para seus aposentos, assista a um holo. Tome uma cerveja agárica. Ou talvez as duas coisas. Isso é uma ordem.

— Temos o mesmo posto. Suas ordens não valem.

— É uma ordem do posto de idade e experiência. — E preocupação, se valesse de algo. Ela lhe lançou uma sobrancelha erguida, e o sorriso e assentida que se seguiram mostraram que Ruug talvez tivesse convencido seu jovem amigo.

Então, uma nova voz soou no interior da sala que guardavam.

— ... simplesmente para garantir que tudo o que a República fizer seja confiável.

O histórico de missões e treinamento de Ruug a havia ensinado a captar todos os detalhes que identificavam uma situação. Tom. Sons. Fatores ambientais. Sua mente trabalhava em uma varredura constante, reunindo informações para saber o máximo possível sobre a situação em que se encontrava. Aquilo levou a um registro de todos os oficiais e autoridades Neimoidianos nas proximidades, tanto com negócios típicos da Federação do Comércio quanto com o manejo local do desastre.

Mas aquela voz não era familiar, seu tom bajulador já carregando um tipo diferente de cadência. Era feminina, dura e rancorosa, áspera como cascalho apesar das palavras corteses que empregava.

— Tenho a honra de prestar-lhes apoio durante este período de dificuldades — disse ela, as mínimas mudanças nas inflexões ativando as suspeitas de Ruug.

— Agradecemos sua presença — reconheceu o Ministro Alluy Eyam. — Mas temos garantias da República de que o Jedi está vindo sozinho. Em um transporte espacial desarmado, não num caça estelar.

— Um truque. O disfarce da diplomacia. Os Jedi são conhecidos por tais engodos. — A alguns metros de distância, Ruug viu Ketar ficar tenso, desviando sua atenção dos deveres de vigia para aquela conversa. — Não se esqueça, o Conde Dooku costumava ser um deles. Ele está familiarizado com seus métodos.

— Apesar da tragédia dos últimos dias, eu particularmente só tive experiências sinceras com os Jedi.

— Então, você é um *tolo* — disse ela, a dureza de suas palavras ecoando por toda a sala. Os passos cessaram, todos hesitantes. — Os Jedi convenceram toda a galáxia de sua virtude. Eu enxergo através dela. O Conde Dooku enxerga através dela. Vamos revelar a verdade do que aconteceu aqui. Diga-me, ministro, a República tem um histórico de tratar os Neimoidianos com dignidade?

— Bem... tem sido uma jornada encontrar o equilíbrio certo.

— Sua diplomacia o serve em seu papel. Ouvi dizer que você é o melhor orador do governo de Cato Neimoidia. Meu papel é falar, e reconhecer, a verdade. E meu trabalho é ajudá-lo a entender onde deve focar seus interesses. A galáxia está ouvindo, ministro. Agora pense no que você sabe sobre aqueles que comandam a República. Eles acham que seu povo é ganancioso?

— Bem, *ganancioso* pode ser um...

— Eles os consideram covardes?

— Não vejo o que...

— Eles reconhecem sua arte? Seu teatro, sua música? — questionou a mulher, cada pergunta subindo o tom de exigência. — Ou tudo foi varrido para debaixo do tapete, perdido no ruído da propaganda deles? O quanto a República realmente pode respeitar a Federação do Comércio, se sua única interação oficial consiste num escritório consular que mal é utilizado?

A cada segundo, Ruug via Ketar reagir de maneira sutil: punhos se fechando, botas mudando de posição no lugar, um suspiro de desgosto.

— Tem sido um desafio algumas vezes.

— Um desafio. É um modo de ver. — A voz da mulher carregava uma cadência jocosa e, se Ruug pudesse vê-la, tinha certeza de que perceberia um sorriso. — Diga-me, quem é esse emissário dos Jedi?

— Mestre Obi-Wan Kenobi, do Conselho Jedi.

Ruug ergueu seu rifle de guarda, deslizando a mão para baixo, na direção do punho composto, para deixar a luz do interior da sala refletir no pequeno trecho cromado ao redor do cano. Ela a torceu ligeiramente, depois olhou para o reflexo. Lá estava Alluy Eyam, ministro da defesa do planeta. E Feldus Spar, outro funcionário local, que supervisionava os recursos de socorro.

E aquela nova pessoa. Pele pálida, corpo esguio, nenhum pelo na cabeça, mas linhas cruéis que pareciam ser tatuagens emoldurando a boca e as têmporas. Ela andou, e sob um longo manto, a parte inferior de suas vestes escuras balançava de uma forma que parecia mais funcional do que decorativa.

— Estou ansiosa para encontrar esse... — Ela fez uma pausa, depois olhou para a porta onde Ruug e Ketar estavam, como se seus olhos se conectassem aos de Ruug através do ângulo exato do reflexo. — ... Obi-Wan Kenobi. — A expressão da mulher permaneceu fixa por vários segundos, depois ela se separou do grupo, marchando diretamente até a posição dos guardas. — Ouvi alguém aqui expressando frustração com a República — disse ela, ao cruzar a porta. Ela caminhou um metro para o corredor, depois se virou, Eyam e Spar avançando para alcançá-la.

O peso do olhar da mulher trouxe uma pressão aos sentidos de Ruug, e ela sentiu imediatamente que havia algo de errado naquela situação. Se a mulher estivesse ali em algum tipo de negócio governamental padrão — como uma diplomata dos Separatistas, uma visitante dos executivos da Federação do Comércio —, a própria atmosfera estaria diferente.

O olhar penetrante da mulher contava uma história completamente diferente. Ruug conhecera pessoas como ela antes, que tentavam intimidar apenas com sua presença.

O que quer que estivesse tramando, quaisquer que fossem suas intenções, Ruug não queria se envolver naquilo.

— Os guardas não devem se envolver com transeuntes durante o dever — ela apressou-se em dizer, encontrando o olhar fixo da mulher. — É inconveniente.

Os lábios da mulher inclinaram-se para cima antes que ela fizesse uma curva brusca e encarasse Ketar.

— Aprecio o trabalho duro de guardas leais. Peço desculpas por atrapalhar suas tarefas. No entanto, se alguém quiser discutir as transgressões anteriores da República... — Ela deixou suas palavras morrerem antes de se voltar para os oficiais Neimoidianos. Ruug virou-se para Ketar, que olhava para a frente, mas algo no fundo de seus olhos havia mudado. — Ofereço um ouvido compreensivo. E serei fácil de encontrar.

Ruug observou enquanto a mulher e os oficiais se afastavam, amaldiçoando-os silenciosamente enquanto se retiravam.

CAPÍTULO 14

OBI-WAN KENOBI

OBI-WAN DETESTAVA VOAR, MAS AQUILO MAL CONTAVA COMO VOAR. Em vez dos controles suaves e respostas rápidas de um caça estelar Jedi, aquele transporte espacial — tão datado que ele nem sabia qual era a marca e o modelo — parecia mais com uma caixa flutuante. Quando ele girava o controle, o veículo respondia com um segundo de atraso; quando acelerava, o fazia tão gradualmente que nenhuma força g o atingia.

Ao menos os assentos eram confortáveis. Aquilo era algo que ele tinha contra os caças Jedi: as cabines apertadas. Dada a natureza espaçosa da seção dianteira, ele até levou a caixa de suprimentos do compartimento de carga para lá, e examinou as diversas ferramentas quc possuía para auxiliar em sua investigação: coisas para detectar composições químicas, examinar pontos de explosão, comparar a simulação da República com as evidências de perto.

E, claro, o estojo de Anakin. Ele o ergueu, o material liso e escuro reluzindo sob as luzes coloridas de *status* do interior do transporte. Seria realmente necessário um sabre de luz para atravessá-lo? Era bastante discreto, no entanto, e Obi-Wan optou por prendê-lo à base do scanner químico, algo que deveria passar facilmente por qualquer inspeção visual de seus pertences.

A tela de comunicação da nave piscou, indicando a chegada de uma mensagem.

— Finalmente — murmurou Obi-Wan para si mesmo antes de pressionar um botão. A cara feia de Dex surgiu em sua tela, junto com o ruído da cozinha atrás dele. — Você tem um *timing* ótimo, Dex. Estou prestes a pousar.

— Bem, você tem um *timing* péssimo, eu estava bem no meio do serviço. A guerra é boa para os restaurantes, pelo menos em Coruscant. Mas tenho as suas informações. Que não vão muito além de dizer que não tem havido muita conversa sobre Cato Neimoidia ultimamente.

— Nada?

— Todo o sistema está livre da atividade de caçadores de recompensas há algumas semanas. O mesmo com traficantes de especiarias. E também com — Dex riu — tipinhos menos agradáveis.

— Então, é uma situação inteiramente política — concluiu Obi-Wan com um suspiro. — Bem, vamos ver se as negociações podem produzir um fim pacífico para esta guerra.

Gritos de Wanda interferiram no áudio. Dex fez uma careta irritada para o lado, depois voltou-se para o comunicador em seu pequeno escritório nos fundos.

— Pode funcionar. Já é melhor do que *não vai funcionar*.

— Obrigado, Dex, isso foi muito reconfortante.

— Ah, você viu as grandes notícias da HoloNet hoje?

— Não — disse Obi-Wan, o medo rastejando em seus pensamentos. — Tenho me concentrado em me preparar para a missão.

— Deixe-me encaminhá-las. — Dex esticou-se, mexendo em algo fora do alcance de visão da câmera, com vários bipes e sons de cliques. — Tá na mão. Está vendo?

Satine Kryze, de Mandalore, apareceu na tela. Ela estava diante da câmera, fazendo um discurso de um lugar que parecia ser uma sacada em Sundari, a capital Mandaloriana. Apesar de sua fala animada e gestos grandiosos, o áudio não estava sendo transmitido, e uma âncora falava por cima das imagens.

— A proclamação de neutralidade de Mandalore é um verdadeiro meio-termo político? Ou o discurso recente de Satine Kryze é parte de uma tentativa secreta de ajudar o movimento Separatista? Discutiremos isso com nosso painel de especialistas, a seguir, no *Notícias da Noite da HoloNet*.

Obi-Wan ignorou a cabeça falante, embora a legenda se destacasse com bastante clareza:

A DUQUESA MANDALORIANA DESAFIA A REPÚBLICA NA GUERRA EM ANDAMENTO.

— Estou vendo — disse Obi-Wan suavemente.

— Ela está recrutando sistemas e pressionando pela neutralidade. Não vai ajudar em nada.

Obi-Wan monitorava a duquesa como qualquer um faria com um velho amigo, mas principalmente aquele que subiu ao poder em um contexto político tão volátil quanto o de Mandalore. No entanto, a maioria de tais atualizações vinha na forma de leituras de resumos de discursos e ações governamentais. Ele raramente via o rosto de Satine diante de seus olhos, e aquilo desencadeou uma onda de emoções que ele reconhecia, o desejo de sonhar com uma vida diferente, com uma galáxia diferente.

Mas ele deixou o pensamento se esvair, como sempre fazia, antes mesmo que pudesse criar raízes. Ainda assim, viu-se balançando a cabeça, por tempo suficiente para que Dex pudesse notar, mesmo com o sistema de comunicações ultrapassado da nave.

— Isso é diferente. Toda a história de Mandalore foi baseada na guerra. Envolver-se nela acabaria desfazendo todo o esforço da duquesa para criar um novo futuro para seu povo.

— Estou sentindo uma parcialidade aí. Você está me dizendo que não preferia que Mandalore estivesse do seu lado nessa? — Dex limpou a garganta. — Ou pense por esse lado. E se...

— Não tenho tempo para teorias, Dex.

— Uma pergunta, velho amigo: não seria muito ruim se Mandalore se unisse aos Separatistas?

Obi-Wan olhou para o computador do transporte espacial. Seu tempo restante de viagem estimado era de vinte e três minutos padrão.

— Esta não é uma preocupação agora — disse ele. — Vamos resolver isso quando acontecer. Preciso ir, Dex. Tenho que me preparar para o pouso.

— E eu tenho jantares para preparar. Não se meta em problemas, Obi-Wan. Wanda não pode voar até aí para ajudá-lo.

— Bem, então vou ter que tomar um copo de Suco Jawa com ela quando voltar.

— Direi isso a ela. Vejo você quando voltar, velho amigo. — Dez acenou com a mão esquerda superior, depois a tela piscou, retomando a exibição de informações sobre combustível e velocidade.

Obi-Wan queria meditar — queria a mente clara e equilibrada para se preparar para as formalidades e negociações à frente. Mas, com base no tempo de voo restante, ele se dedicou durante alguns minutos a pensar no experimento mental de Dex.

E se Mandalore viesse em auxílio da República? E ele tivesse que trabalhar com Satine?

Seria um desafio maior do que se Mandalore se comprometesse com Dooku?

Obi-Wan deixou que os pensamentos fluíssem por sua mente, concentrando-se neles o suficiente para processá-los, mas sem deixar que as preocupações os dominassem. Ainda que, ao pensar no que poderia acontecer se, entre todas as pessoas, *Anakin* tomasse conhecimento de sua história com Satine, ele se visse sorrindo.

E ele se permitiu agarrar-se ao mais breve momento de divertimento.

CAPÍTULO 15

ANAKIN SKYWALKER

UM VÁCUO NA FORÇA.

Anakin sentira aquilo nas últimas semanas, bolsões aleatórios em todo o Templo Jedi — e *apenas* no Templo Jedi —, onde a Força sumia por um mero instante, como naquelas raras ocasiões em que uma parte do ar ficava perfeitamente parada apesar de estar cercada por uma brisa externa.

Tais bolsões eram fugazes, fazendo cócegas em seus sentidos apenas por tempo suficiente para chamar sua atenção antes de se dissiparem no fluxo da Força. Tinham aparecido mais nas últimas semanas, e ele imaginava terem simplesmente a ver com a turbulência que *todos* sentiram no começo da guerra.

Por isso, foi muito estranho sentir um deles ali, dentre todos os lugares: uma pequena sala de treinamento no Templo, usada principalmente por Padawans e Iniciados.

Ele chegara alguns minutos mais cedo, preparando-se mentalmente para o desafio de conversar com os aprendizes. E quando entrou, outro grupo saltou para dentro, composto de jovens de todas as idades, desde aqueles que ainda tropeçavam nas próprias pernas até uma garota Zabrak mais velha. Todos eles passaram, embora Anakin se percebesse acessando a Força, tentando compreender a estranha sensação. Ela ecoava como um sentimento há muito perdido dentro *dele próprio*, tocando em alguma coisa de seus anos iniciais, quando uma solidão avassaladora gerava uma fúria que ficava quase entalada entre ele e a própria Força.

— Mestre Skywalker — gritou um dos jovens, interrompendo sua contemplação. E então, outro, depois mais um, e de repente ele enfrentava uma pressão bem diferente de qualquer outra coisa, e sua atenção retornou para o momento presente.

Os jovens aprendizes estavam ouvindo.

Na verdade, a atenção deles parecia tão absorta que só aumentava a pressão sobre ele para dizer algo brilhante. Ele foi capaz de recordar e recitar todos os detalhes que Padmé incutira nele, para informar Obi-Wan sobre coisas como a estrutura governamental da Federação do Comércio, peculiaridades culturais Neimoidianas e como dizer "olá" em Pak Pak. No entanto, sua memória falhou ao tentar falar diante dos jovens, e o discurso que ele preparara para aquela situação sumiu completamente de sua mente.

Aquela acabou sendo *muito* mais difícil do que todas as outras vezes em que ele fora designado para lecionar para os jovens, explicando detalhes de segurança da pilotagem, apresentando formas básicas de sabre de luz durante uma sessão de treinamento ou até mesmo escoltando Iniciados Jedi até Ilum, para o Encontro.

Mas o que ele precisava fazer ali era... pessoal. E complicado.

— O que eu aprendi na minha jornada para me tornar um Cavaleiro Jedi — começou Anakin, visualizando o discurso que redigira em um datapad. De todos os poderes da Força disponíveis — milagres físicos, percepções impossíveis, alterações mentais —, nenhum lhe proporcionava a recordação instantânea para aquela apresentação.

Ele realmente deveria ter levado o datapad em vez de tentar improvisar.

Dez jovens alunos estavam diante dele, todos o encarando fixamente, independentemente da idade ou espécie.

— Desculpem. Deixem-me começar novamente — disse ele, com um meio-sorriso. — O que aprendi em minha jornada para me tornar um Cavaleiro Jedi. Humildade. Confiança. Foco. Todos os princípios da Ordem Jedi. Mas, acima de tudo, aprendi sobre mim mesmo.

— Mestre?

— Sim, jovem — disse Anakin, apontando para Cath Erangris, a jovem garotinha Mon Calamari, que esticava a grossa mão branca para cima.

— O que é u-mi-dade?

— Não, é "humildade".

— Foi o que eu disse. U-mi-dade.

— Esperem, esperem — disse ele, erguendo as mãos com as palmas para a frente. Anakin conseguiu conter sua frustração, lembrando a si mesmo de que estava ali para ser algum tipo de *exemplo a ser seguido*. Claro, Obi-Wan teria rido da ideia dele tentando explicar o que era humildade. — Humildade é quando você acha que não sabe tudo. Quero dizer, quando você sabe que deve pedir ajuda. Por exemplo, não... — Ele franziu os lábios, tentando *não* permitir que sua exasperação tomasse conta.

— Podemos ver seu sabre de luz?

— Oh! De que cor é o seu sabre de luz?

— Aposto que é verde.

— Psiu! Você deveria estar prestando atenção!

— Que nada, é azul.

Anakin deu um passo para trás quando os jovens ficaram cada vez mais fora de controle, a discussão se transformando em uma competição sobre quem tinha assistido mais holos de Mace Windu demonstrando movimentos de treinamento com seu sabre de luz roxo.

— Uau. Ei, crianças? — A tagarelice coletiva não parava de aumentar, e toda vez que Anakin chamava sua atenção, elas provocavam novas discussões entre elas próprias, como se ele não estivesse ali. Anakin suspirou, a cabeça enterrada nas mãos, sinceramente agradecido por não ter nem Obi-Wan nem Padmé por perto para ver aquilo. Por fim, os jovens sossegaram sozinhos, e assim que o volume da conversa diminuiu, ele aproveitou a chance. — Jovens... Olha, vamos deixar as perguntas para o fim, tudo bem?

Alguns deles voltaram a prestar atenção, os menores ainda imersos em seu próprio mundo.

— O que eu aprendi na jornada para me tornar um Cavaleiro Jedi — começou ele, novamente. — Humildade. Confiança. Foco. Todos os princípios...

Um dos garotos bocejou, fazendo Anakin perder o fio da meada.

Alguns segundos se passaram, a maioria dos jovens o encarando fixamente e, em resposta, o olhar de Anakin saltou para cada um deles.

Qualquer coisa que tinha planejado desapareceu completamente e, em vez disso, ele ficou com uma sala cheia de alunos e nenhuma palavra de sabedoria para transmitir.

Ele teria que dar um jeito. Na verdade, era justamente naquilo que ele se destacava no campo de batalha. Então, certamente poderia lidar com um discurso.

— Eu diria que não é o que eu aprendi. Mas com *quem* eu aprendi. Durante toda a minha vida. Quando eu era criança, eu tinha um amigo em Tatooine. O nome dele era Kitster. — Ele fez uma pausa, pensando no menino de cabelos pretos bagunçados e sorriso confiante, nas infinitas peças que pregava em Anakin ou o convencia a participar. Ele levou um momento fazendo um pedido à Força para que Kitster também saísse de Tatooine. — Ele me ajudou a encontrar alegria durante uma infância difícil, mostrando que poderíamos encontrar algo que valesse a pena mesmo na duna mais árida. Minha mãe. — Deteve-se mais uma vez, os ecos daquela noite em Tatooine ainda vívidos, e Anakin olhou para alguns transeuntes para esconder sua expressão. — Ela me ensinou compaixão. Me ensinou a consertar as coisas. Me encorajou a ser curioso, a querer mais, a encontrar um caminho mesmo quando as leis da República não estavam lá para ela. — Suas lembranças voltaram-se não para os violentos e sangrentos momentos finais nas tendas dos Tuskens, mas dele na cama, o mito do dragão solar mais uma vez tocando sua mente. — Coração. Ela era só coração, e queria que eu me sentisse assim também, que acreditasse no meu coração. Meu Mestre, Obi-Wan Kenobi...

— Ele está no Conselho — disse um jovem.

— Isso mesmo. Está fora, ajudando, no momento. — Anakin deixou por isso mesmo, já que não entendia completamente como aquela vaga rotativa estava funcionando nem por quanto tempo valia durante o caos recente. — Dever. Honestidade. Trabalho duro. Ele foi um grande exemplo de tudo isso. Vejam, é assim que funciona: vocês podem aprender com cada pessoa que encontrarem nas suas vidas. Mesmo que só as vejam de vez em quando. Meu amigo, o Representante Binks. Vocês conhecem o Representante Binks, de Naboo?

Vários dos jovens assentiram.

— Ele anda de um jeito engraçado — comentou um deles.

— Ele me ensinou lealdade. E a nunca julgar as pessoas. Você diz que ele anda de um jeito engraçado. Mas, para ele, é desse jeito que os Gungans andam. Como Jedi, vocês encontrarão muitas pessoas diferentes, seja durante seu treinamento ou durante suas missões. Políticos, habitantes locais. — Um sorriso formou-se em seu rosto, algo que poderia denunciá-lo em outras circunstâncias. — Realeza. Algumas delas vocês encontrarão várias vezes. Outras vão cruzar seus caminhos apenas por um breve momento. Mas vocês podem aprender com cada um desses encontros. Porque cada ser na galáxia tem alguma coisa a oferecer. Às vezes... — Ele respirou fundo. — ... só precisamos de um pouco de paciência para descobrir.

A sala ficou quieta, tomada pela expectativa silenciosa das crianças por mais. Um jovem, um Chalhuddano com chifres começando a nascer, levantou a mão lentamente e perguntou:

— Mestre?

— Sim?

— É muita coisa para lembrar.

— Sim — disse ele, e sua risada foi contagiosa o bastante para fazer com que os outros também rissem. — Se não conseguir se lembrar de tudo, tente isto. Eu tinha um amigo chamado Qui-Gon Jinn. Vocês podem ter ouvido falar dele de vez em quando. Ele era um grande homem, muito sábio. Ele *se importava*. E questionava. Certa vez, logo antes de um dos momentos mais importantes da minha vida, ele me disse assim: "Não pense, sinta. Confie nos seus instintos". — Anakin sentiu-se sendo observado, e virou-se para ver Mace Windu dando uma rápida espiada antes de avançar, uma carranca familiar em seu rosto. — Às vezes, vocês já devem saber de coisas como essa. Mas ajuda se alguém em quem vocês confiam lhes der *permissão*. Entendem?

Um murmúrio coletivo de concordância elevou-se entre os alunos, e Anakin foi inundado de alívio. Seu discurso original teria durado três ou quatro vezes mais tempo do que sua lista improvisada de pessoas que mudaram o rumo de sua vida. No entanto, aquilo parecia ser o suficiente.

Mesmo assim, ele ainda tinha tempo para preencher.

— Certo — disse ele, de braços abertos. — Vamos tentar as perguntas de novo... — Todos os alunos levantaram as mãos. — *Uma* pergunta de cada vez, por favor.

TRINTA MINUTOS — E ALGUNS TRUQUES ACROBÁTICOS — DEPOIS, OS jovens alunos saíram um a um, quando a Padawan há muito esperada chegou para reunir os Iniciados. Anakin acenou para cada um deles, às vezes dando um "tchau" ou um "obrigado".

O último saiu, e Anakin olhou para o crono na parede da pequena sala de treinamento. Ele ainda precisava ir até o escritório do chanceler para a apresentação formal dos mais novos Cavaleiros Jedi, que tinha sido remarcada. Tal tarefa mal povoava sua mente; muitos pensariam no encontro com o governante da galáxia livre como uma ocasião monumental, mas, para ele, seria uma versão diluída dos eventuais cafés da manhã ou passeios que fazia com seu amigo de longa data. Será que os outros sequer tinham notado que o chanceler gostava de manter conversas casuais com ele desde que chegara a Coruscant?

Se não, Anakin decidiu que a discrição parecia a opção mais inteligente. Ele já tinha recebido muito ressentimento dos outros quando os rumores de um "Escolhido" se espalharam, num momento em que a competitividade Padawan surgia em todas as maneiras passivo-agressivas. Não importava, na verdade; ele sabia que sua amizade com Palpatine era genuína.

O que significava que Palpatine não se ofenderia se Anakin prestasse pouca atenção durante as formalidades. Porque sua mente estaria em outro lugar.

Na última noite que passaria com Padmé em Coruscant.

Em vez de esperar pela cerimônia que aconteceria mais tarde, naquele dia, Anakin deixou sua mente se entregar, vagando em um sonho — não os do sono, quando visões e pesadelos geralmente colidiam, mas nos de um momento de vigília, quando as possibilidades pareciam infinitas.

Quando uma noite com Padmé nem sempre seria um momento fugaz lhe escapando por entre os dedos. Anakin sucumbiu ao momento, imaginando uma outra galáxia além daquela, onde poderia fazer o que quisesse *sem* nenhuma das restrições da Ordem Jedi. A liberdade de simplesmente existir, de fazer as coisas em que Anakin e Padmé eram excelentes, mas livres do escrutínio, do julgamento e das limitações que os obrigavam a se disfarçar no submundo de Coruscant.

Talvez algum dia aquilo fosse possível. Um dia, eles seriam capazes de se ver sempre.

Mas, por enquanto, a realidade da situação era que teriam uma noite. Ele piscou, retornando ao momento presente. O que iriam fazer? A furtividade ainda era crítica para duas pessoas como eles, e havia o fascínio de ficarem juntos e deixarem as coisas acontecerem de forma natural entre eles. Mas passar um tempo juntos era uma ocorrência tão rara que quando tinham tal chance eles deveriam aproveitar e...

— Mestre?

Anakin olhou para baixo. Uma das jovens voltava para pegar uma pequena mochila deixada para trás.

— Ah. Oi de novo. Hã... — Sua mente correu para o modo mais apropriado de encerrar aquilo o quanto antes. — Que a Força esteja com você.

— Certo. Vejo você amanhã.

— Certo. Isso. — No momento que a jovem cruzou a porta, ele registrou suas palavras. — Espere, o que você quer dizer com "amanhã"?

— A missão. Nós vamos com você.

— Hã, você deve estar enganada — disse Anakin, lembrando-se de usar um tom gentil e não desapontá-la demais. — Estou indo para Langston. Vamos entregar...

— Suprimentos médicos. Eu sei. Vejo você no transporte amanhã.

A jovem deu meia-volta e correu para alcançar sua líder Padawan. Anakin deu vários passos diante da porta antes de parar. O grupo de jovens desapareceu pelo corredor comprido, deixando Anakin se perguntando se Obi-Wan estava certo.

Lidar com jovens aprendizes era *muito* mais difícil do que pôr fim a uma guerra.

CAPÍTULO 16

OBI-WAN KENOBI

Apesar das diversas vezes que tivera que lidar com a Federação do Comércio na última década — incluindo as provocações ineficazes de Nute Gunray —, aquela era a primeira vez que Obi-Wan colocava os pés no solo de Cato Neimoidia.

Bem, não exatamente no solo, que permanecia a alguma distância abaixo dele. Em vez disso, Obi-Wan desceu a curta rampa de acesso de seu transporte espacial para uma plataforma de pouso não muito diferente das de Coruscant: uma longa oval conectada a uma ponte que ligava à própria cidade. Havia outras plataformas de desembarque em ambos os lados, de diversos tamanhos, desde pequenos espaços reservados para uso governamental até um grande porto para tráfego comercial, tornando aquele canto de Zarra mais um centro de transporte do que qualquer outra coisa. Apesar da natureza prática do espaço, as estruturas circundantes representavam a estética ornamentada do planeta, um arco de ponte justaposta a fileiras de torres com entalhes intricados ao longo de suas paredes.

Na borda da oval estava um grupo de líderes Neimoidianos. Ele reconheceu o Ministro Eyam do dia da conferência, embora não tivesse certeza se os outros eram representantes locais de Cato Neimoidia ou se pertenciam ao contingente maior da Federação do Comércio. No entanto, duas coisas eram certas. Primeiro, o Senador Lott Dod mantivera sua palavra e ficara de fora, o que tornava mais provável que fossem autoridades locais.

Em segundo lugar, havia alguém novo atrás deles, alguém que parecia não se encaixar ali. Ele inclinou a visão, movendo-se ligeiramente para evitar chamar a atenção para seus esforços de reconhecimento. Certos detalhes se destacavam com clareza, desde sua pele pálida até a intensidade de seu olhar. Ela esperava em uma pose familiar, uma que Anakin frequentemente adotava como postura padrão: pernas afastadas, braços atrás das costas. Mas a mulher misteriosa ali parada inegavelmente exibia uma carranca constante no rosto, apesar do capuz sobre a cabeça, sua atenção voltada para Obi-Wan desde o momento em que ele saiu da nave.

— Mestre Kenobi. Seja bem-vindo, emissário — saudou Eyam. — É um prazer conhecê-lo pessoalmente. — A manga de seu longo manto roxo pendia do braço estendido enquanto ele falava. Ventos fortes sopravam, agitando a manga e soprando a cauda de sua roupa, embora seu diadema cerimonial permanecesse no lugar.

— *L'a heeting* — disse Obi-Wan com uma leve reverência, cumprimentando os Neimoidianos em seu idioma nativo, o Pak Pak, como sinal de respeito. — A República envia suas condolências e solidariedade. A tragédia de seu povo conquistou os corações e mentes de muitos na República, e faremos tudo o que pudermos para descobrir o verdadeiro culpado por trás desse atentado. — Um droide G2 se aproximou, depois bipou um pedido de permissão para embarcar em sua nave. — Sem problemas. — Ele apontou para dentro, então aguardou o droide sair carregando sua caixa de suprimentos. — Viajo com pouca coisa. Mas acho que vocês vão perceber que não tenho nada a esconder.

— Devo fazer a inspeção? — perguntou a mulher, finalmente dando um passo à frente. Ela puxou o capuz para revelar uma cabeça careca, e seus membros permaneceram ocultos sob seu longo manto.

— Quem vocês preferirem. — Obi-Wan abaixou-se e apertou o controle para destravar a tampa.

Ela passou pelas autoridades Neimoidianas, seu ombro empurrando o deles; Obi-Wan aproveitou a chance para dar-lhe outra olhada e confirmar sua suspeita.

As forças da República *já* a tinham visto antes. Havia sido identificada apenas como uma autoridade dentro do exército

Separatista — uma líder de algum tipo, com certeza, embora diferente do recém-surgido General Grievous e de qualquer outro comandante militar que já tivessem encontrado. Seu passado, suas habilidades, até mesmo seu nome exigiam mais investigações, e agora o improvável bônus daquela investigação em Cato Neimoidia permitia que Obi-Wan a visse de perto — e avaliasse a ameaça que ela poderia representar.

A mulher passou por ele sem dizer uma palavra, ajoelhou-se para olhar o caixote aberto e depois enfiou a mão dentro.

— Fichas de crédito da República — disse ela, segurando a pequena pilha de dinheiro emergencial. — O ministro fornecerá a você todas as suas acomodações. Você não precisa de dinheiro aqui, por isso o governo local irá depositá-lo em segurança. Claro, você o receberá de volta, com juros acumulados, quando partir.

— Agradeço o favor.

Ela vasculhou mais e removeu cada item, inspecionando visualmente antes de colocá-los de volta dentro da caixa. Obi-Wan observou, mantendo sua frequência cardíaca e respiração estáveis com sua própria consciência enquanto esperava a inspeção terminar. Ela alcançou o último item, o scanner químico com o comunicador secretamente anexado a ele.

— Isso é interessante — disse a mulher. Ela se levantou, sua capa retornando à posição de repouso, e apresentou o dispositivo diante dos Neimoidianos reunidos. — Nunca vi um revestimento tão elaborado em um dispositivo de varredura.

— É personalizado. Presente de um amigo — comentou Obi-Wan. — Considere como um amuleto de boa sorte.

Ela bateu um dedo contra a parte inferior, onde a caixa de liga phrik estava presa, antes de se virar para Obi-Wan, erguendo o objeto quando os dois ficaram cara a cara.

— É muito bonito. Não sabia que Jedi se importavam com coisas tão extravagantes.

— Tem um valor sentimental.

— Um Jedi sentimental. — A mulher sorriu, e as feições rígidas de seu rosto tatuado se curvaram de maneira não natural. — Acho que seremos amigos.

— Talvez você possa ficar com ele quando eu terminar minha investigação.

— Seria um belo acessório. E olha, até combina com a minha cor. — Ela depositou o dispositivo de volta na caixa, depois fechou a tampa. — O Jedi está limpo — anunciou ela. Sua longa capa revelou o vislumbre de uma saia quando ela deu meia-volta.

— Venha, emissário — pediu o Ministro Eyam. — Vamos enviar seus pertences para seus aposentos. Este módulo — ele apontou para uma pequena nave de transporte em uma plataforma menor conectada, provavelmente usada para veículos que iam de uma cidade a outra — nos levará até a área do desastre.

Eles caminharam em silêncio. Embora Obi-Wan notasse que a mulher misteriosa acompanhava seu passo de forma exata.

— Desculpe — disse ele. — Não sei o seu nome.

— Ventress — apresentou-se ela. — Asajj Ventress. É um prazer finalmente conhecer um Jedi. Conde Dooku fala muito bem de sua Ordem.

Eles começaram com as formalidades — um percurso básico pelos escritórios do governo e os pontos de referência mais notáveis de Zarra: a brilhante mistura de negócios e arte, das torres suspensas abaixo do maior arco de pedra da capital ao Grande Anfiteatro das Deliberações, onde julgamentos e debates aconteciam ao ar livre. A paisagem urbana parecia realmente dourada vista de cima, design e arquiteturas singulares da cultura e diferente de tudo o que Obi-Wan já tinha visto em suas jornadas pela República: elegância e sofisticação de maneiras muito diferentes de, por exemplo, Naboo, enquanto ainda se aproveitava das maravilhas naturais únicas do planeta, estruturas que se projetavam em direções que seriam simplesmente impossíveis em qualquer outro lugar. O passeio em si durou pouco, e eles logo adentraram as brumas densas de Cato Neimoidia, numa longa descida que revelava como eram altos os pináculos rochosos daquele mundo. Embora tivesse assistido a holos que mostravam a topografia do planeta, nada daquilo fazia justiça às proporções das montanhas colossais. Não era de se admirar que pudessem ancorar cidades inteiras.

— É muito majestoso, não? Já tinha visto algo assim? — perguntou Obi-Wan, numa abordagem estratégica para incitar a misteriosa Ventress a revelar mais sobre si.

— Não pessoalmente.

— Nem eu. Viajei para planetas com todas as variedades de peculiaridades ambientais, mas nada como isso.

Ela balançou a cabeça com um suspiro, depois se ajeitou.

— Vamos dispensar as sutilezas. Quer me perguntar alguma coisa, Kenobi?

A objetividade de seu questionamento pegou o senso diplomático de Obi-Wan desprevenido. Dado o comportamento dela, aquilo talvez tivesse sido planejado.

— Estou tentando ser educado. — Obi-Wan inclinou-se para a frente em seu assento. Ao redor deles, os Neimoidianos permaneceram em silêncio, embora ele tivesse certeza de que tinham escutado. — A menos que *você* sinta que tem algo a esconder. Alguma coisa — disse Obi-Wan, de repente toda aquela experiência discutindo estrategicamente com Anakin mostrando-se útil — que a faça não ser confiável?

A cabeça de Ventress inclinou-se quando ela mordeu o lábio inferior, exalando um sopro de divertimento alto apenas o bastante para que Obi-Wan ouvisse. Na verdade, os outros passageiros poderiam nem ter percebido.

— Embora meu Mestre tenha grande respeito por sua Ordem, ele também entende que ela é uma ferramenta política da República. Caso você se lembre — observou ela, assentindo —, essa é uma das razões pelas quais ele a deixou.

Ela se referia a Dooku como "Mestre". Era uma representação intencional da hierarquia dentro da liderança Separatista? Ou um deslize que revelava algo mais?

— É um argumento justo.

— Por causa disso, ele me enviou para supervisionar sua investigação e suas interações com os Neimoidianos... — Ela respirou fundo, contendo-se, como se para provocá-lo. — Para garantir que não haja evidência de corrupção. — Seus olhos encontraram os dele, numa expressão feroz que parecia tanto um desafio quanto uma ameaça.

Por sorte, Obi-Wan já tinha lidado com coisas piores. Afinal, ele acompanhou Anakin durante alguns anos bem turbulentos da adolescência.

— Então, bem — respondeu ele com uma calma tensa, fazendo uma pausa igualmente longa. Em seguida, seu tom recuou, retornando à voz diplomática padrão, como se estivesse falando com um político qualquer em Coruscant. — Estou ansioso para trabalhar com você — acrescentou ele, estendendo a mão para ela apertar —, de boa-fé.

Ela olhou para a mão estendida, depois novamente para o rosto dele, lendo suas expressões. Ele reagiu da mesma forma, com um sorriso educado, e esperou sem se mover, como a imagem holográfica de uma IA aguardando resposta antes de ativar sua reação programada.

— Digo o mesmo — respondeu ela, finalmente, pegando sua mão.

Os danos eram piores do que Obi-Wan esperava. Eles começaram com uma vista aérea, circulando continuamente enquanto o inspetor Neimoidiano explicava a simulação do desastre que tinham criado para ter uma noção de como toda a estrutura havia colapsado: velocidade, ângulo, inclinação, como os incêndios das explosões iniciais se espalharam para outras áreas e como esses incêndios enfraqueceram outras estruturas antes do impacto. E embora Ventress se apresentasse de modo frio e impassível, ele notou o ar ao redor dela mudar quando o inspetor descreveu a maneira como os corpos eram lançados para fora da estrutura durante sua queda livre para a superfície do planeta e quando ele relatou, em termos muito pragmáticos, o raio em torno da estrutura em que os cadáveres já tinham sido recuperados até então.

E aquele era apenas o primeiro desfiladeiro.

Quanto mais se aproximavam, mais perturbadora era a vista, desde os incêndios ainda exalando fumaça às construções desabadas, os escombros desmoronados de seus revestimentos dourados refletindo as labaredas.

— Por estimativas, recuperamos cerca de um terço dos corpos até o momento.

— Houve sobreviventes?

— Sim. A sorte estava ao lado deles. Nossa equipe de análise quer discutir as circunstâncias com eles para ver se conseguem identificar um padrão, algum tipo de parâmetro de segurança que possamos construir em nossa infraestrutura. — Ele olhou para baixo, sua pele verde ficando mais pálida quando seus olhos se fecharam. — Mas a maioria deles se recusa a falar sobre isso.

— Veja — disse Ventress, interrompendo a discussão. — Pare a nave.

A nave parou, pairando no ar. Ela pegou uma luneta, então ficou em pé próximo à cabine. — Ali está — disse ela. — Venha aqui, Kenobi.

— O que foi?

Ela entregou a luneta e apontou para um ângulo fora da trajetória do voo. Obi-Wan levou o instrumento aos olhos, a área alvo já destacada em uma caixa verde brilhante na tela. O dispositivo deu zoom, seu computador interno interpolando detalhes sobre os danos de forma tão rápida que Obi-Wan não conseguiu assimilar tudo. Mas o destaque visual era o suficiente. Eram sem sombra de dúvida os restos de um suporte construído para proteger o bloco da cidade entre as torres, uma mancha carbonizada indicando o centro da explosão.

— Os pontos de explosão — disse ela. Como se para ilustrar, mais cinco caixas verdes se destacaram na tela, cada uma delas emoldurando marcas claras de queimadura. — Quantos você conta?

— Seis. — Seis pontos de explosão, cada um precisamente distribuído, com espaçamento e ângulos exatos entre si, provavelmente calculados por computador. A destruição na extremidade partida do suporte maciço encobria muitas das evidências mais sutis, mas Obi--Wan tinha visto o bastante em sua vida, incluindo as poucas semanas que passara ao redor dos clones, para compreender que Ventress estava certa. E caçadores de recompensa, piratas, mercenários... Embora ainda fossem capazes de fazer algo como aquilo, tais chances pareciam baixas, principalmente depois do relatório de Dex.

— Seis pontos de explosão, precisamente distribuídos de modo a maximizar os danos, dada a carga na estrutura. Eu consideraria isso precisão militar. Você não?

— Talvez — disse Obi-Wan, de olho em Eyam, na dianteira da nave. — Droides também podem ser precisos.

— Podem mesmo. Uma observação astuta. Posso ver por que o chamam de Mestre. — Ela também se virou para Eyam. — E este é apenas um único suporte. Quem sabe o que vamos encontrar em outro lugar?

Embora um suspiro de frustração lutasse para sair, Obi-Wan o conteve e, em vez disso, ofereceu a luneta para Ventress em um gesto controlado.

— Isso certamente requer mais investigações.

— De fato. — Ela pegou a luneta de volta com um puxão grosseiro que a tirou dos dedos dele.

— Se não houver objeções — disse Eyam —, gostaria de pousar e mostrar a destruição no nível da superfície.

— Por favor, faça. É imperativo que eu veja toda a extensão da catástrofe antes de iniciar minha investigação. Prometo que vou chegar ao fundo disso. — A cadeira da nave rangeu quando Obi-Wan se mexeu em seu assento para olhar diretamente para Ventress. — Talvez por meio da cooperação mútua, possamos chegar a um consenso entre nossos governos.

— Cooperação? — Ventress ajeitou-se em seu assento, com os braços e as pernas cruzados. A luz que vinha de fora refletia nos compartimentos apertados da embarcação, e Obi-Wan captou um brilho metálico em seu quadril antes que ela ajeitasse a capa. — Certamente. Se você puder me convencer.

CAPÍTULO 17

ANAKIN SKYWALKER

O CHANCELER PALPATINE CAMINHAVA DE UM LADO PARA O OUTRO diante do grupo de Cavaleiros Jedi ali parados, Anakin na extremidade oposta.

— Vocês são nossa maior esperança e nossos guardiões — disse ele. O fluxo interminável de luzes das construções de Coruscant podia ser visto pela janela panorâmica atrás dele, que se estendia por todo o comprimento de seu escritório. — A República precisa de vocês mais do que nunca, particularmente agora. Lutar contra um inimigo que cresce é um desafio. Não apenas físico, mas filosófico e moral. Vocês representam a melhor chance de paz duradoura em toda a galáxia. Vocês são Jedi — declarou Palpatine, sua voz assumindo um tom sinistro, como se as discussões e tarefas acumuladas do dia o esgotassem. — Cavaleiros da República.

O grupo deu um aplauso contido e educado, um barulho baixo que mal se elevava acima do som da ventilação. Cada um deles aguardou, o mesmo grupo do dia anterior com exceção de Cyruss Okent, que já havia sido designado para se juntar a um batalhão de clones enfrentando um ataque-surpresa em Bracca, e Palpatine apontou para o corredor. Com a curta cerimônia concluída, os Jedi marcharam em fila única, Palpatine cumprimentando cada um com um "Parabéns, e obrigado por defender a paz e a justiça".

Anakin era o antepenúltimo, e embora ele e o chanceler tivessem um relacionamento menos formal, o disfarce da etiqueta parecia necessário ali.

— Obrigado, chanceler — agradeceu ele. — Que a Força esteja com você.

— Mestre Skywalker. Por favor, espere um minuto — disse Palpatine, pausando a fila. — Preciso conversar com você sobre a missão de Mestre Kenobi em Cato Neimoidia.

— Sim, chanceler — respondeu ele, com uma leve reverência e a voz tão dócil quanto a de um jovem aluno se dirigindo a seu professor.

D'urban Wen-Hurd recebeu o último cumprimento do grupo antes de se retirar. Tanto Palpatine quanto Anakin a observaram partir, esperando que as portas duplas deslizassem e os deixassem sozinhos na sala fechada.

— O senhor está preocupado com Obi-Wan? — perguntou Anakin enquanto Palpatine caminhava até a pequena bandeja de petiscos entregue para a breve reunião. Do lado de fora da enorme janela de transparisteel, o pôr do sol de Coruscant começava a tornar o céu um gradiente de laranja e púrpura enquanto as filas de veículos passavam velozes.

— Caf? — ofereceu Palpatine, servindo-se de uma caneca.

— Claro — respondeu Anakin, pensando que poderia se aproveitar de uma dose extra de energia antes de encontrar Padmé. — Só uma porção de creme.

— Aí está você, meu jovem amigo — disse Palpatine, depositando uma xícara no lado do visitante de sua ampla mesa. — Sente-se, sente-se. — Palpatine acomodou-se em sua elaborada cadeira com um leve gemido, depois tomou um gole da pequena caneca branca em sua mão. — Agora, conte-me. Como é ser um Cavaleiro Jedi?

Anakin pegou a caneca, um leve sinal de confusão em seu rosto.

— Achei que queria falar sobre a missão de Obi-Wan.

— Eu queria apenas conversar com você por um momento — disse ele com uma sobrancelha levantada. — É tão raro encontrar tempo para uma conversa tranquila hoje em dia, não acha? Mas se quiser conversar sobre Mestre Kenobi, ficarei feliz.

A coisa certa a se fazer — a coisa *Jedi* a se fazer — seria mudar de assunto e falar sobre a missão de ajuda em Langston. Mas o chanceler não era um político ou autoridade da República qualquer; ele estivera ali para Anakin desde seus primeiros dias como Jedi, parecendo sempre atento a suas emoções turbulentas. Em momentos de frustração ou solidão,

Palpatine sempre aparecia de modo oportuno, num encontro eventual em um corredor ou por acaso fazendo uso da mesma plataforma de pouso.

Ou em situações como aquela, quando estavam em uma reunião e Palpatine dava um jeito de dedicar alguns minutos a mais a Anakin. Nem sempre com caf, mas às vezes sim. Esse canal aberto de amizade sempre encorajava um diálogo honesto, passava a sensação de que um "como você está?" era uma pergunta genuína e não apenas um cumprimento padrão. Principalmente porque ambos estavam ocupados com o rápido avanço da guerra espalhando o caos por toda a galáxia.

Sem mencionar o tempo passado em Naboo para se casar.

— Alguma coisa tem incomodado você ultimamente? Nem tivemos tempo de discutir os acontecimentos de Geonosis. — Palpatine tomou um gole de sua bebida e balançou a cabeça. — Como a vida passa depressa nos dias de hoje.

— Na verdade... — começou a dizer Anakin. As palavras simplesmente vieram, procurando se libertar das amarras do segredo, para contar a alguém *além* de Padmé sobre os horrores daquela noite em Tatooine. Alguém mais velho, mais sábio, que evidentemente se importava com seu bem-estar.

Alguém que não julgaria.

E era por isso que ele não podia contar sobre aquilo para nenhum Jedi. Nem mesmo para Obi-Wan.

— Anakin, posso ser um homem ocupado, mas pelos próximos minutos estarei aqui apenas como seu amigo. Pode me contar qualquer coisa. — Vincos educados se formaram ao redor da boca de Palpatine quando ele sorriu. — Por favor, sinta-se à vontade para confiar em mim sobre qualquer coisa que lhe diga respeito. Você tem permissão para ser honesto, e eu não vou julgar. Embora eu trabalhe com os Jedi, não estou submetido às mesmas regras.

— Logo antes de Geonosis... — começou a falar Anakin, antes de fazer uma pausa. Mas não era hesitação. Em vez disso, era como se todos aqueles sentimentos e lembranças competissem para sair, causando um bloqueio em sua garganta. — Minha mãe morreu.

Os lábios de Palpatine se separaram, sua sobrancelha inclinando-se em preocupação.

— Meu rapaz. Sinto muito pela sua perda.

— Ela não apenas morreu. — As palavras irromperam, uma tempestade furiosa com elas. Lampejos daquela noite passaram diante de seus olhos. A forma como o sabre de luz perfurou a parede. A dança das chamas nos olhos abertos e sem vida de sua mãe. O baque surdo das cabeças decepadas do Povo da Areia atingindo o chão. — Ela foi *assassinada*. E eu... — Anakin parou, deixando aquilo tomar forma. Antes daquela noite, ele *achava* que conhecia o sofrimento. Seus primeiros dias na Ordem Jedi, a dor persistente que a saudade de sua mãe causava aliada à tristeza de perder Qui-Gon Jinn... Tudo aquilo amplificava a maneira como os Jedi pareciam falar e agir com uma distância intencionalmente calma. Aqueles tempos sombrios eram como grãos de areia comparados ao deserto sem fim daquela noite, com o momento em que o corpo de sua mãe pendeu inerte, incapaz de terminar suas últimas palavras.

Fúria. Desespero. Incredulidade. Nenhuma daquelas palavras descrevia adequadamente a explosão primitiva e crua que ele sentiu naquele momento. Mesmo ali, o mero ato de *pensar* naquilo permitia que aquela fera rompesse suas defesas até que ele respirou fundo e a conteve à força de modo que as palavras pudessem se formar.

— Eu os matei. O Povo da Areia. — Ao contrário daquele momento na casa dos Lars, Anakin não estava expelindo a dor através de palavras ardentes e lágrimas que escorriam. As palavras saíram calmas e moderadas, equilibradas entre confissão e confirmação. — Eles tiraram a vida dela. Eu tirei as deles.

Palpatine pousou sua caneca de caf com um tinido, depois estendeu o braço, o calor de sua mão descansando sobre a mão mecânica de Anakin. Ainda que ela fosse feita de ligas metálicas e fiação, ele sentiu aquela conexão de maneiras muito diferentes da maioria dos momentos de sua vida.

— Eles mataram a sua mãe. Sua *mãe* — disse ele, sua voz gasta pelo tempo lenta e ponderada. — É claro que você iria querer vingança. Como alguém poderia *não* querer isso diante de tamanha injustiça? Parece matemática simples para mim.

Não, aquilo não era uma confissão. Era uma *legitimação*. E ele sabia — ele *sabia* — que o chanceler a daria. Porque ele sempre o compreendia de maneiras que os Jedi não conseguiam.

Como se estivesse lendo a mente de Anakin, Palpatine ajeitou-se na cadeira e logo fez a pergunta perfeita:

— Quantos Jedi realmente se importam com as outras pessoas?

Anakin começou com sua resposta reflexiva:

— O apego é proibido...

— Eu conheço o dogma. Mas seja honesto. Vamos pegar, digamos... — Atrás do chanceler, um Cruzador da República emergiu da linha de baixo da janela, pairando no ar até que seus propulsores de íons ganhassem vida em um jorro de chamas que impulsionou a nave para o céu. — Mestre Windu. Ele talvez seja o maior guerreiro da Ordem, o mais poderoso adepto da Força. Mas você acredita de fato que ele se importa com as pessoas?

Como se um botão tivesse sido pressionado em sua mente, Anakin viu o olhar de Mace, ouviu seu discurso monocórdio e condescendente, sentiu o ar de julgamento que naturalmente o acompanhava. Ele sabia que o Mestre Jedi faria qualquer coisa para cumprir sua missão, para se dedicar a buscar a justiça na República.

Mas ele se *importava* com alguém?

— Não — disse Anakin, lentamente. — Não da mesma forma que eu e você fazemos.

— Está vendo? Mestre Windu pode ficar horas discursando sobre pontos de ruptura, mas talvez essa *falta* de empatia seja o seu próprio ponto de ruptura. — Palpatine deu um sorriso cansado, seus olhos oferecendo uma empatia que tão raramente Anakin experimentou em sua vida. — Você se importa, Anakin. Você tem um coração imenso. Não deixe os Jedi tirarem isso de você. Seu coração o torna uma pessoa melhor. O torna uma pessoa mais *forte*.

Ainda que tais palavras não mencionassem diretamente a história do dragão solar, tocaram Anakin o suficiente para que ele imaginasse sua mãe sentada na beira da cama. Se estivesse sozinho — não com o chanceler, não com Padmé e nem com Obi-Wan —, ele poderia ter entrado em colapso. Mas não se permitiria fazê-lo naquele momento, e, em vez disso, sufocou todos aqueles sentimentos em seu interior.

— Estou preocupado com Obi-Wan — deixou escapar, mudando de assunto para a escolha mais óbvia.

Palpatine riu baixinho e pegou sua caneca novamente.

— Viu só? Você é uma pessoa que se importa.

— Eu deveria ter ido com ele. Como podem me despachar para escoltar uma entrega quando Obi-Wan está entrando sozinho em território inimigo?

— Ah, não os chame de inimigos. Afinal de contas, Cato Neimoidia é neutro. — Palpatine tomou um longo gole de sua bebida, efetuando uma pausa longa o suficiente para que uma tempestade se formasse mais uma vez na mente de Anakin. É claro que eles eram o *inimigo*. Toda a aparência de neutralidade e política desapareceu e, em vez disso, tudo o que ele conseguia pensar era em Naboo uma década antes. Embora raramente ficasse cara a cara com qualquer Neimoidiano, tinha visto suas máquinas de guerra de perto. E Padmé quase perdera a vida quando seu planeta estava em uma busca desesperada por liberdade.

Se existia um inimigo, eram eles.

— Apesar de seus laços com Nute Gunray... e dos laços *dele* com os Separatistas — disse Palpatine com um suspiro. Anakin tentava moderar seus sentimentos, mas a mera menção de Nute Gunray atiçou as chamas. — Mas você está certo. Mestre Kenobi deveria tê-lo levado. Extraoficialmente, como reforço.

— Se pensa assim — perguntou Anakin —, por que não sugeriu isso? — O questionamento lhe escapou de um modo que o fez arrepender-se de imediato, seus sentimentos tendo levado a melhor sobre ele. Palpatine pareceu não ter se ofendido e, em vez disso, tornou a sorrir como resposta.

— Uma pergunta válida. Veja, eu só tenho autoridade para aprovar a estrutura da missão. Se os Jedi e os militares fossem mais integrados, talvez eu pudesse ter mais voz. A execução da missão depende dos próprios Jedi. Seus parâmetros são definidos por eles.

— Os parâmetros dessa missão foram definidos pelo Conde Dooku — disse Anakin, seus sentimentos se acalmando.

— Parâmetros sempre podem ser alterados, na política, nas missões militares ou na vida. E aqueles que são realmente sábios sabem quando fazer essas mudanças. Ah — disse Palpatine, terminando seu caf. — Já ocupei bastante de seu tempo. Sua primeira missão como Cavaleiro Jedi é amanhã, não?

— Sim. E os Iniciados vão participar. — Anakin decidiu não terminar sua bebida. Suas mãos descansavam sobre seu colo, numa pose formal enquanto ele tentava se equilibrar depois da enxurrada de emoções. — É preocupante.

— Entendo. Eu mesmo solicitei essa mudança. Não apenas em sua missão, mas em muitas delas.

— Os jovens aprendizes não estão prontos.

— Pode ser que não. — Palpatine esticou os dedos enquanto girava a cadeira para o lado. O chanceler olhou para fora, a cor do pôr do sol tingindo seu rosto. — Mas esta guerra pode durar mais do que esperamos. E à medida que se tornam Padawans, esses jovens devem se sentir mais confortáveis com os clones. Devemos estar preparados para todas as possibilidades. Espero que eles não tenham que enfrentar os horrores da guerra. Mas prefiro que estejam prontos. Você não concorda?

— Sim, claro. — Anakin respondeu por reflexo, embora ainda tivesse dúvidas. Obi-Wan falara com preocupação sobre a separação difusa entre a Ordem Jedi e os militares; levar os alunos mais jovens para o meio daquilo parecia forçar ainda mais a confusão.

— Anakin, você deveria deixar isso de lado por uma noite. Descanse — aconselhou Palpatine —, e aproveite seu tempo antes da primeira missão. É um marco. Você deveria estar orgulhoso. Sei que eu estou. — Os dois levantaram-se ao mesmo tempo, depois caminharam lentamente para a entrada, como já tinham feito uma centena de vezes desde que Qui-Gon levara Anakin para Coruscant. — Você tem algum plano especial para comemorar suas conquistas?

Plano... Se Padmé tinha ou não algo concreto para fazer, ele logo descobriria. As especificidades não importavam, embora ele esperasse poder evitar a política durante aquela última noite. O que importava era passar tempo com sua esposa antes que a galáxia os separasse novamente.

Ele poderia se acostumar com aquilo algum dia. Ou talvez chegaria o dia em que eles não precisariam mais fazer todo aquele malabarismo.

— Será tranquilo — respondeu Anakin, depois que as grandes portas duplas se abriram. — Planejo meditar.

— Claro — disse Palpatine, com o mesmo sorriso tranquilizador que Anakin vira na última década. — Como um verdadeiro Cavaleiro Jedi deveria fazer.

CAPÍTULO 18

OBI-WAN KENOBI

O RESTANTE DO DIA TRANSCORREU COM UM NÍVEL FRUSTRANTE DE burocracia durante a investigação meticulosa na superfície do planeta, Obi-Wan fazendo bom uso de suas ferramentas, enquanto a misteriosa Asajj Ventress o acompanhava bem de perto, trajada com seu capuz e manto. Durante todo aquele tempo, ela apenas observou estoicamente, oferecendo pouca informação. Ele pensou em pedir a opinião dela sobre a trajetória de detritos da explosão ou sobre a decomposição dos compostos químicos remanescentes, mas não parecia necessário. Não restava dúvida de que ela estava ali com um objetivo, mesmo que tal objetivo envolvesse intimidá-lo para forçá-lo a cair em algum tipo de erro. Ele coletou suas varreduras e gravações, fez suas análises e as levou de volta para seus aposentos, agindo como se nada o incomodasse.

Seguiu-se, então, uma recepção diplomática, como se um desastre que abalou a sociedade nunca tivesse acontecido. Obi-Wan sentou-se e desfrutou uma refeição bem-preparada, cortesia da culinária local dos melhores *chefs* profissionais de Zarra. No entanto, apesar da variedade de pratos primorosamente servidos e das sofisticadas toalhas de mesa, as conversas giravam em torno do atentado, como um pedido desesperado por respostas embrulhado em um jantar.

Ventress manteve uma distância calculada de Obi-Wan durante todo o tempo, sempre sentada a três ou quatro cadeiras de distância. Mas, quando se dirigia aos outros, seu olhar nunca deixava de encontrá-lo. Mesmo após se retirar para seus aposentos durante a noite, ele estendeu sua percepção para a Força buscando sentir a presença de alguém o seguindo o tempo todo.

Aquilo não aconteceu, e se permitiu uma hora de descanso meditativo, procurando uma restauração mental e física para melhor preparar sua disciplina interior para a tarefa à frente. Ele pendurou os scanners nas bolsas de seu cinto e se enrolou em sua longa capa para melhor se misturar à noite escura e nebulosa. Então, saiu pela janela, uma simples fuga guiada pela Força.

Logo depois, ele adquiriu uma pequena embarcação através de persuasão, com leve auxílio de truques da Força. Quebrar as regras daquele jeito não era muito seu estilo, mas seus recursos eram limitados, principalmente porque Ventress tinha confiscado suas fichas de crédito, e era imperativo que nenhum registro eletrônico ligasse aquilo à República. Sem dinheiro físico, ele precisou trabalhar com o reino das mentes mais simples. O veículo pessoal não tinha o conforto de um módulo de transporte Neimoidiano, mas conseguia executar o serviço de levá-lo até a zona do desastre.

Não que as informações colhidas mais cedo fossem ruins. Mas, dada a constante presença de Ventress, era necessário dedicar um olhar mais profundo sobre a situação para verificar suas descobertas e coletar novos dados.

No escuro, o nevoeiro espesso se infiltrava pela extensão urbana desmoronada e criava uma atmosfera de quase completo breu, interrompida apenas por alguns focos de incêndio ainda latentes e ocasionais pontos de brilho alaranjado do óleo bioluminescente que escorria das árvores nativas da superfície do planeta. Obi-Wan deixou a Força guiá-lo, seus instintos o levando para pontos de explosão e montes de detritos, onde coletava amostras para refinar cálculos que, com sorte, forneceriam uma visão mais detalhada do que realmente tinha acontecido. Fosse por mérito ou coincidência, a manobra de Ventress com a luneta mais cedo naquele dia havia concentrado as suspeitas na República, e cabia a ele afastar quaisquer suposições. Ele examinou a área por conta própria durante mais de uma hora, os dados constantes de seus equipamentos produzindo um refinamento também constante da simulação da República em seu datapad. Ele armou o scanner químico, o estojo de liga phrik separado e escondido em seus aposentos, depois começou a identificar o composto gasoso de fumaça ainda nociva quando algo interrompeu sua concentração.

Algo ou alguém.

Movimento. Rápido, quase silencioso, mas suficiente para causar um reflexo perceptível na Força.

Obi-Wan fechou o scanner e o enfiou na bolsa do cinto, embora permanecesse abaixado, imóvel, evitando qualquer som. Enquanto seus ouvidos captavam apenas o uivo do vento e os ruídos da vida selvagem local, ele precisava de mais, e assumiu o risco calculado de se virar com movimentos controlados, mantendo o peso estável para não chutar nenhum pedaço de cascalho sob seus pés.

Ele pegou os macrobinóculos Jedi, menores do que a luneta que Ventress usou antes, o bastante para serem carregados facilmente, mas sem as capacidades computacionais encontradas naquele equipamento. Os visores internos se acenderam, os componentes do aparelho zumbindo enquanto ele dava zoom e girava para encontrar a fonte.

Então, ele viu o que era. Ou melhor, quem era.

Uma fêmea Neimoidiana. A estatura alta e os dedos longos a denunciavam, junto com um senso geral de identidade detectado pela Força. Mas não era uma integrante típica da Federação do Comércio, sem os mantos e diademas imponentes e majestosos de sempre. E sem o capacete padrão e proteções de ombro dos guardas, nem a armadura volumosa das tropas pesadas Neimoidianas. Aquela silhueta parecia estar em um meio-termo, leve o suficiente para ter mobilidade, mas revestida o bastante para resistir a fogo pesado. Era um traje de comando, construído para oferecer um equilíbrio entre mobilidade, furtividade e proteção.

Ela segurava um pequeno dispositivo nas mãos, provavelmente muito parecido com os scanners e ferramentas de Obi-Wan, embora agisse com a cadência metódica de um soldado, completamente diferente da estranha sensação de competição que ele sentia de Asajj Ventress. A Neimoidiana moveu o dispositivo para cima e para baixo, focada em um único ponto antes de pular em uma beirada, aterrissando com um equilíbrio que a manteve firme mesmo com a estrutura desmoronando. Aquilo se repetiu várias vezes, demonstrando uma agilidade impressionante em seus movimentos, apesar de visivelmente não serem guiados pela Força.

A figura levantou-se, movendo-se com um propósito que fazia Anakin parecer um tanque pesado em comparação. Ela escalava e saltava sobre estruturas rachadas com uma graciosidade em seus movimentos rápidos que se tornou ainda mais impressionante com o grande rifle sniper preso em suas costas, e seu dedo tocou o que deveria ser um comunicador ao lado de sua cabeça. Obi-Wan girou os macrobinóculos para segui-la, imaginando onde ela poderia estar indo, quando o estalo de um galho chamou sua atenção.

Ele se levantou, prendendo os macrobinóculos ao cinto em um movimento enquanto sacava o sabre de luz. A lâmina azul acendeu com um estalo, seu brilho frio iluminando o ambiente. Obi-Wan concentrou-se, sentindo todos os ecos da vida ao redor, filtrando os insetos e animais selvagens para então...

Virou-se, seus macrobinóculos não mais necessários para ver a figura de antes no segundo andar de um prédio parcialmente destruído. Só que, em vez de fazer a varredura de materiais ou detritos, ela estava ajoelhada em posição de tiro, com o rifle sniper apontado para ele.

Obi-Wan ergueu o sabre de luz numa posição defensiva, quando ouviu algo novo atrás dele.

— Parado aí, Jedi.

CAPÍTULO 19

ANAKIN SKYWALKER

UMA MISSÃO DE AJUDA.

Anakin continuava repetindo aquilo para si mesmo. Ele deveria estar em uma missão de ajuda com o 302º Batalhão, organizando a logística com o Comandante Theo para a distribuição a um distrito de mineração em apuros no planeta Langston, nos arredores da Nebulosa de Oggustus. A indústria de mineração de Langston produzia uma gama completa de materiais, mas a abundância de nyix a tornava um recurso cobiçado para estaleiros, e não era surpresa que o exército de droides tentasse tomá-la no início da guerra. Com a devastação atingindo o maior aglomerado de cidades mineradoras na parte nordeste de seu maior continente, Anakin deveria estar pensando em maximizar a eficiência. Algumas áreas precisariam de alimento. Outras, de bacta e primeiros-socorros. Abrigos e infraestrutura poderiam ser necessários em determinadas partes. E havia aquelas que simplesmente precisavam de ajuda na reconstrução, junto com preparativos defensivos caso os Separatistas voltassem a atacar.

Muitas das tarefas exigiam uma repetição monótona, desde catalogar o manifesto de carga até revisar os pontos de entrega e planejar equipes de distribuição com base nos riscos ambientais. Listas e mais listas, tudo para lidar com as intermináveis caixas de recursos médicos, rações e outros suprimentos necessários para uma região atingida por uma das primeiras grandes batalhas da guerra.

Anakin, no entanto, amaldiçoava D'urban por se oferecer para assumir a liderança com Theo. Parecia um gesto altruísta de sua parte, já que vários milhares de caixotes de suprimentos precisavam ser classificados em grupos de remessas. Mas agora percebia que ela o enganara.

Porque nenhum tipo de treinamento o preparara para *aquilo*.

Preso no túnel da velocidade da luz em um percurso empolgante de Coruscant a Langston, Anakin estava diante do maior erro de sua vida:

Quatro jovens aprendizes esperavam diante dele, uma torrente interminável de "Mestre Skywalker!" ecoando pelas paredes do compartimento de carga.

Ele deveria estar em uma missão de ajuda. Não tentando conter o puro e implacável caos de...

Atuar como babá.

— Esperem, não consigo responder a todas as perguntas de uma vez.

Aquilo era pior do que a manhã anterior no Templo Jedi. No Templo, havia uma noção de decoro, o local proporcionando uma familiaridade com as regras e diretrizes. Mas ali, em uma nave com apenas dois Cavaleiros Jedi recém-promovidos — e um bando de clones *sem* preparo para dar uma mão —, quatro jovens aprendizes poderiam muito bem parecer sessenta, tamanho era o metralhar de vozes gritando repetidamente "Mestre Skywalker!" ao mesmo tempo. Mesmo a simples tarefa de encontrar um ritmo centralizador dentro da Força parecia impossível em meio a tanto barulho e puxões em tantas direções distintas, uma confusão tão diferente de um campo de batalha.

O som de um sabre de luz suplantou as vozes, uma lâmina verde de treinamento se acendendo.

— Não, nós não vamos mexer neles agora — repreendeu Anakin. — Vou recolher todos os sabres de luz se alguém acender mais um.

— Mostre o seu sabre de luz para a gente!

— Quantos droides de batalha você já destruiu?

— Aposto que ele quase matou o próprio Conde Dooku.

Anakin queria cobrir o rosto com as mãos e gritar, toda a disciplina que treinara em si mesmo se esvaindo com a pura natureza caótica dos jovens aprendizes. De alguma forma, eles acabaram ficando com o grupo de alunos mais novos naquela viagem, todos apenas com idade o bastante para embarcar em um cruzador. Com a devida supervisão, é claro.

Só que... não eram cinco jovens aprendizes?

O sabre de luz de treinamento de um deles se acendeu, causando um empurrão, um alvoroço e vários gritos, tudo nos segundos que Anakin levou para olhar em volta à procura da quinta jovem aluna, a garota mais velha Zabrak.

— Parem! — gritou Anakin. — Sabres de luz não são brinquedos.

O mais novo do grupo, um Firrerreo chamado Connis Dav, estava com os lábios trêmulos e os olhos cheios de lágrimas.

— O que eu quero dizer é — recompôs-se Anakin, com a voz calma —, esta arma é a sua vida. Vocês devem tratá-la com respeito.

— Mostre para nós!

— É, mostre para nós!

Ele suspirou, cedendo ao fato de que não ganharia prêmio de ensino algum por aquela lição.

— Certo, vejam. Fiquem todos ali em fila e *não se mexam.* — Seu sabre de luz irrompeu à vista de todos, a lâmina azul cintilante mais longa e brilhante do que as versões de treinamento dos alunos. — É uma arma de precisão e elegância, que exige o máximo de controle.

O que vem depois? Ele estava falando de improviso sobre sabres de luz, e já tinha ficado sem mais coisas para dizer, a menos que entrasse em detalhes sobre os mecanismos da arma. *Aquele* sem dúvida era um dos assuntos em que D'urban Wen-Hurd teria feito um trabalho muito melhor do que ele. Como ela usava dois sabres shoto, de lâminas curtas, seu treinamento envolvia uma forma única de combate que enfatizava golpes como os de punhais e movimentos acrobáticos — uma demonstração que seria muito mais atrativa do que a técnica de Anakin.

Então, uma ideia surgiu em sua mente.

— Quando vocês forem realmente capazes de controlá-lo, poderão fazer isso.

Ele passou o sabre de luz de sua mão mecânica para a orgânica, o truque que tinha em mente arriscado demais para demonstrar sem sentir estar em completa sincronia. Sua mão se abriu e os dedos largaram o cabo do sabre, mas ele permaneceu ali parado. Anakin deu um passo para trás, enquanto uma profunda conexão com a Força permitia-lhe manter controle sobre a arma como se a estivesse segurando com músculos e nervos, e ela flutuou no ar.

— Uau! — gritaram os jovens alunos.

Por que ele não tinha tentado aquilo mais cedo? Anakin moveu um dedo, e o sabre girou para a esquerda. Então, moveu outro dedo, e o sabre girou para a direita. Em seguida, ele o movimentou para cima e para baixo, um espetáculo de luz colorida na forma da lendária arma dos Cavaleiros Jedi. Ele ainda acrescentou uma cambalhota por cima do sabre flutuante antes de atraí-lo de volta com a Força e agarrá-lo com sua mão mecânica.

Por fim, ele o desligou. Era uma tarefa que podia confiar ao braço protético.

Os alunos aplaudiram, festejando com comentários do tipo "você viu?" e "como ele fez aquilo?" e outras demonstrações de empolgação. O truque pareceu ter garantido a atenção deles — só que a garota Zabrak ainda não estava presente. Ele olhou ao redor do compartimento de carga e, entre algumas caixas e uns clones que passavam por ali, ele a avistou. Ela estivera ali o tempo todo, apenas sentada sozinha no canto.

— Jovens aprendizes — disse ele. — Agora eu quero que vocês meditem sobre o que acabaram de ver por, hã, dez minutos.

— Aaaah — resmungaram eles, mas, em grupo, sentaram-se e fecharam os olhos. Talvez truques simples fossem o bastante para fazê-los ouvir. Caso contrário, D'urban teria que voltar os holofotes para si da próxima vez, já que estava devendo aquela.

Quando o silêncio se instalou, Anakin readquiriu a capacidade de se concentrar pela primeira vez desde que ele se viu diante do grupo de alunos. Mas com a concentração veio uma estranha sensação — e, na verdade, ele se deu conta de que deveria ter percebido onde a garota Zabrak estava o tempo todo.

Porque o vácuo na Força que ele sentira pelo Templo estava ao redor dela.

— Você está bem? — perguntou ele, aproximando-se da garota. Ela abriu os olhos e o vácuo desapareceu, as correntes da Força retornando ao fluxo normal. Ele deveria se lembrar do nome dela, uma vez que todos tinham se apresentado algumas horas antes. Mas resolveu ser sincero, e ajoelhou-se diante dela. — Ei, está tudo bem. Você pode conversar comigo. Desculpe-me, mas eu esqueci o seu nome.

— Mill Alibeth.

— Mill, eu sou Anakin. Aconteceu alguma coisa? O hiperespaço pode causar enjoos nas primeiras vezes que você viaja por ele.

— Não é isso — disse ela, balançando a cabeça. — É outra coisa.

Mill parecia ter o equivalente Zabrak para a idade que ele tinha quando deixou Tatooine, talvez ligeiramente mais velha, e já tinha passado da idade em que simples truques da Força eram impressionantes.

— Bem — disse Anakin. — Vamos ficar aqui por algum tempo. Então, se estiver pensando em alguma coisa, pode me dizer. — Ali ele estava improvisando de verdade. Lidar com crianças era tão estranho para ele quanto as negociações políticas de Padmé, mas ele não podia conter seu impulso instintivo de cuidar, de tentar ajudar.

— Eu... — começou Mill. Ela deu um suspiro, depois encarou-o nos olhos. — Promete que você não vai ficar bravo?

— Prometo. Pode contar comigo.

Mill inclinou-se para a frente, ficando perto o bastante para que Anakin sentisse sua respiração.

— Eu não sei bem se pertenço à Ordem Jedi.

Anakin respirou várias vezes, de forma lenta e controlada. Muitas coisas passavam por sua mente. A certeza com que Qui-Gon afirmara "ele *é* o Escolhido" perante o Conselho Jedi. O desfile da paz em Naboo, ele orgulhoso com seu novo corte de cabelo Padawan. Discussões intermináveis com Obi-Wan. Padmé. Tantos pensamentos sobre Padmé.

Tatooine. O Povo da Areia.

Sua mãe.

Todas aquelas coisas intrinsicamente ligadas à sua decisão de ir embora de casa e se juntar à Ordem. E, ainda assim, apesar de tudo, ele também nunca teve exatamente o sentimento de pertença — e aquela era a primeira vez que *alguém* dizia aquilo.

A respiração de Mill se acelerou, e sua voz veio com um tremor.

— Eu... só estou brincando. Esquece que eu disse...

— Eu entendo — disse Anakin, com a voz calma e controlada. Porque ele entendia.

— Conte-me mais, jovem.

— Eu... sinto a Força — contou ela, com a mão fechada em punho. — Mas é avassaladora. Eu *sei* que a Ordem pode fazer o bem. Eu sei que os Jedi são os guardiões da paz. Mas... — Ela virou-se, e Anakin passou a ver a pequena cauda de cabelo preto. — Mas a guerra. As lutas. A violência. Eu sinto tudo isso através da Força. Não consigo explicar, mas é esmagador. E não entendo por que os Jedi são guardiões da paz e os outros Iniciados não veem a hora de ganhar suas armas. E nós estamos no campo de batalha, com soldados?

— A justiça às vezes requer uma mão firme.

— Mas dos Jedi? Eu só.... — Ela virou-se de volta para Anakin. — Não parece certo. Eu... ontem, eu...

— Está tudo bem, jovem. Você não está encrencada. Eu agradeço a sua honestidade. O que aconteceu ontem?

— O Encontro. — Ela mordeu o lábio, como se revivesse os eventos em sua mente. — Eu deveria ter ido. Mas o bombardeio em Cato Neimoidia. Eu não... Eu não conseguia *pensar* em cristais e sabres de luz. Eu nem quero ter um sabre de luz. Só quero ajudar os outros. Eu não... — Ela baixou os olhos por um segundo antes de voltar a encará-lo, como se seu corpo precisasse se confessar. — Eu não sei nem se eu quero sentir a Força.

De repente, tudo fez sentido. O vácuo na Força, tanto no dia anterior quanto ali na nave. Ela não estava meditando.

Aquela jovem aprendiz estava tentando silenciar a Força. Talvez até se isolar dela.

Anakin soube. Ele reconheceu aquilo, porque por um breve momento durante seus dias mais sombrios e solitários logo após se tornar um Padawan, com seus colegas sem compaixão por ele, Obi-Wan constantemente perturbado e seu coração ansiando pelo conforto da companhia da mãe, um acesso de raiva o isolou da Força.

Aquilo funcionou por algum tempo. Aplacou seus sentimentos, acalmou sua mente, seus medos. Mas logo se foi, não sendo mais o suficiente. Porque, embora evitasse a conexão, aquilo também o encurralava ainda mais, e foi naquele momento que ele percebeu que precisava se abrir para a Força em vez de evitá-la.

Anakin observou os outros alunos, ainda enfileirados, sentados em posturas meditativas, embora de vez em quando partissem dali provocações ou risadinhas. As palavras de Palpatine sobre *acostumar* os Iniciados à guerra soaram mais uma vez em sua mente; diante dele, Mill virou-se, Anakin captando uma nuvem sobre ela, uma vergonha interior, provavelmente causada por questionar a Ordem.

Ele também compreendia muito bem aquela parte.

— Sempre me senti um pouco deslocado. A minha vida inteira. Mesmo com a Ordem.

— Você? — Ela o encarou com os olhos arregalados. — Mas você não é o Escolhi...

— Não acredite em tudo o que ouve — ele apressou-se em responder, com uma risada, embora grunhisse por dentro. *De novo* não. Na metade das vezes as pessoas diziam aquilo com admiração. Na outra metade, em tom de piada. De vez em quando, de forma condescendente, geralmente Mace Windu. Não importava quão bem se saísse, o quanto provasse seu valor, as coisas sempre pareciam terminar daquele jeito, e não da forma como Qui-Gon previu. Qui-Gon vira aquilo como um caminho para Anakin; se iria acontecer ou não, ele não sabia. Mas todos pareciam pensar que era um título, como o de um campeão esportivo. Ele balançou a cabeça, mudando para um assunto melhor. — Minha mãe uma vez me disse: "Sempre acredite na força do seu coração". E ela estava certa. O que quer que as pessoas tenham falado sobre mim, suas suposições, não importa. O que você acredita com o seu coração é o seu caminho. Quando *questionei* a Força, mesmo desligado dela, foi isso que me trouxe de volta. Foi isso que me fez *superar*. — Anakin pegou a mão dela com sua mão mecânica. Ela olhou para a luva, e uma expressão de choque passou por seu rosto.

Ele entendeu. Nem todo mundo sabia sobre seu novo braço.

— Eu sei como você deve estar se sentindo. Que você não se encaixa, ou que seu caminho parece indefinido. Que é difícil dominar sua conexão com a Força. Mas isso faz parte da jornada. Da sua jornada. E você vai descobrir...

— General Skywalker.

— Desculpe — disse ele a Mill antes de se levantar. O Capitão Sparks aguardou-o pacientemente, segurando debaixo do braço o capacete marcado com faixas amarelas. — Sim, Sparks?

— Senhor, o Comandante Theo precisa de você na ponte. Aparentemente, a zona de acesso programada foi danificada a ponto de não conseguirmos pousar. Precisamos encontrar um novo local.

— Entendido. Já estou a caminho. — Ele virou-se para Mill, depois contemplou os alunos, a Mon Calamari de pele branca os espiava com um único olho amarelo. — Escute. Controlar sua ligação com a Força é algo que exige tempo e prática. Alguns têm mais dificuldade com isso do que outros. Mas você pode me fazer um favor?

— O quê, Mestre?

— Não tente fugir da Força. Vá na *direção* dela. Alcance-a. Controle-a. — Anakin deu o melhor de si em um sorriso tranquilizador. — Se eu consegui aprender isso, você também consegue.

Ela assentiu, embora não estivesse claro se suas palavras realmente tinham sido assimiladas por ela. Pelo menos naquele instante.

— Quanto à guerra... Os Jedi fazem muito bem para a República. Às vezes, "negociações agressivas" são tão importantes quanto entregar suprimentos médicos. Eu sei que é confuso, mas é verdade. As duas coisas podem trazer benefícios à galáxia. Eu entendo você. Já estive no seu lugar. Então, seja paciente e vamos conversar mais tarde. Tudo bem? — Mill assentiu, e sua expressão se suavizou. Anakin sabia como era simplesmente precisar de alguém para *ouvir*. — Mas, por ora?

— Sim, Mestre?

— Se você *realmente* quer ser útil — Anakin apontou para os Iniciados que fingiam meditar, mas que na verdade ficavam cutucando uns aos outros —, cuide das crianças. Você é a mais velha.

— Mas...

— Ei. — Anakin deu um sorriso, tentando quebrar o clima pesado. — Você disse que queria ajudar os outros, não?

CAPÍTULO 20

RUUG QUARNOM

RUUG ESPERAVA DE VERDADE MESMO QUE KETAR NÃO DEIXASSE O calor do momento falar mais alto.

Principalmente porque aquele Jedi estava segurando uma espada laser brilhante diante dele.

— Eu disse "parado". — A voz de Ketar soou pelo canal de comunicação compartilhado uma mera fração de segundo depois da visão que ela tinha na mira de seu rifle sniper. O emissário Jedi recuou com movimentos lentos e controlados e, embora sua arma ainda estivesse em posição defensiva, sua postura mostrava uma completa ausência de agressividade.

Ruug tinha ouvido muito sobre os Cavaleiros Jedi, claro. Qualquer militar tinha. Mas a maior parte de seu tempo nas forças especiais Neimoidianas envolveu operações secretas, normalmente na Orla Exterior, protegendo — ou sabotando — rotas de abastecimento, bloqueios e outras missões nas quais as necessidades dos Neimoidianos e as necessidades da Federação do Comércio se sobrepunham.

O que significava que geralmente não eram missões em que entrava em cena a melhor natureza dos Jedi.

— Eu ouvi, e estou obedecendo — disse o Jedi, um homem chamado Obi-Wan Kenobi, se lembrava-se corretamente da discussão que tinham ouvido durante o turno de vigia mais cedo naquele dia; nenhuma informação oficial lhes havia sido passada. Aparentemente, os guardas que lidavam com o trabalho pesado não precisavam saber. Ruug segurou seu rifle com firmeza, embora olhasse para o espectrômetro a seus pés. A tela do pequeno dispositivo mostrava que a varredura de resíduos químicos já estava completamente processada. Ela se abaixou e rapidamente prendeu o aparelho ao cinto antes de retornar à cena que se desenrolava. — Mas... — Ele projetou sua voz muito mais alto e, apesar da ausência de luminosidade, ela viu a silhueta dele virar em sua direção. — Não quero lhes fazer mal.

Ele falou diretamente com ela, não com Ketar.

O Jedi tirou uma mão do punho de sua espada, erguendo-a com a palma virada para a frente, depois recuou vários passos de forma metódica, mudando levemente de posição provavelmente para ficar de olho em Ruug e em seu jovem parceiro.

Ketar mexeu-se e, na mira do rifle, a luz da espada laser refletiu na forma de linhas em seu rosto, claramente rígido sob a aba angulada de seu capacete padrão de guarda.

— Não sou seu inimigo — disse o Jedi, daquela vez com a voz baixa e calma, provavelmente destinada a Ketar.

Parte do trabalho de ser um comando de elite envolvia ter a capacidade de ler as pessoas, perceber suas ações antes que acontecessem por meio de possíveis cacoetes ou sinais. Ali, o Jedi apresentava uma neutralidade serena e, embora aquilo pudesse estar relacionado a seus supostos poderes místicos, Ruug sentiu uma sugestão de sinceridade na situação. Ainda assim, nada era garantido, ainda mais sob as circunstâncias daquele momento da galáxia.

— É ilegal para qualquer pessoa estar abaixo do nevoeiro sem permissão a esta hora da noite — gritou ela. — Principalmente em um local de investigação.

Eles ficaram ali parados, o zumbido da arma do Jedi capturado com clareza pelo canal de comunicação de Ketar, até o uivo da vida selvagem do planeta irromper. A neblina derramava-se sobre o prédio desmoronado, embora a lâmina brilhante emitisse luz suficiente para permanecer visível em sua mira sem qualquer ajuste de visão térmica ou outras configurações.

— Não tenho permissão — gritou o Jedi de volta —, mas estou conduzindo uma investigação.

— Sabemos quem você é — rosnou Ketar. — Você está aqui para encobrir as evidências da sabotagem da República. — Ele se aproximou, a arma empunhada e, apesar da pouca iluminação, o cano da pistola mostrava um tremor óbvio. — Você está tentando encobrir assassinatos. E destruição.

— Eu estou fazendo uma investiga...

— Mentiroso. — Todo o ciclo de emoções ardia constantemente em Ketar desde sua primeira visita a Cadesura, e investigar na superfície não tinha mudado nada. Raiva. Pesar. Desespero. Concentração. E de novo, tudo outra vez. Ali, o emissário Jedi podia tê-los encontrado bem no momento errado do ciclo, e a voz de Ketar mostrava sem sombra de dúvida onde se situava sua mente. Depois de seu turno de vigia naquele dia, ele tinha prometido descansar um pouco antes da investigação noturna, algo que Ruug oferecera a Ketar para mantê-lo ocupado de forma construtiva, em vez de deixá-lo ficar destruindo droides de treinamento. Mas com base na mudança repentina de comportamento do parceiro, ela suspeitava que ele tinha procurado a companhia da agente Separatista em vez de tirar uma soneca. — Você está aqui para...

— Ketar — gritou Ruug. Ela sabia o suficiente sobre os Jedi para entender que as armas deles atravessavam qualquer coisa, e se seu parceiro não percebesse aquilo, ela o colocaria a par mais tarde. Naquele momento, ela precisava apaziguar a situação. — Paciência. Ele merece um momento para falar. Você, Jedi... É melhor que tenha um bom motivo para estar aqui.

O Jedi olhou em sua direção. Uma expressão pensativa era visível através da mira de sua arma, e sua voz também transmitia o mesmo tom.

— Estou em uma investigação em nome da República, a convite da Federação do Comércio. Acredito firmemente que este desastre não foi causado pela República. Meu objetivo é provar isso e encontrar o verdadeiro responsável.

— Você esteve aqui mais cedo com os outros. — Ketar sacudiu a arma para o Jedi. Ele devia ter falado com a agente de Dooku, porque nem Ruug sabia daquilo. — Por que se esgueirar aqui à noite? Sem supervisão nem escolta oficial?

— Minha investigação... — Ele procurava as palavras corretas, e Ruug apreciou a consideração cuidadosa aplicada ali. — Minha investigação exigia mais tempo. Dado o nível de burocracia que me acompanhava, a janela para um processo eficiente estava diminuindo. Era fundamental realizar a varredura e a análise esta noite, dada a taxa de deterioração de evidências em um ambiente tão adverso.

Burocracia. Ruug perguntou-se se aquilo significava a mulher Separatista. Ela parecia ser do tipo encrenqueiro.

— Você acredita mesmo neste Jedi? — Ketar gritou para ela.

— O culpado real não importa para mim — continuou ele, mantendo a voz calma e ponderada. — Acredito que a República seja inocente. Mas se for alguma facção desconhecida alegando servir à República, que seja. Ou se tiver sido feito em nome dos Separatistas. Tudo o que eu quero é a verdade. E... — Ele fez uma pausa, depois apontou para ela com a mão livre. — Posso ver que você também está investigando. Observei a maneira como estudou os destroços. Parece que todos nós queremos a mesma coisa. Então, talvez possamos trabalhar juntos. — A mão que segurava a arma se esticou em um movimento controlado, sendo erguida bem no alto para que ambos os Neimoidianos pudessem ver.

A espada azul brilhante rapidamente retraiu para o cabo, mergulhando-os quase na escuridão. Uma nova luz se acendeu, a lanterna pessoal brilhando no ombro de Ketar, modificando a aparência da cena. Um movimento rápido nas sombras chamou a atenção de Ruug, o suficiente para mostrar que a mudança da iluminação poderia ter chamado a atenção de... alguma coisa. Ruug alterou a configuração da mira de sua arma para visão térmica, e a nitidez da visão do mundo real se transformou em silhuetas queimadas e pixeladas contra um pano de fundo azul. O Jedi baixou lentamente o punho da arma para depositá-lo no chão frio da superfície do planeta.

— Trabalho de boa-fé. — Ele ergueu as duas mãos, depois levantou-se e deu dois passos para trás.

Então, ela viu. Seus ombros ficaram tensos, travando o rifle em uma posição firme, e seu dedo se preparou para o momento certo, para o tiro certeiro.

— Este é um símbolo de...

Um lampejo irrompeu do rifle de Ruug e, através da mira, ela viu que o Jedi não vacilou, nem mesmo se moveu. A rajada blaster zuniu um metro acima dele, imediatamente seguida por um uivo bestial que ecoou pela noite.

Com isso, Ruug prendeu novamente seu rifle nas costas e começou a descer, pousando em destroços que desmoronaram com o impacto e saltando para a frente sobre escombros de edifícios arruinados. Ela atingiu o chão correndo, saltando sobre os obstáculos enquanto sua atenção mudava do Jedi para a grande criatura peluda com quatro patas atarracadas contorcendo-se no chão, urrando de dor. Se estivesse de pé, teria se elevado sobre Ketar e o Jedi. Mas ali, precisava de ajuda.

— Preciso de um medpac — gritou ela. — Ketar, pegue algumas rações também. — Seus pés batiam contra o chão, levantando nuvens de poeira que se misturavam na névoa a cada passo, e ela passou pelo Jedi até alcançar a besta caída. — Alimente-a com as rações enquanto eu faço um curativo na ferida — gritou ela, pegando o medpac de Ketar no meio do caminho. Ketar foi na direção do animal, cuja barriga volumosa arfava a cada respiração, as grandes orelhas inclinadas para a frente. — Os korgees são gentis, mas sentem fome. Aí está você, garota. Vamos resolver isso. — A criatura captou o cheiro das rações e logo mordiscou a mão de Ketar enquanto Ruug tratava do ferimento no ombro com bacta e suturas a laser. — Toda essa confusão afetou a vida selvagem local. Não é culpa delas que sua cadeia alimentar tenha sido prejudicada. Normalmente, são muito dóceis — explicou ela, quando o Jedi também se aproximou. Ele tocou com uma das mãos a testa da criatura, e segundos depois o gemido dela se tornou uma respiração controlada e regular. — Elas meio que perdem a cabeça quando ficam com fome.

— Você está dizendo que eu era o jantar? — perguntou o Jedi.

— Nunca duvide do apetite de um korgee — disse Ruug, com uma risada. Ela mudou de posição no lugar para dar espaço ao animal, coçando-lhe o pescoço, pelos soltos espalhando-se no ar. — Nem da quantidade de pelos que eles soltam. Você é uma boa garota, não é? — A korgee cutucou a atiradora com seu focinho preto, depois olhou para o Jedi antes que Ketar jogasse uma ração aberta ao longe. Ela saiu mancando, atraída pelo cheiro da comida, distanciando-se do trio.

— Meu nome é Obi-Wan Kenobi — disse ele com uma voz suave enquanto observava o animal sumir nas brumas do planeta. — Sou o emissário da Ordem Jedi, representante da República.

— Ruug Quarnom — apresentou-se ela, exalando ao se levantar. — E tenho credenciais muito menos interessantes do que as suas.

— Mas talvez mais apreciadas pelos animais.

— Meu amigo entusiasmado aqui é Ketar Nor. Eu deveria estar treinando-o. — Ela lançou uma risada curta, e Ketar reagiu com uma expressão azeda. E pela sobrancelha erguida de Obi-Wan, ela captou uma certa empatia com relação àquela relação que oscilava entre os dois guardas.

— Todos os guardas daqui carregam rifles de precisão e equipamentos furtivos personalizados? — perguntou ele, gesticulando para sua armadura de coloração bordô.

— Se forem bons o bastante. — Ruug apontou para a espada laser desativada ainda no chão. — Embora eu certamente acredite na ideia de neutralidade e independência, também quero a verdade. — Ela pegou o cabo, erguendo-o por um instante para avaliar como uma peça artesanal tão pequena podia carregar tamanha energia, e até pesar mais do que ela esperava. — Também acredito na boa-fé — disse ela, devolvendo a arma ao seu dono.

Obi-Wan pegou-a de volta antes de assentir em aprovação, os olhos voltados para Ruug durante todo o tempo. Ela percebeu, no entanto, que ele evitava o olhar de Ketar.

CAPÍTULO 21

ANAKIN SKYWALKER

ANAKIN CORREU, OLHANDO PARA TODOS OS LADOS.

Suas botas batiam contra a placa metálica do convés do cruzador, passando por Theo e Sparks enquanto os dois falavam a um grupo do 302º Batalhão ao lado das pilhas de contêineres de bacta separados para distribuição em Langston. Clones preparavam-se para a missão, mas não seriam de nenhuma ajuda para ele naquele momento.

A menos que pudessem cuidar de crianças.

Ainda assim, ele fez a pergunta. E os clones responderam com um simples "Ultimamente não, senhor".

— Você viu Mill Alibeth? A jovem Zabrak? — perguntou Anakin a outro clone sem capacete no corredor, que simplesmente balançou a cabeça. Ele continuou sua busca, observando as câmeras de segurança da nave, trabalhando metodicamente. Por fim, em um pequeno depósito, ele encontrou D'urban Wen-Hurd, que exibia suas técnicas acrobáticas de sabre de luz com suas lâminas shoto; ela também devia ter ficado sem meios de entreter os jovens alunos. Mas Mill não estava com eles. — Onde está Mill? — quis saber Anakin, e a pergunta saiu mais como uma exigência do que ele pretendia.

— Ela está meditando — respondeu D'urban, ao pousar depois de uma corrida ao longo de uma parede que desafiava a gravidade. Ela retraiu as lâminas azul e verde, jogou os cabelos compridos para trás e ajustou os grandes óculos de redução de brilho presos ao redor de sua cabeça. — Na sala de armazenamento depois do corredor principal.

— Mestra Wen-Hurd! Mestra Wen-Hurd! — gritaram os alunos em uníssono, arrancando-lhe um suspiro que fez Anakin sorrir. Era a sua vez de lidar com aquilo.

Claro, o canto de meditação de Mill acabou sendo o último lugar onde Anakin procurou, e no momento em que a encontrou, sua respiração adquiriu um ritmo mais leve. Ele levou um instante para se concentrar, física e mentalmente, então falou com a jovem aprendiz que meditava.

— Mill? — chamou ele suavemente.

— Mestre? — disse ela, abrindo os olhos.

— Você está se conectando com a Força? Não senti bloqueio algum.

— Estou tentando deixá-la entrar. Mas é mais como... mantendo-a a alguma distância. — Ela olhou para o chão. — Falam muito sobre batalhas por aqui.

— Tenho uma coisa para lhe mostrar. Você deveria vir comigo. — Em seguida, Anakin se virou. Seu manto rodopiou com o movimento, e ele fez um gesto para que ela se aproximasse. — Temos que pegar o transporte antes que parta.

Ela correu para alcançá-lo, depois tentou acompanhar seus passos. Só que ele marchava tão concentrado que não percebeu que Mill tinha ficado para trás até que ambos estivessem na metade do caminho para a doca de lançamento. Ela não apenas se esforçava para acompanhá-lo como também tinha ficado em silêncio todo o trajeto, aguardando instruções.

É claro. Os jovens aprendizes confiavam nele em um nível além do que nos Padawans.

— Vamos até a superfície. Eu estava prestes a sair quando tive uma ideia.

O corredor dava para a barulhenta doca de lançamento, onde naves aguardavam carregamento enquanto as tropas iam de um lado para o outro, carregavam suprimentos ou conferiam armas.

— O que foi, Mestre?

— Escute — disse Anakin, ajoelhando-se para encará-la nos olhos. — Eu entendo como você se sente. Fui trazido para a Ordem quando era um menino, não um bebê. Eu tinha uma vida, amigos.

Minha mãe. É um pouco diferente do que você passou, mas... — Ele exalou, tentando escolher as palavras certas para se conectar com ela. — Eu entendo esse conflito. O que você sente quando é pressionada em diferentes direções. O modo como você *sente* a Força, mas a percebe de maneira distinta do que falam no Templo, e isso é assustador. É o que faz você querer se esconder dela. Entendo tudo isso. — Os últimos dias passaram-se rápido por sua mente, desde o passeio com Padmé até suas conversas com Obi-Wan e o chanceler. As pessoas mais importantes de sua vida. — Ainda estou buscando o *meu* caminho. Mas achei que levar você até a superfície poderia ajudá-la a ver com seus próprios olhos. Ajudá-la a testemunhar as diferentes maneiras como os Jedi servem à República. Não são apenas sabres de luz e batalhas. — Ele sinalizou para o soldado que liderava aquele transporte em particular, uma clone conhecida como Irmã, que Anakin conhecera durante uma missão logo depois do casamento secreto. Ela tirou o capacete, mechas de cabelos trançados caindo sobre seus ombros blindados.

— Carregamento concluído, general. Os suprimentos já estão na superfície. Temos apenas que distribuí-los. Suba a bordo quando estiver pronto — disse ela. Irmã apontou para os soldados clones que aguardavam no casco aberto do transporte, parados em fila. R2-D2 aproximou-se deles, emitindo trinados aborrecidos. — Seu droide está impaciente, senhor.

— Sim. — Anakin estendeu a mão para tocar suavemente a cúpula de R2-D2. — Ele é assim mesmo. — Ele se virou para Mill. — E então, o que acha? Quer dar uma volta?

Mill olhou para o transporte; Anakin acompanhou o olhar da garota e o viu parando exatamente sobre os clones.

— Não somos soldados. Por que os estamos liderando? — Apesar da pergunta, ela deu um passo à frente. R2-D2 avançou ao seu lado e Anakin caminhou para acompanhar. Irmã colocou de volta o capacete, que refletia as luzes em suas listras verticais magenta e azul, depois lhes ofereceu uma saudação rápida, que Mill tentou imitar em resposta.

Aquela pergunta nunca tinha passado por sua cabeça antes, talvez porque ele simplesmente tivesse sido jogado no meio da batalha em Geonosis. Na época, parecia que muitos Jedi entraram em sintonia imediata com os clones, a guerra exigindo tanto deles que ninguém parou para se questionar quem eles eram e por que estavam ali. O pouco que se sabia sobre os clones vinha do campo de batalha, embora ele os considerasse inteligentes, leais e muitas vezes engraçados — de certa forma, nada *diferentes* do que ele esperava.

— Tente não pensar neles como soldados. Ou clones. Em muitos aspectos, eles são como você e eu. Tentando fazer o bem na galáxia do melhor jeito que sabem. Agora — disse ele enquanto a garota o encarava —, vamos ajudar algumas pessoas.

CAPÍTULO 22

OBI-WAN KENOBI

Apesar do início turbulento, Ruug levou Obi-Wan a novas áreas para investigar, indo muito além dos suportes gigantescos que marcavam os pontos de ruptura, até os trechos que apresentavam danos colaterais das primeiras explosões. Ela apontou irregularidades no raio da explosão, como os suportes tinham se partido de maneiras distintas — evidências que poderiam significar várias coisas diferentes sobre os tipos de compostos explosivos utilizados. Ela também pegou seu próprio datapad de evidências compiladas, incluindo vestígios de materiais que tinham evaporado no vento e no nevoeiro de Cato Neimoidia. Aquilo, junto com as varreduras e leituras de sensores que ele mesmo coletara, lhe proporcionara um dia inteiro de material para analisar — e, infelizmente, nenhum computador da República para processar os dados. Mas ele lidaria com aquilo mais tarde.

Ketar permaneceu em silêncio o tempo todo, irradiando um ar de suspeita enquanto conversavam.

Em sua quarta hora de investigação, Obi-Wan soube que seu corpo estava chegando ao ponto da exaustão física.

— Não sei muita coisa sobre os ciclos de sono dos Neimoidianos — disse ele —, mas eu deveria voltar logo e descansar um pouco se quiser ser útil amanhã.

— Não é má ideia — concordou Ruug. Ela ergueu um pequeno frasco e derramou seu conteúdo sobre a mistura de metal, concreto e pedra, algo que parecia um pedaço da estrutura explodida na lateral de um prédio. Ele borbulhou, liberando um gás amarelo-neon no ar, visível apenas o suficiente para que ela apontasse um scanner em sua direção. — Reação química. Enviarei os resultados assim que a análise terminar.

— Você fez um bom trabalho mesmo não dispondo de um laboratório adequando — elogiou Obi-Wan, rolando a tela de seu datapad.

— Posso não ter nenhum de seus poderes Jedi, mas a experiência cobre a lacuna em algumas áreas. Ketar — chamou ela, entregando-lhe um dispositivo que retirou de um bolso no peitoral de sua armadura. — Execute o processo quatro-C com um tempo de exposição de seis segundos.

— Entendido — disse o jovem guarda. Ele passou por Obi-Wan como se o Jedi nem estivesse ali, depois começou a digitar em seu datapad.

— Você certamente não aprendeu tudo sobre química e explosivos no treinamento básico — comentou Obi-Wan.

Ele sabia que seu comentário tinha chamado a atenção do jovem guarda, embora Ketar estivesse atrás dele.

— Sou apenas uma guarda — disse Ruug, levantando-se para esticar as costas —, tentando ensinar a pessoas como Ketar por que nosso trabalho é importante.

— Esse é um uniforme da guarda?

Ruug olhou para o datapad que segurava, embora pela forma como inclinou a cabeça, ele imaginou que ela pensava mais na pergunta do que nos resultados de sua varredura.

— Você é curioso, Jedi.

— É parte do trabalho.

Ruug soltou uma risada curta.

— Isto — contou ela, dando um tapinha em sua armadura bordô — também era parte do trabalho. Operações especiais Neimoidianas. Explosivos. Infiltração. Disparos de precisão. Mas agora sou apenas uma guarda. — Ela guardou o último de seus dispositivos e acenou com a cabeça em direção à nave.

— Procurando uma vida mais tranquila?

— Não necessariamente. Mas às vezes as pessoas importantes acham que você deveria ficar mais quieto. E existem várias maneiras de se fazer isso. — Eles caminharam em silêncio, o único som vindo do barulho de terra e detritos sob suas botas.

— Parece que você não está satisfeita com o envolvimento Neimoidiano com a Federação do Comércio — observou Obi-Wan.

Era um comentário sincero, mas dada a maneira como Ruug tinha agido nas últimas horas, as palavras soaram como uma espécie de provocação.

— Ah, essa é uma visão muito... binária das coisas. Vocês Jedi gostam das suas regras. — Obi-Wan mordeu o lábio com aquilo e, em vez de ficar na defensiva, decidiu deixar Ruug continuar. — Acredito na ideia da Federação do Comércio. Quando a República não reconhece seu planeta natal como outra coisa senão um ativo em transporte e comércio, você se torna uma mercadoria. E uma estatística. Não vou deixar minha vida ser uma linha em uma lista para despacho. Com a Federação do Comércio, os Neimoidianos finalmente ganharam voz. A história mostra que a República mal reconheceu nossa existência até a Federação. A *maneira* como os governos operam, no entanto, sempre muda.

Ketar, talvez pela primeira vez na última hora, pronunciou-se:

— Por que não deveríamos apoiar a causa Separatista? Conhecemos o nosso valor, e é muito mais do que a República afirma.

Obi-Wan percebeu um sorriso no rosto de Ruug, embora ela tentasse visivelmente escondê-lo.

— Não estamos falando sobre os Separatistas aqui. Cato Neimoidia é neutro — ressaltou Ruug. — A Federação do Comércio é neutra.

— Neutralidade diante da opressão é mais opressão — argumentou Ketar. E até certo ponto, Obi-Wan concordava, mas provavelmente de uma perspectiva diametralmente oposta.

— É opressão? Ou é independência? Uma liberdade de escolha? — questionou Ruug, como se fosse uma professora levando um aluno a uma epifania. Mas Ketar hesitou, e sua atitude se acalmou enquanto ponderava sobre a pergunta.

Eles caminharam mais alguns passos em silêncio antes de Obi-Wan falar, embora a pergunta não houvesse sido dirigida a ele.

— Eu diria que depende do contexto — ofereceu ele, para que os dois refletissem de maneiras diferentes.

Ambos o encararam, embora com pontos de vista muito diferentes traduzidos em suas expressões e posturas.

— Eu concordo — disse Ruug. — O contexto define tudo.

— Tenho um amigo que pensa como você — disse Obi-Wan, com um sorriso no rosto que provavelmente não seria visível na noite escura de Cato Neimoidia.

— Posso acreditar na Federação do Comércio sem gostar de sua liderança nos últimos dez anos. E posso reconhecer os problemas sistêmicos dentro da República, mas ainda acho que algumas pessoas dentro dela são razoáveis. Até mesmo — disse ela, com uma risada — um Jedi.

Ketar retrucou com um comentário sobre como a cultura da República era mais perigosa do que a lei da República, e Obi-Wan reconheceu as respostas de Ruug a tudo aquilo — não as palavras ou argumentos específicos, mas a forma como ela procurava igualmente reconhecer e aplacar a ira do jovem, bem...

Ele tivera alguma experiência parecida em sua vida.

O discurso prosseguiu até o veículo deles, uma pequena nave de vigia que oferecia pouco mais em termos de proteção ou manobrabilidade do que seu próprio veículo "emprestado". E enquanto discutiam, Obi-Wan avistou um pequeno galpão depois de um beco em um quarteirão arruinado, mais uma coisa para verificar antes de retornar. Ele pensou em convidá-los para que o acompanhassem, principalmente levando em conta o equipamento adicional de Ruug.

Mas algo no humor de Ketar lhe dizia que era melhor deixar o jovem em paz. E o pequeno bunker tinha ele próprio uma aura de suspeita, uma vibração na Força que criava uma inquietação invisível, além do fato de que a entrada estava notavelmente limpa, apesar dos escombros espalhados por toda parte.

— Vou voltar para o meu veículo — disse Obi-Wan aos dois, dando-lhes um aceno de despedida. Eles se separaram e embarcaram em sua nave, Ruug assentindo em reconhecimento enquanto Ketar olhava diretamente para a frente, através de sua janela na cabine. Ele começou sua caminhada à frente, esperando até que a nave deles levantasse e desaparecesse no meio a neblina.

Quando concluiu que eles já estavam longe o suficiente para não detectarem seus movimentos, Obi-Wan pegou seus macrobinóculos e mudou para a visão térmica, fazendo uma verificação de segurança no espaço ao redor do galpão em busca de qualquer korgee faminto que pudesse estar à espreita para um lanchinho de tamanho humano. Com a área livre, ele começou a avançar e, embora a fadiga pesasse tanto sobre seus pensamentos quanto sobre seus movimentos, aquilo parecia estranho demais para deixar passar.

CAPÍTULO 23

ANAKIN SKYWALKER

— AS PRIMEIRAS DEZ CAIXAS VÃO PARA OS MORADORES NO SETOR AN-sete-A-I — informou Anakin ao soldado clone de capacete diante de si. — Depois, encontre-se com o Capitão Raptor na Praça Fong-Tim para dividir o lote restante em grupos de distribuição menores.

— Imediatamente, general. — O clone bateu continência, depois virou-se para o transporte Juggernaut, apinhado de mais suprimentos médicos do que clones.

— E tenha cuidado com a areia. Já vi lugares piores, mas ela ainda atrapalha o transporte. — Anakin sorriu, pensando em casa. Os pods de corrida flutuavam, mas ele certamente tinha trabalhado com sua cota de veículos sobre rodas e esteiras nos velhos tempos. Nunca entendera como os Jawas mantinham seus sandcrawlers rodando. O maior continente em Langston era montanhoso, mas com ventos fortes e chuvas torrenciais sazonais. As comunidades situavam-se nas bases das montanhas, mas as variações do clima também criavam um acúmulo de areia azulada espesso o suficiente para ser irritante, mas não exatamente um modo de vida.

Ainda assim, tinha penetrado nas articulações de sua mão mecânica, mesmo ela estando coberta com uma luva apertada. Com o comboio se afastando, Anakin tirou a luva e tentou soprar um pouco da areia de seus dedos.

— Olha — disse ele, a ninguém em particular. — Ninguém acredita em mim, mas areia entra em *todo lugar*. — Ele soprou novamente, o hálito fresco de sua respiração provocando uma resposta no hardware adaptável que se traduziu em um estímulo sensorial, depois balançou o braço enquanto flexionava os dedos. Filetes de areia escorriam, e Anakin podia ouvir Padmé rindo dele como fizera não muito tempo antes, quando os dois estavam escondidos no interior de Naboo depois do casamento. Naquela tarde, eles estavam descalços à beira do lago e, embora a paisagem tranquila do planeta fosse idílica, os grãos de areia causavam uma sensação de inquietação, uma constante mudança de posição para se ficar confortável.

Padmé notou, é claro, mas como ela sempre se esforçava para entender os outros, ofereceu algo que resumia tudo relacionado a ela:

— Depois de passar alguns dias em Tatooine eu compreendo porque você detesta tanto a areia — disse ela com uma risada, antes de ficar mais pensativa. — Nós viemos de lugares diferentes, Ani. Isso molda muito a forma como enxergamos a galáxia.

Aquele momento foi a única coisa boa relacionada a areia que já aconteceu.

E ali, conforme mexia os dedos, ele podia sentir os grãos entre os servomotores, aumentando a sensação já existente de que a mão estava fora de sincronia, realizando qualquer movimento com o incômodo de algo preso no lugar errado. Ele suspirou e colocou a luva de volta — aquilo exigiria uma imersão completa da mão em óleo, mais tarde, quando tivesse acesso à estação de reparos do cruzador. Mas, naquele momento, ele teria que lidar com a situação.

Ao redor dele, os clones ainda se moviam de um lado para o outro, alguns conversando entre si sobre a maneira mais eficiente de empilhar suprimentos nas carretas flutuantes enquanto outros comentavam relatos de diversos conflitos ocorrendo na Orla Média. Anakin contemplou o horizonte, vendo um aglomerado de casas destruídas à distância. Mill deveria ter acompanhado os clones em uma entrega local, mas os soldados pareciam estar voltando sem ela.

Ele estava prestes a interceptar um grupo de clones com padrões amarelos pintados em seus capacetes e ombros quando seu comunicador de emergência soou — o que fazia par com o que entregara a Obi-Wan.

— Obi-Wan. Estou na escuta — disse ele, pegando o dispositivo do cinto.

— Anakin? Anakin, consegue... me ouvir?

— Mais ou menos alto, e mais ou menos claro. Você não iria se ater aos "parâmetros da missão"? — O comunicador ficou em silêncio, e Anakin não sabia se sua piada tinha ficado perdida em algum lugar entre os bits de dados digitais transmitidos pela galáxia ou se Obi-Wan simplesmente se esquivou da pergunta.

Mas então o comunicador transmitiu uma risada, um riso curto que parecia ser o máximo que seu antigo Mestre era capaz de soltar.

— Fora dos parâmetros... Bem, acho que aprendi algo com você, afinal de contas. Escute, preciso da sua ajuda. Estou lhe enviando um pacote de varreduras e dados. Tenho minhas suspeitas sobre o significado deles, mas não tenho como processá-los.

— Mande para mim. Vou pedir para o R2 dar uma olhada.

— Não. O R2 faz interface com as redes da República. Isso não pode ter nenhum rastro oficial. Precisa de um negociante de informações.

Anakin esperou que os soldados clones que se aproximavam passassem por ele antes de responder.

— General — disse o líder do grupo com uma saudação, sem perder o passo.

— Negociante de informações? — perguntou Anakin, com a voz mais baixa. — É isso que você faz no seu tempo livre? Sabe, você bem que podia assistir a uma corrida de pods comigo, não vou contar ao Conselho Jedi. O Athio Setecentos está chegando.

Obi-Wan respondeu sem reagir.

— Precisamos agir rápido. Entre em contato com Dexter Jettster, no Distrito CoCo, em Coruscant. Ele abrirá um canal seguro para você fazer a transmissão. Diga a ele que fui eu que enviei.

— Espere aí, ele não é o dono da lanchonete? Como é que ele entra nisso?

— Dex vai cuidar disso. Preciso de uma resposta rápida. Tenho menos de um dia para reunir minhas descobertas.

O comunicador chiou com estática e, com isso, Obi-Wan se foi. Alguma coisa não fazia sentido, e embora Mill ainda estivesse vagando em algum lugar por entre os prédios em ruínas, ele deveria fazer aquilo para Obi-Wan o quanto antes.

— Soldado — chamou Anakin. O grupo de clones parou, e todos se viraram. — O transporte já está pronto para voltar ao cruzador?

— Ainda não, senhor — respondeu um dos clones, apontando para a embarcação. — Ainda estamos descarregando suprimentos.

Anakin olhou de volta na direção onde Mill havia se aventurado.

— Vou precisar voltar logo. E de um canal de comunicação seguro. E de uma sala privada.

— Imediatamente, senhor. Faremos os preparativos — respondeu o clone, sem questionar, sem qualquer hesitação. Como Padawan, os pedidos e ordens de Anakin viriam com a necessidade de checar novamente com comandantes clones ou Cavaleiros Jedi. Mas ali havia a obediência da hierarquia, que criava uma cadeia direta de comando.

Que posição estranha para se estar. Anakin lembrou-se do que dissera a Mill, que os clones eram apenas pessoas tentando fazer sua parte — e ter consciência daquilo seria necessário, devido ao poder do posto.

— Mais alguma coisa, senhor?

— Não de vocês. Só preciso buscar algo que perdi. — Anakin caminhou para a frente e, embora a presença de Mill geralmente ecoasse como uma ansiedade de baixo nível, ele não sentia nenhuma ondulação como aquela. E isso por si só poderia significar que Mill tinha encontrado um foco, uma calma inesperada.

Estranho.

— Estarei de volta em breve — disse Anakin.

— Entendido. — O soldado bateu continência, endireitando sua postura. — General.

CAPÍTULO 24

MILL ALIBETH

ERA ESTRANHO QUE ALI, EM MEIO À DEVASTAÇÃO DA GUERRA, MILL se sentisse em paz.

Não quando ela olhava ao redor, para as construções arruinadas. Ou andava ao lado de soldados blindados que pareciam exatamente iguais sem seus capacetes. Claro, eles apresentavam pequenas diferenças: cortes de cabelo, cicatrizes, alguns até tinham tatuagens.

Mesmo assim. Todos aqueles mesmos rostos e vozes, todos carregavam rifles pesados. E eram tão *obedientes*. Anakin lhe revelara que crescera na condição de escravo, e agora ele era um Jedi comandando clones criados para a guerra. Mill irritou-se com tudo aquilo.

No entanto, quando pediu aos clones que a deixassem ali por alguns minutos a mais, ela recebeu algum espaço e de repente o universo fez algum sentido. Na verdade, ela deu abertura para a Força. E em vez de sentir inundada, Mill viu-se nas correntes da Força, e a deixou guiá-la para que se ajoelhasse, abrisse seu medpac e estendesse sua consciência exatamente como a tinham ensinado no Templo. A família dos irmãos Gharal permanecia quieta, talvez não confiando tanto nos enormes soldados que percorriam sua vizinhança. As cicatrizes da violência provaram ser muito perturbadoras, apesar do fato de os gigantescos e barulhentos módulos de transporte carregarem suprimentos.

Apenas duas coisas importavam para aquela família, no entanto: a tosse de uma criança jovem demais para falar e a perna da irmã mais velha, onde algo fizera com que a pele escamosa normalmente cinza-clara ficasse mole e secretasse pus. A Força orientou Mill sobre o momento adequado para dar tapinhas entre as escamas dos ombros da criança, depois de ela tossir, expulsando a poeira que irritava sua garganta.

Ela descobriu que se conectar com a Força tinha suas vantagens.

A situação da mais velha exigiria mais habilidade.

— Eu tenho bacta — disse ela, tocando a vasilha a seus pés. Embora os Iniciados só aprendessem primeiros-socorros rudimentares devido à sua idade, uma coisa que ela descobriu era que bacta muitas vezes resolvia sozinho a parte da cura. Era o medo e a dor que precisavam ser administrados.

Mill aproximou-se dela, uma garota de trinta anos chamada Rokura, que era uma mera adolescente, dada a longa expectativa de vida dos Gharal.

— Assustador é — disse Rokura, e um tremor percorreu a grossa crista em seu pescoço, suor grudando em seus espessos cabelos pretos. — Sinto perna doer. Bacta não ajudar muito.

Mill assentiu, compreendendo o Básico imperfeito. Acima dela, disparos de blaster tinham aberto buracos nos prédios — se é que eles ainda estavam de pé. Alguns deles não estavam mais, restando apenas suas fundações. Poeira preenchia o ar, incessante o bastante para penetrar em seus cabelos e irritar seus chifres. Em seus braços, manchas de areia de Langston cobriam seu pulso bronzeado.

A guerra parecia distante no Templo Jedi, ou mesmo no cruzador, mas ali quase atraía Mill. Rokura gemeu de dor, provavelmente delirando por causa da infecção em sua perna. Ela estremeceu quando Mill pousou um pano frio sobre sua testa, sacudindo a jovem Iniciada. A comoção deixou a criança mais nova agitada, provocando um choro que rapidamente se transformou numa crise de tosse que se acalmou com algumas respirações, já que poeira e detritos não estavam mais em seus pulmões.

Uma coisa de cada vez. Mill fechou os olhos e procurou através da Força. Os moradores da cidade apareceram em cores rodopiantes — não exatamente com o nível de sofrimento que ela sentira em Cato Neimoidia. Ali estava um pouco mais sereno, como se as pessoas tivessem se acostumado com a situação. Mas perto dela, Rokura saltava em sua visão, tons de vermelho na forma de uma garota Gharal.

Mill depositou a mão sobre a cabeça de Rokura e respirou. Nesse momento, um instinto surgiu, como se a Força fosse uma coberta quente e Mill a colocasse ao redor do corpo ferido de Rokura.

— Vou ajudá-la — sussurrou ela, sem pensar. E, como se estivesse sob seu controle, o tremor da Gharal parou e sua respiração se firmou.

Mill piscou, como se despertasse de um sono profundo. Precisou de vários segundos para retornar ao momento presente, suas ações recentes já se tornando uma lembrança nebulosa — ela sabia o que havia acontecido, mas os meios e os motivos pareciam inescrutáveis. Mas Rokura ainda precisava de ajuda prática; Mill levantou-se e aplicou o bacta em movimentos rápidos. A ferida borbulhou quando os microbióticos do bacta se ativaram imediatamente ao contato.

— Ela vai precisar ficar em repouso por alguns minutos — informou ela à família antes de voltar e colocar a mão sobre a testa de Rokura. — Descanse — disse Mill, com a voz clara e direta, seus olhos fechados, deixando-se mergulhar o suficiente na Força para que toda a angústia ao redor iluminasse seus sentidos como faróis dentro de um raio de mil metros.

Então, ela escutou uma voz através do éter, num ritmo parecido com o de um cântico.

— Mill... Mill... Mill.

— Mill!

Era Anakin.

Desperta de seu transe, Mill levantou-se, as pontas de sua túnica Jedi tingidas por camadas de poeira azul de Langston. R2-D2 chiou e zumbiu ao seu lado, e embora ela ainda não compreendesse o astromecânico, parecia um sermão sobre prestar atenção.

— Mestre Skywalker, eu...

— Temos que ir. Por que você não voltou com os clones? — Ele semicerrou os olhos, finalmente percebendo a cena ao redor. Ao lado de Mill, os irmãos de Rokura recuaram ante a sombra do altivo Jedi.

— Eles precisavam de ajuda — explicou Mill. — E estavam assustados quando os clones estavam aqui. Tinham acabado de vê-los lutando contra droides uma semana antes, e a batalha causou isso — ela gesticulou para os prédios destruídos ao redor deles — à casa deles. — Ela apontou para a garota Gharal em repouso, que tinha os olhos fechados e respirava de forma profunda e regular. — Ela precisava de bacta. E de alguma ajuda para se acalmar.

— Você fez isso? — perguntou Anakin, ajoelhando-se para inspecionar a situação mais de perto.

— Sinto muito, Mestre Skywalker. Eu sei que desobedeci a ordens, mas é que... — Como ela poderia explicar aquela estranha habilidade, a forma como dor e sofrimento tornavam-se parte de seu campo de visão como um sensor térmico em uma luneta? — Eles precisavam de ajuda, e estavam com medo. Já perderam os pais na batalha.

— Temos que ir. Mas — disse Anakin com brandura — você fez a coisa certa.

— Você... não está bravo? — Mill não pretendia responder com tanta surpresa. Mas mesmo os Padawans com quem já estivera pareciam tão presos às regras. E aquilo se repetia com *todos* os Jedi mais velhos.

Mas Anakin era diferente. Ela soube desde a primeira conversa com ele.

— Os Jedi não são perfeitos. E às vezes temos que contornar isso. — Ele inclinou a cabeça com um olhar pensativo no rosto. — Você se conectou com a Força?

— Eu permiti que passasse, sim — respondeu Mill com um aceno de cabeça, quase como uma autoafirmação.

— E agora você percebe? — perguntou Anakin, segurando sua mão. E ela percebia, de certa forma. Não do jeito que os Jedi usavam a Força para empreender grandes saltos ou derrubar coisas. Mas como a conexão entre os seres vivos, a forma como eles eram todos minúsculos pontos no mesmo gigantesco universo. Pela primeira vez em toda sua vida, ela compreendia.

Mill assentiu, fazendo Anakin sorrir.

— Eu sabia que iria conseguir. Agora, antes de partirmos. — Ele apontou para o medpac aberto no chão. — Tem mais alguma coisa de que eles possam precisar?

CAPÍTULO 25

OBI-WAN KENOBI

O NASCER DO SOL EM CATO NEIMOIDIA NÃO TINHA AS CORES normalmente encontradas em outros planetas. As condições atmosféricas próprias de cada planeta e a composição química tinham proporcionado algumas vistas emocionantes a Obi-Wan durante sua vida, com matizes fortes e brilhantes que faziam parecer que a Força havia se apoderado do reino físico e explodido na forma de respingos reluzentes no céu.

Mas aquele planeta estava envolto em neblina, e o início da manhã na superfície podia muito bem ser comparado aos níveis mais baixos de Coruscant — sombras e estruturas combinadas com a névoa espessa para absorver a maior parte da luz, conferindo às coisas um tom pálido de cinza além da eventual luminescência laranja das árvores.

A neblina, no entanto, ofereceu uma boa cobertura quando Obi-Wan esgueirou-se para dar uma olhada mais de perto no estranho bunker que descobriu quando Ruug e Ketar decolaram. Havia, é claro, muitos prédios parcialmente destruídos de todos os tamanhos, então um com as dimensões de uma garagem de speeders não deveria parecer destoar tanto. Aquele, no entanto, com as portas duplas que se encaixavam perfeitamente, sem qualquer vestígio de dano, aparentava estar intacto demais para algo atingido pela enorme onda de choque causada pelo impacto entre a estrutura e a superfície.

Sem mencionar a sensação incomum que ele percebia fluir do bunker através da Força. Ela manifestou-se como um lampejo, mas todos aqueles fatores reunidos o impeliram a explorar mais.

Um bunker que, é claro, estava trancado aquela noite. Uma porta selada era sempre um motivo de maior preocupação.

Mas ali estava ele novamente, carregando consigo vários sensores e instrumentos de varredura. O mais importante de tudo: adquirira vários nacos de carne crua em um mercado local. Obi-Wan aguardou atrás do galpão, sentado em silêncio sobre um muro de contenção rachado, então vasculhou a Força atrás de sinais de quaisquer korgees nas redondezas.

Não demorou muito para sentir a vida selvagem natural da região.

Obi-Wan jogou o primeiro pedaço de carne na direção do korgee mais próximo. Depois outro, a meros dez metros de distância.

O terceiro, bem em frente à porta do galpão.

O Jedi avaliou seus arredores, primeiro com olhos e ouvidos, em seguida com a Força. Com as coisas claras, ele estendeu a mão para trás e a empurrou para a frente no ar, criando uma propulsão telecinética que chicoteou pelo espaço e causou uma grande marca de amassado em forma de V na porta. O ambiente escuro iluminou-se com um azul brilhante quando o sabre de luz de Obi-Wan deu um estalo e se acendeu. Ele perfurou a dobradiça de um lado da porta, derretendo-a até que se partisse, depois agarrou a porta por meio da Força e puxou o canto com a dobradiça cortada para baixo, fazendo o metal gemer conforme se dobrava. Suor brotou da testa de Obi-Wan, a porta teimosamente se deformando mais devagar do que ele gostaria. Ele a torceu aos poucos até criar um buraco grande o suficiente para passar rastejando — e danos que pareciam ter sido feitos com o impacto de animais selvagens, de forma a cobrir seus rastros.

Mais uma varredura ao redor revelou que a área estava segura, com exceção de um korgee que farejava, e Obi-Wan considerou a distância aproximada do animal para jogar mais uma isca antes de entrar.

Suas botas tocaram o chão com um tinido, o espaço suficientemente vazio para carregar o som. Pouca luz passava, por isso ele ativou o sabre de luz novamente para dar uma olhada melhor.

Em uma extremidade havia uma grande caixa trancada com cerca de um metro de largura. Obi-Wan puxou a tampa para se certificar. Do outro, parecia estar montada uma pequena estação de comunicação — um conjunto portátil sobre uma mesa improvisada junto a uma bateria, talvez do mesmo tipo normalmente fabricado para caças estelares. Ela estava ativada, no entanto, e entre o conjunto limpo e as luzes de *status* e indicadoras da energia do sistema, estava claro que havia sido montada há pouco tempo. Obi-Wan acionou a interface, embora o registro de dados estivesse em branco. Ele estava quase começando a procurar por registros apagados em seu banco de dados quando reparou num pequeno datapad conectado ao lado.

O datapad se acendeu, um dispositivo do tamanho de um cartão, pequeno demais para dispor de tela própria, mas que, em vez disso, projetou um holograma com informações. Obi-Wan piscou várias vezes para ter certeza de que lia corretamente.

Então, tornou a ler.

E de novo. Ele verificou os detalhes mais uma vez antes de percorrer diferentes guias de informação, mas em vez de fornecer um contexto mais claro para suas descobertas, cada palavra e número que passava somente ampliava a crescente sensação de pavor em suas entranhas. Ele respirou fundo e se concentrou; afinal, tinha um trabalho a fazer.

E a República contava com ele.

A imagem mostrava uma análise de destroços de bombas, dos padrões das explosões e dos danos estruturais — todos lado a lado com o mesmo tipo de equipamento usado por esquadrões antibombas em batalhões de clones. Esquemas surgiam com imagens correspondentes, evidências do mundo real justapostas com projetos do Ministério da Ciência. Cada exibição sucessiva de informações detalhava as conexões, criando mais vínculos com a República.

A ansiedade em suas entranhas se intensificou, embora ele deixasse aquela sensação passar e considerasse o quadro maior: se aqueles dados faziam um Mestre Jedi sentir tamanho desconforto, certamente seriam irrefutáveis perante uma audiência de Neimoidianos ainda devastados pela catástrofe. Tal pensamento o impeliu de volta a uma atitude construtiva, e sua mente começou a ponderar sobre como agir a partir dali. Apesar de as coisas parecerem ruins para a República, muitos estratagemas poderiam estar em ação. Os próprios dados poderiam ser falsos, as comparações poderiam ser desinformação, o culpado poderia, na verdade, não ter quaisquer vínculos com a República.

Embora diversos caminhos a seguir se abrissem em sua mente, todos eles começavam com o mesmo primeiro passo.

Obi-Wan levara o comunicador de Anakin para casos de emergência. E era exatamente o caso daquela situação. Ele puxou o dispositivo de seu cinto e enviou um sinal para Anakin através da galáxia.

— Obi-Wan, é bom que seja importante. Acabei de conseguir fazer os jovens alunos se acalmarem.

— Anakin — disse ele. — Tenho mais uma coisa para você mandar Dex analisar.

— Não acabei de lhe enviar as descobertas dele?

Era verdade. Mas tais descobertas tinham a forma de resultados de diversas varreduras e medições, mais informações para processar do que qualquer outra coisa. Eram simples indícios, não as evidências claras e palpáveis que ele tinha à sua frente.

— Isso é diferente. Diga a ele que a guerra inteira pode depender disso. Ele não pode se equivocar.

O tom irreverente de Anakin endureceu, e Obi-Wan praticamente podia ver os olhos do colega se estreitando de forma pensativa.

— O que você encontrou?

— Um datapad de origem desconhecida. Protegido em um bunker escondido na superfície. Seu conteúdo mostra uma clara ligação com materiais e protocolos da República.

— É falso — Anakin apressou-se em dizer. — Tem que ser falso. Alguém está tentando enganá-lo.

— É isso que eu preciso que você prove. — Obi-Wan abriu a porta de acesso na parte de trás do datapad e conectou o aparelho ao comunicador. — Vou mandar tudo para você. Não conte a ninguém sobre isso. Nem para os clones, nem para o Conselho Jedi. Esta informação não pode correr o risco de vazar até que determinemos sua origem e veracidade.

— Tem certeza? Esconder coisas do Conselho?

A pergunta pegou Obi-Wan de surpresa; era uma pergunta razoável, embora o fato de ter vindo de Anakin, dentre todas as pessoas, o pegasse desprevenido. Talvez seu antigo aprendiz estivesse amadurecendo, afinal.

— As informações são muito voláteis. O governo local já tem suspeitas. Devemos manter qualquer comunicação oficial fora disso até que tenhamos provas definitivas de que são falsas.

— Entendido. — Anakin ficou em silêncio, embora o canal de transmissão continuasse aberto. — O que você vai fazer com o datapad?

— Ainda não tenho certeza. — Deixá-lo ali não era uma opção; ele precisava ser escondido. Mas Obi-Wan não poderia carregá-lo o tempo todo, não com a possibilidade de encontrar guardas e funcionários. — Toda escolha vem com um risco inerente.

— E se... — Anakin fez uma pausa, e baixou a voz. — E se você o destruir?

Obi-Wan queria ficar chocado com tal sugestão; medidas extremas como aquela mergulhavam nos caminhos enganosos que levaram à mentalidade Separatista, para começo de conversa. Mas a verdade é que ele tinha considerado fazer aquilo. Em uma época em que Jedi planejavam operações militares, Padawans se tornavam soldados e um exército de clones surgia do nada, todas as delimitações claras de papéis, protocolos e da própria moralidade de repente desapareceram, deixando no lugar apenas uma definição difusa do que era certo e errado.

— Eu pensei nisso — confessou ele, admitindo tanto para si quanto para Anakin. — Principalmente porque estou lhe enviando os dados. Mas não, precisamos manter o original intacto. — Ele desligou a projeção holográfica e avaliou o próprio dispositivo. — Acho que é pequeno o bastante para caber naquele estojo seguro que você me deu...

— Espere — disse Anakin. — Não tem nada aparecendo aqui do meu lado.

— Droga. — Obi-Wan olhou para o teto do bunker, ainda que as camadas de detritos, a neblina, os arcos montanhosos e os setores ainda suspensos de Zarra provavelmente causassem mais interferência do que um simples teto de metal. — Preciso sair da superfície. Espere enquanto volto lá para cima.

— Certo. Ficarei no aguardo. Mantenha isso aí seguro até que possa me enviar uma cópia.

— Entendido. Vou subir até lá o mais rápido que puder. Kenobi desligando. — O comunicador apitou, então Obi-Wan deu uma última olhada ao redor do bunker. O terminal de comunicações, a caixa trancada, tudo aquilo teria que esperar por uma investigação mais aprofundada. No momento, sua prioridade era retornar ao alcance da comunicação.

Obi-Wan pensou nos poucos pedaços de isca que restavam para os korgees. Ele manteve um em sua bolsa para o caso de encontrar algum animal selvagem no caminho de volta para seu veículo, depois jogou o restante pela porta. Um ruído arrastado agitou-se nos escombros do beco arruinado em questão de segundos, e Obi-Wan partiu, seguro de que a vida selvagem local cobriria seus rastros.

Da última vez que Obi-Wan esteve em um bar, ele influenciou um jovem a voltar para casa e repensar sua vida, e depois decepou o braço de um potencial assassino. E ainda que aquilo não tivesse acontecido há muito tempo, a guerra tinha feito o tempo perder qualquer significado, trazendo a sensação de que a tarefa imediata era terrivelmente interminável enquanto os dias passavam voando. Como tinham passado de cumprimentar a Senadora Amidala em seu apartamento para se verem envolvidos no meio de uma guerra, com todos seus conflitos e subterfúgios em tão pouco tempo? De fato, a guerra escalara tão rapidamente que momentos de tranquilidade para questionar como e por que eles tinham chegado àquele ponto eram raros.

Por isso, quando chegaram ali, ele aproveitou. Obi-Wan sentou-se no bar, permitindo-se um momento de paz para pensar em tudo. Uma vez de volta às ruas de Zarra, ele transmitiu com sucesso os dados para Anakin, que prometeu entrar em contato com Dex o mais rápido possível. Em seguida, escondeu o dispositivo no estojo seguro com o comunicador antes de partir para a parte menos glamourosa da cidade. Só então teve tempo para refletir: a guerra, Dooku, os clones, os dados misteriosos. Ele reservou tempo para tomar uma bebida. Se os moradores sabiam quem ele era ou por que estava no planeta, não pareciam se importar. Pelo menos não naquele pub em particular, que tinha sido indicado por Ruug.

Talvez tivesse a ver com a localização, em um bairro profundo e coberto por uma das vigas de Zarra e afastado do centro dos prédios ornamentados do governo e do bem-iluminado distrito comercial. Naquele salão pequeno e abafado, Neimoidianos e forasteiros sentavam-se lado a lado, e a espessa nuvem ardente de algum tipo de especiaria defumada preenchia o ar. O falatório ao redor elevava-se suficientemente acima dos sons para ele quase não notar Ruug sentando-se ao seu lado, ainda em sua roupa de comando, mas sem a camada externa da armadura bordô.

— Seu aprendiz não está aqui? — Obi-Wan apontou para o banco vazio ao seu lado. — Guardei dois lugares. Ele parece precisar de uma bebida. Ou duas.

— Eu precisava de um tempo — explicou ela, com uma risada. — Ele anda meio mal-humorado esses dias. Qual é a palavra que vocês usam para eles? — Ela jogou uma moeda para o garçom, diferente da ficha de crédito padrão da República.

— Padawan. — Obi-Wan fizera a pergunta como forma de iniciar uma conversa casual, embora tivesse o benefício de enrolar enquanto ponderava sobre o que vira mais cedo. Ruug portava-se de maneira diferente de Ketar e definitivamente diferente de Ventress: cansada, desgastada, mas guiada por uma forte bússola moral. Aquilo bastaria para que aceitasse a revelação do misterioso datapad sem reagir de forma exagerada? Ele mordeu o lábio enquanto pensava nas alternativas, incluindo a possibilidade de não contar a Ruug. — Meu próprio aprendiz foi promovido recentemente. Agora ele está por conta própria, tentando salvar a galáxia apenas com a força de vontade.

Ruug riu quando o garçom serviu uma bebida tão rudemente que espirrou em seus longos dedos verdes quando a pegou.

— Quanto tempo até que ele se dê conta da realidade?

— Ele consegue ser ainda mais teimoso do que Ketar.

Ela balançou a cabeça, tomando metade da bebida em um gole.

— Sorte a nossa, hein? — disse ela. — Ele é um bom garoto. Só foi pego no meio de tudo — ela gesticulou ao redor deles — isso. Estou tentando mantê-lo longe de Ventress. Ela é um pouco impaciente demais, se quiser saber minha opinião.

— Não vou muito com a cara de nenhum agente de Dooku.

— Veja, pelo menos você é honesto comigo — disse ela, tomando um gole menor. — Tenho descobertas para você.

— E eu para você.

— Muito bem, então. — Ruug ergueu o que restava de sua bebida. Obi-Wan bateu sua caneca contra a dela, e ambos tomaram um gole. — Não é muita coisa para ir atrás. Mais varreduras. Sincronizamos mais algumas gravações de segurança com a simulação para tentar identificar a mistura química exata para o raio da explosão, seu calor, esse tipo de coisa. Dê uma olhada. — Ela deslizou um datapad na direção dele que, em vez de pegá-lo, focou em sua bebida. Ela olhou para ele, depois de volta para o próprio copo, depois de volta para ele. — Eu tenho... — começou ela antes de olhar ao redor do salão. — Eu tenho uma pista.

Obi-Wan pensou imediatamente em Anakin recebendo informações de Dex, em algum lugar da galáxia. Obi-Wan disse que queria a verdade; tinha dito aquilo para Ruug, para o Conselho Jedi, para Palpatine e para Dooku. Mas naquele momento ele não queria necessariamente a verdade, ele queria que Anakin dissesse que as informações naquele datapad tinham sido de alguma forma falsificadas, ou tiradas de contexto, ou qualquer coisa que não vinculasse a República a padrões moralmente falidos.

E Ruug? Sua pista consistia das mesmas informações? Será que aquele bunker era dela?

— É apenas uma *pista*. Preciso fazer uma análise mais aprofundada. Conseguir acesso discreto aos laboratórios está difícil agora.

— É definitiva?

— Vamos descobrir. — Ruug olhou para o líquido âmbar borbulhante em sua caneca. — Não quero influenciar a sua investigação. Então, esqueça que eu disse qualquer coisa. Por enquanto. Pode não ser nada. E você?

— Nada para estabelecer um caso sólido, de qualquer modo. — Ele pegou seu próprio datapad, aquele com o relatório de Dex sobre as varreduras e medições, e decidiu naquele momento omitir qualquer menção ao *outro* dispositivo escondido em seus aposentos, aquele com evidências particularmente contundentes. — Elementos vestigiais encontrados em explosivos comuns. Zonas de explosão representando sete designs de explosivos diferentes. Capacidades destrutivas encontradas no mercado paralelo, mas também comuns a muitas forças militares. E minha pesquisa não mostra nenhuma conversa sobre Cato Neimoidia entre caçadores de recompensa ou mineradores de especiaria — disse ele, deixando de fora quaisquer detalhes sobre fazer quaisquer transmissões.

— Essas são evidências forenses. Você não tem nenhuma pista? — perguntou Ruug, com um suspiro pesado.

Eles olharam um para o outro, o barulho do bar criando um tornado de som. Canecas tilintando, pessoas de todas as espécies gritando, risadas e palmas ressoando de todos os cantos do apertado salão. De algum modo, a vida continuava ali, embora cada uma daquelas pessoas provavelmente sentisse o peso de Cadesura. Ele perguntou-se uma última vez se deveria mencionar o misterioso datapad, e mais uma vez resistiu.

Não pelo que ele revelava, nem pelo modo como o encontrara. Ele apenas precisava de mais tempo.

— Que eu possa falar, não.

— Então é isso — disse ela, balançando a cabeça. — Milhares de mortos, danos incalculáveis, e tudo o que temos são algumas leituras químicas e uma pista que pode não ser nada.

— Tenho plena fé na verdade — disse Obi-Wan, embora naquele momento tal afirmação parecesse um pouco exagerada. — Só precisamos confiar uns nos outros.

Ruug soltou uma risada silenciosa.

— Ah, esqueci. Vocês Jedi são guardiões da paz. Adoro seu otimismo. À confiança — disse ela, erguendo sua caneca quase vazia. — Tenho um mau pressentimento sobre isso.

Obi-Wan ergueu a caneca em resposta, depois falou baixinho, quase tanto para si quanto para ela:

— Sem confiança, não temos nada. Sem verdade, não temos nada. *Devemos* ter fé nisso. — E aquilo fazia parte dele tanto quanto sua conexão com a Força.

— Verdade. Vou lhe contar um segredo. Você sabe quem forja essa verdade? — perguntou Ruug, a crista acima do olho esquerdo levantada. — Pessoas como eu. Você nunca nos vê, mas é isso que fazemos. Eu matei pessoas ruins e matei pessoas boas. Pessoas que mereciam e pessoas cujo único erro foi dar a sensação de que estavam no caminho da Federação do Comércio. Sabe o que eu percebi?

— O quê? — perguntou ele, terminando sua bebida.

— Quase todo mundo merecia. Em algum grau. O grupo bloqueando as rotas de navegação na Orla Exterior. Talvez estivessem fazendo aquilo para reivindicar uma participação maior pelo motivo certo, para ajudar a derrubar alguma injustiça que afetava o planeta deles. Mas, por outro lado, aquele bloqueio atrasava o envio de suprimentos médicos para um planeta enfrentando a fome. Povos que nunca se encontrarão, todos ferindo uns aos outros sem nunca nem pensarem nisso. Estamos conectados, cada um de nós na galáxia. — Ruug deslizou com o dedo a borda de sua caneca. — Para cada ganho, alguém perde alguma coisa. A justiça de verdade não existe. Não para todos.

— Lamento muito que você se sinta assim — disse Obi-Wan, de forma sincera e sem alfinetá-la. Parte dele a compreendia, de verdade. Ele tinha visto planetas, sistemas, povos inteiros lidando com a injustiça. Suas palavras carregavam certa lógica, e ele a reconhecia. Apenas tinha escolhido não ceder ao cinismo.

Mas os dois tinham tido vidas muito diferentes.

— Quando meu governo me dizia para matar — disse ela, batendo um dedo contra o bar —, eu matava. Porque quase todos os meus alvos mereciam. De uma forma ou de outra. Mas não as pessoas de Cadesura. Elas estavam apenas tocando suas vidas. Cato Neimoidia é neutro. — Seu corpo desabou sobre o bar, e seus olhos vermelhos estavam bem fechados. — Cato Neimoidia é neutro — disse ela novamente.

— Vamos descobrir a verdade. — A mente de Obi-Wan retornou ao misterioso datapad, a evidência irrefutável. Ele queria *forçar uma barra* para transformar aquilo em algo que limpasse a imagem da República, mas uma mudança ocorreu nele, um reconhecimento de que Ruug estava certa. A verdade era maior do que apenas as necessidades da República. — Se ela for difícil e feia, ainda assim vamos transformá-la em justiça. Só precisamos de tempo.

— E depois? Isso não vai trazer de volta as pessoas que caíram na superfície. Isso as honra? É o certo para elas?

Ambos permaneceram sentados em silêncio, com as canecas vazias nas mãos, enquanto Obi-Wan ponderava sobre o caminho à frente.

— Não, nada disso. Mas acredito que a justiça encontra um caminho. Tem que encontrar. Caso contrário, por que estamos aqui? Escolhemos fazer o certo, mesmo diante de tanta coisa errada. Porque não existe outra maneira.

Um bom minuto se passou antes que Ruug jogasse mais várias moedas no bar e fizesse um gesto pedindo mais uma rodada. O garçom olhou para ela, que ergueu dois dedos.

— Em teoria, você está certo. Mas eu vi em primeira mão. — Ela encarava diretamente os próprios braços cruzados. — Esta galáxia, ela tenta quebrar você.

— Nunca podemos deixar que isso aconteça. Devemos ter esperança.

Mais duas canecas deslizaram pelo bar. Ela entornou uma com um único gole antes de entregar a segunda a Obi-Wan.

— Infelizmente — disse ela, enquanto gesticulava para o garçom mais uma vez —, eu fiquei indiferente à esperança há muito tempo.

CAPÍTULO 26

ASAJJ VENTRESS

KETAR MOSTRAVA-SE ANSIOSO PARA OUVIR QUALQUER COISA QUE Ventress tivesse a dizer. E ela entendia aquilo. Toda a dor e raiva que ele sentia estavam em ebulição sob a superfície, buscando algum tipo de escape.

Sorte a dele que ela tivesse vindo. Sorte que ela o tivesse encontrado junto com sua parceira mais irritadiça quando chegou.

Sorte que Ketar a encontrou logo após o turno deles.

Ela o escutou, é claro. Caminhando com ele, sentando-se com ele, deixando o jovem desabafar sua fúria por causa de Cadesura, por causa das vidas perdidas, por causa de suas suspeitas sobre a República. Ele provou não ser um especialista em ciência, porém, ao deixar suas emoções o levarem a conclusões ilógicas sobre explosivos e outras conspirações. Tais discursos eram tão irritantes quanto divertidos, mas ela ficou quieta, usando o simples ato de escutar em silêncio para ganhar a confiança dele.

Mas ela iria agir, virar o jogo. E ele provavelmente nem perceberia.

Os dois atravessaram as brumas de Cato Neimoidia, numa jornada planejada de onde ela pousara sua nave até o galpão, que ela montara antes mesmo de anunciar sua presença ao governo local. Não era o caminho mais direto ou eficiente, mas Ketar simplesmente a seguiu, em silêncio durante a maior parte do tempo, enquanto observava a devastação do distrito arruinado de Cadesura. Ventress fazia questão de apontar quando passavam por alguma coisa específica que poderia despertar a raiva de Ketar, fazendo perguntas sobre um museu destruído ou marcadores deixados onde corpos tinham sido descobertos, fazendo toda a jornada demorar muitas vezes mais do que deveria.

E tudo de forma deliberada.

— Eu entendo suas preocupações. E a sua raiva — disse ela. — Eu queria...

Eles pararam, a visão mais inesperada diante dela.

— Que lugar é esse? — perguntou ele.

Ventress semicerrou os olhos, avaliando rapidamente o que tinha acontecido. E então viu um pequeno sinal que fez o canto de seu lábio se curvar.

Kenobi tinha feito uma visita, não tinha?

— A Confederação me providenciou equipamentos — disse ela. — Guardei aqui embaixo. — Eles se aproximaram do prédio, cada passo revelando mais detalhes sob a luz da lua cheia.

Ketar ajoelhou-se, depois mexeu no chão. Ele ergueu pequenos tufos de pele e apontou para os respingos de sangue no bunker antes de sacar sua pistola. De trás da estrutura, saiu andando um korgee, ainda mastigando um pedaço de carne, com as grandes orelhas viradas para frente.

— Um animal selvagem — disse Ketar. — Deve ter caçado sua presa aqui. — Ele apontou para o enorme amassado na porta da frente quando os dois se aproximaram. — Parece que se chocaram com a porta durantc a briga.

A criatura fixou os olhos em Ventress, embora ela estendesse a mão, dando cada passo de um jeito cauteloso enquanto farejava o ar. Ela engoliu a carne, depois aproximou-se hesitante da mulher. Ventress acessou a Força, explorando um sentido raramente utilizado nela, uma simples maneira de se comunicar para informar à criatura que ela estava segura.

Grandes olhos castanhos do tamanho de punhos olharam em sua direção, depois se suavizaram. Ventress removeu seu capuz, depois afagou a criatura na lateral do focinho, enredando seus dedos nos bigodes do animal.

— Entendo o desejo de sobreviver — disse ela, antes de olhar ao redor para vasculhar a região. Não detectou nenhuma outra presença além dos sinais de mais animais selvagens. — Não foi culpa dele. Aqui. — Ela enfiou a mão em uma bolsa de cinto. — Aproveite algumas rações.

Ketar as alcançou, embora mantivesse alguns metros de distância.

— O ambiente deles foi perturbado pelo desastre.

— Imagino que tenha sido bastante perturbador. — Ventress fez uma pausa, depois foi até a porta quebrada. — Curioso — disse ela, contornando com o dedo a área onde uma punção circular distinta mostrava sinais de queimadura e derretimento.

Esperto, Kenobi.

— O que é isso? — perguntou Ketar.

— Ah — disse ela. — Nada. Só estou maravilhada com a força desses animais. — Ventress acariciou a criatura mais uma vez antes de ela se virar saltando para a noite, deixando apenas alguns tufos de pelos soltos para trás. — Parece que esse galpão não está mais a salvo dos animais selvagens daqui. Venha, posso precisar da sua ajuda.

Eles subiram pela abertura, que fornecia espaço o bastante para uma única pessoa. Ketar acendeu sua lanterna de ombro e Ventress avaliou a situação. A maior parte parecia intacta, embora nunca tivesse existido muita coisa ali. O sistema de comunicação ainda parecia capaz de transmitir, e a caixa no canto parecia lacrada — um puxão firme na tampa revelou a mesma coisa.

O que estava faltando, porém, era o datapad.

Ela olhou ao redor da estação de comunicação, verificou os cantos, mas sua busca logo terminou. Ela planejara dar a informação a Ketar como uma forma de empurrá-lo da beirada sobre a qual ele se equilibrava precariamente. Seus planos precisariam mudar.

Mas seu objetivo permanecia o mesmo.

Na verdade, aquilo poderia ser ainda mais útil para pressionar Ketar.

— Quero que pense nisto: e se existisse uma forma de garantir que Cato Neimoidia nunca mais apoiasse a República? — disse Ventress, caminhando até a caixa trancada no canto. — O que isso valeria?

— Quase qualquer coisa — respondeu rápido Ketar.

— *Quase* qualquer coisa? — Ventress inclinou o queixo para cima e deu de ombros. — Ou qualquer coisa?

— Depende do risco. — Ketar cruzou os braços, bloqueando parcialmente a lanterna de ombro com o movimento. — Meu povo sofreu demais.

Lá estava ela, a dita avaliação de risco Neimoidiana. Tal característica inerente parecia benéfica na maioria das situações. No entanto, quando as paixões falavam alto, bastavam algumas palavras bem escolhidas para mudar as coisas em um ou dois por cento.

E isso, às vezes, era tudo o que era necessário.

— Vamos refletir sobre isso. De todos os Neimoidianos na galáxia, esta foi a maior injustiça sofrida por eles? Ou foi a longa história de preconceito silencioso que eles enfrentaram? — Ventress o encarou, depois deu vários segundos para a ideia ser absorvida. — Indivíduos morreram em Cadesura. Seu povo já tinha enfrentado uma batalha diferente muito antes, em toda a galáxia. Pessoas como... — Ela deu um passo à frente, agora uma curta distância separando-os. — Seus pais?

Ketar piscou várias vezes antes de seu olhar se voltar para o chão.

— Você poderia conseguir justiça para Cadesura. Ou poderia pensar além disso. Pensar no planeta inteiro. Na Federação do Comércio. — Ventress virou as costas para Ketar, com um braço para cima. — Em todos os Neimoidianos da galáxia.

Ela aguardou enquanto o silêncio dele dizia que suas palavras penetraram profundamente.

Aquele era o momento perfeito.

— Tenho uma coisa para lhe mostrar — disse ela, caminhando até a caixa trancada no chão. Um scanner biométrico se acendeu, uma única linha de luz verde correu sobre sua palma antes de o mecanismo da trava zumbir e clicar. Ela ergueu a tampa, e a luz da lanterna de Ketar projetou sombras quando ele se aproximou. Ele olhou para o interior, dando um suspiro agudo que indicava que ele percebeu o que estava dentro da caixa. — Ah, não se preocupe. Esses explosivos não têm nada a ver com a tragédia do bombardeio de Cadesura, isso eu garanto. — Aquilo era verdade, embora Ventress se perguntasse o quanto suas garras tinham se aprofundado nele naquele instante. Ele poderia ter acreditado em qualquer coisa que ela dissesse ali, fosse verdade ou mentira. Ela inclinou-se para trás, imprimindo uma força direta em suas próximas palavras. — O que isso oferece é a oportunidade para garantir que Cadesura nunca seja esquecida.

— Eu... — disse ele, com um tremor percorrendo seu corpo, algo que Ventress percebeu apesar da armadura de guarda. — Eu não entendo.

— Uma traição dessa magnitude precisa de alguém que defenda o que é certo. — Ela deixou que seu cérebro trabalhasse, o poder de meras palavras explodindo em possibilidades na expressão de Ketar. — Considere como uma ferramenta para fazer exatamente isso.

— Fazer o quê?

— Uma declaração. De algum tipo. — Ventress já tinha uma sugestão em mente, mas pronunciou suas palavras intencionalmente, como se fosse um súbito lampejo de inspiração. — Talvez o escritório do consulado da República na ala leste do complexo da capital. É uma sala individual que raramente está ocupada. Você já pensou por que está sempre vazia?

— Rosbuen Frisk, a diplomata regional? Ela cobre vários sistemas. Passa a maior parte do tempo em outros lugares.

— Isso não é frustrante? A República se importa tão pouco que a diplomata designada simplesmente visita o planeta por um dia como mera formalidade. Em vez de um verdadeiro senso de dever. — Ela assentiu, um gesto para inspirar confiança na ideia, mas, na verdade, o movimento carregava um propósito muito mais calculado.

O movimento que possibilitou a Ketar ponderar sobre aquilo.

— Um único explosivo — prosseguiu ela —, naquele escritório. Uma declaração sem riscos.

— Uma bomba... — disse Ketar devagar, como se dezenas de pensamentos estivessem envolvidos por aquela única palavra. — Não sei. Preciso pensar sobre isso.

— É claro. — A hesitação dele sinalizou sua vitória. Porque mostrava reflexão em vez de total rejeição. Tudo o que ela precisava fazer era dar a ele o espaço adequado e a motivação para transformar a ideia em algo mais. — Você deve calcular o que está disposto a sacrificar. Enquanto isso, deveríamos encerrar aqui e levar isso para um lugar a salvo de animais selvagens. — Ela olhou por cima do ombro, depois de volta para Ketar. — Não queremos que eles se machuquem. Além disso, há uma coisa na superfície que preciso encontrar.

— O quê? — perguntou ele, ainda olhando para o material explosivo dentro da caixa.

— Você disse que acha aquele Jedi honesto. Honrado, mesmo que discorde dele.

— Ele parece ser, sim. Ruug confia nele. E eu confio nela.

No escuro, Ventress sorriu. Um sorriso largo, que ela só se permitiu porque estava atrás de Ketar. Sob sua capa, suas mãos instintivamente alcançaram os cabos dos sabres de luz presos em seus quadris, armas que logo entrariam em ação. Mas não ali. Por enquanto, elas ficariam escondidas, encobertas pelo tecido drapeado.

— Que tal descobrirmos o que ele realmente trouxe consigo para Cato Neimoidia?

CAPÍTULO 27

ANAKIN SKYWALKER

ANAKIN CLICOU NOVAMENTE O BOTÃO, PROVOCANDO UM ÚNICO APITO. E, novamente, nada.

— Vamos, Obi-Wan — murmurou ele para si mesmo. Ele andava de um lado para o outro pela pequena sala, um escritório improvisado colado em um corredor aleatório no nível inferior do cruzador. Da janela, ele via a doca de carga, tropas andando pra lá e pra cá, grupos de soldados clones com capacetes verdes passando por outros soldados em armaduras com manchas e listras cinza. Na extremidade da doca, um transporte espacial pousou, e um pelotão diferente com armaduras amarelas descarregava, caixas de suprimento vazias em seus braços. E atrás dele, aguardando pacientemente, estava Mill sentada ao lado de fora da porta — ela não perguntou por que ele estava ali, mas concordou em esperar.

Anakin não sabia bem por que a mantinha por perto quando poderia facilmente tê-la despachado para junto dos outros jovens alunos. Mas pelo pouco tempo que tinham passado juntos, ele tinha a sensação de que ela aprenderia mais acompanhando-o do que com os Iniciados indisciplinados, mais interessados em truques da Força do que com o que estava acontecendo em Langston.

Ela tinha, no mínimo, muito mais paciência do que os outros.

— Onde está você, Obi-Wan? — disse Anakin consigo mesmo, clicando o botão de seu comunicador mais uma vez. O bipe voltou a soar, sem qualquer resposta. Anakin ergueu o aparelho, falando com ele como se fosse um comunicador padrão. — Responda, Obi-Wan. Aqui é seu ex-Padawan, realmente irritado.

Mas aquelas palavras não seriam transmitidas pela galáxia, é claro. Não até que Obi-Wan atendesse. Anakin supôs que ele poderia estar envolvido em algo importante, ou poderia simplesmente ter esquecido o comunicador dentro do estojo seguro.

Qualquer que fosse o motivo, ainda existia um problema na forma de alguns dados realmente importantes — dados realmente *irrefutáveis* — e ficar apenas esperando pelas consequências deixava Anakin maluco. Ele verificou mais uma vez os registros de transmissão do comunicador e se certificou de que o relatório de Dex tinha sido recebido pelo dispositivo de Obi-Wan.

E tinha.

O que significava que Obi-Wan tinha a confirmação de que todos os dados que descobrira na superfície de Cato Neimoidia eram autênticos. Onde tudo se originou permanecia indeterminado. Mas todos os detalhes técnicos que ligavam o acontecimento diretamente à República...

Eles eram reais.

E Anakin não sabia o que fazer a respeito daquilo, exceto andar de um lado para o outro pela sala, apertando repetidamente o botão do comunicador. Ele olhou para a porta, que continuava fechada, com Mill do lado de fora. Eles deveriam estar se encontrando com o restante dos jovens aprendizes para uma aula sobre mapas locais, sobre como o clima de um planeta influenciava em sua topografia e, portanto, a forma como a sociedade construía sua comunidade. Uma lição valiosa, com certeza, tanto do ponto de vista cultural quanto tático.

Mas, na verdade, Anakin precisava de notícias de Obi-Wan.

Naquele momento, o melhor que podia fazer era deixar uma mensagem para seu antigo Mestre. Ele clicou o botão duas vezes, e um bipe de tom mais alto soou, indicando que o dispositivo estava gravando.

— Obi-Wan, onde está você? Acabei de enviar as descobertas. Parece ruim para a República. As informações do datapad são autênticas. É real. Deve haver uma razão. Não sei como ou por que, mas tem que haver. Precisamos chegar ao fundo disso. — Ele tornou a clicar o botão para transmitir, depois recostou-se no console da sala, de braços cruzados.

Como alguém poderia incriminar a República tão facilmente?

Como se a Força estivesse de ouvidos atentos ao momento, o comunicador de Anakin finalmente apitou. Ele olhou para a porta novamente, depois imaginou que Mill poderia esperar mais alguns minutos.

— Bem, você certamente aproveitou bem o seu tempo. Achei que tínhamos uma galáxia para salvar.

O silvo baixo do canal aberto do comunicador continuou, embora nenhuma voz soasse através dele.

— Obi-Wan? Obi-Wan? Consegue me ouvir?

— Está vendo? — disse uma voz, que definitivamente *não* era a de Obi-Wan Kenobi. Era uma voz feminina, rouca e insinuante, duas palavras curtas carregadas de ameaça. — Ele trouxe um comunicador consigo.

— Quem está aí? — gritou Anakin. — O que você fez com Obi-Wan?

O comunicador emitiu um bipe baixo, deixando a conexão inoperante. Anakin olhou para ele, segurando o dispositivo na palma de sua mão mecânica, como se pudesse penetrar através da fiação e do composto para revelar a verdadeira natureza de quem estava do outro lado. Ele quase apertou o botão mais uma vez para enviar um sinal de saudação, mas pensou melhor — naquele momento, na verdade, tal comunicador era o tipo errado de evidência.

Com esse pensamento, ele jogou o dispositivo no ar, sacou seu sabre de luz e em um movimento partiu-o ao meio. Cada metade caiu no chão com um tinido, fumaça saindo das marcas amarelo-alaranjadas do corte.

— Mestre Skywalker?

Anakin ergueu os olhos para ver a porta entreaberta e Mill passando a cabeça por ela.

— Eu senti sua... — Os lábios dela se contraíram e o nariz se enrugou enquanto a garota procurava a palavra certa. — ... Preocupação.

— Está tudo bem, Mill — assegurou ele. Ele cerrou os punhos junto às laterais do corpo, e sua mandíbula travou, seus pensamentos se transformando em medos, e depois em muito mais coisas. A quem ele poderia recorrer? Os dois não deveriam estar em contato. Ele não podia comunicar o Conselho Jedi. Obi-Wan lhe dissera para se manter distante.

E agora alguém tinha todas as informações que poderiam incriminar a República. Esse alguém *só podia* ser o agente que Dooku enviara para Cato Neimoidia.

— Mestre, você está bem?

Anakin olhou para a garota que tinha a pele bronzeada e os chifres de uma Zabrak, mas os olhos universais da juventude. Aquele momento em Langston pareceu tão profundo, a interseção do despertar espiritual e um comprometimento com escolhas justas, e ela ainda era apenas uma jovem aluna. Curiosa, insegura e amadurecendo.

Ela cresceria como indivíduo — bem como suas habilidades — para fazer suas próprias escolhas. Mas, por enquanto, confiava nos mais velhos, assim como ele também costumava fazer.

— Não — disse ele baixinho. — Eu não estou bem. E eu menti. As coisas não estão nada boas.

— Podemos... — começou a dizer ela antes de se conter. Então, olhou para ambos os lados, para cada direção dos longos corredores do cruzador, antes de entrar na sala e deixar a porta se fechar atrás dela.

Inteligente, pensou Anakin.

— Podemos ajudar Mestre Kenobi?

— Você ouviu — constatou Anakin.

— Bem, você meio que gritou.

Lá em Tatooine, ele tivera de fazer uma escolha. Com Obi-Wan em perigo e feridas ainda abertas em seu coração por enterrar sua mãe, diferentes caminhos surgiram à sua frente: partir e ajudar Obi-Wan ou permanecer em seu planeta natal como Mestre Windu ordenara.

Mas, no fim das contas, ele não fizera a escolha. Ele era um Padawan, ainda agindo sob tantas camadas de orientação... e Padmé foi quem decidiu por ele.

No entanto, ele se tornara um Cavaleiro Jedi. Com autoridade para tomar decisões. Mesmo aquelas que as pessoas não iriam gostar. Sem contar, aliás, que até Obi-Wan quebrava as regras de vez em quando.

Ele poderia muito bem começar naquele momento.

— Deixe-me pensar. — Anakin começou a andar de um lado ao outro pela sala, suas ideias entrando em foco. Eles não podiam envolver os clones naquilo; tal imagem poderia desencadear um conflito muito maior; aquela tinha sido a razão de Obi-Wan ter ido sozinho. O mesmo valia para os Jedi. Qualquer oficial com qualquer que fosse o vínculo com a República causaria problemas. Não, aquilo tinha que ser discreto. E rápido. — Quando estava ajudando aquela família em Langston, você viu alguma nave com capacidade de hiperpropulsão? Talvez ali pela vizinhança?

A expressão de Mill ficou intrigada, e seu rosto franzido.

— Há várias delas na área de desembarque. Não estão sendo realmente utilizadas agora. Eles estão muito ocupados tentando reconstruir depois da batalha.

Aquele momento de decisão. Em uma vida anterior, significava esperar por permissão, por orientação: Obi-Wan lhe dizendo o que fazer e quando fazer, ou Padmé usando sua posição para tomar uma decisão pelos dois. Mas ali, naquele instante, a escolha era dele. Ele poderia ficar no cruzador, terminar a tarefa de distribuição de suprimentos em Langston, depois voltar para o Templo Jedi em alguns dias. Ou poderia descer até a superfície, deixar que Mill o guiasse até uma das naves disponíveis e voar para Cato Neimoidia.

O que era apropriado contra o que era correto — porque *era* o correto, afinal. Até o Chanceler Palpatine acreditava que ele deveria estar lá ao lado de Obi-Wan. Na verdade, eram apenas as regras dos Jedi que estavam atrapalhando.

Aquele era Anakin Skywalker como um Cavaleiro Jedi, finalmente com a liberdade de escolher seu caminho. E ele iria aceitá-la, para proteger Obi-Wan Kenobi — talvez até mesmo a galáxia.

— Pode me mostrar onde estão essas naves?

— Claro — disse Mill. — Mas por quê?

Anakin olhou para o longo corredor, um punhado de clones passando com nada mais do que uma saudação.

— É como eu lhe perguntei outro dia... Você disse que queria ajudar as pessoas, certo?

CAPÍTULO 28

OBI-WAN KENOBI

O DIA NÃO TINHA REVELADO MAIS NENHUMA PISTA, APESAR DE UMA manhã e uma tarde ocupadas na superfície. Os oficiais locais o deixaram investigar sozinho, e Ventress não estava em lugar algum, mas mesmo aquela inesperada liberdade de movimento não se mostrou mais frutífera, resultando apenas em mais uma coleta de dados científicos que, na melhor das hipóteses, eram ambíguos. Obi-Wan retornara a Zarra com a pressão acumulada de duas contagens regressivas: a pista de Ruug, fosse qual fosse, e as informações potencialmente desastrosas que estavam no datapad misterioso.

Ele só tinha saído de seu quarto por dez, talvez quinze minutos — uma simples caminhada para esvaziar a mente, o ritmo do movimento bastando para acalmá-lo ao mesmo tempo que aguçava sua acuidade mental. Quando ele virou em um dos corredores dos escritórios palacianos do governo, no entanto, um problema imediatamente surgiu. Ele caminhou em um ritmo normal, consciente de qualquer possível vigilância ao retornar aos seus aposentos, mas ficou claro quando se aproximou:

A porta estava entreaberta.

Ele parou diante dela, examinando tudo, desde o mecanismo deslizante até a fechadura eletrônica embutida. Quando empurrou a porta, porém, ela mal se moveu, e o acionamento habitual dos sensores de movimento falhou. A fechadura não apresentava qualquer luz de status, como se algo drenasse — ou cortasse — a energia de todo o sistema. Ele empurrou, pressionando o painel com as palmas das mãos com força o bastante para fazê-lo deslizar, mas ele notou um problema maior do que uma porta quebrada no momento em que entrou.

O estojo supostamente inviolável de Anakin estava no chão, separado do scanner que servia como disfarce. Obi-Wan ajoelhou-se, lembrando da afirmação de Anakin de que a liga phrik podia ser forte o bastante até para resistir a um sabre de luz.

E aquela hipótese fora colocada à prova ali. Porque o próprio estojo estava perfurado, com uma marca de queimadura com a qual Obi-Wan estava bastante familiarizado. Estrategicamente posicionada para poder dividir o estojo em dois sem danificar o conteúdo, numa precisão que exigiria...

Treinamento nas artes Jedi.

Um Jedi controlava o pânico, reconhecendo o indício de tal estado e, em seguida, moderando-o com controle físico e emocional. Mas considerar o conteúdo do estojo — um único meio de comunicação e um pequeno datapad que poderia mudar o destino da galáxia — levou Obi-Wan ao ponto mais próximo do pânico que ele provavelmente chegaria.

Ele examinou o quarto numa busca desesperada pelos dois aparelhos, mas com a simplicidade do espaço, logo ficou claro que ambos tinham sido levados. Ele pegou os pedaços do estojo, dando uma olhada mais de perto para confirmar suas suspeitas sobre as queimaduras de sabre de luz. O restante de suas coisas estava exatamente do mesmo jeito que ele as tinha deixado, desde seus outros equipamentos até a caixa de armazenamento. Só aquilo estava diferente, com a evidência à plena vista.

Obi-Wan estava parado no meio do quarto, planejando diferentes próximos passos. Tantas variáveis tinham entrado em jogo... Quem furtou o equipamento? A quem eles tinham sido mostrados? Estava restrito a Cato Neimoidia ou já tinha se tornado maior, arrastando tanto a República quanto a Confederação para aquilo?

Quem teria acesso e treinamento em sabres de luz?

Passos vieram do corredor, aproximando-se aos poucos até que se detiveram de maneira decidida diante de sua porta.

— Mestre Kenobi — disse um guarda. — Sua presença é solicitada.

Se o culpado tivesse recorrido à furtividade, o comunicador e o datapad teriam sido recolhidos sem revelar o que estava acontecendo, e, ainda assim, tudo estava posicionado com tanta precisão quanto o corte do sabre de luz. Tudo aquilo tinha uma intenção clara, desde a forma como o estojo fora aberto até o fato de estar bem à vista de todos.

Não tinha sido por causa das provas.

Aquilo era uma mensagem.

— Mestre Kenobi — repetiu o guarda. Ele se virou, apenas para descobrir que dois outros guardas acompanhavam o interlocutor, todos com armas em punho. — Também vamos precisar da sua arma.

O Ministro Alluy Eyam olhou para as pessoas reunidas, um pequeno grupo dentro de um escritório com cerca de metade do tamanho do de Palpatine, mas com mais decoração e ornamentos, a parede de esculturas brilhantes e reluzentes sobre o chão de pedra polida muito distante dos tons suaves e das ocasionais obras de arte do gabinete do chanceler. Obi-Wan entrou, escoltado e com seu sabre de luz em posse de um dos guardas. Mais funcionários estavam sentados do outro lado, em assentos elevados que estabeleciam uma hierarquia, apesar do fato de aquilo não ser um julgamento. Nenhum dispositivo de gravação estava posicionado de modo óbvio, embora fosse o tipo de coisa que pudesse facilmente ser escondido dentro de paredes ou estátuas. Presumir nunca se provara uma boa estratégia, por isso Obi-Wan apenas se perguntou se o Senador Dod e o restante da liderança da Federação do Comércio estavam ouvindo.

Ou, possivelmente, o Conde Dooku.

Outro grupo de guardas posicionava-se ao redor da sala, e vários oficiais que não encontrara antes estavam atrás de Obi-Wan.

Ruug não estava em lugar algum. E, o que talvez fosse mais importante, nem Ventress.

— Mestre Kenobi. Obrigado por vir de última hora.

O tom de Eyam permanecia cordial, e Obi-Wan pensou em diferentes maneiras de responder. Não estava claro se os oficiais tinham visto as provas incriminatórias. Ao mesmo tempo, fingir desconhecimento poderia parecer, na melhor das hipóteses, condescendência.

Na pior delas, mentira.

E apesar de algumas reviravoltas causadas pelo comunicador de Anakin e o misterioso datapad, todas as decisões de Obi-Wan tinham se originado de uma intenção pura, do compromisso de encontrar uma forma de reduzir a escalada da guerra, salvar vidas, respeitar a doutrina Jedi de paz e justiça.

No entanto, apesar de ter a melhor das intenções, ele podia ter acelerado a maior crise já encarada pela República.

Obi-Wan decidiu seguir com uma resposta direta.

— Obrigado, Ministro Eyam. Quando cheguei a Cato Neimoidia prometi que faria tudo o que estivesse ao meu alcance para identificar o autor desse crime. Tenho várias pistas no momento, junto com uma riqueza de dados forenses. Espero ter descobertas para você mais cedo ou mais tarde.

Vozes murmuraram por toda a sala, e Obi-Wan aguardou que se acalmassem.

— Agradecemos todos os esforços realizados, Mestre Kenobi — assentiu Eyam e, embora os guardas estivessem alertas, nenhum ar de agressividade emanava deles. Obi-Wan se perguntou se talvez o motivo de tal reunião tivesse se originado de uma simples verificação de andamento pela administração, em vez de quaisquer descobertas perturbadoras.

— Prometo a você um relatório completo e detalhado nos próximos dias, livre de qualquer filtro político ou outra influência indevida.

Mais sussurros ecoaram pela sala, ganhando força até que as vozes coletivas atingiram um tom crescente que fez Eyam pedir ordem. Obi-Wan manteve uma postura reta e estoica durante tudo aquilo, embora tivesse convocado a Força para avaliar as emoções que circulavam pelo espaço.

— Entendemos que você ainda está coletando dados — disse Eyam. — No entanto, mais evidências chegaram recentemente ao nosso conhecimento.

O clima na sala mudou de repente, uma alteração palpável que levou Obi-Wan a aceitar que o pior realmente poderia ter acontecido. E ele teria que reagir de acordo para preservar qualquer possibilidade de paz. Ele simplesmente assentiu ante a declaração do ministro, percorrendo a sala com os olhos, quando vários cliques soaram pelo espaço.

A porta atrás dos assentos elevados se abriu, revelando duas figuras.

Ketar.

E Ventress.

Mas não Ruug.

— Porque essa evidência — disse Ketar, com ferocidade em suas palavras — mostra claramente que o emissário Jedi não foi completamente honesto conosco.

Ele entrou segurando um pequeno pano dobrado em suas mãos. Todos na sala se viraram, inclinando-se para um lado ou para o outro para conseguir espiar o tecido, mas Obi-Wan já sabia o que era. Ele soube pelo olhar no rosto de Ketar, que nem piscava, e pelo escárnio presunçoso esboçado nos lábios de Ventress. Ele soube por causa da mensagem deixada para ele no chão de seus aposentos, na forma de um objeto cortado de modo tão preciso que exigiria um sabre de luz.

De quem era o sabre, ele ainda não sabia. Mas quando Obi-Wan cruzou o olhar de Ventress sob o capuz, suas suspeitas aumentaram.

— Enquanto esse *Cavaleiro* Jedi — começou a falar Ketar, conferindo um tom de zombaria à palavra — estava entre nós, eu sabia que algo não estava correto. Afinal, a República não tem uma longa tradição de tratar os Neimoidianos como cidadãos de segunda classe, como nada além de transações ambulantes? Então, por que agora seria diferente? — Ele desdobrou o pano na palma da mão, pegando o comunicador que estava sobre o datapad que Obi-Wan tinha recuperado na superfície. Ketar os ergueu bem alto, segurando cada dispositivo em uma mão. — Enganar é costume da República — disse ele, com a voz tão penetrante que provocou um alvoroço.

Eyam levantou-se, acenando com os braços para acalmar a comoção que tomava conta do espaço. Mas assim que o barulho começou a diminuir, Ventress falou:

— Encontramos o bunker secreto do Jedi na superfície — contou ela, ativando uma projeção holográfica da estrutura que ele havia visitado. As imagens giraram até pararem em uma tomada fechada da porta.

Especificamente sobre a marca de queimadura de sabre de luz nas dobradiças da porta.

— Passei a reconhecer as marcas da arma de um Jedi durante o tempo em que trabalhei com o Conde Dooku. Afinal de contas, ele deixou a Ordem por se preocupar com sua corrupção. E essa — ela apontou para a imagem — é uma evidência clara de que Obi-Wan Kenobi tentou selar o bunker. — Claro, aquele não era o propósito da queimadura, mas Obi-Wan sabia que tal esclarecimento pouco significaria naquele momento. A imagem bastava para identificar sua presença ali, independentemente da verdade. — E por que ele esconderia essas coisas? Por que ele — a imagem mudou e mostrou o bunker como uma casca queimada — queimaria tal estrutura? Para destruir as evidências, não há dúvida.

Ketar voltou a erguer o datapad e o comunicador. Só que, daquela vez, ambos estavam ativados.

Primeiro, o datapad projetou informações holográficas, comparações lado a lado entre detalhes de bombas reunidos por análises forenses e esquemas de bombas da República usadas pelos clones. Em seguida, o comunicador reproduziu um áudio para todos ouvirem.

"Obi-Wan, onde está você?", soou a voz de Anakin. "Acabei de enviar as descobertas. Parece ruim para a República. As informações do datapad são autênticas. É real."

— Eu posso explicar — disse Obi-Wan. — Entendo o que isso parece, mas vocês precisam me ouvir, eu quero o mesmo que vocês. Quero a paz e a verdade. Por favor, me deem mais tempo. — Mas suas palavras não surtiram efeito sobre os presentes. Os detalhes técnicos, como a existência de um bunker, que o datapad estivera nele, que as mensagens iam para Anakin em Langston e *não* para o Conselho Jedi em Coruscant, nada daquilo importava. Todas as aparências se voltavam contra ele. Ketar, e Ventress, precisavam apenas de uma deixa.

— Então, este Jedi — disse Ventress — vem para o *seu* planeta. Viola suas regras. Esconde as evidências que vocês buscam tão desesperadamente. E depois as transmite para a República. Ele não apenas quebrou sua confiança. Ele a despedaçou e depois varreu.

Ketar caminhou diante dos oficiais, ainda empunhando os dois aparelhos.

— Temos sorte que a Confederação enviou Asajj Ventress para supervisionar o emissário Jedi. Sem ela, quem sabe o que ele poderia ter feito?

A sala irrompeu em gritos, palavras e dedos apontados na direção de Obi-Wan com uma fúria singular, onde qualquer coisa apresentada por Ketar e Ventress amplificava a dor bruta por Cadesura. Eyam gritou para que todos ficassem em silêncio, depois se levantou.

— O emissário da República foi acusado de ocultar provas e violar as condições de sua estada durante um período de calamidade. Sendo assim — declarou o ministro —, ele será julgado por seus crimes no Grande Anfiteatro das Deliberações, aberto ao ar e à névoa para que Cato Neimoidia e toda a *galáxia* vejam. Guardas?

Seis guardas entraram marchando pela porta dos fundos, e Ruug estava entre eles. Obi-Wan olhou para ela e, enquanto a maioria dos guardas exibia uma determinação estoica, a boca e os olhos de Ruug revelavam rugas de preocupação.

— Se for considerado culpado, a punição do emissário será rápida. Até lá, ele ficará detido. — Eyam respirou fundo e avaliou a sala. Ketar continuava carrancudo, uma faísca pronta para acender a qualquer momento. Ventress assistia com distanciamento frio, de braços cruzados em uma pose imóvel.

Quanto a Ruug, a preocupação em seu rosto crescia a cada segundo. Era com Obi-Wan? Com seu povo? Com a galáxia, cujas engrenagens estavam prestes a girar mais uma vez?

— Obi-Wan Kenobi, Cavaleiro Jedi, emissário da República. Que seja declarado aqui: você agora é um inimigo de estado. — Eyam levantou-se e sacudiu o pulso para a frente. — Guardas, levem-no daqui.

CAPÍTULO 29

ANAKIN SKYWALKER

OS CLONES ATENDERAM A TODOS OS PEDIDOS.

Não se incomodaram em perguntar por que Anakin queria suprimentos médicos adicionais ou acesso a um transporte. Em vez disso, respondiam um simples "Sim, senhor" e logo saíam para buscar as caixas, parando apenas para responder à pergunta de Mill sobre a falta que os suprimentos adicionais solicitados poderiam fazer para a missão.

— Sempre carregamos um adicional de três a cinco por cento de materiais, para o caso de algo ser perdido ou danificado no caminho — explicou o soldado, que trabalhava nas duas solicitações. Ele até mesmo apontou uma das quatro naves de transporte classe *Eta* que estavam paradas e sem uso na doca de ancoragem. — Qualquer uma que prefira, general.

Sem explicações. Sem justificativas. Uma simples cadeia de comando, que o deixava com inúmeros soldados prontos para fazer o que ele julgasse necessário. O grande número de possibilidades, a tentação de simplesmente fazer o que quisesse, explodiu na mente de Anakin. Mas ela logo foi moderada com disciplina, que o lembrava quais eram suas responsabilidades.

Padmé. O chanceler. Obi-Wan. Os Jedi. A República. Ainda que, depois de Padmé, a ordem variasse de acordo com as ocasiões, empurrando-o mais para um lado ou para o outro. Muitas vezes todos eles se alinhavam — afinal, Padmé era uma peça central do Senado, que trabalhava com os Jedi e para a República.

Priorizar um muitas vezes mexia com todos os outros.

Mesmo ali, com aquele plano improvisado, tudo estava interligado. Se fosse ao auxílio de Obi-Wan, poderia ajudar no plano de seu antigo Mestre para desacelerar a escalada da guerra. Se a guerra minguasse, a República estaria mais segura. Se a República estivesse mais segura, os Jedi seriam menos necessários e o Senado teria menos sessões de emergência.

E se todas essas coisas acontecessem, Anakin e Padmé teriam menos coisas tentando separá-los.

Na verdade, aquilo era tudo o que importava. A paz galáctica, a segurança de Obi-Wan, a estabilidade de Palpatine, eram todas coisas importantes. Mas quando cada uma das camadas era removida, Padmé era a única coisa que realmente importava para o dragão solar do coração de Anakin.

Ele faria qualquer coisa para protegê-la, mesmo que significasse mudar todo o eixo da galáxia.

Ou, naquele caso, ajudar Obi-Wan em Cato Neimoidia. Porque *alguém* tinha colocado as mãos nos dados mais importantes da galáxia.

O clone retornou, as luzes piscantes da doca de lançamento refletindo nas listras pintadas em seu capacete. Ele gesticulou para as três caixas de suprimentos na carreta flutuante já desativada, depois afastou-se quando Anakin o dispensou. R2-D2 deslizou lentamente até o inventário, depois apitou um comentário que soou mais ou menos como "Eu preciso carregar tudo isso?".

Mill olhou intrigada para o droide, e Anakin ofereceu uma tradução rápida antes de responder:

— Uma parte. Mas vou precisar de você para algo mais importante.

Na verdade, R2-D2 não carregou nenhuma das caixas de armazenamento. Mas o droide astromecânico *de fato* puxou a carreta flutuante abaixo das caixas de suprimento médico. Eles caminharam pela vizinhança arruinada do distrito de mineração de Langston, um aglomerado de prédios abobadados projetados para lidar com os ventos fortes na base da montanha mais próxima — sinais de uma civilização que prosperava até apenas algumas semanas antes de os

Separatistas decidirem transformar o lugar em um campo de batalha. Redemoinhos de areia azul sopravam, formando um fino véu de cor que ia e vinha, o que bastava para Anakin enfiar a mão enluvada sob sua capa. Ele estava acostumado a tirar a areia dos cabelos e dos olhos, mas precisava proteger as juntas e engrenagens que tinham passado a fazer parte de seu corpo.

Décadas de arquitetura e infraestrutura foram transformadas em montes de escombros e prédios parcialmente tombados; paredes tinham trechos inteiros faltando devido a mísseis ou disparos de blaster. E embora o comportamento de Mill tivesse retornado ao normal no curto tempo em que ambos estiveram de volta no cruzador, ela ali dava passos hesitantes, com uma expressão tensa no rosto, na forma de lábios finos e olhos preocupados.

Mill liderou o caminho em silêncio, permitindo que Anakin observasse a cena, os habitantes de espécies variadas exibindo uma combinação de determinação, fadiga e desespero. Anakin via aquilo em toda parte, desde as crianças que jogavam blitzbol no lago próximo até o ancião Aqualish sentado diante do batente da porta que restou de um prédio desmoronado. E, se ele via, Mill também deveria ter percebido.

— Olhe ali. — Ela mudou o ritmo, depois correu até uma pilha de escombros, uma mistura de pedras partidas e vigas retorcidas, todas marcadas pelas manchas escurecidas dos tiros de blaster. — Está vendo?

Anakin a alcançou, ainda incerto sobre o que chamara a atenção da garota.

— Mesmo aqui, com tudo *isso* — Mill abriu os braços —, a vida consegue crescer. — Ela puxou vários detritos irregulares do monte de escombros, muitos deles já cobertos por uma camada da areia azul. Os pedaços rolaram para o chão e se acomodaram, e Mill soprou a areia restante para limpar o espaço. — Pronto — disse ela. Uma única flor silvestre podia ser vista. Ela reagiu com uma sensibilidade maior do que a maioria das flores que Anakin já vira, inclinando as pétalas para cima ao encontrar os raios do sol. — Só precisava de uma ajudinha. — Ela se virou, percebendo o sorriso repentino de Anakin. — O que foi? Clones não procuram por flores, não é?

— Provavelmente não. Mas não foi isso. — Anakin gesticulou para que Mill seguisse adiante, pensando em Padmé adornando seus cabelos com uma flor noites antes, perguntando-se se ela a tinha guardado ou se a flor já havia murchado. — É que eu conheço alguém que apreciaria esse gesto. — Ele apontou para o horizonte, um caminho que se abria em uma ampla via em meio à comunidade. — Devemos começar a perguntar por aí? — indagou ele. Era uma pergunta prática, mas também serviria para distrair Mill de seu visível mal-estar. — O espaçoporto da cidade fica para lá. Havia algumas naves locais paradas ali. — Ele arrastou o dedo sobre uma parede próxima, fazendo uma camada de areia se desprender sobre sua luva preta. — Provavelmente estão cobertas de poeira.

— Não — respondeu Mill. — Devemos continuar.

R2-D2 reclamou, mas Anakin fez sinal para que se acalmasse.

— Não me diga que você está ficando cansado. — Ele riu da resposta atrevida do droide. — O que você quer dizer com uma longa caminhada? Nós nem sabemos... — Anakin parou e observou Mill, que embora carregasse o fardo de ser afetada por tudo o que sentia ao seu redor, prosseguia com determinação, e tinha entrado em um beco menor. — Ei, Mill? Estamos em um distrito comercial — disse ele, ao alcançá-la. — Deve haver vários comerciantes por aqui que possuem uma nave, por um motivo ou outro. Por que não perguntamos?

— Porque eles precisam desses suprimentos.

— Mill, não podemos ajudar a todos que encontrarmos. Não é prático. E eu preciso mesmo partir.

A jovem Zabrak virou-se, com uma determinação inesperada no olhar. Ela de repente pareceu mais alta, e seu maxilar se contraiu com um assomo de confiança. Naquele momento, Anakin viu muito de si na garota, não apenas a teimosia instintiva em seguir sua própria bússola moral, mas também a capacidade de Padmé de ter empatia *e* ser pragmática com relação a isso.

Um único olhar lhe informou a quem "eles" se referia.

— Rokura e seus irmãos perderam todos os adultos de sua família no ataque. Eles precisam de *alguma coisa* para sobreviver sem o negócio da família. Não sei se vão usar esses suprimentos. Talvez os vendam. — Mill virou-se e voltou a andar, aumentando o ritmo a cada passo. — Mas isso vai ajudar. Não deveríamos dar-lhes isto? Depois de tudo o que passaram?

Anakin ergueu os olhos para o céu com um suspiro, exasperado, mas também sentindo uma pontada de divertimento. R2-D2 emitiu uma série de bipes que dizia "O que você está esperando?", e Anakin lançou um olhar para o droide.

— Sim, R2 — disse ele, dando um tapinha no topo do droide. — Eu sei que ela está certa.

R2-D2 voltou a apitar, quase como se estivesse dando risada. Em seguida, assobiou, fazendo uma pergunta em formato eletrônico.

— Sim, eu concordo. Padmé também gostaria dela.

A TRANSAÇÃO DEMOROU MAIS DO QUE ANAKIN GOSTARIA, MAS, DADAS as circunstâncias, ele logo percebeu que Mill fizera a escolha correta. Com os suprimentos já na posse dos irmãos Gharal, Anakin acionou o veículo da família, uma antiga nave cargueira classe *Dinâmica* com capacidade de hiperpropulsão chamada *Norriker*, anteriormente usada para transportar lotes selecionados dos minérios mais raros de Langston, pequenas vendas para fabricantes especializados. Mas com duas gerações da família mortas em fogo cruzado e danos colaterais, a nave estava ali parada, disponível para atuar como embarcação de aluguel para um Cavaleiro Jedi partindo em uma missão não autorizada.

Mill acenou uma despedida para Rokura, que ainda mancava, depois se encontrou com Anakin enquanto ele fazia uma verificação de diagnóstico.

— Eles sabem que vou devolver a nave assim que puder?

— Sabem. Também disseram para usá-la pelo tempo que precisar. Ninguém vai voar para lugar nenhum por algum tempo.

— Com sorte — disse Anakin, olhando para as informações nos painéis que mostravam o equilíbrio de energia entre velocidade, escudos e sistemas auxiliares —, isso vai levar apenas um ou dois dias. Eu realmente preferia que fosse assim. — R2-D2 entrou na conversa com um comentário sarcástico sobre a necessidade de algum tempo de inatividade, e Anakin recusou-se a responder aquilo. — Quanto a você — disse ele —, ligue para Theo, no cruzador, e diga-lhe que fui investigar um assunto. Eles mandarão um piloto buscar você e levar o transporte de volta até lá. Você sabe como voltar, não sabe?

— Não vai ser necessário, Mestre.

— E por que não? — perguntou Anakin, executando diagnósticos iniciais no estabilizador de energia do hiperpropulsor. — D'urban garantirá que você retorne ao Templo em breve.

— Porque eu vou com você.

Ele parou de mexer nos interruptores e girou sua cadeira.

— Como é que é?

Era por isso que ele nunca, jamais, sequer consideraria lidar com um Padawan. Anakin sabia como eles eram teimosos, assim como ele mesmo fora até poucos meses antes.

— Mestre, eu prefiro fazer algo que possa encerrar a guerra em vez de ir escavar cristais kyber.

— O Encontro é muito mais do que apenas encontrar um cristal kyber. É uma...

— Eu sei, eu sei. Já ouvi muitos Padawans dizerem que "você encontra a si mesmo em Ilum". Não estou nem aí. Os outros Iniciados querem armas, aventuras e batalhas. Grandes mudanças. Você está indo para um lugar onde pode pôr fim à guerra.

— Cato Neimoidia não é lugar para uma jovem. Não agora.

— E como você sabe disso? — perguntou ela, postando as mãos no quadril.

— Porque — disse Anakin, abaixando-se sob o painel de controle. Ele fingiu verificar a fiação, mas, na verdade, estava tentando ganhar tempo para pensar em uma resposta. — Porque é uma situação política complicada.

— Por que nós fazemos isso? Estamos apenas brandindo sabres de luz e fazendo caixotes flutuarem? Ou estamos construindo a paz? — Ela abaixou-se até onde ele estava, resoluta e carrancuda, ficando cara a cara com ele sob o console. — Paz em toda a galáxia. Paz em seu interior. Você me perguntou se eu queria ajudar as pessoas. Bem, é isso mesmo que eu vou fazer. Com você.

Suas palavras o fizeram lembrar de um evento, muitos anos antes, quando Qui-Gon Jinn lhe disse para ficar na cabine de um caça estelar enquanto os soldados de Naboo tentavam retomar seu planeta da Federação do Comércio. Claro, ele manteve sua palavra sobre ficar na cabine. "Qui-Gon me disse para ficar nessa cabine, e é isso mesmo que eu vou fazer", dissera ele a R2-D2 na época, com a mesma convicção que Mill usava ali. E ele manteve sua palavra, enquanto fazia o que achava certo — o que seu coração lhe mandava fazer para ajudar as pessoas com quem ele rapidamente passara a se importar. Ele ficou na cabine; foi apenas o ambiente ao redor que mudou quando ele voou para o espaço.

— Não estou convencendo você do contrário, estou? — perguntou ele.

Mill sentou-se no banco do passageiro da *Norriker*, depois ajustou o rabo de cavalo atrás dos chifres.

— Não mesmo.

CAPÍTULO 30

OBI-WAN KENOBI

TUDO FICOU MAIS LENTO EM TORNO DE OBI-WAN, UM TRUQUE DA Força que acelerava o modo como sua mente processava a situação. Ele piscou, fechando os olhos por uma fração de segundo, mas o suficiente para que os pensamentos se agitassem em sua mente ao considerar as opções diante de si. Seis guardas se aproximavam, cada um com rifles convencionais — exceto Ruug, que aparentemente tinha permissão para usar seu rifle sniper configurável, o cano trocado por um módulo de curto alcance para combate mais próximo. Ketar e Ventress mantinham suas posições, o jovem Neimoidiano ainda com o comunicador de Anakin e o datapad incriminador. Os oficiais, tanto à sua frente quanto na plateia atrás, permaneciam sentados, embora todos emanassem uma tensão palpável.

Seu sabre de luz dependurava-se do cinto de um guarda atrás dele. Aquela parte não o incomodava.

O restante?

Dado todo seu treinamento com o sabre de luz e a Força — e, de fato, os dois representavam um único fluxo entrelaçado —, uma situação de combate puro ali não seria tão difícil, e a situação se encaixava em uma de suas técnicas de luta favoritas. Obi-Wan já tinha passado por coisa pior, e ele imaginou que aquele mesmo grupo de guardas não conseguiria equivaler em ameaça, por assim dizer, ao caçador de recompensas Jango Fett, com seu arsenal de armas e ferramentas Mandalorianas.

Ruug tinha treinamento especializado, é claro. Os outros, no entanto? Eram apenas guardas. Se fosse necessário o emprego da violência, ele se sentia confiante em suas habilidades.

Mas seu objetivo não era unicamente derrotar um oponente. Todo o propósito ali era limpar o nome da República e pressionar a Federação do Comércio a sair da neutralidade — talvez não para um alinhamento completo com a República, mas pelo menos a um nível em que as sanções econômicas contra os Separatistas pudessem ser negociadas. Aquela discussão já era uma aposta arriscada, e as revelações recentes a tinham tornado muito mais desafiadora. Usar seu sabre de luz para lidar com os guardas a tornaria impossível.

E ainda havia Ventress.

Tinha sido ela com o sabre de luz? Como ela entrava em tudo aquilo?

Se fossem apenas os guardas, Obi-Wan poderia simplesmente ter decidido levantar as mãos, entregar seu sabre de luz e traçar um plano a partir dali. Mas tendo em vista a variável de alguém — fosse Ventress ou não — capaz de manejar uma arma tão especializada, muitas questões sobre se render estavam sendo levantadas ali.

Qualquer ameaça que possuísse habilidades com um sabre de luz tornava proteger *seu* próprio sabre sua maior prioridade não diplomática. E sua única opção ali era se esforçar ao máximo para dar uma de Anakin Skywalker.

Ele precisava *improvisar*.

Obi-Wan abriu os olhos, realizando cada um de seus movimentos com um propósito específico.

Primeiro, atraiu o sabre de luz de volta para sua mão, acionando-o, a lâmina azul projetando-se do punho. Como era de se esperar, os guardas prepararam seus rifles.

Em seguida, ele aguardou. Alguém ali tinha que dar o primeiro tiro. E apenas alguns segundos se passaram antes que isso acontecesse.

O disparo não partiu de um dos guardas, e definitivamente não partiu de Ruug.

O primeiro tiro veio de Ketar, que largara os dispositivos e sacara sua pistola. Seus olhos brilharam quando o disparo saiu de sua arma, um vermelho vivo que só intensificou a cor de seus olhos.

Aquilo era tudo que Obi-Wan precisava.

Em seguida, ele mudou o ângulo de seu sabre de luz, inclinando-o ligeiramente em antecipação. Com o disparo a menos de um metro de distância, seus braços ficaram tensos, contraindo os músculos antes de soltá-los com um pequeno e direto empurrão para a frente. O disparo atingiu o sabre de luz, uma pressão atuando contra a arma antes de ser direcionada cineticamente, numa confluência de ângulo e velocidade que levou a rajada de energia em uma direção inteiramente nova.

A rajada percorreu a sala, viajando entre os capacetes de dois guardas para atingir diretamente o painel de controle da porta dos fundos. Ela rompeu o revestimento externo e os circuitos do painel, terminando com um resplendor brilhante de faíscas — uma pequena explosão de fogos de artifício que se esvaiu em fagulhas cintilantes jorrando no chão.

Com o mecanismo da tranca destruído, a porta se abriu. Dois dos guardas se viraram para a saída recém-aberta e Ruug, mesmo mantendo seu rifle apontado para Obi-Wan, não disparou. Ketar efetuou vários outros tiros, que Obi-Wan desviou para as áreas mais seguras possíveis. O dano colateral ali teria de ser infligido à alvenaria imaculada da sala.

Ventress, no entanto, ainda não se movera.

Obi-Wan entregou-se à Força, e seu corpo aproveitou a onda que se seguiu, pernas e braços movendo-se infinitamente mais rápido do que seu ritmo normal. Ele correu e saltou sobre os assentos da frente e pousou em movimento antes de escorregar entre os guardas. E embora cada um deles se concentrasse no lugar onde ele acabara de estar — até mesmo Ruug — Obi-Wan pensou ter visto o canto do olho de Ventress, um simples olhar rastreando-o enquanto ele cruzava a soleira da porta.

Ele voltou à velocidade normal no meio do corredor. Ainda se movia em um ritmo atlético, mas já estava livre do perigo imediato. A primeira parte de seu plano pontual estava cumprida; ele escapou da sala em segurança e sem ferir ninguém. Mas e depois?

— Vão, vão, vão — gritou uma voz. Podia ter sido Ketar, embora Obi-Wan não tivesse certeza. Na verdade, ele não sabia ao certo para onde ir. Espectadores curiosos começaram a espiar pelo corredor, funcionários de escritório e todos os tipos de empregados do governo.

Ele correu em velocidade normal, atento ao modo como o uso excessivo dos dons físicos da Força poderia afetar desde sua resistência até sua coordenação. A maneira como a Força o cercava ao se mover informava suas decisões e cálculos; uma explosão de velocidade extra no corredor comprido seria viável, mas poderia deixá-lo esgotado rapidamente.

Não, ali ele precisava confiar em seu próprio corpo, pelo menos até que uma oportunidade se apresentasse.

— Eu o tenho na mira — gritou outra voz. Aquela era inconfundível. — Saiam do caminho, me deem uma linha de visão.

Ruug.

E aquilo significava, presumiu Obi-Wan, que ela mudara o rifle para o modo sniper e o apontava para ele.

Ele acessou a Força mais uma vez, não para usar nenhum de seus dons físicos de força ou velocidade, mas para desacelerar o mundo e avaliar a situação.

Muitos civis estavam no corredor, diretamente à sua frente, afastando-se do que estava acontecendo.

Ao redor dele havia um túnel. Podia ser um túnel com elegantes entalhes nas paredes, fileiras de minerais brilhantes engastados em detalhes sutis em meio à pedra branca, mas, independentemente da estética, o corredor continuava sendo apenas um túnel com começo e fim.

À sua direita, porém, havia uma série de janelas abertas para dar vista ao enorme pátio que o Ministro Eyam chamara de Grande Anfiteatro das Deliberações, uma espécie de arena ao ar livre. Mas o mais importante era que, ao lado dele, erguiam-se vários prédios indistintos mais distantes do complexo, lugares menos expostos à vista pública. Tais edifícios tinham bordas planas e telhados entre as torres e encostas da arquitetura de Cato Neimoidia.

Era o tipo de coisa que ajudaria.

Chegar lá exigia um salto preciso em um ângulo exato para se agarrar aos prédios que pendiam do arco acima, algo que a forma como a Força amplificava a capacidade natural de saltar poderia tirar proveito. Ele considerou a posição de todos os seres que estavam à sua volta naquele momento, desde os guardas atrás até os civis na frente. Uma explosão de velocidade aumentada pela Força ali poderia deixar seu corpo exausto, incapaz de realizar o que ele precisava para escalar tais alturas.

Ruug, no entanto, tinha seu rifle sniper apontado para ele. E Obi-Wan tinha certeza de que, como alguém que obtivera o cansaço da experiência e uma armadura de comando, ela não erraria um disparo.

Isso o deixava com uma escolha: confiar nas capacidades de seu corpo sob pressão ou confiar em Ruug.

O tempo retornou ao normal e ele avançou rápido, desativando a lâmina do sabre de luz e dando uma rápida olhada para trás. Mesmo que Ruug tivesse um olho na mira e o outro fechado para se concentrar, ele sentia suas reações, seu propósito, sua bússola moral interior.

Não havia conflito em Ruug. Ela sabia exatamente o que estava fazendo.

Obi-Wan confiava que a certeza dela tinha os motivos certos.

— Atirem no Jedi! — vociferou Ketar. — Atirem nele, agora! — Os disparos de blaster zuniram, embora sem o estrondo de um rifle sniper. Obi-Wan sabia que os disparos vinham do cano de uma pistola, não da arma especializada de Ruug.

— Pare, Ketar! — gritou Ruug. — Há civis no caminho!

Ainda faltavam cerca de vinte passos para alcançar a janela aberta. Dezenove. Dezoito. Dezessete. Cada passo era dado de forma precisa, seguindo um cálculo interno tanto físico, para conduzi-lo até lá, quanto mental, apostando na decisão de Ruug.

— Tenho uma linha de visão! — confirmou ela, projetando sua voz longe o suficiente para que Obi-Wan escutasse tudo.

Dez. Nove. Oito.

Obi-Wan deu uma última olhada para trás. A Força ondulava à sua volta, e o Jedi depositou sua fé nela... e em Ruug.

Cinco. Quatro. Três.

Obi-Wan mudou o ângulo de seu corpo o quanto precisava para saltar. Sentiu a Força ao seu redor como uma corrente oceânica, que também potencializava a resposta física dentro das fibras de seus músculos.

O rifle sniper disparou, uma fração de segundo depois do que deveria — ao menos se Ruug pretendesse abater seu alvo. Em vez disso, o fôlego extra que tomou proporcionou-lhe a exata quantidade de tempo de que precisava para saltar pela grande janela aberta. A rajada do rifle passou zumbindo bem abaixo de seus pés quando ele subiu.

— Não! — Enquanto a Força impulsionava o salto de Obi-Wan, a voz de Ketar o seguiu. O Jedi virou a cabeça de forma rápida o bastante para fazer contato visual com o guarda — e com Ventress, que, por alguma razão, movia-se em um ritmo casual atrás. Ele voou para cima, agarrando-se a um cano de escape abaixo da cúpula de vidro arredondado de um restaurante, assustando os clientes que olhavam para o distrito governamental de Zarra. E avançou, segurando-se nos apoios e saliências dos edifícios suspensos até alcançar os telhados mais acessíveis da capital.

Suas mãos se abriram e ele caiu. A névoa de Cato Neimoidia deixou seus cabelos e barba úmidos. Suas botas pousaram sobre o parapeito de um prédio, e um segundo salto o levou ao telhado. Disparos de blaster partiam da direção dos escritórios do governo, o fogo passando zunindo por ele em ângulos dispersos.

Descobrir quem tinha atirado nele, e se Ventress estava envolvida, exigia o luxo do tempo, algo que ele não tinha graças a uma frota de droides remotos de detecção que subiam até ali. Eles avançaram, e Obi-Wan saiu correndo mais uma vez, passando do improviso de Anakin para sua própria especialidade.

Ele precisava de um plano.

CAPÍTULO 31

RUUG QUARNOM

AS COISAS ENTRARAM EM AÇÃO ASSIM QUE ELA GRITOU "EU O TENHO na mira", e Ruug sabia exatamente como Ketar reagiria antes mesmo que o gatilho fosse totalmente puxado. O tráfego cruzado de civis deu autenticidade à sua história, embora ela odiasse o fato de que eles estivessem potencialmente em sua linha de fogo, e Ruug estava furiosa com Ketar por brandir uma pistola quando inocentes aterrorizados estavam no caminho. Funcionários do governo que não tinham nada a ver com a investigação ou quaisquer tensões em curso com a República, políticas ou de outro tipo.

Quanto a Obi-Wan, Ruug rastreara alvos suficientes para prever para onde iriam. Aquela era a primeira vez que um desses alvos possuía habilidades Jedi, mas a mesma lógica se aplicava. Uma janela aberta. Muitas opções.

Uma fuga fácil.

O trabalho de Ruug era fazer aquilo parecer bom. A avaliação de risco era uma parte inerente da cultura Neimoidiana, a contrapartida de sua capacidade inata de cálculo — exceto que, naquele caso, o risco era se ela acidentalmente abateria um Jedi. As probabilidades mostravam sem sombra de dúvida o caminho como a rota de fuga escolhida, e a combinação da verdadeira velocidade de Obi-Wan com o que ela testemunhara momentos antes criava suposições razoáveis para sua abordagem. Bastou uma fração de segundo, uma mistura entre praticidade e instinto, e Ruug disparou a rajada mortal bem abaixo dos pés de Kenobi enquanto ele saltava com uma leveza sobrenatural.

Mesmo para uma atiradora experiente como ela, tal resultado a fez exalar de alívio.

— Ele estava na sua mira! — gritou Ketar, e embora ela esperasse tal reação, ainda agiu com indignação pela forma como ele perdeu a compostura.

— Acalme-se, cadete. — Ruug elevou o tom à altura do de Ketar, bem ciente de que todos assistiam. — Lembre-se de quem é a veterana aqui.

— Não me importo. Você teve a chance de matar o Jedi e não a aproveitou.

Era evidente que ele tinha passado algum tempo com Ventress, apesar de Ruug tentar afastá-lo. Apenas alguns dias antes, sua dor parecia tão esmagadora. E agora chegava com evidências tiradas do nada — sem sequer informar sua parceira, e seu desejo de lutar contra droides de batalha tinha evoluído para tentativa de assassinato, apesar dos civis em risco.

Ruug repassou as últimas ações em sua mente desde a perseguição no corredor até o momento em que Obi-Wan saltou para cima. Durante toda a fuga, ele se movera de forma rápida e cuidadosa quando próximo de qualquer civil. Aquilo falava muito sobre a integridade do Jedi, e dera-lhe algo para determinar superioridade moral na frente dos outros guardas Neimoidianos.

— Você preferia que eu fizesse chover rajadas de blaster em cada pessoa inocente neste corredor? Que as sacrificasse por uma vingança qualquer que você procura?

A carranca de Ketar dizia muito sobre o que *ele* estava disposto a fazer. E o quanto alguma coisa ou alguém o havia levado a tal ponto em tão pouco tempo.

Ruug amaldiçoou-se por não levar Ventress mais a sério naquele primeiro encontro que tiveram quando estavam de vigia.

— Isso vingaria os *nossos mortos*.

O fato de Obi-Wan ter se comunicado com um de seus companheiros Jedi não surpreendia Ruug. Suas análises tinham que vir de algum lugar, e o equipamento que ele trouxera certamente não parecia potente o bastante para executar os cálculos e processos necessários para gerar suas descobertas. O datapad, no entanto, era outra história.

Ele não o negou. Disse que precisava de mais tempo. E no bar, hesitara algumas vezes enquanto os dois conversavam sobre pistas, como se estivesse prestes a dizer algo e depois mudasse de ideia. Por isso, embora ele tivesse omitido a verdade, provavelmente tinha feito sua própria avaliação de risco ao optar por tal caminho.

Ainda assim, ela estava tão furiosa com ele quanto com Ketar.

— Kenobi tinha descoberto algo. Vasculhar suas coisas impede a investigação.

Ventress entrou em sua frente, postando-se desconfortavelmente próximo, dadas as circunstâncias.

— Talvez você tenha seu próprio viés nessa situação.

— Eu chamaria de experiência.

— Experiência? Ou o dever de guarda abrandou sua capacidade de realizar julgamentos difíceis. — Ventress fixou os olhos em Ketar, sua expressão dizendo mais ao jovem do que suas palavras. — Achei que vocês Neimoidianos eram excelentes em... — Ela respirou fundo antes de se voltar para Ruug. — ... avaliação de riscos.

Aquela agente do Conde Dooku carregava um brilho sinistro nos olhos, uma expressão que, sem dúvida, servia para intimidar muitos que tinham cruzado seu caminho, possivelmente até os oficiais na outra sala. E, no caso de Ketar, provavelmente o atraiu para ela.

Mas Ruug já tinha visto coisa pior, *feito* coisa muito pior, para deixar que alguns olhares atravessados a intimidassem.

— Não vou cair nesse seu papinho — disse ela em um tom firme e com um aceno de cabeça antes de olhar de volta para a borda.

Ketar bufou, virando-se para o céu.

— Onde está esse transporte? — A conversa com os outros guardas pelo comunicador revelou que os droides de detecção perseguiam o Jedi, mas Ruug sabia que um punhado de droides remotos levemente armados não seriam capazes de deter alguém com as habilidades de Obi-Wan. Não, ele deveria ter um plano e um propósito, e se realmente pretendia tentar uma solução pacífica, não estaria embarcando em nenhuma nave para Coruscant.

Aquilo significava que Ruug precisava chegar até ele primeiro.

— Trinta segundos para a chegada — gritou a voz de um dos guardas restantes.

Ruug destravou o módulo lateral no guarda-mão do rifle e o deslocou na direção da base, ativando uma retração do cano alongado. Dentro da arma, outros componentes se agitaram rapidamente, trocando as calibrações internas do plasma para que a arma funcionasse a curta distância. Ela prendeu o rifle nas costas, fixando a alça com firmeza em sua armadura. Ketar preparou sua pistola, as peças clicando enquanto ele recolocava seu pente de munição. Três outros guardas se moveram atrás deles, prontos para o transporte.

— Vou pegar o próximo — disse Ventress, abrindo espaço quando a pequena plataforma flutuante apareceu. Ruug ignorava Ventress completamente enquanto ela pisava no parapeito da janela, a queda abaixo grande o bastante para que demonstrasse grande confiança ao ficar ali ao lado de Ketar. A plataforma octogonal desacelerou até parar a um passo da janela aberta, e Ruug subiu a bordo, o chão afundando sob seu peso. Ela agarrou o corrimão para se equilibrar.

Ketar, não. Em vez disso, apenas olhou para cima e apontou para a direção onde Obi-Wan havia desaparecido.

CAPÍTULO 32

OBI-WAN KENOBI

OS DROIDES DE DETECÇÃO ACOMPANHARAM OBI-WAN ENQUANTO ele pulava de telhado em telhado, usando a Força para ajudar a se equilibrar em ângulos difíceis ou materiais escorregadios. Os disparos de blaster passavam zunindo por ele, os droides fracassando em mirar com muita precisão, embora o sabre de luz aceso de Obi-Wan desviasse uma rajada ou outra de vez em quando.

Tudo aquilo lhe oferecia tempo para pensar em opções, uma técnica de enrolar em vez de apenas fugir. Sua nave fora confiscada, embora partir com ela naquele momento fosse transmitir uma mensagem errada, a confissão de culpa quando o que ele queria era dialogar. Ele não tinha meios de se comunicar com Anakin e, embora muitas vezes discordasse de seu ex-Padawan, às vezes o mero ato de argumentar e contra-argumentar gerava uma solução.

E correr indefinidamente não ajudaria ninguém.

Ele examinou a área e considerou suas prioridades enquanto se deslocava. O mais importante era conseguir uma audiência com a Federação do Comércio e, embora eles já estivessem inclinados a não acreditar nele, aquela seria outra chance de tentar diminuir a escalada da guerra. E dado que a cultura Neimoidiana tornava todos os julgamentos públicos, as gravações de seus argumentos provavelmente alcançariam toda a galáxia, passando a mensagem de parar e pensar em vez de fazer qualquer aposta com partes que se voltassem rapidamente para o conflito.

Além disso, ele ainda precisava encontrar uma forma de escapar.

Da última vez que estivera numa situação semelhante — capturado, isolado e com poucas opções —, a melhor ideia não partira dele ou de Anakin; em vez disso, Padmé demonstrou um nível de pensamento fora da caixa que superou os Jedi, usando um grampo de cabelo como gazua para se livrar rapidamente de suas algemas enquanto Mestre e aprendiz discutiam. Ela provavelmente estava pensando em como escapar desde o momento em que os guardas Geonosianos os arrastaram para a arena e abriram os portões liberando as bestas. Aquilo forneceu-lhe todo o tempo de que precisava para colocar seu plano em prática.

Obi-Wan não tinha uma gazua. Mas *tinha* um sabre de luz, que os guardas tirariam dele no momento em que o pegassem. Isso fazia com que protegê-lo fosse fundamental — e considerando-se que estava sendo perseguido, protegê-lo se tornara seu objetivo imediato. Ele virou uma esquina quando ouviu gritos ecoando de baixo. O zumbido pulsante das plataformas flutuantes aumentava progressivamente, cada uma delas transportando vários guardas. Os droides de detecção subiram, provavelmente para oferecer aos guardas uma melhor linha de visão, e Obi-Wan pensou nos espaços ao seu redor.

Vários prédios estendiam-se para o céu, e acima deles pendia outro quarteirão da cidade-ponte, estruturas construídas para baixo em um arco que o ajudava em sua fuga. Viadutos ligavam alguns deles, permitindo o tráfego de pedestres em todas as direções.

Diretamente abaixo de um deles, na verdade, ficava o pátio aberto para os julgamentos públicos.

E, acima daquilo, uma torre elaborada, algo que parecia fino demais para realmente oferecer qualquer funcionalidade pública. Ainda assim, parecia ornamentada, repleta de curvas e vidro reflexivo na forma de uma maravilha arquitetônica.

Uma ideia surgiu na mente de Obi-Wan, quando ele se lembrou de uma parede onde encontrara chips de dados escondidos por um Jedi há muito tempo no planeta Lenahra. Ele se virou, mudando o ângulo de sua corrida para avançar na direção da torre. Mais vozes gritaram, chamando os guardas para cercá-lo de todos os lados. Obi-Wan aproveitou as correntezas da Força, sentindo a explosão de energia ondulando através de seu corpo enquanto o elevava até a metade da torre, bem fora das linhas de visão dos guardas que se aproximavam. Com vários segundos de vantagem, ele encontrou um pequeno recorte sob o parapeito da janela, algo que parecia muito mais decorativo do que funcional. Com mãos e pés em posição, ele pegou o sabre de luz do cinto, depois o virou ao contrário e o enfiou contra a parede. A lâmina foi ativada, tornando-se uma faca de energia alongada penetrando diretamente na lateral da estrutura. Minério derretido escorria enquanto ele empurrava o cabo para abrir um espaço. A arma ficou em silêncio, sua lâmina retraindo-se sem nunca ser visível depois de escavar um espaço profundo o suficiente para manter um pequeno objeto protegido de olhares desconfiados.

Como o punho de um sabre de luz.

Com a arma alojada e escondida, Obi-Wan mais uma vez se lançou com a Força, avançando como se a torre tivesse sido apenas uma ferramenta para sua fuga, em vez de um esconderijo para sua arma. Ele pousou em um parapeito próximo, observadores civis abaixando-se com medo de sua aparição. Ele desviou das pessoas, depois voltou a correr, embora diminuísse de velocidade propositadamente daquela vez. Uma plataforma flutuante cheia de guardas se aproximava ao longe, junto com mais duas outras. Ele hesitou, mais para manter as aparências do que por qualquer outra coisa; a busca por esquinas para virar era apenas uma maneira de ganhar algum tempo até sua captura.

Dois droides de detecção surgiram, elevando-se antes de avançar, e embora Obi-Wan não tivesse mais seu sabre de luz para rebater os disparos de blaster, ele ergueu as duas mãos e usou a Força para agarrar as máquinas e esmagá-las uma contra a outra. Suas carcaças amassadas desabaram, deixando um rastro de faíscas e fumaça no caminho.

A ação forneceu uma boa cobertura para suas verdadeiras intenções, uma demonstração de defesa que mascarava o fato de que ele pretendia ser capturado. Atrás dele, botas batiam no caminho de pedra, seguidas por vários gritos, todos se mesclando em uma mistura de agressão verbal.

— Me deem cobertura — gritou Ruug, e Obi-Wan virou-se para vê-la correndo em sua direção, com uma pistola em punho enquanto seu rifle de sempre estava preso às costas.

Uma fileira de guardas formou-se atrás dela, apontando os rifles diretamente contra Obi-Wan. Do outro lado, os guardas mais distantes pousaram e refletiram a formação. Obi-Wan levantou as mãos, depois olhou para a torre, tocando a Força rapidamente para sentir que seu sabre de luz continuava seguro em seu lugar.

— Não se mova, Jedi! — gritou Ruug, e embora o volume tivesse sido alto, seu tom de voz estava uniforme. Ela se aproximou dele, apontando a pistola enquanto encurtava a distância entre os dois. — Coloque as mãos atrás das costas — ordenou ela, com a voz baixa o suficiente para que ele mal a escutasse acima dos ventos de altitude e do ruído dos repulsores das plataformas flutuantes da guarda.

— Eu agradeço pela forma como agiu no corredor — disse Obi-Wan, sem oferecer resistência.

Ruug guardou a pistola e sacou um par de algemas de energia. Ela se moveu sem falar, primeiro prendendo a mão esquerda de Obi--Wan, depois a direita.

— Por que não me contou sobre o datapad?

— Eu precisava saber se era autêntico ou não.

As algemas encaixaram-se da forma correta, e uma pressão passou a prender os pulsos de Obi-Wan.

— Se quisesse que eu confiasse em você — disse ela —, deveria ter sido honesto comigo.

Um zumbido baixo partiu das algemas, vibrando, a frequência de energia do dispositivo sutil o bastante para que talvez só ele percebesse.

— Você tem razão. Desculpe-me por isso.

— Nada de espada laser — constatou Ruug, baixando ainda mais a voz enquanto os guardas se aproximavam.

— Estou improvisando. Escute. — Obi-Wan relaxou, mudando para uma postura derrotada, óbvia o bastante para que os outros percebessem. — Sim, o datapad aponta para a República. Mas ainda não sabemos a *razão*. Apresentá-lo como fato sem contexto pode levar as coisas para um ponto além da reparação. Preciso de uma chance.

— Parece que já decidiram.

— Uma chance não é uma garantia — disse ele, por cima do ombro. — Nada é imutável, exceto não aproveitar essa chance.

— Certo. — Ruug deu um tapinha nas costas dele. — Farei o máximo que puder para ajudar.

— Você! — esbravejou Ketar, proferindo aquela única palavra como uma provocação. Embora todos os rifles dos guardas armados estivessem apontados para Obi-Wan, o jovem Neimoidiano destacou-se visivelmente do grupo. Uma tensão percorreu o corpo de Obi-Wan e ele estendeu sua consciência, mergulhando nas correntes da Força para sentir se Ketar estava prestes a puxar o gatilho. — Você realmente achou que seus truques poderiam ajudá-lo a escapar?

— Já chega, Ketar. Ele está preso. Eu o prendi.

— *Não.* — Ketar avançou, aparecendo na visão periférica de Obi-Wan.

Mas Ruug moveu-se para bloqueá-lo, quase encostando seus ombros nos dele.

— Ele é um prisioneiro. Será julgado na corte real de Cato Neimoidia. Seu trabalho aqui está encerrado.

— Ela está certa — disse Ventress, surgindo de trás da fileira de guardas. Ela puxou o capuz para trás, embora sua capa continuasse enrolada em volta de seu corpo enquanto avançava. — O Jedi vai se entregar. É isso que eles fazem. Mas eu tenho uma pergunta para você. — Ventress ergueu um dedo pálido para Ruug. — Onde está o sabre de luz dele?

Até ali, Obi-Wan tinha colocado sua fé em Ruug, desde seu primeiro encontro na superfície do planeta até o disparo intencionalmente atrasado no corredor. Naquele momento, ele esperava por algo mais sutil do que qualquer coisa que envolvesse disparos de blaster.

O que Ruug diria sobre sua arma?

— Danificado, possivelmente destruído. Se verificar o terreno ao redor, provavelmente encontrará o que sobrou dele — disse Obi-Wan, oferecendo a Ruug um ponto de partida. — Seus droides detectores o arrancaram da minha mão com um disparo.

— "Danificado, possivelmente destruído." Que tipo de Jedi você é, se meros droides de detecção conseguem destruir sua arma? Achei que você fosse um Mestre Jedi.

— Ser perseguido por droides e guardas em grandes altitudes não faz parte do treinamento Jedi padrão.

Ventress estalou a língua ao começar a andar ao redor dele.

— Muito conveniente, se a gente parar para pensar sobre isso.

— Posso confirmar — interveio Ruug, movendo-se para se aproximar de Ventress. — Eu vi acontecer. Você pode verificar a hologravação de segurança, embora tenha acontecido lá em cima. — Ela gesticulou para a torre alta adjacente. — Não tenho certeza se as câmeras captaram aquele ângulo.

— Tem certeza de que foi isso que viu? E de que não está sob influência de um truque mental Jedi? Só os de mente forte conseguem resistir a isso. — As duas quase trombaram diante de Obi-Wan, Ventress encarando Ruug. Mas os olhos vermelho-alaranjados de Ruug não piscaram nem perderam o foco, de uma forma que não deveria tê-lo deixado surpreso. Alguém com possivelmente décadas de experiência em operações especiais não poderia ser intimidado.

Principalmente alguém com uma poderosa bússola moral.

— Tenho certeza — respondeu Ruug, dando um passo à frente até ficar praticamente cara a cara com Ventress. — Verifique a gravação de segurança.

As duas permaneceram ali, paradas. Apenas o vento soprava entre elas enquanto todos mantinham suas posições: os guardas, Ketar e Obi-Wan. Ele observou, o único movimento entre as mulheres era o ritmo de suas respirações. Ventress encarou Ruug de cima a baixo, depois olhou para Obi-Wan sem se virar.

— Como representante da Confederação de Sistemas Independentes, você tem algum problema com o que eu fiz? — perguntou Ruug, por fim.

— Confio em seu julgamento — cedeu Ventress, lentamente. Ela deu vários passos para trás, com os braços estendidos, depois caminhou até Obi-Wan assim que os rifles dos guardas o empurraram para que se movesse. Ela inclinou-se para perto e falou diretamente em seu ouvido: — Fiquei feliz em ver seu trabalho de perto, Mestre Kenobi. — Ela estendeu a mão e despenteou as longas mechas de cabelos penduradas no pescoço dele. — Conde Dooku estava certo. Você é bastante impressionante.

CAPÍTULO 33

ANAKIN SKYWALKER

O CONSOLE DA *NORRIKER* APITOU MAIS UMA VEZ.

E de novo. Anakin escolheu ignorá-lo.

— Você não deveria verificar isso? — questionou Mill. — Já é a sexta vez que apita.

Era a sétima, na verdade. Mill estava lá na parte de trás tentando aprender a língua astromecânica de R2-D2 quando o console apitou pela primeira vez. Eles abriram um túnel através do hiperespaço, a mistura de luzes azuis e brancas piscando em turbilhão diante da cabine. Atravessar o hiperespaço em um pequeno cargueiro de integridade questionável era uma experiência completamente diferente para a jovem, e embora Anakin gostasse de sentir o chacoalhar das placas do convés e o estrondo dos sistemas de propulsão, a diferença entre o equipamento oficial da República e a forma como todos os outros viviam pegou Mill desprevenida.

— Não é nada — assegurou Anakin.

— Um sinal sonoro geralmente indica algo — Mill inclinou-se sobre o ombro de Anakin e semicerrou os olhos — ruim, certo?

Naquele caso, o apito era algo ruim. Mas nada como uma "falha mecânica" ou "pouco combustível". Aquele era um sinal de comunicação, e embora Anakin não pudesse saber exatamente quem era até que abrisse um canal, ele suspeitava que vinha de um comandante clone.

Aquele era o problema de ir inventando no meio do caminho — a maior parte da praticidade logística nunca aparecia. Obi-Wan tinha planos construídos sobre estratégias definidas por diretrizes, mesmo quando precisava inventar algo na hora. Padmé trabalhava mais ou menos da mesma forma, e o Chanceler Palpatine, bem, não teria chegado até onde estava se não tivesse definido seus planos com muita antecedência.

As três pessoas que mais importavam na vida de Anakin atuavam de forma eficiente e metódica. E então havia ele, como o sol no centro daquele sistema, desequilibrando-os com suas decisões tomadas por impulso. Padmé nunca o repreendia por isso, mas ele passou a reconhecer o que seus meio-sorrisos significavam quando uma ideia surgia em sua mente.

Obi-Wan, por outro lado, sempre tecia um comentário no final. Em geral, vinha em duas parcelas, sendo a primeira uma repreensão por ele não dar ouvidos, e a segunda o espanto por Anakin conseguir realizar qualquer pequena façanha que tivesse tentado.

Em raras ocasiões, Obi-Wan acrescentava certo nível de gratidão aos comentários.

— Ruim é relativo — observou Anakin.

— Isso é algo que eu vou aprender como Padawan?

— É pouco provável. Quanto treinamento de pilotagem você tem? — Mill inclinou a cabeça e ergueu uma sobrancelha. — Certo, faz sentido. Bem, cada painel de controle é diferente, mas existem muitas semelhanças. — O bipe começou a soar novamente, uma simples luz vermelha piscando sobre o mapa de navegação. — Esse bipe e aquela luz em particular mostram que alguém está tentando entrar em contato com o sistema de comunicação desta nave.

— Alguém? Você quer dizer...

— Provavelmente — confirmou Anakin. — Faria sentido. Digo, D'urban e o 302º Batalhão não iriam exatamente ignorar o fato de não termos voltado.

— Achei que tivesse cuidado disso.

— Posso ter pulado essa parte do plano. Ei — disse Anakin, apontando para ela com uma risada —, *você* deveria ter voltado ao cruzador. Eu apenas fui improvisando à medida que avançávamos. Devem ter descoberto com quem negociamos e conseguido os códigos de comunicação desta nave.

— E se você simplesmente lhes dissesse o que estamos fazendo? Os clones dão ouvidos ao que você fala.

Aquilo era verdade. Desde que atingira o posto de Cavaleiro Jedi, os clones passaram a obedecê-lo. E mesmo que D'urban estivesse envolvida, talvez alguma conversa para boi dormir pudesse amenizar a situação por algum tempo.

— Certo — disse Anakin. — Vamos tentar do seu jeito. — Ele clicou no botão piscando e um pequeno feixe de luz projetou-se acima do console, formando a imagem holográfica. Anakin esperava que Theo, Raptor ou Sparks entrassem em contato, mas a pior hipótese de uma D'urban bastante irritada surgir era plausível.

O que ele obteve, porém, estava muito além da pior das hipóteses.

— Skywalker — disse a voz com um desdém familiar, antes de a imagem se formar totalmente. — Onde você está?

— Mestre Windu — disse Mill, com um arquejo.

Anakin resistiu à vontade de revirar os olhos.

— Mestre Windu. — Anakin manteve o tom de voz uniforme e diplomático, o padrão típico ao qual ele sempre recorria quando se dirigia a qualquer Jedi, até mesmo a Obi-Wan, embora suas últimas conversas parecessem começar a evoluir para algo além daquilo. — Desculpe, sua transmissão está falhando.

— Skywalker. Repita seu destino.

Era algo que ele não podia revelar. Não podia nem se fazer de inocente; o menor sinal provavelmente levaria o Conselho a suspeitar de seu destino. Com Obi-Wan em uma situação de perigo, qualquer notícia do envolvimento da República provavelmente elevaria ainda mais as tensões; por isso, o Senado, o chanceler e os Jedi tinham que ficar de fora.

Não apenas por causa de Obi-Wan. Por causa de uma guerra que ameaçava sair de controle.

Ele precisava pensar rápido.

— Estamos a caminho... — Ele foi parando de falar enquanto girava o pequeno botão do estabilizador de frequência do comunicador. — Há muita interferência por aqui. Uma tempestade de íons. Mas a jovem Mill Alibeth está comigo. Ela está segura. Darei notícias assim que pousarmos.

— O que foi isso? — Anakin tornou a girar o botão, fazendo com que a estática interrompesse o sinal e linhas atravessassem a imagem holográfica de Mace. Mill deu uma risada por cima do ombro, e Anakin virou-se para ela com um olhar de *fique quieta*, não como forma de bronca, mas para que ela mantivesse as aparências. Mas o sorriso dela se tornou contagiante no momento em que eles cruzaram o olhar, e ele precisou cobrir a boca com a mão enluvada para evitar que sua risada fosse transmitida para o guerreiro mais reverenciado da Ordem Jedi.

Porque por mais que Anakin se destacasse em improvisar sob pressão, aquilo se aplicava apenas a situações de combate. Naquele caso, suas ações não passavam de uma brincadeira de criança com o guerreiro mais poderoso dos Jedi. O que por si só já era engraçado.

— Repita. Seu. Destino.

— Entendido, Mestre. — Ele soltou o botão e a transmissão se estabilizou. — Estou com a jovem Mill Alibeth. Ela está segura. Por favor, envie minhas desculpas para D'urban Wen-Hurd e para o 302º Batalhão. Nós nos afastamos depois de descobrir um problema urgente em Langston e as comunicações desta nave não estão estáveis.

— *Skywalker*. Aonde você está indo? — Mace Windu sempre falava com uma intensidade silenciosa, mas naquele momento a frustração do venerável Mestre Jedi se manifestava através de um grunhido crescente. Mace mantivera a calma e o controle durante todos os desafios que enfrentara nos últimos tempos, desde derrotar Jango Fett com um único golpe de sabre de luz até enfrentar uma onda esmagadora de droides de batalha em Dantooine, mas lá estava ele, irritado por causa de um simples truque com as comunicações.

Anakin sentiu que merecia um tapinha nas costas. Ele certamente contaria tudo para Padmé mais tarde.

Presumindo que todos sobrevivessem.

— Comandante Theo — disse Mace para um clone fora do ângulo da câmera —, trave o rastreamento nesta transmissão para mim.

— Imediatamente, senhor — respondeu o clone.

— Estamos enfrentando uma enorme tempestade de íons nesse momento. Darei notícias assim que...

Anakin encerrou a transmissão ali, fazendo os olhos fuzilantes e a carranca de Mace Windu desaparecerem de repente.

Durante vários segundos, o único som que ecoava na nave era o ruído frequente das placas do convés, um *tink-tink-tink* constante que reproduzia um padrão quase musical enquanto a embarcação voava pelo túnel brilhante do hiperespaço.

Mill finalmente quebrou o silêncio:

— É — disse ela. Anakin ergueu os olhos para ver a luz branca da velocidade da luz refletindo nas bochechas bronzeadas e nos chifres da garota. — Isso não correu nada bem.

— Não se preocupe — garantiu Anakin. — Você não está em apuros. No máximo, eu serei o único aqui encrencado. Mas está tudo bem. — O painel que mostrava a trajetória de voo do navicomputador para Cato Neimoidia indicava que ainda faltava cerca de meio dia de viagem, embora possivelmente pudesse demorar um pouco mais, já que aquela nave poderia se desfazer a qualquer minuto. — Eu já estou acostumado.

R2-D2 rolou atrás deles, assobiando um sermão para Anakin.

— Os iguais se reconhecem — respondeu Anakin. O droide assobiou de volta antes de girar a cabeça e olhar para Mill.

— As missões são sempre assim? — perguntou Mill, enquanto se acomodava no assento do passageiro.

— Não sei — disse Anakin, inclinando-se para trás em seu assento, e o couro rasgado se enrugou quando ele se acomodou no estofado gasto. — Sou um Cavaleiro Jedi há pouco tempo. R2? — O droide apitou, daquela vez sem atrevimento. — Mostre-nos tudo o que você sabe sobre Cato Neimoidia. — Uma série afirmativa de trinados se seguiu, acompanhada de uma projeção holográfica do planeta.

O console tornou a apitar, uma transmissão que Anakin não ousou atender. Ele estendeu a mão para silenciá-lo e, ao erguê-la, notou que um pouco da areia azul de Langston ainda estava presa nas tiras de sua luva.

Areia. Entrava em todos os lugares.

O bipe continuou. Anakin só podia presumir que era o Mestre Windu, que tinha paciência mais do que suficiente para manter aquilo por toda a duração de sua viagem. Mas mesmo que descobrisse que seu destino era Cato Neimoidia, o Conselho respeitaria os parâmetros da missão e evitaria confrontos. Aquela era a diferença entre eles e Anakin.

Tal pensamento o fez sorrir.

Ele clicou no botão à esquerda do indicador que piscava, colocando as notificações de transmissão da *Norriker* no modo silencioso por um tempo.

Anakin poderia lidar com as consequências quando retornasse a Coruscant. Mas com Mestre Windu já irritado, era bom que conseguissem salvar Obi-Wan, porque se retornassem de mãos abanando, o resultado seria pior do que perder o braço.

CAPÍTULO 34

OBI-WAN KENOBI

QUATRO PAREDES COMPLETAMENTE LISAS CERCAVAM OBI-WAN, SEM a opulência da maioria das outras obras arquitetônicas de Cato Neimoidia. Microluzes deviam estar embutidas na parte superior das paredes, fornecendo uma iluminação para a cela cinza-esverdeada, e a própria porta parecia ser uma simples placa de metal com um mecanismo de trava, provavelmente algo capaz de resistir a uma força bruta significativa ou a fogo de blaster.

Não que Obi-Wan tivesse qualquer intenção de fugir. Ele já estivera em situações muito piores e, em todos os casos, uma solução se apresentou. Até naquele ninho de gundarks, embora Anakin estivesse com ele na ocasião. Aquela fuga alucinante tinha sido repleta de garras e dentes, sujeira e caos, mas tão logo pararam de discutir sobre quem tinha entrado primeiro, Obi-Wan e Anakin lutaram e alcançaram a saída sem muito esforço, tornando-se igualmente importantes na unidade de combate que formavam. Ambos moviam-se em sincronia mesmo quando Anakin era mais jovem, como se suas disputas verbais fossem uma parte necessária do relacionamento dos dois, para equilibrar seus instintos naturais de combate.

Mas agora nada os ligava — a própria missão vinha com a ordem de isolamento. Cada passo ali era planejado para mantê-lo sozinho, e mesmo quando ele pôde escolher, optou por manter Anakin distante.

O fato era que, cada vez que ele tentava manter Anakin afastado, seu jovem amigo encontrava uma forma de se intrometer. Era simplesmente o jeito de Anakin Skywalker.

Anos antes, quando Anakin ainda estava no começo de seu período como Padawan, Obi-Wan recebeu a missão sem muita importância de investigar um pequeno sistema estelar morto, algo tão antigo que a anã remanescente estava em temperaturas próximas do zero absoluto. Ele pretendia voar até lá sozinho, apesar de seu desconforto de pilotar sua própria nave em meio às estranhas flutuações quânticas e poços de gravidade. A meio caminho de sua jornada pelo hiperespaço, no entanto, ele ouviu um barulho muito estranho vindo de baixo de um dos painéis do propulsor a bombordo.

Um ronco.

Obi-Wan ergueu o painel de acesso metálico, apenas para encontrar Anakin, na época com doze anos, escondido, tendo adormecido no ambiente quente de metal reverberante acima do motor subluz, o calor lembrando-o de uma noite em Tatooine. "Eu não queria ficar no Templo", dissera ele antes de explicar seu elaborado plano para se esconder a bordo. "Além disso, você disse que prometeu ao Mestre Qui-Gon que me protegeria."

De fato, ele prometera.

"Já que você está aqui, pode muito bem dar uma olhada", disse Obi-Wan a ele com um suspiro. E quando chegaram ao destino, ele aproveitou aquilo como uma boa oportunidade: o raro privilégio de ver uma impossibilidade científica servindo como um bom lembrete sobre a parte do Código Jedi que falava sobre apego e desapego, uma lição sobre como até mesmo as estrelas se apagavam com o tempo.

Lá fora, nas regiões mais inóspitas do espaço, Anakin simplesmente tinha dado um jeito de encontrá-lo.

Obi-Wan e Anakin. Anakin e Obi-Wan. O mentor que dava passos cuidadosos e premeditados; o Padawan que avançava com poder explosivo e, ao que parecia, uma sorte ridícula. Apesar da diferença de idade entre os dois, da diferença de posto, de suas diferentes *personalidades*, eles sempre davam conta de um trabalho.

Mas tinha sido assim quando eram Mestre e aprendiz. Daquela vez, era diferente. Eles estavam em pé de igualdade, o vínculo entre eles propositalmente quebrado. Muitas engrenagens giravam na galáxia, e todos na República se encaixavam em propósitos específicos para ajudar a pôr fim à guerra. Eles tinham responsabilidades, e a *missão* dependia de ficarem separados.

Obi-Wan riu das misteriosas reviravoltas da Força. Era a primeira vez que os dois estavam de fato separados — nada tão simples quanto um ir para um sistema remoto enquanto o outro lidava com tarefas em Coruscant, mas puxados para direções completamente diferentes — e é claro que todos os planos que ele tentava bolar eram acompanhados da ressalva: "se ao menos Anakin estivesse aqui".

Se ao menos Anakin pudesse descobrir mais sobre Ventress. Ou acessar o sistema de transmissão pública Neimoidiano para fornecer mais contexto às massas. Ou ajudar Ruug com a pista dela.

Ou investigar mais a fundo, encontrando algum modo possível de identificar alguma fraude relacionada ao datapad. Era isso que Anakin fazia: ele dava um jeito. Eles nem precisavam lidar com a situação juntos diretamente, mas a desenvoltura, teimosia e impulsividade de Anakin, as características que o tornavam quem ele era, pareciam necessárias naquele momento.

Sem ele, Obi-Wan bem que poderia estar voando às cegas ou perdendo um membro. Ou, naquele caso, possivelmente condenando a República a sofrer consequências graves demais para serem contempladas, e ao mesmo tempo desonrando os milhares de mortos de Cadesura. E muito provavelmente tornando-se cúmplice da coisa toda.

Tudo porque ele estava sem Anakin, sem a constante tentativa de testar os limites um do outro, e Obi-Wan perguntou-se se Qui-Gon teria previsto tudo aquilo — não apenas sua própria derrota nas mãos do cruel Lorde Sith em Naboo, mas o fato de que unira para sempre duas forças opostas, criando uma parceria entre eles que sempre beirava o descontrole, mas que sempre, *sempre*, encontrava um jeito de fazer as coisas darem certo.

Foi preciso *não* ter aquela ligação intrínseca com Anakin para Obi-Wan finalmente perceber o quanto eles precisavam um do outro. Não apenas em um nível estratégico, mas para manter cada um sob controle. A diplomacia tática de Obi-Wan contendo os impulsos impossíveis de Anakin, e o comportamento *irrefreável* de Anakin removendo uma camada de seu raciocínio analítico.

Se sobrevivesse àquilo, talvez até contasse a Anakin algum dia.

Embora, na verdade, poderia ser melhor não fazê-lo. O ego de Anakin não precisava de mais encorajamento.

Além do mais, ele precisava sair dali antes. Obi-Wan buscou na Força, tentando sentir se seu sabre de luz ainda estava onde ele o escondera. Mas sem saber ao certo onde estava em relação àquela torre, tal busca mostrou-se infrutífera. Ele resignou-se com o fato de que sua arma não estaria acessível até que o julgamento realmente ocorresse no pátio. Até então, tudo em que ele conseguia se concentrar era no que poderia dizer para influenciar aqueles que ouvissem: o governo local, o público enlutado de Cato Neimoidia, os líderes da Federação do Comércio. Muito provavelmente a República — Palpatine, o Senado, os Jedi e toda a HoloNet —, mesmo que estivessem em um sinal interceptado. E muito provavelmente o Conde Dooku e Nute Gunray.

O que poderia convencer cada uma daquelas diferentes facções de que de alguma forma, em algum lugar, havia *mais* para se descobrir? E de que, no fim das contas, a paz era a melhor solução?

Aquilo não era algo que discutiria com Anakin. Ele apenas confiaria nele para o restante. Mas se seu ex-Padawan tivesse aprendido algo com a promoção, ou pelo menos com Geonosis, seria entender que as responsabilidades de um Cavaleiro Jedi realmente envolviam *escutar*.

Nos confins tranquilos daquela cela, Obi-Wan viu-se fazendo algo tão bobo quanto desejar que as coisas fossem diferentes, quando ele mais precisava de Anakin.

Obi-Wan deixou o sentimento passar, sabendo que qualquer energia canalizada a tais pensamentos provavelmente seria desperdiçada. Ele se sentou no chão, sozinho entre as quatro paredes, de pernas cruzadas e coluna ereta, depois fechou os olhos. Seu senso de individualidade se libertou, entregando-se a algo muito maior do que um único corpo e mente, tudo em busca de sabedoria e de uma solução para um problema impossível.

CAPÍTULO 35

ASAJJ VENTRESS

A MAIOR PARTE DA ARQUITETURA DE ZARRA ERA ORNAMENTADA COM curvas intrincadas e esculturas imaculadas, muito semelhantes à torre onde perseguiram Kenobi.

Todo aquele desperdício de recursos era uma fachada para proteger o povo das realidades de uma vida cruel.

Ali, em um distrito industrial a oeste da capital, Ventress sentia-se muito mais em casa. Tudo, desde as ruas até o pequeno depósito que ela alugara por um punhado de créditos, parecia completamente funcional, nada extravagante ou excessivo. Os arredores lhe ofereciam um meio simples de fazer seu trabalho.

E era por isso que ela só tinha uma coisa no quarto. Ela abriu a porta e os sensores internos do cômodo a detectaram ao entrar. Ketar a acompanhava, mas assim que a iluminação automatizada preencheu o espaço, ela se virou para encontrá-lo examinando seu blaster.

— Alguma coisa errada com a sua arma? — perguntou Ventress.

— Acho que sim. — Ele a estendeu como se estivesse olhando por dentro da mira, depois voltou a verificar o alinhamento do pequeno componente de mira. — Eu tinha Kenobi no alvo. Ele deve ter dado sorte.

A ousadia nas palavras do jovem guarda fez Ventress rir, algo que claramente o surpreendeu. Ela admirava sua confiança, uma característica que provavelmente fora amplificada pela onda de fúria e desespero que ele sentia desde o incidente em Cadesura.

Mas é claro que era uma tolice.

— Tenho certeza de que um único blaster não é páreo para um Cavaleiro Jedi. Se Kenobi estivesse se esforçando, você saberia. — Ela foi até a frente dele. — Isto é, se tivesse sobrevivido.

Ketar virou-se, sua carranca permanente parecendo ainda mais acentuada.

— Como você poderia saber? É apenas uma diplomata.

— Ah, é isso que você acha?

— Não foi por isso que veio até aqui? Para supervisionar o emissário Jedi? — perguntou ele, sua voz ecoando nas paredes de metal simples que ofereciam uma vista completamente diferente dos requintados complexos governamentais de Cato Neimoidia em que passaram algum tempo.

Ela andou de um lado para o outro pela sala, considerando o desafio apresentado por suas perguntas — não porque eram difíceis de responder, mas porque existiam tantas opções. Ventress pesou as possibilidades, como ela poderia se aproveitar ao máximo da ingenuidade do rapaz. Seu objetivo estava claro desde que o Conde Dooku ordenara que ela voasse para Cato Neimoidia, e, com Kenobi prestes a ser julgado, expor a natureza duas caras da Ordem Jedi e da República era questão de tempo. As instruções de Dooku careciam de detalhes, algo que ele fazia com frequência — e Ventress entendia o porquê. Aquele não era apenas um teste de suas habilidades físicas ou na Força; ele queria vê-la criar estratégias, improvisar diante das oportunidades.

E aquela era uma oportunidade. Ventress prometeu a si mesma que a aproveitaria ao máximo.

— Apenas uma diplomata — disse ela, afastando-se dele. De costas para ele, ela escutou, avaliando sua reação quando os próximos segundos se desenrolaram. Ela puxou sua longa capa para trás com uma das mãos, e com a outra agarrou a forma curva de um cabo de metal preso ao cinto. Ela o destravou e permaneceu firme, segurando a arma diante de si. — Ou talvez mais. — Um brilho carmesim emergiu do cabo, a distinta descarga explosiva e o zumbido resultante preenchendo o cômodo. — Está vendo?

Atrás dela, um ruído rápido de arrastar de pés lhe disse que Ketar *não* esperava por aquilo, e que ele estava com o blaster erguido. Ele realmente era obediente, afinal; quando ela disse a Ketar que ficasse de guarda do lado de fora dos aposentos de Kenobi durante sua busca, Ventress imaginou que ele teria espiado. Mas não, ele devia ter ficado no corredor o tempo todo, ignorando completamente o golpe de sabre de luz que ela usou para cortar o estojo do comunicador de Kenobi. Ela se permitiu um rápido sorriso antes de voltar a uma expressão neutra e encará-lo.

— Eu compreendo os modos dos Jedi. E vim preparada para me defender. Eles são voláteis, imprevisíveis. Furtivos. — Ela deu mais dois passos na direção de Ketar, a lâmina perto o bastante para refletir no corpo de metal da pistola que ele empunhava.

— Você tem a arma deles.

— Esse é um ângulo de ver as coisas. Mas você tem uma pistola. Quantas pessoas na República têm uma pistola? Quantas pessoas na Orla Exterior, no Espaço Selvagem, têm uma pistola? Uma arma é uma arma, independentemente de treinamento ou de habilidades. Olhe mais de perto. — Ela inclinou a lâmina vermelha na direção dele, a ponta agora próxima o bastante para que ele estremecesse com o calor que irradiava dela. — Pergunte a si mesmo: eu traí a sua confiança de alguma forma? Você viu o datapad. Viu o comunicador. Você ouviu a transmissão do comparsa de Kenobi confirmando as evidências. Tudo isso estava aqui, à sua espera. Eu levantei o véu para você ver. Não foi?

Ketar baixou sua pistola em um gesto lento e gradual, embora a mantivesse na mão. Em contrapartida, Ventress desativou o sabre de luz, seu vermelho intenso deixando de tingir o espaço.

— Agora quero que pense na sua parceira.

— Ruug? — perguntou Ketar, com uma expressão perplexa no rosto. — O que tem ela?

— Você confia nela?

— Claro que confio — declarou ele. Seu olhar voltou-se para o chão, um movimento de cabeça mostrando que aquilo atingira um ponto sensível.

O Conde Dooku muitas vezes falava da importância da oportunidade, de saber quando forçar um momento do nada, e então aproveitá-lo antes que ele terminasse. Aquele era um daqueles momentos.

— Ruug cuidou de mim desde que me alistei.

— Interessante — disse Ventress, com a cabeça inclinada em um ângulo. — Desde que você se alistou. Consigo entender uma coisa dessas. Mas e desde que *Kenobi* chegou? Algum comportamento que possa parecer incoerente?

Ketar virou a cabeça lentamente para Ventress, a luz trêmula da sala inclinando as sombras projetadas por seu capacete sobre suas bochechas.

— Ela tentou manter você longe de mim, não tentou? — perguntou Ventress.

— Ela — começou a dizer Ketar. — Ela sabia que eu estava exausto. Estava apenas me encorajando a cuidar de mim mesmo. Porque Cato Neimoidia precisa de nós.

Mesmo enquanto dizia aquilo, o tom de voz de Ketar dava a entender que ele estava reconsiderando tudo.

Ventress o tinha em suas mãos.

— Os Jedi — contou ela — são conhecidos por serem capazes de influenciar as emoções e até os pensamentos dos outros. Ruug agiu de forma diferente desde que Kenobi chegou aqui? Ela é uma comando, condecorada, com treinamento de elite e uma arma personalizada. Ainda assim... o que aconteceu quando Kenobi correu?

A boca de Ketar se abriu e, acima do zumbido da iluminação da sala, Ventress escutou um som baixo e gutural enquanto ele tentava formar palavras. Ela aguardou, mais do que satisfeita em deixá-lo chegar à conclusão sozinho.

— Ela errou — disse ele, por fim.

— Lealdade — disse Ventress, com uma cadência lenta e controlada — pode ser explorada.

Ketar deu um único passo para trás, uma reação de impulso e não por decisão. E então, Ventress avançaria para o golpe de misericórdia.

— Se você confia em Ruug, então fará o que for preciso para interromper o domínio que Kenobi tem sobre ela. Para interromper o domínio que os Jedi e a República têm sobre os Neimoidianos. Você pode fazer isso, Ketar. Você pode ser o único capaz disso. — Assim que ele caiu para trás, ela avançou, mantendo uma distância muito específica para ficar dentro do espaço dele, em sua linha de visão. — Como você acha que será o julgamento de Kenobi?

— A evidência é irrefutável — disse ele suavemente.

— Irrefutável. Isso é diferente de certa, não é? — Naquele ponto, Ketar poderia ter concordado com qualquer coisa que Ventress dissesse, mas suas palavras continuaram seu ataque, rompendo seus pensamentos e preocupações até que ela o guiasse como uma criança seguindo um brinquedo. — Os Jedi são poderosos. Sua capacidade de influenciar mentes é insondável para aqueles que não compreendem suas tradições. Pense na Ordem deles: doutrinar crianças recém-saídas do útero? E os pais delas simplesmente as *deixam* ir embora? Para sempre? Pense no que Nute Gunray disse sobre seu encontro em Naboo, a velocidade e o poder assustadores. E agora eles de repente passam de "guardiões da paz" — disse ela com escárnio — para "soldados liderando as forças armadas"? Isso não o preocupa?

— Sim. — A voz de Ketar saiu como um mero sussurro.

Ventress sentiu aquilo, não apenas pela emoção que ondulava dele, mas pela forma como seu corpo inteiro ficou tenso, o modo como ele apertou os lábios, a maneira como seus olhos permaneceram fechados enquanto as perguntas o atravessavam. Ele estava prestes a ceder a ela, algo que aconteceu tão facilmente que ela quase queria rir. O Conde Dooku queria testá-la, mas aquilo não era desafio algum. Cadesura criara uma criatura que buscava acreditar em algo, independentemente do que fosse.

Tudo o que ela tinha que fazer era estar lá para ele.

— Você se preocupa com seu povo. Com seu planeta. Com a Federação do Comércio. Então, que riscos está disposto a correr para garantir a segurança deles? Para fazer uma declaração que os afastará para sempre da República? — Com os olhos de Ketar ainda fechados, ela foi até a caixa de materiais explosivos e colocou a mão no leitor biométrico. — Ou talvez mais do que uma declaração. — O leitor apitou e zumbiu, e os mecanismos de trava foram desfeitos antes que ela abrisse a caixa, onde pilhas de um composto laranja flexível e muito volátil esperavam para ser conectadas a um detonador. — Você deve calcular os riscos — disse ela —, e depois fazer uma escolha.

Ketar abriu os olhos, e Ventress o encarou de volta.

CAPÍTULO 36

ANAKIN SKYWALKER

A ÚLTIMA VEZ QUE ANAKIN VIAJOU DISFARÇADO FOI ANTES DE ELE e Padmé se casarem.

Eles estavam vestidos com roupas simples de refugiados, um poncho sobre um colete estampado para ele, e uma roupa a anos-luz dos trajes habituais para ela. A intenção naqueles dias era se esconder, mas o que eles encontraram se tornou algo maior — um desejo avassalador que consumia os dois. Parecia uma vida atrás, embora fosse muito mais recente, e ainda que depois ele viesse a se retorcer com algumas das coisas que disse durante aqueles momentos idílicos, com o modo como as palavras saíram de sua boca sem as devidas graças sociais ou qualquer sensatez, ele não trocaria aquele momento por nada.

Porque apesar de todas as trocas embaraçosas e das lamentáveis tentativas de impressioná-la, cada um dos erros dele — e dela — derrubaram as defesas um do outro até que eles se enxergassem como realmente eram.

E tudo começou com um simples poncho, muito parecido com o que ele usava ali. Só que ali sua roupa não fora selecionada a partir de diversos materiais disponibilizados para um Jedi e uma senadora. Muito pelo contrário, na verdade; foi com as cobertas gastas que adquiriram junto com a *Norriker* que Anakin e Mill desempenharam o papel de mercadores azarados que esperavam vender produtos em Cato Neimoidia, um planeta conhecido por acolher todas as oportunidades até mesmo para o comerciante mais pobre.

Eles deixaram a plataforma de desembarque pública na orla de Zarra, e suas roupas podiam muito bem ser consideradas trapos sujos quando comparadas com as de algumas pessoas que iam e vinham pelo espaçoporto. Mantos exuberantes, joias brilhantes, vestes sob medida — tudo aquilo indicava uma abastada classe de viajantes que participavam de níveis mais altos dos negócios típicos da Federação do Comércio, onde as alavancas sistêmicas por trás de comerciantes e trabalhadores eram empurradas e puxadas, pelo preço certo.

Aquelas pessoas menosprezavam, até ignoravam, aqueles que sujavam as mãos construindo a mercadoria, embalando minerais ou vendendo produtos. O que tornava aquele o disfarce perfeito para dois Jedi em busca de um terceiro.

— Há muitos guardas — observou Mill, olhando ao redor.

Anakin já devia ter se tornado insensível ao exército mecânico da Federação do Comércio, porque mesmo que as estações de guarda do espaçoporto fossem ocupadas por grupos de droides de batalha, a presença deles não o intimidava. Em vez disso, a visão dos droides provocava um instinto de sacar seu sabre de luz e cortá-los ao meio, mas ele controlou seus impulsos e pensou na maior ameaça: os guardas blindados Neimoidianos, que poderiam estar de olho em atividades suspeitas.

— Ignore-os por enquanto — orientou ele, e os dois entraram em uma área densamente povoada por viajantes bem-vestidos de todas as formas e tamanhos, tantas espécies ávidas para negociar com a Federação do Comércio. Ir até lá significava pagar preços altos para apreciar a vista dos hotéis e balneários de luxo de Cato Neimoidia, especialmente os prédios pendurados nos gigantescos arcos das cidades-ponte. — Contanto que eles também nos ignorem, ficaremos bem.

R2-D2 emitiu um bipe irritado com as constantes partidas e paradas enquanto esperavam que o trânsito desse uma trégua, carrinhos flutuantes carregando malas ou pessoas simplesmente ocupadas demais com seus próprios assuntos para demonstrar educação básica. O droide lançou um conjunto de xingamentos a uma Munn que esbarrou nele, mas a mulher alta e magra nem sequer lhes dispensou uma segunda olhada.

— Calma, R2 — disse Anakin. — Nunca se sabe quem pode entender você por aqui.

— Então, você vai me dizer agora por que estamos aqui? — perguntou Mill, depois de mais alguns passos.

Anakin lançou-lhe um olhar perplexo.

— Você sabe por que estamos aqui. Você se ofereceu para vir junto.

— Não, eu sei que estou ajudando você. E sei que é alguma coisa relacionada ao Mestre Kenobi. Alguma coisa que *não* envolve lutar ao lado de centenas de clones. Mas o quê?

Anakin ficou na ponta dos pés para ver a saída, esticando-se e contornando seres mais altos que humanos. Mas na verdade aquilo não passava de uma tática para evitar a pergunta. Ela estava certa, no entanto. A jovem entendia que, essencialmente, eles estavam ali para encontrar Obi-Wan e descobrir quem roubara seu comunicador. Os detalhes e pormenores, porém, permaneciam vagos, em parte porque ele ainda não tinha pensado exatamente no que fazer depois que pousassem.

Mas em parte porque ele não tinha certeza de como explicar a misteriosa evidência. Não era bem uma missão de resgate, e a política da situação nublava os contornos do que precisava acontecer. Ele poderia simplesmente dizer que parecia *certo* estar ao lado de Obi-Wan quando as coisas pudessem dar errado?

— É complicado. Política não é algo com que vocês mais jovens deveriam se preocupar. Nem eu gosto muito de pensar nisso.

O ar de Cato Neimoidia era espesso, e o nevoeiro tornou a respiração difícil no instante em que eles saíram do edifício portuário com ar-condicionado. Mill respirou fundo e parou. O tráfego de pedestres fluía por eles como se de alguma forma os dois fossem rochas interrompendo um rio, em vez de duas pessoas observando o local de um desastre.

De seu ponto de vista, vários andares acima, a lacuna em Zarra era chocante: a capital se estendia no horizonte, pináculos rochosos e outras formações naturais atuando como as fundações de quarteirões e distritos. No entanto, havia um enorme buraco visível no canto superior esquerdo, como se o distrito de Cadesura simplesmente tivesse sido varrido da existência. Se estivessem mais perto, provavelmente poderiam ver os danos colaterais das explosões na infraestrutura subjacente restante. Mas daquela distância parecia ter simplesmente desaparecido. Os transportes contornavam a área do desastre, ainda levando moradores e visitantes de um quarteirão para outro. Anakin semicerrou os olhos, um julgamento interno surgindo nele sobre as pessoas ao redor, pessoas que retomavam suas vidas normais e pegavam conduções para ir trabalhar enquanto flutuavam acima de tamanha devastação.

Só que quando Mill parou, ele parou junto, observando a cena ao redor. O que ele sabia sobre a Federação do Comércio e sobre os Neimoidianos vinha da forma como a HoloNet os retratava, da forma como o Senador Lott Dod se gabava, e de tudo e qualquer coisa que Nute Gunray já fizera. Ainda que os Neimoidianos que passassem por ali não parassem mais diante do choque do distrito destruído de Cadesura, alguns seguiam seus caminhos evitando propositalmente olhar naquela direção, outros olhando para ela por muito tempo.

O luto deles não tinha nada a ver com as ações de Nute Gunray.

Para os moradores da cidade, a vida prosseguia, mas a maneira como cada um deles encarava tal tragédia era uma experiência individual que Anakin só poderia interpretar por meio de suas expressões — ou da falta delas.

O rosto de Mill, por outro lado, demonstrava sentimentos.

— Acho — disse ela. — Acho que estou melhorando nisso.

— Nisso o quê?

— Em sentir... isto. — Ela gesticulou para o espaço ao redor. — Consigo sentir o sofrimento das pessoas. Mas não é mais como se eu estivesse me afogando. Consigo lidar com isso. — Ela estendeu o braço e pegou a mão enluvada de Anakin. — Obrigada. Tudo o que você me mostrou é muito mais valioso do que buscar um cristal de sabre de luz.

Talvez ele devesse ter ficado com os Iniciados que se impressionavam facilmente com peripécias com o sabre de luz e objetos flutuantes. Interpretar um animador infantil era muito mais fácil do que tentar compreender aquela jovem, alguém que não se encaixava nos moldes Jedi, mas que estava mudando diante de seus olhos através das experiências vividas, vendo como as coisas funcionavam fora do conforto do Templo Jedi.

Anakin respirou fundo na atmosfera abafada de Cato Neimoidia e finalmente tentou responder à pergunta anterior de Mill, ainda sem um plano. Ele apenas falaria.

— Quer saber o que estamos fazendo aqui? Obi-Wan, meu antigo Mestre, veio aqui tentar limpar o nome da República. Ele não deveria entrar em contato com ninguém. Nem com o Conselho, nem com o Senado. Nem comigo. Mas estava precisando de ajuda com algo que encontrou. Algo que poderia incriminar a República. E dei a ele um comunicador secreto para a pior das hipóteses. E agora... — Anakin mordeu o lábio —, as coisas estão bem piores do que a pior das hipóteses.

— Por quê?

— Alguém mais pegou o comunicador. — Ele deu um passo à frente e tanto Mill quanto R2-D2 acompanharam. — E com ele, os dados que incriminam a República. Precisamos encontrar Obi-Wan, esses dados, e uma forma de explicar por que parecem autênticos.

— Você acha que a República não tem culpa?

Em resposta, os bons sentimentos de Anakin deram lugar a uma onda de irritação — qualquer dúvida quanto à República significava duvidar dele, dos Jedi, de Palpatine, de *Padmé*. Mas ele sufocou o sentimento, enterrando-o bem fundo antes que pudesse se transformar em algo pior.

— Não acho que possa ter. A República está tentando parar a guerra. O chanceler saberia de qualquer operação. — Ele olhou para Mill, tentando ao máximo não fazer aquilo parecer uma bronca. — Por que você pensaria diferente? Você é uma Jedi.

— Se os dados parecem autênticos, achei que seria importante questionar. Você não acha?

Padmé questionava palavras e intenções, sempre procurando maneiras de abordar o que estava sob a superfície do que as pessoas demonstravam. Obi-Wan questionava os detalhes, sempre tentando chegar a uma verdadeira compreensão do que quer que tivesse acontecido, e mesmo que duvidasse das motivações de políticos individuais, sua lealdade à República nunca se abalou.

Seus questionamentos sempre se aprofundavam mais. Mas questionar o contexto maior, a coisa que os mantinha unidos? Anakin levou um tempo para contemplar tal ideia.

— Eu não. — Indivíduos tomavam decisões erradas. Mas as instituições em sua vida? Ele queria dizer que elas eram confiáveis, é claro, que eram a base sobre a qual tudo fora construído. Mas o quanto eram confiáveis dependia das pessoas que faziam parte delas. Contanto que pessoas moralmente sãs, como Padmé e Palpatine, as dirigissem, essas instituições estariam seguras. Manter tais pessoas no poder, no entanto, significava encontrar e conter os maus elementos. Especialmente os que agiam nas sombras. — Até agora, não. Gosto de pensar que só pessoas boas tomam decisões pela República. Suponho que seja possível. A corrupção é possível.

Um tipo diferente de raiva despertou em Anakin. E se os dados *fossem* autênticos? Alguém trabalhando dentro do mecanismo, mas por quê? Pessoas querendo tirar proveito da guerra ou alguém querendo trair o chanceler? Se a corrupção existisse em algum lugar dentro do governo da República, tinha que ter sua origem rastreada e erradicada.

Aquilo era algo que ele teria que discutir com Palpatine em algum momento, mas não naquele. Sua missão ali era encontrar Obi-Wan e os dispositivos levados.

— Você me deu algo para pensar. Veja só, estou aprendendo algo com você. Vamos dizer que agora estamos quites.

Mill sorriu, tornando-se uma visão bem-vinda, dada a localização e a situação ao redor.

— Achei que era você que deveria ser o mentor.

— Eu? — Anakin deu risada. — Acho que não fui colocado nesta galáxia para ensinar.

Eles seguiram seu caminho para o fundo da entrada do porto, a multidão densa diminuindo gradualmente à medida que se separavam em caminhos diferentes. Acima deles, pendiam edifícios de um arco colossal, e uma cachoeira descia direto de lá para uma grande fonte circular no jardim diante deles. E naquela água, um holograma surgiu, seguido por uma vinheta musical — a versão Neimoidiana de Notícias da HoloNet. Como não poderia ser diferente, o bombardeio ainda era a história principal. Primeiro, surgiram imagens dos destroços fumegantes na superfície. Em seguida, equipes de busca e resgate trabalhando nos escombros.

Então, Obi-Wan com um sabre de luz aceso em uma sala de aparência oficial.

— Isso não é bom — disse Anakin. Sem se virar, ele estendeu a mão e deu um tapinha na cúpula de R2-D2. — R2, verifique a área. Veja se consegue obter mais informações sobre o que está acontecendo.

R2-D2 soltou uma enxurrada rápida de gorjeios.

— Bem, não apenas escutando. Execute algumas varreduras também. Veja se alguma coisa parece fora do comum.

Dois assobios curtos de confirmação soaram antes do droide virar e deslizar para longe, deixando Anakin se concentrar na HoloNet. As cenas mudavam rapidamente, com o âncora narrando as notícias.

— *... o Jedi emissário da República, Obi-Wan Kenobi, compareceu perante as autoridades locais em uma audiência relacionada à catástrofe de Cadesura. Mas as coisas rapidamente se tornaram violentas quando Kenobi sacou sua arma e tentou escapar.*

As imagens cortaram para uma perseguição no telhado, em que Obi-Wan corria com uma velocidade normal apesar de estar sendo perseguido, e do visível grupo de guardas diante dele.

— *O Jedi usou suas habilidades especiais para atacar os droides remotos de detecção de Cato Neimoidia antes que as equipes de guarda tática o prendessem.*

As coisas ali não se encaixavam. O sabre de luz de Obi-Wan não apareceu nas imagens posteriores, apesar de estar na primeira. E embora Obi-Wan estivesse cercado por guardas, Anakin via diversas rotas de fuga do terraço — para outro telhado, para um veículo que passava ou para cima de uma torre. Obi-Wan agia de forma mais metódica do que Anakin, mas aquelas opções seriam óbvias para qualquer Jedi acostumado a pensar além das rotas de fuga bidimensionais.

Um dos guardas que o prenderam usava uma armadura especializada. E outra pessoa se aproximou, uma mulher pálida que obviamente não era um guarda, mas a imagem não tinha nitidez o suficiente para fornecer mais detalhes. Poderia ser ela a agente de Dooku?

— O que devemos fazer? — perguntou Mill.

Anakin mordeu o lábio, seus pensamentos acelerados enquanto tentava assimilar aquele novo conjunto de variáveis inesperadas. A maneira como Obi-Wan corria ainda parecia ruim, e Anakin considerou diversas possibilidades até que apenas uma parecesse correta:

Ele se deixou ser capturado. Possivelmente até tivesse escondido seu sabre de luz com segurança em algum outro lugar.

Aquele era Obi-Wan Kenobi. Sempre negociando até o último minuto.

— Devemos encontrá-lo. Isso pode ser parte do plano dele. — Anakin virou-se quando R2-D2 assobiou, deslizando de volta na direção deles a toda velocidade. — Mas, mesmo que seja, devemos deixá-lo saber que podemos coordenar as coisas por ele. Vamos começar por...

R2-D2 voltou a interromper, com bipes e apitos exigindo atenção.

— Está bem, está bem. Estou escutando. O que foi...

O droide não o deixou terminar e, em vez disso, chilreou detalhes em um ritmo insistente antes de projetar-lhes um mapa local com um ponto vermelho piscando.

— O que é aquilo? — perguntou Mill. — É Obi-Wan?

— Não — disse Anakin, ajoelhando-se para examinar o local, algo a mais ou menos cem metros dali, escondido entre dois prédios, possivelmente restaurantes, no que parecia ser um distrito comercial. — É uma bomba.

Eles rodaram um par de varreduras ao redor da bomba, Anakin e Mill usando sua percepção Jedi para sentir qualquer indivíduo que estivesse irradiando fortes medos ou distúrbios. Ao mesmo tempo, R2-D2 verificou o perímetro, buscando explosivos adicionais. Eles se encontraram na esquina da bomba, Mill esperando o astromecânico retornar enquanto Anakin inspecionava o material explosivo e a fiação.

— Querem as boas notícias? — perguntou Anakin quando os três se reuniram. — Não parece ter um temporizador. Tenho certeza de que a ativação é remota. É um trabalho desleixado. A solda da fiação está frouxa e a formação do explosivo não é precisa. É algum tipo de composto laranja, nunca vi antes, mas...

R2-D2 apitou impacientemente.

— Claro que eu sei que você consegue descobrir. Precisaremos documentar os detalhes para enviar à República. Mas não deve demorar muito para desarmar. A má notícia é que ainda é uma bomba.

A cúpula de R2-D2 girou como um aceno de cabeça, depois um conjunto de bipes fez o rosto de Anakin se fechar em uma expressão sombria.

— Você está certo, R2. — O droide nunca fora de florear as más notícias. — Isso é pior.

— O que é pior? — Mill semicerrou os olhos, como se aquilo pudesse facilitar a compreensão dos bipes da linguagem dos droides astromecânicos.

— Ele encontrou mais duas. — Anakin percebeu a expressão de Mill mudando, e os olhos da garota se arregalando de espanto. — Nunca subestime R2. — Ele ajoelhou-se enquanto R2-D2 projetava os supostos locais. — Ele está dizendo que, com base em suas localizações, elas podem fazer parte de uma série. Uma cadeia explosiva planejada. — Ele esfregou o queixo com os dedos da mão enluvada. As decisões táticas recusavam-se a produzir um caminho claro a ser seguido. Obi-Wan precisava de ajuda. Seu equipamento precisava ser encontrado. A República precisava ter o nome limpo. E aquelas bombas precisavam ser desarmadas. Mas quando?

Não existiam boas respostas. As únicas certezas eram que as bombas existiam e que Obi-Wan enfrentaria algum tipo de julgamento no dia seguinte.

— Obi-Wan diz que um dos meus maiores problemas é que eu não sei quando pedir ajuda — disse Anakin, por fim, olhando para Mill. — Esta pode ser uma boa hora para pedir ajuda.

— Você quer dizer entrar em contato com a República?

— Sim. Eles poderiam enviar um batalhão para cá a tempo do julgamento. Se encontrarmos todas as bombas e transmitirmos suas localizações, eles podem desarmá-las e resgatar Obi-Wan de uma única vez. — Os lábios de Anakin se franziram com o próximo pensamento. — Mas detesto fazer Mestre Windu ter razão. — R2-D2 emitiu vários sons, uma afirmativa que expressava claramente sua opinião. — É a maneira mais rápida de fazer isso. Você acha que consegue obter um sinal claro?

— Mas espere — disse Mill. — Não podemos fazer isso.

— Por que isso faria Mestre Windu ter razão?

A piada passou batido por Mill, mal interrompendo a cadência de suas palavras.

— Se as evidências já fazem parecer que a República foi responsável pelo bombardeio, mandar clones só vai piorar as coisas. Mesmo que o objetivo deles seja ajudar.

A imagem das naves da República cruzando as cidades-ponte de Cato Neimoidia veio à mente de Anakin, seguida de clones desembarcando em uma sucessão rápida e precisa em ambos os espaçoportos governamentais e instalações civis.

— Você está certa. Eles encarariam isso como uma invasão. E possivelmente recorreriam aos Separatistas para obter ajuda.

— E podem executar Mestre Kenobi.

Anakin concordou.

— E podem executar Obi-Wan — disse ele com gravidade.

Aquilo *não* seria como Geonosis. Nenhum enxame de Jedi entraria para virar a maré da batalha, nenhuma onda interminável de clones voaria para acabar com a oposição. Aquela missão, não importa a forma que tomasse, e por menos oficial que fosse, dependia apenas das decisões de Anakin. E começava com sua promessa a Obi-Wan — uma promessa que poderia ser contornada, mas não quebrada. Porque vinha com o respeito da compreensão de Obi-Wan sobre a situação em Cato Neimoidia. Todo o objetivo dele era conduzir a guerra para negociações pacíficas. Devia ser por isso que se deixara capturar.

Mas chegar a Obi-Wan seria simplesmente inviável se eles tivessem que passar o dia seguinte localizando e desarmando bombas. Aquela era uma escolha que carregava todo o peso e a responsabilidade de ser um Cavaleiro Jedi. Anakin respirou de forma lenta e ritmada ao fechar os olhos e avaliar os possíveis resultados. Encontrar Obi-Wan e arriscar as bombas? Ou encontrar as bombas e arriscar Obi-Wan?

O que Anakin dissera a Mill antes, o que sua mãe lhe contara sobre o dragão solar e sobre confiar em seu coração... O problema era que Anakin se importava profundamente com as duas coisas. E só podia escolher uma. Uma lembrança diferente de Obi-Wan veio à tona em sua mente, como se a Força a empurrasse para sua consciência como uma lembrança no lugar e no momento certos. "O que você acha que Padmé faria no seu lugar?", gritara ele enquanto sobrevoavam as intermináveis dunas Geonosianas.

Anakin lembrou-se do que disse. Não apenas das palavras, mas da forma como os sentimentos eram processados em seu interior, do vento açoitando seu rosto, do cheiro de combustível queimado e dos mísseis disparados ao redor deles.

As conexões entre Anakin e Obi-Wan, entre Anakin e Padmé — ambos eram sua razão e seu guia à sua própria maneira.

Padmé cumpriria seu dever. E Anakin cumpriria o dele ali, ao mesmo tempo que depositaria sua fé em Obi-Wan para fazer o que precisava fazer. Com um plano reserva à sua maneira, é claro. Afinal, ele ainda era Anakin Skywalker. Seu coração nunca mudaria, não importa o quanto sua esposa e seu antigo Mestre tentassem moderar seus impulsos. Ele encarou aquela situação absurda que o puxava para dois lados opostos, e fez uma promessa silenciosa de que simplesmente encontraria um jeito.

— R2 — disse ele —, vamos cuidar das bombas. Tente localizar as outras. Temos menos de um dia.

— E Obi-Wan? — perguntou Mill.

— Vamos trabalhar o mais rápido que pudermos. Se tivermos sucesso, ainda teremos tempo de chegar até ele. Se não — Anakin levantou-se, sua mente e corpo já tensionados e prontos para entrar em ação —, estaremos lá para ele quando Obi-Wan mais precisar de nós.

CAPÍTULO 37

OBI-WAN KENOBI

DEPOIS DE VÁRIAS HORAS EM MEDITAÇÃO, UM BARULHO TROUXE Obi-Wan de volta ao momento. Um bipe, depois uma espécie de rangido mecânico, seguido por um tinido pesado que ecoou por toda a cela. Ele permaneceu sentado no chão até que a porta começou a se abrir e a luz de fora projetou uma silhueta. A figura atendia a todas as proporções Neimoidianas padrão, mas apresentava uma postura diferente dos guardas Neimoidianos comuns. Aquela carregava o peso da experiência sobre os ombros.

Era Ruug. Segurando algum tipo de dispositivo.

Ela ergueu a vista, olhou por cima dos ombros, e então clicou no dispositivo. Dois bipes rápidos soaram antes que entrasse, e a porta se fechou atrás dela. Ruug levou um único dedo até a boca; Obi-Wan entendeu o sinal e se absteve de dizer qualquer coisa até que ela indicasse o contrário.

Um fino feixe laranja projetou-se do dispositivo, expandindo-se em todas as direções para escanear o chão antes de atingir os cantos inferiores e elevar-se pelas paredes. Quando alcançou o teto, todos os quatro lados se aproximaram até se tornarem um único ponto que desapareceu.

— Pronto — disse Ruug, guardando o dispositivo. — Desativa a vigilância temporariamente.

— Você está aqui para me libertar? — perguntou Obi-Wan, levantando-se para ficar cara a cara com ela.

— Não sei. Depende do que descobrirmos. — Ela suspirou e então olhou ao redor da cela. — Não temos muito tempo.

— Onde está seu jovem amigo?

— Ketar? Lamento que ele continue atirando em você. — Ruug riu, o que fez Obi-Wan também rir. — Ele é jovem e impulsivo, mas suas intenções patrióticas são verdadeiras. Eu só queria que ele não fosse tão ávido para sair puxando gatilhos.

Obi-Wan não tentou esconder o sorriso ao ouvir aquilo.

— Eu já disse algo assim antes. Muitas vezes.

— Eles são difíceis, não são? Mas é a única maneira de aprenderem.

— Hmm — respondeu Obi-Wan, assentindo, antes de levar o assunto para uma direção mais séria. — Eu diria para mantê-lo afastado de Asajj Ventress.

Os olhos de Ruug se estreitaram, uma visível mudança refletindo em seus ombros e postura com a menção a Ventress.

— Eu tentei. Mas sei que ela o abordou. Ou o contrário. Tem alguma coisa estranha com ela. Ventress chegou sob o disfarce de uma supervisora diplomática. Mas tudo o que diz tem um propósito claro. Um propósito com o qual eu não concordo.

— Não confio nela.

— Bem, eu poderia dizer o mesmo sobre você. — As palavras de Ruug doeram, mas Obi-Wan sabia que merecia. — Estamos apenas eu e você aqui. Sem droides, nem Ketar ou Ventress. Por isso eu quero sinceridade, e quero agora. Por que não me contou sobre o datapad?

— É como eu disse antes, precisava saber se era autêntico ou não.

— Então me diga que tem uma pista. Deixe-me perguntar uma coisa... se o datapad apontasse para os Separatistas, você o teria escondido de mim?

— Isso é uma questão hipotét...

— *Vatstu*, não me venha com essa. Seus próprios preconceitos pessoais ocultaram essa informação de mim. E aqui está uma coisa, uma coisa absurda que poderia ter nos poupado muitas dores de cabeça. Talvez até tivesse impedido que você estivesse nesta cela agora.

— O que é?

— Eu disse que tinha uma pista e que precisava de alguns dias. O que era *exatamente* o que você deveria ter dito a mim. Bem, eu confirmei com as minhas fontes, e a minha pista aponta para os

Separatistas. — Ruug sacou um datapad de um bolso em suas costas e o jogou para ele. Obi-Wan pegou-o e começou a rolar a tela.

A informação estava bem-organizada, disposta seção a seção em uma tabela. Os padrões das explosões e os traços químicos correspondiam às bombas incendiárias dos Separatistas vistas em campo, apenas reduzidas para uma escala pessoal. Os suportes de fixação, as ferramentas de montagem e até mesmo o posicionamento das bombas correspondiam às especificações exatas usadas pelos droides Separatistas.

Era tão detalhado quanto o relatório que ele tinha coletado na superfície, se não mais.

— Você tem certeza da autenticidade disto?

— Absoluta. Eu apostaria a minha vida nisso.

— Você está apostando a minha — observou Obi-Wan, devolvendo-lhe o dispositivo.

— Isso também.

Uma onda de emoções apossou-se de Obi-Wan, uma sensação de alívio e uma calma que dissipou a pressão e a ansiedade dos últimos dias. Apesar de todo seu treinamento e de suas habilidades, algo daquela magnitude ainda pesava mais do que ele gostaria de reconhecer, muito menos admitir, dada a mudança repentina que sentiu.

— Então, a República não fez isso — disse ele, como se afirmar aquilo tornasse tudo mais real. — Mas uma coisa não faz sentido. Aquela transmissão do meu Pada... — Lá estava ele, quase dizendo aquilo de novo. — Do meu parceiro. Confirmava a autenticidade dos dados. Conferida, com o contexto ainda misterioso. Mas minha fonte, eu confio nela para examinar esse tipo de coisa. Não é comum que ela esteja tão equivocada nesse tipo de assunto.

Ruug o encarou, inclinando a cabeça como se olhasse através dele. Seus grandes olhos não piscaram, nem se moveram até que vários segundos se passaram e sua expressão mudou.

— Você não entende, não é?

— Pelo jeito não. O que não estou percebendo aqui?

Ruug soltou um suspiro, depois começou a caminhar lentamente de um lado para o outro pela cela.

— Você está pensando como um Jedi. Dentro das regras de atuação da República. Ou de como você *pensa* que a República atua.

— O que quer dizer com isso?

— Existe o modo como os governos trabalham para as pessoas. E o modo como trabalham para eles mesmos. Eu já lhe disse, pessoas como eu moldam a verdade. Realizei missões sem autorização de chefes de estado. Assassinei pessoas fazendo parecer um completo acidente. Essas coisas acontecem. Esta galáxia é um lugar brutal e frio, sem lógica ou compaixão. Eu já vi — contou ela, batendo o polegar contra o peito blindado. — E depois que você vê, não tem como deixar de ver.

Embora ela não tivesse dito de forma explícita, as palavras de Ruug abriram um novo caminho de pensamento, um feio submundo de possibilidades que existia fora do reino do dogma Jedi e das leis da República. Obi-Wan deu uma inspirada curta que quase o desequilibrou.

— Os dados...

— Agora você está começando a entender — disse Ruug, com a voz seca, quase arrependida.

— Você tem certeza absoluta das suas descobertas?

— Como você, usei alguém em quem confio. Acompanhei o que pude em relação aos arquivos do centro de dados governamental. É irônico procurar essas informações — disse ela, balançando a cabeça. — A maior enfermaria improvisada fica bem ao lado do centro de dados onde todas as informações do bombardeio estão armazenadas. — Ela pegou o pequeno dispositivo que usou para desativar a vigilância e o verificou. — Estamos prestes a entrar em um buraco profundo e sem respostas claras. Por isso, precisamos ser honestos um com o outro daqui para frente. Concorda?

— Concordo. Podemos ser as únicas pessoas aqui agindo de boa-fé.

— O que significa que ambos os lados dependem de nós para fazer isso direito. Quer saibam ou não.

— Quer *gostem* ou não — acrescentou Obi-Wan, com a voz firme.

— Isso mesmo. — Ruug balançou a cabeça, os olhos escurecendo em uma expressão sombria. — Chega de ver isso como República *versus* Separatistas. Isso é muito simples, muito binário. As evidências apontam para os dois lados. O que deixa apenas uma possibilidade: alguém está atuando nos dois lados. Em segredo.

Tudo o que Obi-Wan esperava alcançar com aquela investigação, desde o momento em que falara com o Conde Dooku no Conselho Jedi, mudou de repente, como um hologravador girando rapidamente para revelar uma imagem completamente diferente em seu conteúdo. Sua mente começou a se agitar, de forma que as ideias geravam outras ideias em uma cadeia interminável de possibilidades.

— Quem iria querer escalar a guerra em ambos os lados? — questionou Ruug, praticamente lendo a mente de Obi-Wan. — Quem ganha com isso? A destruição mútua assegurada não ajuda ninguém, nem mesmo os foras da lei. Eles precisam de uma estrutura para explorar.

— Não seria a Federação do Comércio. — Obi-Wan pensou em Satine e em seu discurso sobre neutralidade pedindo por uma política de não intervenção para manter a paz em Mandalore. — Nem um sistema neutro. Quanto mais isso dura, mais inibe a capacidade de qualquer um manter uma postura neutra.

— Foi um ataque sistêmico. Não é algo que poderia ser feito por um agente renegado. Ou mesmo por algo como a Guilda dos Caçadores de Recompensa. Você viu os pontos de explosão e a análise de danos. Tudo é preciso demais. Eu trabalhei com caçadores de recompensa — disse Ruug com uma risada —, e precisão *não* faz parte de seu procedimento operacional padrão. Então, a questão é: eles reproduziram os protocolos da República e dos Separatistas, ou ambos estavam envolvidos em operações secretas encomendadas pelo mesmo lado sem que soubessem?

Obi-Wan estendeu a consciência para as correntes da Força, deixando-se afundar nelas para que o carregassem... a algum lugar. Mas aquilo não aconteceu. A sensação normal de *fluxo* que vinha com a conexão com a Força parecia dissonante ali — interrompida, caótica, bloqueada, exigindo um esforço inesperado para atravessar o manto grosso deitado sobre ela.

O lado sombrio.

Desde que a guerra eclodira, os Jedi tinham sido enviados por toda a galáxia, numa mistura entre combater as forças Separatistas e agir como diplomatas reunindo sistemas locais para que mantivessem sua lealdade à República. Mas, vez ou outra, quando Obi-Wan tinha um instante de silêncio, ele se via atraído de volta a um momento diferente em Geonosis, não a batalha que saía de controle, com clones, Jedi e droides sem fim massacrando uns aos outros. Mas para um momento de silêncio anterior, a única conversa cara a cara que tivera com Dooku, conde de Serenno e líder das forças Separatistas.

Ele vomitou mentiras, numa tentativa descarada de atrair Obi-Wan, ousando até mesmo invocar o nome de Qui-Gon Jinn. Mas em algum lugar no meio daquela ofuscação toda, uma afirmação foi verdadeira, algo que Obi-Wan sentiu em seus ossos como certa: "O lado sombrio da Força obscureceu a visão deles", disse Dooku.

O lado sombrio, sim. Mas um único Lorde Sith ter tal influência sem nenhum sinal detectado pelos Jedi? Impossível. Os Jedi tinham quase dez mil integrantes em suas fileiras, uma teia interconectada de seres em sintonia com a Força. Tal perturbação no fluxo da vida seria óbvia.

Não, aquelas maquinações deveriam ser outra coisa — um sintoma do lado sombrio, mas certamente não seu epicentro. Obi-Wan concentrou-se naquilo enquanto Ruug verificava novamente seu dispositivo.

— Talvez o culpado não seja importante — disse ele, por fim, sua mente trabalhando para dar passos à frente do que quer que tenha empurrado a galáxia para mais conflito. — Talvez o que importe seja que ambos os lados percebam como estão sendo armados um contra o outro. E com essa consciência, a urgência de se chegar a um consenso será cada vez maior.

O dispositivo de Ruug apitou, sua ponta mudando de laranja para um vermelho piscante.

— Nosso tempo antes de a vigilância ser retomada está acabando. Você acredita que a melhor chance de paz é levar essa informação de volta à República agora?

— Você está se oferecendo para me ajudar a escapar?

— Se isso for do melhor interesse para o meu povo, sim.

Obi-Wan hesitou, acariciando a barba em contemplação.

— O que vai acontecer se você for pega me ajudando?

— Na melhor das hipóteses? — A risada de Ruug disse mais do que o suficiente. — Eles me prendem por traição. Na pior das hipóteses, bem, suponho que não estaria viva para saber o que fariam especificamente.

— Entendo — disse ele, observando a luz vermelha piscando no dispositivo. — Você ainda acredita nos ideais que orientam seu governo?

— Sempre é possível acreditar na causa — disse ela —, mesmo que não se concorde com a liderança. — A luz do dispositivo passou a piscar mais rapidamente. Ela foi até a porta, abrindo-a o bastante para espiar do lado de fora. — Você precisa escolher.

Os caminhos diante de Obi-Wan não ofereciam respostas fáceis. Se Anakin estivesse ali, eles poderiam colaborar, de alguma forma usando uma de suas fugas ousadas para informar à República sorrateiramente enquanto Obi-Wan usava seu julgamento como sua única chance de explicação pública, possivelmente de negociação. Mas aquele não era o caso; ele era um emissário solitário da República, e seu objetivo era a paz. Escapar naquele momento colocaria a República sob um holofote ainda pior, e embora as chances de qualquer diplomacia influenciar os oficiais de Cato Neimoidia parecessem pequenas, elas ainda vinham com uma verdade muito dura, mas esperançosa.

Chances pequenas eram melhores do que chance alguma.

— Vou ficar aqui por enquanto.

— Tem certeza? — Ela saiu, segurando a porta com os dedos. — O caminho está livre. A vigilância será retomada em breve. Se você vai, agora é a hora.

Obi-Wan balançou a cabeça.

— Espero que você esteja lá amanhã — disse ele. — Caso eu precise de ajuda. — Ele acenou com a mão para a porta, usando a Força para empurrá-la e fechá-la. Ao redor dele, sutis ruídos de cliques soavam pela sala, o som da vigilância de áudio e vídeo reativando. A voz abafada de Ruug atravessou as paredes grossas, provavelmente uma saudação casual para um guarda de passagem.

Embora o chão fosse frio e desconfortável, Obi-Wan retomou sua posição de meditação profunda: sentado com as pernas cruzadas, mente e corpo abertos à Força.

CAPÍTULO 38

ANAKIN SKYWALKER

SETE BOMBAS, NO TOTAL.

Levou o dia todo e mais um pouco, mas R2-D2 sentia-se razoavelmente confiante de que identificara todas as bombas e suas localizações. Enquanto Anakin e Mill começavam a desarmar a primeira, R2-D2 examinou as posições das duas seguintes. Uma simples extrapolação usando as habilidades computacionais do droide — combinada com, admitiu Anakin, a forte tendência de R2 estar *certo* — estabeleceu possibilidades para cinco, sete ou nove bombas, todas ligadas a marcos locais significativos: uma elaborada estátua que se estendia e tocava o chão de transparisteel de um restaurante que pendia de um arco superior; um edifício que, pelos padrões oficiais, era o mais antigo de Zarra; uma torre imaculada erguida adjacente ao grande pátio oficial onde Obi-Wan seria julgado, e outros lugares do tipo. Cada ponto parecia ser capaz de chamar a atenção de viajantes, mas carregavam significados maiores para os habitantes locais — e para alguém da República, representavam um curso intensivo de história e legado cultural, detalhes que os Arquivos Jedi de alguma forma ignoravam.

Os explosivos cercavam os escritórios do governo, e R2-D2 projetou um mapa, com linhas que se cruzavam para deixar bem claro ao alvo que as explosões eram projetadas para transmitir uma mensagem.

Porque no centro de tudo estava o pátio onde Obi-Wan seria julgado, o chamado Grande Anfiteatro das Deliberações. E todos os alvos propriamente ditos estavam a uma distância em que poderiam ser vistos de lá — na verdade, a torre alta pairava sobre a grande praça, que prometia uma exibição holográfica pública do julgamento.

Quem quer que fosse o terrorista, tudo aquilo se desenrolava como uma espécie de representação distorcida da República. As bombas iriam explodir antes do julgamento, para forçar o veredicto de Obi-Wan direto para culpado? Durante o julgamento, para enquadrar suas declarações em um caos destrutivo? Depois do julgamento, como algum tipo de punição por qualquer que fosse o veredicto?

Todas as opções pareciam plausíveis. E aquelas eram coisas que Anakin muitas vezes deixava para Obi-Wan descobrir. Ele mesmo era um Cavaleiro Jedi mais voltado para coisas do tipo "feitos impossíveis com o sabre de luz em grandes altitudes e grandes saltos". Mas a análise cuidadosa e a mente estratégica de Obi-Wan teriam montado aquele quebra-cabeças. Algo mais estava em jogo ali, embora ele ainda se perguntasse quem eram os responsáveis e quais eram seus propósitos exatos.

A análise de R2-D2 permanecia puramente técnica: a capacidade explosiva das bombas, o tipo de composto usado, o alcance do sensor do detonador. Mas aquilo não necessariamente mergulhava na psicologia criminal. E ainda que Mill ganhasse mais controle sobre suas habilidades a cada momento, sua percepção sensorial única não ajudava naquela tarefa. Embora — como Anakin observou com uma pontada de orgulho — ela tivesse compreendido rapidamente as partes técnicas do desarmamento das bombas, apesar de ter uma educação completamente diferente da que ele recebera em seus primeiros dias, quando ainda consertava coisas no ferro-velho de Watto.

Quando terminaram com a sétima bomba e exploraram um cansativo perímetro ao redor do distrito governamental, o droide alegou com noventa e três por cento de probabilidade que tinham coberto todas as possibilidades. As porcentagens geralmente eram do domínio de C-3PO, e Anakin imaginava que R2-D2 arredondou os valores quando se juntou à garota exausta, enquanto o dia se transformava em noite. Com os cronos correndo até que as multidões se reunissem para assistir o julgamento de Obi-Wan, Anakin teve que decidir entre tentar chegar até ele naquele momento ou aproveitar o pouco descanso que poderiam ter.

Mas a praticidade venceu. Eles poderiam não encontrar Obi-Wan a tempo e, se fosse esse o caso, teriam que ajudá-lo no julgamento. O que significava que precisariam estar preparados. Depois de transferir a nave do espaçoporto público para um bairro de armazéns menos chamativo nas proximidades, eles encontraram um local debaixo de uma ponte em um setor tranquilo a meio caminho do distrito governamental, um espaço onde o comércio se misturava com habitações. Eles se sentaram contra a pedra, e R2-D2 ficou de vigia. Mill adormeceu encostada em Anakin, seu fino rabo de cavalo sobre o ombro dele. A exaustão a venceu, e mesmo se Anakin quisesse seguir adiante, ela teria desmaiado de cansaço, tendo levado seu corpo ao limite.

Quanto a Anakin, ele queria manter-se vigilante o tempo todo, mas R2-D2 o pressionou para que descansasse, chilreando mensagens sobre como seu corpo ficaria debilitado e seu tempo de reação prejudicado se estivesse esfalfado demais para lutar ou para correr. Enquanto o droide astromecânico realizava uma varredura nos arredores, Anakin fechou os olhos — e embora tentasse entrar em uma meditação de repouso, mais profunda e regenerativa do que o sono, sua mente continuava retornando ao mistério das bombas.

Não tanto sobre quem as plantara, mas no motivo de estarem todas conectadas. E sobre qual seria o significado por trás de cada alvo.

Nenhuma resposta apareceu durante o descanso de Anakin, embora o espaço mental tivesse permitido que seu espírito se recarregasse um pouco. Mill, no entanto, ainda parecia lutar contra a exaustão, e talvez o impacto emocional de passar de uma simples tarefa de treinamento para uma que envolvia o destino da República a desgastasse mais do que ela gostaria de admitir.

No momento em que se preparavam para a tarefa à frente e deixavam seu esconderijo, a população de Zarra já caminhava determinada até a praça principal. Se Anakin não soubesse o que estava acontecendo, a cena teria parecido mais com um festival local ou com a celebração de algum feriado. A única diferença estava na atitude dos participantes. Enquanto uma data mais alegre teria cantos e risos, os cidadãos que passavam por Anakin, Mill e R2-D2 carregavam um peso coletivo em seus ombros, muitos franzindo a testa ou olhando para o chão, e a maioria vestia roupas azul-escuras, que Anakin interpretou como um costume de luto.

Embora ele não falasse Pak Pak, o tom das conversas transmitia o suficiente. Raiva, culpa, arrependimento, saudade — todas aquelas coisas podiam ser percebidas simplesmente pelo volume e pela cadência das palavras trocadas pelas pessoas. Alguns dos residentes não Neimoidianos da cidade expressavam seus sentimentos em Básico, e não escondiam o que pensavam nem o que queriam. E se Anakin não tivesse certeza, a expressão de Mill refletia o humor dos habitantes, já que suas habilidades empáticas deixavam seu corpo já exausto ainda mais cansado.

— Fique firme — disse ele para a garota enquanto caminhavam. Ela olhou para cima e acenou com a cabeça. Ele esperava que um sorriso tranquilizador pudesse animar o espírito abalado de Mill, que somava o abatimento físico à onda emocional da multidão que crescia. Sua capacidade de controlar a conexão com a Força crescera significativamente, e o que antes a teria incapacitado agora avançava junto com ela, como uma extensão de suas habilidades em vez de um obstáculo.

Tem que se virar, pensou ele. E Mill o fazia com mais vigor do que ele jamais teria esperado, dada a forma como o primeiro encontro entre os dois se dera.

Embora o julgamento se concentrasse em Obi-Wan — e, por extensão, na República — era claro que não importava quem estava envolvido. Aquela comunidade tinha sofrido um golpe profundo e irreparável; a dor e o trauma estavam em julgamento, e as pessoas queriam qualquer forma de justiça que pudessem receber.

O luto delas *exigia* aquilo.

— Eu consigo sentir. É como caminhar por um riacho. — Mill deu passos firmes e seus olhos se focaram à frente, a náusea que antes a consumia aparentemente transformada. — Não apenas o que as pessoas estão sentindo, mas *como* estão sentindo. Elas perderam amigos. Família. Parceiros. Filhos. — Ela ergueu a vista para Anakin, um raio de sol iluminando seus olhos castanhos. — Isso está além da guerra. A dor delas não é diferente da das pessoas em Langston. Elas não merecem isso.

— Não podemos nos preocupar com isso agora. — Anakin fez uma pausa, imaginando se aquilo soava cruel. Não era para soar; Padmé teria se importado com os civis da mesma forma. Mas tudo aquilo tinha que ser equilibrado com a missão. — O que quero dizer é que temos o dever de fazer o certo pela República. Para o chanceler, para Obi-Wan.

— E elas? — questionou Mill. Pela primeira vez, o tom de sua voz aumentou. — O que elas merecem?

— Elas merecem a verdade. E se tem alguém que pode descobrir a verdade, é Obi-Wan. — Anakin parou e examinou a cena. Os sete locais das bombas eram todos visíveis, cada qual formando um perímetro em torno da localização central do julgamento. Ele fez uma pausa e, embora seus impulsos fossem de apenas seguir em frente, de ignorar quaisquer queixas que Mill tivesse, algo o pressionou, acalmando-o mais facilmente do que sempre que batia de frente com Obi-Wan.

— Ouça-as. Cada uma dessas pessoas. Elas podem não importar para os governos quando a galáxia está em guerra. Mas devem ser importantes para nós.

Anakin assentiu, fechando os olhos para escutar. Ele não usou a Força, não tentou nada parecido com as habilidades de Mill. Simplesmente absorveu o que ouvia, as vozes e emoções que se originavam de gerações em luto, todas se avizinhando da praça da cidade.

Mill estava certa. Independentemente do que acontecia nas salas de conferência e centros políticos de inúmeros sistemas estelares, os indivíduos que sofriam as consequências muitas vezes eram esquecidos e ignorados. E embora alguns deles praguejassem contra Obi-Wan e a República, Anakin lembrou a si mesmo que aquelas palavras simplesmente canalizavam a dor que sentiam para algo tangível.

O trabalho de Obi-Wan seria redirecionar aquilo com a verdade. E o trabalho de Anakin seria ajudá-lo. Pela República — *e* por aquelas pessoas.

CAPÍTULO 39

MILL ALIBETH

OS PROCEDIMENTOS DESENROLAVAM-SE EM UMA TELA HOLOGRÁFICA gigante, como um evento esportivo em vez de um julgamento de guerra. Mill apoiou-se para se firmar, cada rugido e onda de emoção a abalando.

— Aquele é o Senador Lott Dod — explicou Anakin quando um Neimoidiano em vestes extravagantes ocupou o espaço e começou a falar. Os lábios de Mill se retorceram em sinal de confusão, dando sinal para que ele prosseguisse. — Ele representa a Federação do Comércio na política galáctica. Eles se comprometeram em permanecer neutros na guerra, e repudiaram Nute Gunray. Cato Neimoidia é o centro de operações deles. Mas aqui, ele prometeu ficar fora de qualquer investigação.

A fala breve e calma de Dod pouco fez para acalmar a multidão, no entanto.

— Estou cumprindo o compromisso que assumi anteriormente — declarou ele, a multidão ainda conversando por cima de sua voz projetada. — Minha presença aqui é como mero observador. Estou em órbita acima de Cato Neimoidia com outros oficiais da Federação do Comércio. Deixamos isso nas mãos capazes de quem tem a melhor perspectiva: os próprios líderes de Cato Neimoidia.

Aplausos discretos ecoaram pela praça, e Mill olhou para quem se tornara um mentor para ela nos últimos dias. Ele se levantou, a mandíbula apertada sob um olhar fixo. E embora Mill fosse capaz de captar as emoções de todos ao seu redor, Anakin Skywalker permanecia um mistério para ela.

Não porque as emoções dele estavam ocultas. Não, elas estavam *todas* ali, cada uma delas lutando para ser notada e ouvida, como todas as cores jogadas umas sobre as outras para se confundirem.

— Tragam o prisioneiro — disse uma voz nos alto-falantes, e a imagem holográfica mudou do Senador Dod para uma vista ao vivo do pátio, flutuando bem acima dos espectadores na praça. Uma juíza supervisionava os processos, uma Neimoidiana mais velha trajando vestes cerimoniais e diadema, usando uma faixa prateada que provavelmente indicava sua posição oficial. Obi-Wan surgiu algemado, andando com um ritmo constante e um olhar sereno no rosto, embora os guardas o empurrassem para a frente com as coronhas de seus rifles.

— É aqui que temos que nos separar — disse Anakin. Ele ajoelhou-se e olhou Mill diretamente nos olhos. Lá estava de novo, aquele turbilhão de emoções que parecia orbitar e permear Anakin, diferente de qualquer outro Jedi que ela já tinha encontrado. Talvez até do que qualquer outro ser existente. O que havia além daquilo, no olho de sua tempestade? Os últimos dias a haviam exposto a tantos tipos diferentes de pessoas em tantas circunstâncias que sua habilidade única evoluíra para um instinto. Ela se viu sendo capaz de filtrar as ondas de emoções e se recompor como um músculo. A habilidade se tornara mais forte e controlada, logo transformando-se em algo que a conectava com a Força sem sobrecarregar seus sentidos.

Exceto com Anakin.

— Ouça — disse ele. — Siga o plano. Saiba o que procurar. Vamos nos encontrar quando for a hora certa. E confie na Força. Mas o mais importante — ele assentiu, quase como se estivesse dizendo aquilo para si mesmo —, confie em você mesma.

— Entendido, Mestre.

— Vejo você em breve, jovem aprendiz.

Então, Anakin moveu-se rapidamente, como se pegasse uma onda que o carregava pelo mar de gente. Vários segundos depois, Mill já não poderia localizá-lo nem se tentasse. Ela puxou o capuz sujo e rasgado sobre a cabeça e partiu na direção oposta, fazendo exatamente o que ele tinha instruído.

Procurar por uma saída.

Vozes eram transmitidas no alto, declarações oficiais que revisavam os últimos dias, desde a chegada de Obi-Wan até os eventos que Mill assistiu como uma repetição holográfica — o confronto no escritório do governo, a perseguição ao longo do terraço e parapeito e sua eventual captura. Mas ela ignorou os detalhes, sem precisar deles, em vez disso concentrando-se nas coisas que Anakin tinha enfatizado.

Primeiro, precisava haver um caminho que fornecesse cobertura sólida e furtividade fácil, com potencial para virar o jogo caso precisassem despistar guardas.

Em segundo lugar, o menor número de obstáculos possível. O que Mill considerava como "encontre o trecho que tenha o menor número de guardas".

Ela procurou, usando a Força para obter uma perspectiva mais profunda do espaço ao redor, da maneira que tantos no Templo lhe ensinaram ao longo dos anos. E quanto mais ela mergulhava na Força, combinando suas habilidades naturais e lendo o que esta lhe dizia, mais ela sentia que cada passo à frente aumentava suas capacidades e sua compreensão sobre si mesma.

Ela estava feliz por ter faltado ao Encontro. Um sabre de luz não ajudaria a encontrar o caminho, não numa situação como aquela.

A transmissão continuava, um longo discurso discorrendo passo a passo sobre a perseguição no telhado, e Mill se moveu o mais rápido que pôde, apenas para atingir um muro de emoções que a fez parar de chofre.

Essa onda de dor colossal provinha do lado sul, e quando fechou os olhos para deixar a Força colorir sua visão verdadeira, ela percebeu. Não a perda das pessoas que assistiam ao julgamento, mas Neimoidianos e outros feridos deitados em uma enorme enfermaria improvisada. As vozes do julgamento desapareceram quando Mill cedeu à visão, as silhuetas vermelhas de cada pessoa preenchendo sua mente até que ela finalmente se forçou a retornar ao momento presente.

Ela abriu os olhos e se viu a cerca de dez metros da enfermaria, uma tenda branca revestindo uma estrutura de baixa qualidade, como se a Força a tivesse empurrado inconscientemente para lá. Mill respirou uma, duas, três vezes, uma técnica para se acalmar e reconectar sua mente e corpo, e notou um detalhe que poderia salvar a si mesma, Anakin e Obi-Wan.

R2-D2 deslizou atrás dela, os bipes do droide soando como se a repreendessem por deixá-lo para trás.

— Desculpe, R2 — disse ela, dando um tapinha na cúpula do droide. — Você pode escanear a área à procura de guardas? Eu não estou vendo nem sentindo nenhum. Sinto apenas os pacientes deitados.

Um zumbido soou no interior do droide, sons que Mill não entendeu, seguidos por uma linguagem de droide que ela ainda não compreendia. Mas o ritmo lhe informou o suficiente.

R2-D2 concordava. Não havia guardas por perto.

— Acho que não estão protegendo a enfermaria — concluiu ela. O droide gorjeou um pouco mais, e Mill deu passos lentos à frente. — Eles podem não estar protegendo *nenhuma* das enfermarias. Será que é para deixar as pessoas se recuperarem em paz? Ou os militares apenas... — Ela foi parando de falar, embora R2-D2 aguardasse pacientemente. — Apenas não se importam? — O ritmo dela acelerou, e o droide logo a seguiu, o som de rodinhas deslizando sobre o cascalho. — Vamos. Vamos descobrir antes que Anakin faça o que foi fazer.

CAPÍTULO 40

OBI-WAN KENOBI

OBI-WAN ESTAVA EM PÉ NO MEIO DO PÁTIO, SUAS MÃOS ALGEMADAS diante do corpo, uma forte rajada de vento açoitando os cabelos compridos em seu pescoço. O Ministro Eyam falava com uma cadência constante e baixa, e Obi-Wan comprometeu-se a escutar com a mente aberta, apesar do desejo de refutar mentiras ou deturpações.

— Lembremo-nos da história recente entre os Neimoidianos e a República — expôs o ministro, sua voz ecoando no espaço ao ar livre. — Observe que não estou falando apenas da Federação do Comércio. Estou falando dos Neimoidianos como um povo. Muitas vezes, somos esquecidos nesse aspecto. Na verdade, deixe-me perguntar ao nosso emissário: quando você ouve a palavra *Neimoidiano*, o que lhe vem à mente?

Aquela era uma pergunta capciosa. Obi-Wan estivera em negociações o bastante para saber que questionamentos daquele tipo eram campos minados verbais — o tipo mais adequado e inteligente de armadilha, porque Eyam *estava* certo. Quase todos os cidadãos da República associavam os Neimoidianos exclusivamente à Federação do Comércio, mal olhando além das rotas de navegação, especialmente aquelas que atuavam na Orla Exterior. Ele *queria* falar algo sobre seu povo e sua cultura, mas a verdade é que ele só tinha lido sobre aquilo poucas noites antes. Ele não *conhecia* nada, na verdade.

Ele escolheu suas palavras com cuidado.

— Independentes — disse ele.

— Ah — disse Eyam, batendo as palmas. — Eu gosto disso. Sim. Independentes. Neutros, na verdade. Imunes aos gritos entre a República e os Separatistas. Mas o problema está nisso. Você diz "independentes", e embora muitos Neimoidianos trabalhem para a Federação do Comércio, nem todos nós o fazemos. No entanto, aqui você associa nosso povo a um governo que representa a maioria, mas não a todos. Por isso, ainda que a Federação do Comércio em si seja independente, e a maioria dos Neimoidianos apoie essa independência, você demonstrou um dos problemas fundamentais aqui, Mestre Kenobi. — Uma breve pausa. — Você vinculou os dois. Isso é por causa do que a Federação do Comércio faz? Por que o negócio da Federação é o *próprio* comércio? Não minérios ou tecnologia, veículos ou *armas*, não coisas que os líderes da República podem comprar ou regular, mas algo que atua como um impedimento ao seu alcance? Certamente, se a Federação do Comércio produzisse espaçonaves no mesmo volume de, digamos, Corellia, seria reconhecida por algo tangível, algo que você poderia apontar e dizer: *Ah, é pelo bem maior da galáxia*. Talvez seja por isso que a República tende a manter os Neimoidianos à distância, e por que é tão difícil para os Neimoidianos serem reconhecidos como indivíduos.

As palavras foram assimiladas, uma *verdade* que lhe chegava com clareza. Mas por que passar a abertura daquele julgamento discutindo a história?

A sobrancelha de Obi-Wan ergueu-se enquanto ele ligava os pontos. Eyam sabia, e talvez o Senador Dod também soubesse, que a galáxia *estava* ouvindo. Aquele, de fato, poderia ter sido o maior poder que os Neimoidianos já tiveram em uma única instância, e eles o usariam para mostrar à República exatamente como se sentiam.

— Os Neimoidianos têm uma cultura rica e bela. Olhe ao nosso redor; estamos cercados por ela. A intrincada escultura das deusas Aven e Maradaine enquanto narram o Conto Desvendado. A Torre da Luz, tanto uma maravilha arquitetônica quanto uma obra de arte. O Museu de Contribuições Neimoidianas, o edifício mais antigo de Cato Neimoidia, uma celebração de como as habilidades de nosso povo beneficiaram a galáxia. No entanto, tais assuntos são discutidos nas salas de aula da República, uma vez que abrangem a cultura galáctica? De forma alguma. — O ministro balançou a cabeça. — Para a República, somos um monólito. Pessoas de negócios. — Ele fez outra pausa, embora daquela vez tivesse ultrapassado a fachada de calma objetividade. Seus olhos se estreitaram e sua voz se elevou. — Pessoas *gananciosas*. Pessoas enganadoras. Talvez... nem mesmo pessoas.

O Ministro Eyam discursava com a cadência de um orador, mudando seu tom e ritmo de uma forma que dialogava precisamente com qualquer um que ouvisse. E embora a multidão na praça estivesse a alguma distância, as pessoas se deixavam levar pelo som de suas palavras. Obi-Wan sentiu a dor coletiva da multidão evoluindo para uma raiva mais tangível, algo que carregava impulso suficiente através da Força para abalar sua concentração. As pessoas buscavam retaliação sob alguma forma, alguém para responsabilizar pela dor da comunidade. Ele respirou fundo e disse a si mesmo que se concentrasse. Assim como a galáxia escutava Eyam, logo seria sua vez de falar.

— Nossa tragédia foi provocada por alguém da República? Ouviremos os dois lados do caso. Mas uma coisa deve ser considerada: quais foram as condições que causaram tal tragédia, que colocou Cato Neimoidia na mira da guerra alheia? Se a República tivesse reconhecido os Neimoidianos como povo em vez de ferramentas de negócios, seu relacionamento com o planeta e com a Federação do Comércio seria diferente? Ela teria decretado maiores medidas de proteção para mundos como o nosso à medida que o conflito se desenrolava? — Com os braços erguidos, ele gesticulava ao redor, para cima, cada movimento criando uma nova comoção na multidão. — Cato Neimoidia ainda seria um alvo? À medida que determinamos a inocência ou a culpa do emissário Jedi, talvez esse contexto seja ainda mais importante. — Uma onda de barulho vinha de além das paredes, o alvoroço da multidão atravessando as estruturas e prédios ao redor deles. O ministro aguardou até que o ruído diminuísse, dando tempo para que as palavras se enraizassem. — O que está em julgamento aqui é muito mais do que um único ato de terrorismo. Vamos ouvir o emissário Jedi.

A juíza dispensou o Ministro Eyam, depois olhou diretamente para Obi-Wan. Um cano de rifle o cutucou pelas costas, empurrando-o para a frente até ele ficar bem na frente da juíza.

E, embora falasse diretamente com ela, Obi-Wan teve muito cuidado ao escolher suas palavras, pois sabia que elas seriam ouvidas pelos governos de toda a galáxia.

Tudo o que acontecera levava até aquele ponto, aquela negociação.

Obi-Wan considerou todas as engrenagens do governo em inúmeros sistemas, o modo como suas palavras poderiam afetar as chances de guerra ou paz.

— Você está certo, Ministro Eyam. A história não mente, e não posso tolerar as atitudes de longa data que a República teve ao dispensar o povo Neimoidiano e suas colônias repetidas vezes. Não posso justificar a ignorância nem a maneira como a República enxerga os Neimoidianos como recursos da Federação do Comércio em vez de seres sencientes. Vocês têm todo o direito de estar com raiva, vocês têm todo o direito de querer uma vida melhor para seu povo e para seus filhos; vocês conquistaram uma voz, como povo e para aqueles representados pela Federação do Comércio. Eu entendo a necessidade de ser ouvido, mas agora lhes peço: ser ouvido requer verdade e fé em troca. Por isso, peço que julguem de boa-fé as verdades que apresentarei. Caso contrário, esta guerra consumirá a todos nós.

Do lado de fora, o alvoroço de hostilidade gradualmente se transformou em silêncio. Obi-Wan esperava que o tom mais humilde e filosófico de suas palavras contrabalançasse a arrogância de Eyam, fazendo declarações que poderiam estimular a reflexão em vez de provocar um frenesi. Ele escolhia suas palavras cuidadosamente, para tentar trazer um pouco de calmaria à tempestade.

— Vocês perderam entes queridos. Perderam filhos. Não posso trazê-los de volta. Mas se me ouvirem agora, todos aqui, todos que estão assistindo a essa holotransmissão, seja na República, em um sistema neutro ou em um alinhado com o movimento do Conde Dooku, temos uma chance de acabar com esta guerra. — Suas últimas palavras foram projetadas com ênfase, como se ele as tivesse dito com força suficiente para que pudesse ordenar que ambos os lados abaixassem suas armas. — Repito, temos uma chance de acabar com esta guerra. Para que ainda mais vidas não sejam perdidas. — Segundos se passaram, a multidão aquietando-se a tal ponto que os ventos de Cato

Neimoidia sopravam mais alto do que as pessoas aglomeradas. — Vou detalhar agora minhas descobertas no contexto completo e adequado.

Obi-Wan tentou acessar a Força para ter alguma noção do quanto a multidão estava volátil, mas a tristeza era a emoção padrão das pessoas, o que significava que a próxima parte de seu discurso teria resultados completamente imprevisíveis. Ele considerou suas palavras, tão cuidadosamente planejadas, e se comprometeu a confiar que as pessoas certas reconheceriam sua tentativa de negociação com boa-fé.

— Eu vi as evidências — começou ele, a voz clara, mas calma. — Eu as vi em minhas próprias investigações, assim como em dados coletados por outras pessoas. — Ruug estava por perto? Ele esperava que sim, e esperava que o que estava prestes a dizer tivesse a aprovação dela. — É verdade. Há evidências que apontam para a República. As informações no datapad que descobri eram autênticas; os detalhes deste bombardeio correspondem aos materiais e protocolos utilizados pela República. As evidências demonstram isso, e não vou mentir para fins políticos. — De longe, o clamor da multidão recomeçou, e Obi-Wan sabia que sua janela de oportunidade para expor seu ponto de vista logo se fecharia. Ele precisava atacar ali de forma precisa. — Peço que esperem e escutem antes de julgar. Porque há mais. Mais evidências, que apontam para os Separatistas. Assim como o datapad mostrava materiais e protocolos correspondentes às bombas usadas pelo exército de clones da República, posso confirmar que Cadesura também foi atacada usando materiais e protocolos correspondentes às bombas incendiárias Separatistas. — As vozes do lado de fora assumiram um tom coletivo, um sinal de reconhecimento de que as coisas tinham tomado um rumo inesperado.— Por favor, vocês precisam ver a verdade. Algo mais está em jogo aqui. Algo que está tentando escalar o conflito. Alguém ou alguma coisa que está ganhando com *todo* o nosso sofrimento. Essa é a causa desta tragédia. E o culpado ainda está à solta. Grupos extremistas já estão envolvidos com a guerra. Seu próprio governo rejeitou as ações de Nute Gunray como uma facção extremista. E agora esse bombardeio, com materiais retirados de ambos os lados e, de fato, posicionados para se parecerem com os dois lados, de forma que a República e os Separatistas possam travar ainda mais batalhas, disparar ainda mais armas um contra o outro. — Sua voz assumiu uma cadência, algo não muito diferente da variação de tom e ritmo utilizada por Eyam. Mas aquilo não era uma peça planejada; Obi-Wan deixou a urgência do momento guiá-lo, cada palavra o levando mais um passo na direção de seu objetivo final.

— Existe apenas uma solução para todos nós, de ambos os lados: frear o avanço da guerra. E existe apenas um caminho para isso: a Federação do Comércio não pode ficar neutra nesta guerra. A neutralidade diante do extremismo só dá mais espaço para os extremistas respirarem. Esse extremismo deve ser erradicado antes que mais vidas sejam perdidas, e a única maneira de pará-lo é frear o avanço da guerra. Meu nome é Obi-Wan Kenobi, Mestre Jedi e emissário da República, e apresentei os fatos a vocês de boa-fé. Convido-os agora a retribuir essa boa-fé. Juntem-se a mim para reconhecer essa ameaça, uma ameaça não apenas para o povo de Cato Neimoidia, mas para a Federação do Comércio e para a estabilidade em toda a galáxia. Se a Federação se alinhar com a República, podemos usar essa estratégia como um primeiro passo para nos unirmos e negociarmos a paz com os Separatistas.

Mais barulho partiu da multidão ao lado de fora, mas daquela vez as vozes se misturavam muito densamente para que fosse possível decifrar que tipo de reação estava ocorrendo — só era possível perceber que essa reação existia. Obi-Wan deu a si mesmo chances iguais de estar rumando para a paz ou acelerando a guerra na galáxia. Se Anakin estivesse ali, ele certamente teria um comentário espirituoso que faria Obi-Wan revirar os olhos.

— E agora vamos ouvir a Guarda Real de Cato Neimoidia — disse a juíza. — Por favor, apresentem suas provas.

O som de uma porta se abrindo soou atrás de Obi-Wan. Botas batiam na pedra, criando uma cadência ritmada e constante enquanto o guarda entrava no pátio e avançava.

Obi-Wan não olhou. Ele sabia quem era.

A voz de Ketar soou repleta de malícia.

— Este "emissário" — disse ele, com um tom piedoso inesperado — da República fala de verdade e boa-fé. E, no entanto, aqui está a verdade. Obi-Wan Kenobi da Ordem Jedi veio aqui sob falsos pretextos. Ele mentiu para todas as pessoas nesta praça, para todas as pessoas em Cato Neimoidia, para todas as pessoas que lamentam a perda de um irmão ou irmã, filho, mãe, pai ou amigo. Ele está mentindo para vocês e escondendo habilmente essa mentira em uma verdade sobre o datapad recolhido. — O jovem guarda ergueu o dispositivo, que projetava totalmente seus detalhes holográficos. — *Este* datapad, que implica a República. E, no entanto, você afirma que há mais evidências de materiais Separatistas no bombardeio. Onde está sua fonte incriminando os Separatistas?

A verdade pura e técnica era que Obi-Wan não tinha certeza. Ele esperava que Ruug estivesse assistindo ao processo em algum lugar e agindo como uma rede de segurança para ele. Mas não sabia responder àquela pergunta e, independentemente daquilo, não estava em posição de revelar o envolvimento dela.

— Devo proteger minha fonte. Talvez se eu tivesse mais alguns dias...

— Certo — disse Ketar, interrompendo com certa *satisfação*. — Uma fonte anônima, nenhuma evidência física, apenas a sua palavra para seguir. Deixe-me dizer uma coisa sobre a palavra da República. — Ketar desativou o holograma com detalhes dos explosivos, depois olhou diretamente para Obi-Wan. — Nosso amigo Jedi aqui gosta de falar sobre boa-fé, então deixem-me falar sobre isso. Sabemos que, para a República, a fisiologia Neimoidiana muitas vezes é incompreendida, muitas vezes ridicularizada. Sabemos que a República vê a cultura Neimoidiana como um recurso de negócios, nos vê como engrenagens do comércio galáctico e nada mais. Mas todos nós aqui em Cato Neimoidia sabemos que os Neimoidianos são muito mais do que isso. Cada um de vocês conhece um Neimoidiano que é um estudioso. Ou um artista. Ou um historiador. Ou um filósofo.

— Neimoidianos como meus pais. Que *eram* artistas, na verdade. Ah, como muitos artistas de nosso povo, eles não ganhavam a vida dessa maneira. Por mais que nossa sociedade celebre os artistas, nossa realidade dentro da República exige que os mais notórios de nossa cultura também trabalhem — Ketar olhou para os oficiais supervisores — da maneira esperada.

— Coisa que faziam. Trabalhavam para otimizar os sistemas de computador que davam apoio a bancos de dados transacionais. Mas sua verdadeira paixão era encontrada aqui, em Cato Neimoidia, bem na superfície de nosso planeta. Os óleos luminescentes encontrados nas árvores sob a névoa... eles os usavam para pintar. Uma habilidade rara. Aquele toque delicado para preservar o óleo de modo que o brilho mudasse com a luz e a temperatura em vez de desaparecer. Quando eu era criança, eles me mostraram as maravilhas naturais de nosso planeta. Seu trabalho era tão estimado em nosso setor que foram até convidados para exibi-lo no Festival das Estrelas de Coruscant. Eu me lembro... — Ketar fez uma pausa, baixando o olhar e suavizando a voz. — Eu me lembro exatamente da obra. A maneira como os óleos se iluminavam do preto às cores brilhantes e ao branco, uma ode à magia das viagens hiperespaciais.

— Agora vou explicar ao nosso emissário da República: transportar óleo bioluminescente não é fácil. É por isso que muito dessa arte permanece aqui, em Cato Neimoidia. Mas eles estavam determinados. Tomaram todas as precauções necessárias para proteger seu trabalho dos rigores do hiperespaço e da entrada atmosférica. No entanto, quando chegaram lá, os primeiros Neimoidianos a se apresentarem em um evento tão prestigioso, como você acha que os oficiais da República os trataram?

Obi-Wan sabia exatamente o rumo que aquilo estava tomando. E, com tal percepção, podia sentir a pressão aumentando, mesmo sem o murmúrio baixo da multidão ao redor.

— Uma visão artística única, possível apenas por causa dos Neimoidianos que vivem aqui em Cato Neimoidia. E eles foram enrolados, e até tiveram sua autenticidade questionada em Coruscant. Afinal, como você pode imaginar, a República só vê os Neimoidianos de uma forma. E na terceira noite do festival, quando eles finalmente receberam um canto tranquilo para exibir seu trabalho, a obra foi vandalizada durante a noite. — Ketar fechou os olhos, e suas mãos cerraram em punhos. Aquela história nada tinha a ver com o desastre de Cadesura, mas Obi-Wan sabia que a trajetória das Guerras Clônicas poderia influenciar a tragédia de uma família. — Acontece que aqueles em Coruscant podem não conhecer a arte Neimoidiana, mas estão *muito* familiarizados com os insultos daqui. Injúrias que não vou repetir agora.

— Meus pais partiram cedo, desanimados com a forma como Coruscant os tratou. E embora fosse uma viagem relativamente curta de volta às Colônias, eles decidiram usar aquele tempo extra para explorar outras regiões que ainda não tinham visto. Por vias hiperespaciais protegidas pela República.

Ketar encontrou os olhos de Obi-Wan, uma expressão fixa que lhe dizia como aquela história terminava.

— Eles nunca retornaram para casa. Piratas invadiram seu transporte espacial. Na suposta lei e ordem da República, suas hipervias confiáveis se mostraram diferentes. Apenas um único pedido de socorro conseguiu passar. — Ele levou uma das mãos às costas e revelou um pequeno dispositivo em sua palma. Com a outra mão apertou um botão na lateral e projetou o que Obi-Wan supôs ser a pintura da família, um redemoinho de pontos e linhas com cores se movendo das formas mais impossíveis.

Mesmo em uma pequena reprodução holográfica, Obi-Wan reconheceu sua beleza única. E embora a vergonha não fosse um sentimento que os Jedi encontrassem com muita frequência, ele a compreendeu nitidamente ali.

— Veja o que as promessas da República fizeram com os meus pais. Com o orgulho deles. Com sua segurança. Com a *estabilidade* da nossa família. As maiores estrelas da HoloNet desfilam com escoltas armadas. Os artistas mais talentosos de Cato Neimoidia? Nada. — O holograma desapareceu e Ketar enfiou o projetor de volta no bolso. — Vocês podem estar se perguntando por que isso importa aqui, e eu vou lhes dizer o motivo. Porque ouvimos falar de "boa-fé" hoje e durante todas as nossas vidas. Boa-fé? — perguntou Ketar, com a voz se elevando. — Da República? Nunca existiu. Nunca. E agora vou dar um exemplo muito real e muito relevante disso. — A última palavra foi pronunciada já como um grito, que fez até a juíza estremecer. — Uma última tentativa: quem é a sua fonte implicando os Separatistas?

O questionamento de Ketar ficou no ar por tempo suficiente para que o barulho da multidão próxima aumentasse de volume, um som que sintetizava tanto a malícia quanto o desespero de sua inquietação daquele momento. Obi-Wan pensou em sua última discussão com Ruug. Na teoria, ele poderia mencionar seu nome. Será que aquilo bastaria para influenciar a juíza, a multidão e até mesmo Ketar? E o que causaria a Ruug? Ela mesma disse que ajudá-lo colocava a vida dela em risco.

Ele tinha o direito de fazer aquilo, mesmo com a galáxia em jogo? Sacrificaria Ruug por isso?

— E então, Kenobi? — pressionou Ketar.

Não tinha.

Não a colocaria em perigo.

— Não posso revelar minha fonte agora. Se me derem mais tempo, tenho certeza de que algo pode ser providenciado.

— Este Jedi — Ketar manteve sua intensidade, fechando as mãos em punho junto às laterais do corpo — esquiva-se de perguntas, mente sobre equipamentos, *destrói evidências*. Ele fala de verdade? Aqui está a verdade de Obi-Wan Kenobi: ele não vê os Neimoidianos como iguais a ele, assim como a República fez com meus pais, e quer que todos nós levemos vidas quietas e irrelevantes para que possam abusar de nós nos Mundos do Núcleo, para que continuem a nos tratar como recursos. Ele quer que a República *tenha domínio* sobre os Neimoidianos, que ela tire nossa liberdade. — Ketar andou em círculos até ficar bem de frente a Obi-Wan, depois deu um passo até que os dois ficassem cara a cara, sem piscar. — Por isso, digo que ele é culpado. De conspirar contra Cato Neimoidia. De ocultar provas. De quebrar suas promessas. E de um crime muito maior, que compartilha com a República: desvalorizar todos os Neimoidianos da galáxia. Tenho duas palavras para ele e para a República, e as pronunciarei não em nosso belo Pak Pak, mas no Básico, na língua *deles*: já chega.

Naquele momento, Obi-Wan percebeu o enorme erro de cálculo que cometera. Ele depositara toda sua fé nos fatos, mas ignorou completamente o poder da emoção em influenciar as massas. Não importava o que pudesse ter dito, que evidência pudesse ter apresentado, nada criaria uma conexão com aquelas pessoas sofrendo o luto mais do que uma delas usando o poder do próprio luto daquele jeito.

Ele tentou intervir, procurando arrumar alguma coisa que expressasse sua solidariedade, que enfatizasse a importância de fortes relações galácticas e de estabilidade. Mas não adiantou, e qualquer oportunidade que tivesse se apresentado já havia passado e sido absorvida pelo rugido do lado de fora, um que soava com tanto fervor que quase podia sacudir o chão da cidade-ponte.

— O governo Neimoidiano é conhecido por sua justiça rápida e enérgica. E embora alguns casos exijam muito mais dias para que se chegue a uma decisão, este em particular é claro. — A juíza apontou diretamente para Obi-Wan, as pontas de seu diadema roxo cerimonial balançando ao vento. — O réu deseja dizer alguma palavra final?

Obi-Wan ajeitou-se de pé, sua postura ereta e o olhar transparente enquanto encarava diretamente a juíza.

— Eu apresentei a verdade. — Ele tinha pensado em seu plano reserva durante horas, considerando cada detalhe e opção com a única intenção de não recorrer a ele. O poder da verdade deveria vencer, e seu fracasso fez com que Obi-Wan soltasse um suspiro derrotado, a pura *estranheza* das oscilações emocionais brutas criando um breve, mas tangível, surto de exaustão. — E agora coloco minha fé em você. Aguardo o seu julgamento.

Vários segundos se passaram em silêncio enquanto a juíza levantava a mão, uma pausa apaziguadora que irradiava como uma manta cobrindo os trabalhos. Sem nada para competir com suas palavras, ela declarou com uma dicção clara e exata:

— O emissário da República é considerado culpado de conspirar contra as leis de Cato Neimoidia, de estar em conluio com a República na tragédia de Cadesura e de tentar esconder as provas desse crime. — Atrás de Obi-Wan, os guardas que se aproximavam começaram uma marcha ritmada, e ele ficou tenso quando Ketar avançou, colocando-se entre o Jedi e a juíza. Obi-Wan olhou para a estrutura alta onde seu sabre de luz estava guardado dentro de um buraco na parede, a chamada Torre de Luz, de acordo com Eyam. — Levem-no para aguardar a sentença.

Uma porta distante se abriu à sua esquerda, que ele presumiu conduzir a uma cela. E, à sua frente, Ventress apareceu no estrado. Embora ela permanecesse ligeiramente oculta atrás de Eyam, a mulher olhou diretamente para ele, fazendo contato visual antes de inclinar a cabeça.

Em seguida, apontou para os guardas que se aproximavam atrás dele.

Ele sentia sua arma tão facilmente quanto se estivesse em sua mão. Deveria atraí-la naquele momento?

Não, pensou ele. Causar uma comoção ali provavelmente acabaria com a pouca boa vontade que angariara em seu discurso. Na verdade, podia contribuir para o plano de Ventress — e Dooku. Obi-Wan decidiu deixar seu sabre de luz quieto por enquanto e prosseguir pacificamente, adaptando qualquer plano ao que estava por vir.

A marcha, no entanto, deteve-se, sua aproximação decidida parou, substituída por um único baque seguido pelo estrépito de uma arma derrubada. Obi-Wan virou-se para ver o líder da guarda de joelhos, com as mãos na garganta. Espuma escorria dos cantos de sua boca, e ele gorgolejou antes de cair de lado.

— O Jedi envenenou os guardas! — A voz de Ketar soou pelo espaço, e Obi-Wan girou para encontrar Ketar empunhando a pistola.

Acima deles, Ventress ainda estava lá, com o braço apontado para fora, embora lentamente o abaixasse. O canto de sua boca se curvou para cima e ela assentiu para Obi-Wan, embora ele não tivesse tempo de descobrir seu plano, não com a arma de Ketar apontada para ele.

— Isso não é culpa minha — gritou ele tão alto e claro quanto possível. — Precisamos de assistência médica agora!

A equipe médica de emergência, no entanto, não veio. Em vez disso, vários outros guardas chegaram correndo do túnel distante.

— O Jedi está tentando minar nossa segurança! — gritou Ketar novamente.

— Por favor, apressem-se, este guarda precisa de atenção médica! — A voz de Obi-Wan era quase tão alta quanto a de Ketar. — Se vocês me soltarem, eu posso ajudar...

— Chega das suas mentiras, Jedi. Você é um mentiroso e um assassino! — O braço de Ketar ficou rígido e seus olhos se estreitaram. Naquele momento, Obi-Wan estendeu sua mão para a Força, sentindo seu sabre de luz.

Deveria ser seu último recurso. Convocá-lo significaria começar algo que não poderia ser desfeito. Ele tinha que escolher com cuidado.

O som de guardas correndo partiu do outro lado. Obi-Wan virou-se para avistá-los correndo na direção do colega caído, mas antes que pudesse dar um único passo, o som do disparo de um blaster soou.

A rajada passou na altura de sua cintura e chamuscou o chão cerca de três ou quatro metros atrás dele, fazendo um corte na pedra. Partículas e lascas de pedra subiram no ar, e um cheiro de queimado atingiu seu nariz.

— Ele está fazendo os truques dele! — gritou Ketar, atraindo todos os olhares, incluindo o de Obi-Wan, para si, e o Jedi notou uma mudança sutil na maneira como Ketar segurava a pistola.

O jovem guarda alterou o ângulo tão sutilmente que apenas os observadores mais perspicazes notariam. Quando aquilo aconteceu, outro guarda caiu de joelhos, engasgando-se de modo semelhante, e logo depois mais dois tiros foram disparados pela pistola de Ketar, ambos atingindo o chão perto de Obi-Wan, mas evitando qualquer impacto direto.

Então ficou claro qual era o plano de Ketar. Matar Obi-Wan na frente dos guardas, da juíza e, na verdade, na frente da galáxia através da transmissão — aquilo poderia impedir que reunisse apoio para seus propósitos, quaisquer que fossem. Mas com seus disparos esparsos, os guardas asfixiados e as atitudes falsamente atribuídas a Obi-Wan, Ketar incriminava o Jedi como agressor sem nenhum combate direto.

E do estrado, Ventress se moveu, seu braço brevemente erguido em outro ponto antes de descer novamente. Ela se virou e desapareceu atrás de Eyam e de outros funcionários locais.

Os rifles clicaram ao redor dele. Uma rápida olhada revelou as armas sendo levantadas, uma a uma, e não importava que suas mãos ainda estivessem algemadas.

Segundos antes, ele procurava a solução mais pacífica e diplomática possível.

Naquele instante, com o medo e a raiva de Ketar conduzindo os acontecimentos, o combate parecia inevitável. E era seu dever como Jedi redirecionar aquela violência de uma forma que minimizasse os danos à população enlutada e, de fato, a uma galáxia à beira de se destruir.

Ele não queria usá-lo. Não daquele jeito. Mas Obi-Wan sabia que seu sabre de luz seria necessário. Ele fechou os olhos e deixou a Força fluir através de seu corpo, despertando percepções muito além de seus sentidos físicos. Os murmúrios da multidão dançavam como gotas de chuva em um oceano, impactos individuais que se fundiam em um fluxo maior.

As algemas de energia em torno de seus pulsos foram desativadas, seus circuitos esmagados pela Força transformando as amarras em peso morto. Ao mesmo tempo, ele expandiu seus sentidos para cima, até a torre, de onde atraiu seu sabre de luz.

Em sua percepção desacelerada, outra rajada de blaster foi disparada, uma linha de fogo vermelho começando a escapar do cano da arma de um guarda. Outras rajadas vieram milissegundos depois, um intervalo que pareciam minutos naquele estado. Enquanto aquilo acontecia, o sabre de luz voava pelo ar.

Ele se aproximava a uma velocidade impulsionada por uma combinação da gravidade e da Força que o puxava.

As pernas de Obi-Wan ficaram tensas, prontas para saltar no instante em que ele se reunisse com sua arma. O vetor do punho da arma projetado em sua mente, junto com um cálculo da altura que precisaria saltar depois de pegá-lo, do momento em que teria que abrir a mão, de como sincronizar a chegada do sabre com o movimento exato para formar uma postura defensiva. Tudo aquilo se uniu em um único instante, um plano pronto para ser executado com perfeita precisão, quando mais alguma coisa chegou, desfazendo todo o planejamento cuidadoso de Obi-Wan.

CAPÍTULO 41

ANAKIN SKYWALKER

OBI-WAN COM CERTEZA ADORAVA DISCURSAR, QUASE TANTO QUANTO detestava voar.

Talvez aquela fosse a razão de os dois trabalharem bem juntos. Sempre que Obi-Wan entrava em modo de negociação, Anakin entrava em cena e equilibrava as coisas com um sabre de luz, normalmente poupando a todos das tentativas do Jedi mais velho de persuadir na base da conversa.

Porque, às vezes, falar não adiantava.

Naquele caso, porém, o falatório rendeu algum tempo a Anakin. Ele começou seu caminho em um beco logo depois de se separar de Mill, então encontrou um bom lugar para saltar para o alto, andar por andar, até alcançar um telhado vizinho. Embora alguns cidadãos também estivessem assistindo ao julgamento do telhado, Anakin deslocou-se rápido o suficiente por trás dos dutos de ventilação e nas sombras dos prédios suspensos no arco superior para não ser detectado. Ele cometeu o erro de espiar por cima da beirada e, embora grandes alturas não fossem novidade, ele normalmente as vivenciava no topo de um prédio na superfície de um planeta.

Ali, Anakin via a extremidade da cidade-ponte e a longa queda através da névoa.

Ele balançou a cabeça para afastar a vertigem momentânea e saltou para a frente até alcançar a lateral de um prédio adjacente ao pátio. Ele observou Obi-Wan terminar seu discurso — um discurso muito bom, na verdade, que funcionaria bem na HoloNet — de uma pequena janela atrás de alguns floreios decorativos, antes que o jovem guarda mergulhasse as coisas no caos. Embora Anakin estivesse muito acima da multidão, o fervor emocional das pessoas tornou-se muito óbvio, o modo como reagiam a cada trecho da fala do guarda.

Ele soube mesmo antes do fim que o discurso de Obi-Wan, por mais forte que fosse, não surtiria efeito naquela situação. E enquanto os guardas lidavam com a confusão que se seguiu, Anakin empoleirou-se, tentando perceber o que Obi-Wan estava planejando — e ele estava *planejando* alguma coisa, embora o guarda asfixiado obviamente destoasse da situação —, enquanto também lidava com a questão muito mais imediata dos rifles sendo apontados e preparados.

De longe, Anakin captou uma onda na Força — não algo que ele necessariamente escutava com seus ouvidos, mas um movimento sutil ao redor da torre alta mais próxima, um dos locais onde desarmara uma bomba no dia anterior. Não importava, no entanto, porque algo mais crítico estava prestes a acontecer ali. Anakin agarrou seu sabre de luz com o polegar pronto para acionar a ignição da lâmina, estendendo seus sentidos para a Força.

Ele empoleirou-se atrás da beirada, pronto para a ação. Podia ver as rajadas de blaster partindo dos rifles antes que o fizessem fisicamente: a velocidade, o ângulo e a trajetória exata, que seu sabre de luz desviaria com facilidade.

Anakin saltou uma fração de segundo antes do primeiro rifle disparar.

Muitas coisas aconteceram ao mesmo tempo naquele instante, embora Anakin as experimentasse com a percepção desacelerada. Ele plantou suas botas na frente de Obi-Wan, que ainda estava com os olhos fechados em estado meditativo. Seu sabre se acendeu, a lâmina de luz azul alcançando o comprimento total logo antes de seus pés tocarem o chão. As rajadas de blaster surgiram e voaram para fora dos canos dos rifles.

E sobre seu ombro algo completamente inesperado soou.

O som de um sabre de luz ganhando vida.

Anakin virou-se para ver o que aquela ameaça surpresa era, apenas para encontrar o sabre de luz de Obi-Wan voando a toda velocidade em sua direção. Ele brandiu seu próprio sabre para desviar a arma que se aproximava, mas a velocidade com que girava o pegou desprevenido. Embora tivesse bloqueado a lâmina o bastante para desviá-la para o chão, ela ainda assim o atingiu, na lateral do ombro direito.

— Ai! — gritou ele, com menos dignidade do que gostaria, e quando o sabre de luz de Obi-Wan caiu no chão, a lâmina sendo desativada, Anakin ignorou a dor ardente e continuou bloqueando os disparos de rifle que choviam sobre eles.

O braço mecânico mais uma vez. Se sua mente e corpo funcionassem em completa sincronia, ele *deveria* ter conseguido desviar a lâmina acesa de Obi-Wan direto para a mão de seu antigo Mestre, permitindo que os dois entrassem sem esforço em um combate defensivo lado a lado.

Em vez disso, Obi-Wan simplesmente o encarava, boquiaberto, enquanto Anakin rebatia os disparos dos rifles.

— Anakin! Eu tinha um plano!

— Desculpe, Mestre. — A lâmina do sabre de luz se movia sem dificuldade, guiada por um instinto que tanto ouvia a Força quanto a comandava. Os disparos de blaster voavam para todas as direções, a maioria delas logo zunindo para o alto e desaparecendo. No meio de toda a ação, Anakin manteve controle suficiente para chutar o sabre de luz de Obi-Wan em sua direção. — Você vai ajudar ou eu preciso fazer todo o trabalho?

— Acho que eu deveria dizer que é bom ver você. — A arma tremeu no chão antes de voar para a palma aberta de Obi-Wan, sua lâmina voltando a se acender. A porta dos fundos deslizou, abrindo-se, anunciando a chegada de mais guardas. Obi-Wan e Anakin ficaram de costas um para o outro, cercados pelo silvo dos tiros de blaster e pelo zumbido de seus sabres de luz. — Sabe, agora eu faço planos sem você.

— Esse é seu primeiro erro. — Apesar dos disparos chovendo sobre os dois, Anakin movia-se sem esforço em sincronia com seu antigo Mestre. — Você disse que as coisas sempre ficam mais complicadas quando estamos juntos. Mas elas também funcionam melhor.

— Droides de batalha — gritou Obi-Wan, o tom de brincadeira sumindo de sua voz. Anakin olhou para cima e viu dois pequenos transportes flutuantes, cada um carregando dez droides de batalha enrolados, prontos para serem acionados. — Precisamos de uma saída. *Não* machuque os guardas.

— Nem aquele que estava falando mal da República?

— *Principalmente* aquele.

Anakin perguntou-se por que Obi-Wan escolheria proteger aquele incômodo em particular, mas teria que discutir aquilo depois que todos parassem de atirar neles.

— Me dê cobertura e venha comigo.

— Você está dando as ordens agora? — questionou Obi-Wan, mergulhando o sabre de luz à esquerda e à direita com movimentos precisos.

— Você vai ter que aprender a confiar em mim.

— Estou sempre aberto a novas experiências.

Apenas alguns meses antes, aquelas mesmas palavras poderiam ter sido trocadas entre eles, fosse num momento de silêncio ou no calor da batalha. Mas elas seriam acompanhadas de condescendência e ressentimento. Aquela mudança de posto, o equilíbrio de papéis, o *reconhecimento* mútuo tinha, de algum modo, transformado os conflitos verbais entre os dois em uma competitividade saudável.

Eles ainda eram as mesmas pessoas, apenas dirigiam-se um ao outro de outra forma? Aquelas eram questões para Obi-Wan refletir. Tudo o que Anakin sabia era que preferia a versão de Obi-Wan com um sorriso sincero do que aquela com a careta permanente.

— Tente me acompanhar. — Anakin segurou seu sabre de luz com o braço esquerdo e estendeu a mão para trás para arremessá-lo na direção dos droides de batalha que chegavam. Os cliques e zumbidos de ativação foram interrompidos quando o sabre de luz passou voando em um arco lançado pelo músculo humano e guiado pela Força. Anakin controlava a trajetória de acordo com a sua vontade, e não precisava olhar para trás para confirmar que a lâmina giratória rasgava o grupo de droides com precisão. O punho da arma retornou a sua palma enluvada, e os dedos mecânicos o agarraram antes que ele trocasse de mão e apontasse para o caminho que tinha percorrido para chegar ali. — Naquela direção. Nós vamos subir.

A Força o carregou. Um impulso curto e instantâneo o transportou pelo pátio num piscar de olhos. Anakin lançou-se para cima, pousando na mesma saliência que usara para entrar em cena. Ele se contorceu atrás de um duto de ventilação, ajoelhou-se, e no segundo seguinte Obi-Wan estava ao seu lado. Outro transporte pairou no alto, aterrissando no pátio antes que o som de mais droides de batalha sendo ativados soasse.

— Onde estão eles? — A voz do jovem guarda ecoava por todo o espaço. — Encontrem-nos!

— Afirmativo — respondeu uma voz mecanizada.

— Bem, imagino que agora Mestre Windu vai saber onde estou — comentou Anakin. — Não se preocupe, não entrei em contato com o Conselho Jedi. Ele me ligou. Ou tentou, enfim.

— Você veio sozinho?

— Mais ou menos. Eu recebi ajuda.

O *clank-clank-clank* dos passos ritmados dos droides de batalha começou a ecoar.

— Ativar intensificadores de varredura.

— Vão nos encontrar em breve — disse Obi-Wan. — Precisamos nos mexer.

— Sim — disse Anakin. — Estou trabalhando nisso. — Ele apertou os olhos, primeiro efetuando uma varredura visual em busca de qualquer sinal de Mill; em seguida, usou a Força para buscar mais detalhes. — Sabe, vou começar a registrar quantas vezes salvei você. Hoje, o ninho de gundarks, o caçador de recompensas Moggonita em Vaced.

Obi-Wan ajeitou-se, olhando pelo canto da esquina.

— Quero que saiba que ser capturado por aquela gangue de pilotos de swoop fazia parte inteiramente do plano.

— Assim como aqui?

— Se você prestou alguma atenção hoje, eu estava caindo fora daqui. Na verdade, você esbarrou no *meu* sabre de luz. Então, isso não conta. — Ele olhou para a linha carbonizada na manga de Anakin. — Você está bem?

— Eu? É claro. — Ele flexionou o braço para provar. — Estou sempre bem.

— Não estamos todos? — disse Obi-Wan, suavizando a voz antes de voltar para o tom normal. — Bem, para onde vamos?

— Estou procurando... — Anakin pensou no que falar ali. Em algum momento, ele teria que explicar o fato de ter levado uma criança naquela jornada particularmente não autorizada. Mas tais complicações poderiam esperar. Primeiro, eles precisavam sair de lá. — Minha parceira.

— Sua parceira?

— Sim. Você vai gostar dela. Seu nome é Mill. — Ele fechou os olhos, acessando a Força, procurando pela presença da garota. Embora não se conhecessem há tanto tempo, suas experiências compartilhadas tinham construído um vínculo tangível o bastante para ser identificado, mesmo à distância. E mesmo que não conseguisse identificar sua localização exata, a presença de Mill atuava como um farol suficiente para determinar uma direção geral. — Por aqui. Vamos pelos telhados. E mantenha-se o mais furtivo possível. Temos uma nave atracada na periferia, longe dos principais centros de transporte. Ela está buscando o melhor caminho para lá.

— Não, espere. Eu preciso encontrar a *minha* parceira.

Os dois hesitaram. Mais plataformas carregando guardas e droides de batalha chegavam. Ordens eram gritadas em várias direções, e os sons de ativação dos droides ecoavam pelo espaço. Anakin virou-se e flagrou Obi-Wan vasculhando o horizonte.

— Quem é?

— O nome dela é Ruug. É uma guarda Neimoidiana.

— Uma Neimoidiana? Ajudar os civis é uma coisa, mas confiar neles é outra.

— Anakin, você precisa deixar de lado seus sentimentos a respeito deles. Ela é uma ex-agente especial. Confio completamente nela. Estivemos trabalhando juntos. Você vai entender, se nos encontrarmos. Só que não vejo nem sinal dela. Ela é — observou ele, balançando brevemente a cabeça — muito boa em se esconder, no entanto. Mas isso não importa agora. Preciso mudar o seu plano.

— Você está tentando me dar ordens?

Obi-Wan balançou a cabeça, sua boca formando uma linha fina sob a barba.

— Nossas investigações revelaram que esse bombardeio tinha ligações tanto com a República quanto com os Separatistas. Não há uma solução simples, e suspeito que algo muito pior esteja em ação por aqui. Mas, para provar isso, precisamos recuperar as evidências do arquivo de Cato Neimoidia. Não podemos sair sem ele. — Ele olhou para Anakin com uma seriedade nos olhos que o mais jovem dificilmente vira antes. — Anakin, você precisa acreditar em mim quando eu digo que o equilíbrio da galáxia está em jogo. Se conseguirmos essa evidência, se expusermos o fato de que outros grupos estão explorando o conflito Separatista, podemos convencer ambos os lados a recuar e negociar antes que tudo piore.

— Obi-Wan — disse ele com um gentil aceno de cabeça. — Você não precisa me convencer. Eu ouvi o seu discurso. Você deveria entrar para a política.

A expressão neutra de Obi-Wan mudou, transformando-se gradualmente num largo e raro sorriso.

— Espero fazer menos discursos no futuro. Assim que tivermos essa evidência.

Anakin apontou para um caminho no telhado, vários prédios de diversas alturas enfileirados que ofereciam pouco desafio para usuários da Força. Qualquer espectador teria visto silhuetas saltando de beirada em beirada, de construção em construção, movendo-se tão agilmente com mantos ondulantes que poderiam muito bem ser os pássaros nativos de Cato Neimoidia em voo.

No pico de uma rotunda, Anakin levantou a mão e eles ficaram empoleirados enquanto ele usava a Força mais uma vez para procurar por Mill.

— Dê um minuto para minha parceira. Ela deve enviar um sinal quando estiver pronta. — Ele acompanhou o olhar de Obi-Wan para a agora distante praça da capital, de onde ainda se podia escutar o barulho. — Enquanto isso, preciso colocar você a par de uma coisa.

CAPÍTULO 42

RUUG QUARNOM

ALTURA. COBERTURA. LINHAS DE TIRO CLARAS. AQUILO ERA TUDO que Ruug precisava. Ela já oferecera cobertura como sniper por tempo suficiente em seu período nas forças especiais Neimoidianas para se adaptar a qualquer que fosse o ambiente apresentado. No caso daquele julgamento, Ruug escolheu a Torre de Luz, o marco perto de onde capturara Obi-Wan. Ela entrou pelo andar de baixo, escritórios que nada tinham a ver com a importância arquitetônica da torre como um exemplo de destaque das realizações culturais de seu povo. O elevador de serviço a conduziu até boa parte do caminho, depois as escadas traseiras a guiaram por diversos níveis de manutenção e armazenamento. A etapa final foi concluída por meios não oficiais envolvendo uma arma de ascensão e a boa e velha escalada.

Ruug ajoelhou-se, as pernas torcidas para se firmar em uma posição estável enquanto montava as peças do rifle guardadas no estojo em suas costas, algo que costumava passar despercebido entre o público. Com as extensões e módulos travados no lugar e os componentes que personalizara ao longo dos anos para adaptar a arma ao seu aperto, sua postura, ao comprimento específico de seus braços e ao conjunto de armadura sempre em evolução. A pequena célula de energia zumbiu ao ser ativada, e ela fechou um dos olhos para manter o foco no que sua mira lhe mostrava:

Primeiro, Obi-Wan. Pobre Mestre Jedi, ele realmente tentava. E ela o advertiu, não por preconceito, mas por pura praticidade. Ela compreendia as razões que o motivavam, a necessidade de intervir antes que mais desastres pudessem acelerar a guerra. E lá estava ele, tentando transformar a evidência de um terceiro agente misterioso em um pedido de paz.

Admirável. Nobre e, em muitos aspectos, bastante lógico.

Mas estaria fadado ao fracasso.

Ele prosseguiu com seu discurso, uma declaração carregada de um desespero evidente e genuíno, mas não foi por isso que Ruug assumira sua posição. Ela diminuiu o zoom, depois vasculhou ao redor, procurando por quaisquer sinais de distúrbios ou problemas. A maioria da multidão vestida de azul assistia à projeção holográfica na praça, perfeitamente imóvel, seu luto coletivo pelos eventos recentes atraindo sua atenção para Obi-Wan de uma forma que fazia a balança pender contra ele.

Mas, no fundo da praça, uma figura se movimentava pelo aglomerado de gente. Tinha a cabeça coberta por trapos gastos, embora se deslocasse com propósito, um vigor em cada um de seus passos que revelava que suas vestes eram obviamente um disfarce. Quando a figura se virou, Ruug deu zoom e capturou uma imagem congelada em sua mira para revelar um homem humano, seus cabelos quase desgrenhados e uma determinação em sua expressão que carregava um olhar diferente de Obi-Wan.

Sua curiosidade sobre a misteriosa figura despertou. Só que sua atenção foi atraída de volta ao julgamento, Ketar agora recebendo todo o foco. Ela aproximou com sua mira, observando a boca dele tremer e os olhos semicerrados, suas mãos fechando-se em punhos enquanto ele narrava os problemas de sua família. Ela entendia a raiva dele contra a República que, de muitas maneiras, parecia justificada.

Mas não daquele jeito.

Os dedos de Ruug flexionaram quando ela ajustou o punho do rifle, examinando o espaço mais uma vez. No corredor ao lado de fora do pátio, uma fileira de guardas se aproximava, portando armas padrão. E, ao longe, plataformas flutuantes surgiram no horizonte; ela tornou a regular o zoom para revelar a forma de droides de batalha enrolados em posição de armazenamento.

Obi-Wan seria considerado culpado. Ele já tinha sido julgado, mesmo não tendo culpa alguma ele próprio.

Ela ouviu Ketar desafiar o Jedi a revelar sua fonte, a entregar o nome *Rugg*. Mas já sabia que ele não faria aquilo. Como ela tentara explicar, eram pessoas como ela que produziam as verdades que pessoas como ele defendiam.

Ruug não tinha medo de perder a vida. Não tinha medo de ser identificada, nem mesmo de revelar suas próprias fontes, que invadiram os arquivos de Cato Neimoidia para analisar os dados. Não se aquilo pudesse corrigir o eixo da galáxia. Mas ela já vira o bastante para saber que realmente não faria muita diferença, além de alguns gritos a mais em lados diferentes. O destino de todos já estava decidido.

Aquela era a diferença de alguém como ela e alguém como ele: Obi-Wan Kenobi era bom demais para uma galáxia em guerra.

E então, a coisa mais inesperada aconteceu.

Um guarda começou a se asfixiar.

O olhar frenético de Obi-Wan, a pistola sacada de Ketar e todo o caos que se seguiu mostravam que alguma coisa estava dando errado. E no estrado acima dele, Ventress partiu rapidamente, desaparecendo por uma saída dos fundos. Ruug puxou a coronha de seu rifle, provocando um zumbido que aqueceu o sistema interno de regulação de calor para disparos de alta potência. Ao fazê-lo, Ketar gritou alto o suficiente para ecoar em seu poleiro, e os guardas apontaram seus rifles para Obi-Wan. Ventos cortantes sopravam ao redor e contra ela da pequena saliência, e enquanto suas botas estavam fixas na saliência para mantê-la firme, um estalo soou da pedra logo abaixo dela. Ela se afastou da mira para dar uma olhada e viu... algo.

Jedi esperto. Era a espada laser de Kenobi.

A arma chacoalhou em seu esconderijo, alimentada por aqueles poderes mágicos dos Jedi, depois desprendeu-se e voou pelo ar com uma velocidade sobrenatural. Ruug a rastreou com a mira e percebeu uma trajetória clara em direção à mão de Obi-Wan.

Então, tudo aconteceu de uma vez. Os guardas abriram fogo. A figura misteriosa de alguma forma saltou e pousou na frente de Obi-Wan, com a espada brilhando. A própria arma de Obi-Wan acendeu-se no ar antes de atingir o chão. Plataformas com droides de batalha pousaram. Ketar gritou, uma confusão incompreensível de fúria que se projetava em um volume alto o suficiente para transmitir, se não os detalhes, sua emoção.

A mira de Ruug vasculhou ao redor, tentando absorver a confusão, embora no momento em que ela diminuiu o zoom algo já tivesse cortado ao meio os droides de batalha e os dois Jedi tivessem partido. Os guardas se viraram, mal equipados para lidar com a velocidade e as habilidades dos Jedi, e Ketar pisava forte pela área, brandindo sua pistola e gritando para quem quisesse ouvir.

Porque os Jedi tinham sumido.

Ruug afastou-se ainda mais, depois procurou por qualquer tipo de movimento que pudesse revelar onde os Jedi se escondiam. Então, no canto superior de sua mira, ela viu o que parecia ser um borrão passando no visor. Ela o acompanhou até que parasse, segurando a mão firme para manter a visão clara enquanto ajustava o visor.

Lá estavam eles, Obi-Wan e seu parceiro Jedi.

Ruug piscou para ter certeza de que via mesmo corretamente o que estava acontecendo.

Eles estavam... rindo?

Outro som surgiu, uma pequena frota de droides remotos de detecção que deviam ter rastreado o movimento ao longo dos telhados, provavelmente com seus avançados processadores de vigilância. Eles perseguiam em uma formação em V, preparando os pequenos canhões que a própria Federação do Comércio havia acrescentado. Duas plataformas flutuantes cheias de droides de batalha os acompanhavam e começaram a se ativar e assumir a posição de combate mesmo enquanto seguiam em toda a velocidade.

Duas lâminas azuis surgiram quando Obi-Wan e seu aprendiz ficaram de costas um para o outro, brandindo os sabres de luz em movimentos precisos e quase rápidos demais para os olhos de Ruug. Ela testemunhara muitas coisas em seus dias de ação, mas nunca um Cavaleiro Jedi completamente envolvido em combate, e as histórias de suas assustadoras habilidades marciais com suas armas lendárias se provaram verdadeiras. Aquilo era muito diferente da fuga de Obi-Wan durante a audiência.

E, no entanto, o grande volume de disparos de blaster acabou diminuindo, mudando o ritmo quando os droides de batalha se juntaram atrás dos droides remotos. À medida que os droides de batalha se aproximavam, os droides remotos se elevavam, criando diferentes ângulos de ataque contra Obi-Wan e seu parceiro, esquivando-se em guinadas rápidas dos disparos refletidos pelos Jedi.

Se havia um momento para Ruug agir, ele havia chegado.

Ela alinhou um único droide remoto em sua mira, respirou fundo e então puxou o gatilho.

CAPÍTULO 43

OBI-WAN KENOBI

A RAJADA DE BLASTER VEIO DE UM PONTO MUITO ACIMA, EMBORA A Força tivesse deixado tudo mais lento para que a percepção de Obi-Wan conseguisse rastreá-la: partira de uma origem desconhecida até seu ponto de impacto, atingindo um dos droides remotos no ar e o sobrecarregando em uma explosão.

Ruug.

Dois disparos sucederam-se, as rajadas ecoantes estalando no ar. Um par de droides remotos explodiu, deixando uma trilha de fumaça enquanto caíam. Logo depois, surgiram mais quatro disparos rápidos, cada qual destruindo a cabeça de um droide de batalha. Uma brecha de oportunidade se apresentou, bastando para que alguns desvios precisos de blaster conseguissem virar o jogo a favor dos Jedi.

Embora mais tarde Anakin provavelmente fizesse um comentário sobre como poderia ter lidado com aquilo ainda assim. E, na verdade, Anakin já *tinha* lidado com casos piores antes. Mas cada situação trazia suas circunstâncias únicas, e o fato de alguém já ter escapado de um aperto antes não garantia vitórias posteriores.

Uma brecha, no entanto, era tudo o que Anakin precisava para transformar uma ligeira vantagem em uma vitória decisiva e, em poucos segundos, os fragmentos fumegantes de droides de batalha estavam diante deles, alguns ainda tentando se comunicar com um comando central em sua cadência distinta e artificial.

— Nada disso — disse Anakin, girando o sabre de luz e o enterrando. — O que foi aquilo? — perguntou ele, apontando na direção da origem dos disparos.

Obi-Wan olhou para a torre, parando para apreciar sua arquitetura com uma atenção que não pôde dar antes. *Era* uma maravilha, a fusão de impossibilidade estrutural com genialidade artística, desde a forma como se curvava em ângulos que pareciam fisicamente impossíveis até os ornamentos esculpidos que contavam uma longa história do mito de criação de sua cultura.

E, ao que parecia, oferecia uma boa posição de atirador. Uma que, segundo Anakin, quase fora destruída por uma bomba plantada.

— Um gesto de boa-fé. — Obi-Wan ergueu a mão e a manteve levantada por vários segundos; quer Ruug ainda observasse ou não, ele queria que as ações fossem reconhecidas.

Anakin ajoelhou-se, analisando os droides remotos, tecnologia de busca padrão baseada em modelos Arakyd, mas aqueles carregavam aprimoramentos específicos para anexar armas aos sensores. Ele pegou uma das peças, semicerrando os olhos e observando o buraco aberto pela rajada de blaster e a fiação exposta, tão imerso na inspeção que quase pulou de susto quando Obi-Wan colocou a mão em seu ombro.

— Anakin — disse Obi-Wan, e a postura do mais jovem se tornou uma declaração defensiva, uma reação entranhada por todos os sermões que choveram sobre ele em seus anos de Padawan.

— Desculpe, Mestre. Estou tentando ver o que estamos enfrentando. Caso...

— Estou realmente grato por você estar aqui. — A voz de Obi-Wan saiu suave e verdadeira e, apesar do caos da situação, ele estava encantado com o homem adulto à sua frente, e sobre como tudo que acontecera depois de Geonosis esticara e comprimira o tempo em um instante, mudando os dois.

Anakin ficou sem uma resposta imediata pela primeira vez. Ele desviou o olhar do droide danificado em sua mão para observar o horizonte da capital de Cato Neimoidia, a parte que faltava do distrito desmoronado de Cadesura visível de onde ambos estavam.

Um sinalizador elevou-se aos céus perto do bairro industrial, como se fosse uma deixa. Anakin apontou para ele e acenou com a cabeça antes de avançar.

— Bem, não me agradeça ainda. — O que restava do droide remoto de detecção caiu no chão com um tinido e pedaços de seu corpo danificado se espalharam com o impacto. — É a minha parceira. Precisamos ir.

Obi-Wan estudou a área de onde partiu o sinal, depois ponderou sobre a torre de onde o disparo de cobertura de Ruug se originou.

— *Aquela* torre era um alvo de bomba?

— Sim. E mais seis outros pontos. Alvos não militares e nem financeiros. Se os alvos não afetam suas defesas estratégicas ou posição econômica, por que atacá-los?

Vozes gritavam no nível do chão abaixo deles. Os dois se abaixaram, inclinando-se apenas o suficiente para ver os guardas se espalhando, acompanhados pelos pesados passos dos superdroides de batalha.

— Vamos em frente — disse Anakin, virando-se. Ele deu alguns passos adiante, mas então parou. — Vamos, o que você está esperando?

Obi-Wan sabia que Anakin estava certo e que eles precisavam prosseguir. Mas figuras apareceram: Ketar, com a pistola em punho e procurando em todos os lados por algo em que atirar. Atrás dele, um esquadrão de guardas e mais droides de batalha.

Ele apertou os olhos e ergueu a vista, buscando no horizonte por qualquer sinal de Ruug, quando sentiu Anakin agarrar seu braço, completamente focado no caminho à frente.

— Precisamos ir *agora*.

Com sorte, Obi-Wan não precisaria descobrir as respostas para aquelas perguntas.

— Certo, certo — disse ele, partindo com Anakin em uma velocidade ampliada pela Força. — Em marcha.

ELES CORRERAM PELOS TELHADOS, SALTANDO SOBRE CHAMINÉS DE EXAUStão e deslizando por terraços inclinados, vez ou outra topando com pessoas nas varandas enquanto avançavam na direção do sinalizador. Um ou dois droides de detecção flutuavam a cada poucos prédios, alertados pela presença dos Jedi, e aquele que ocupasse a dianteira efetuava um gesto com a mão, usando a Força para esmagar o sistema de orientação remoto e o processador interno. Sempre que encontravam um dos remotos, os dois se viravam em um ângulo difícil, saltando para um prédio diferente tentando se livrar dos potenciais perseguidores.

Enquanto corriam, Obi-Wan repassou a história de Ruug, incluindo sua descoberta sobre as evidências Separatistas. Anakin, por sua vez, fez uma pausa para apontar cada um dos alvos das bombas. Eles pularam, avançando constantemente enquanto se moviam por cima e ao redor dos obstáculos em seu caminho.

— Qual era a precisão da construção e posicionamento de cada bomba?

— Um trabalho desleixado — respondeu Anakin, agarrando uma saliência para escalar. — A fiação estava um pouco frouxa e o material explosivo não estava bem embalado.

Obi-Wan balançou a cabeça enquanto fazia o mesmo.

— Não pode ser o mesmo culpado pela catástrofe em Cadesura. Os detalhes mostravam perícia militar. Fizemos simulações.

— Bem, pense no seu discurso sobre extremistas. Talvez alguém esteja copiando o atentado?

— A agente de Dooku — ponderou Obi-Wan em voz alta. — Que papel ela desempenha nisso tudo?

— Não há muita informação sobre ela — disse Anakin enquanto os dois prosseguiam rapidamente. — Os clones ouviram mais *rumores* sobre ela do que qualquer outra coisa.

Eles alcançaram uma beirada notavelmente diferente dos desenhos intricados da região da capital de Zarra e do distrito comercial ao redor. Em vez disso, quanto mais avançavam até a periferia, mais as estruturas adquiriam uma aparência utilitária. Esse padrão continuou à medida que seguir pelos telhados se tornou uma simples corrida por superfícies planas, e chegar à origem do sinalizador se tornou um simples passeio pelas partes de Cato Neimoidia sobre as quais ninguém nunca falava. Tudo parecia funcional, provavelmente locais de fabricação e armazenamento, fileiras de armazéns e vários prédios altos. Por meio da Força, Obi-Wan sentiu uma variedade de indivíduos naquelas construções, e a lógica dizia que eram a classe pobre e trabalhadora do planeta, uma mistura de Neimoidianos e seres de outros mundos que serviam à classe dominante de Zarra.

Não importava o quanto uma sociedade ou um planeta fosse rico. Alguém *sempre* tinha que fazer o trabalho pesado.

Eles se deslocaram agilmente para a beirada do telhado e logo abaixo, para o espaço ocupado por grandes tendas, as enfermarias improvisadas que cuidavam dos doentes, feridos e resgatados da catástrofe.

— Não vejo nenhum guarda — disse Obi-Wan. — Nem droides de batalha. Mas fique de olho naqueles droides de detecção.

— Acho que não vamos nos deparar com mais nenhum. Minha parceira ficou de nos encontrar em uma área de baixa segurança. — Anakin apontou para uma pequena figura encapuzada parada em um beco entre os prédios.

E, atrás dela, nas sombras, as distintas luzes vermelhas, azuis e brancas da cúpula de R2-D2.

— É bom rever um velho amigo.

— Melhor ainda — observou Anakin — é rever um velho amigo capaz de enviar seus dados para a República. Vamos descobrir uma forma de levá-lo até a central de dados. — Ele desceu num salto e correu até a figura encapuzada antes que Obi-Wan pudesse responder.

Uma exasperação instintiva provocou um rápido suspiro em Obi-Wan e, então, ele decidiu seguir Anakin. Será que Anakin *nunca* deixaria de fazer aquilo?

CAPÍTULO 44

ANAKIN SKYWALKER

ANAKIN QUERIA CHEGAR AO BECO ANTES DE OBI-WAN.

Não porque se tratava de uma competição ou qualquer coisa nesse sentido. Apenas representava uma necessidade mais prática. Ele desceu para o chão, depois correu até o beco onde Mill se ocultava nas sombras. R2-D2 chacoalhou com bipes de saudação antes de avançar para cumprimentar Obi-Wan. Aquilo proporcionou a Anakin tempo bastante para falar com Mill.

— Escute, eu ainda não contei a Obi-Wan sobre você.

— O quê? — espantou-se Mill, arregalando os olhos sob o capuz. — Eu estou encrencada? Ele é do Conselho...

— Olá, R2. Quem bom que pôde vir nos ajudar. — O droide respondeu com chilreados e gorjeios. — Ouvi dizer. Você é um ótimo localizador de bombas. Você está...

Anakin não precisou da Força para perceber os olhos de Obi-Wan se voltando na direção deles. Ele se endireitou, virando de novo para seu antigo Mestre e, a esta altura, Mill já deveria estar perto o bastante para revelar quem realmente era.

— Uma jovem aprendiz?

Mill ergueu os olhos para Anakin, e ele respondeu assentindo. A jovem Zabrak tirou o capuz e, na penumbra do beco, as silhuetas de seus chifres e do rabo de cavalo ficaram evidentes.

— Anakin. — A voz de Obi-Wan adotou a familiar repreensão. — Onde você estava com a cabeça? Isto aqui não é lugar para uma jovem.

— Mestre — começou a se explicar Anakin antes de fazer uma pausa intencional para pensar, contendo seu instinto de argumentar. — Obi-Wan. — Algum tempo antes, tal mudança poderia ser interpretada como um sinal de desrespeito. Mas ali, sua voz mais calma projetou intenções diferentes.

Ele dirigia-se a um colega, sem a formalidade exigida para um mentor. E o rosto de Obi-Wan se suavizou, as linhas rígidas prontas para dar outro sermão sobre protocolos e segurança arrefecendo em uma disposição para ouvir, se não necessariamente compreender.

— Esta é a Iniciada Jedi Mill Alibeth — contou Anakin. — Sei que o fato de ela estar aqui parece estranho, até arriscado. Mas peço que confie em mim nisso. — Mill moveu-se para o lado de Anakin, permanecendo com os ombros retos e o peito estufado. — Ela é bastante competente.

Obi-Wan franziu a testa com preocupação, como Anakin já o vira fazer tantas outras vezes. Mas geralmente aquilo precedia um suspiro exasperado, um cruzar os braços e um balançar de cabeça. Tais movimentos reflexivos não se manifestaram. Em vez disso, Obi-Wan pôs-se em simples contemplação, olhando de Anakin para Mill.

— Há uma razão para você ser agora um Cavaleiro Jedi — disse Obi-Wan, suas palavras calmas e cuidadosas. — Vou aceitar seu julgamento. — Ele inclinou a cabeça, deixando um sorriso aparecer. — Vejo que aprendeu alguma coisa conversando com todos aqueles jovens.

— Não se preocupe — disse Anakin. — Não vou assumir um Padawan de jeito nenhum.

R2-D2 emitiu vários bipes e ruídos, balançando para a frente e para trás.

— Certo, vamos nos apressar — disse Anakin. — Mill, o que você tem para nós?

Ela deu um passo à frente, sua fachada de confiança se desfazendo e dando lugar à mesma jovem que estivera com ele nos últimos dias: habilidosa, inteligente e naturalmente talentosa, mas que estava apenas começando a crescer. Ela apontou para os prédios ao redor deles e para a enfermaria improvisada atrás de Obi-Wan.

— Não há muitos guardas aqui. Se é que tem algum — informou ela. — R2?

R2-D2 projetou um mapa, um modelo holográfico giratório dos arredores com uma linha vermelha que serpenteava e formava uma grande trajetória até chegar a um ponto.

— E esse caminho nos levará pelas áreas desprotegidas. — Mill acompanhou a rota com o dedo, detendo-se em uma curva. — Pode haver alguma atividade aqui, mas acho que conseguimos passar rapidamente com a ajuda de R2 e de nossos sentidos.

Vários outros gorjeios curtos e rápidos partiram do droide.

— Eles estão se aproximando — disse Anakin.

— O que ele disse? — perguntou Mill. — Eu ainda... estou aprendendo a entender o droide.

— Ele está captando conversas de patrulha que mostram atividade no ponto ao leste mais extremo da nossa posição, onde o julgamento aconteceu — disse Anakin.

Obi-Wan olhou por cima do ombro e deu um passo à frente.

— Jovem, como você sabe os detalhes da localização dos guardas? Você entrou na rede de segurança Neimoidiana?

— Não, Mestre, eu explorei à frente. — Ela olhou para Anakin, que simplesmente deu um aceno de cabeça, encorajando-a. — Eu tenho uma habilidade.

— De sentir o movimento de patrulha? — questionou Obi-Wan em voz alta antes de sua voz descer para um tom de reflexão. — Isso pode oferecer uma vantagem tática em batalha...

— Não, não assim. Eu sinto a *dor*. Mestre Skywalker está me ajudando a aprender a controlar essa habilidade. — Obi-Wan ergueu uma sobrancelha. — Consigo ver a angústia dos pacientes aqui. Eles foram resgatados do local do desastre. Ou estão se recuperando dos danos das explosões. Dor física ou emocional. Eu me entrego à Força e a enxergo, da mesma forma que vocês percebem o calor quando usam a visão térmica de um dispositivo.

— Interessante — reconheceu Obi-Wan, acariciando a barba. Anakin conhecia o gesto e o tom de voz; algumas pessoas usariam aquela palavra com um desdém educado, mas Obi-Wan só o fazia quando sua curiosidade despertava. — Você consegue acalmá-los?

— Eu... eu não sei. Só tentei uma vez, em apenas uma paciente. Mas notei um padrão em todas as enfermarias que eles montaram.

— Ela apontou novamente para a grande tenda. — Elas não estão protegidas. Só as equipes médicas estão aqui.

Anakin fechou os olhos e sentiu a Força, percebendo o espaço ao redor deles.

— Ela está certa. Pelo menos aqui. R2, melhore seu áudio e veja se consegue captar os tipos dos droides. — R2-D2 deu um bipe afirmativo, depois ficou em silêncio antes de girar sua cúpula e chilrear para Anakin. — R2 disse que, com base no que sabe sobre a movimentação de droides, parecem ser apenas droides médicos. Nada dos de batalha.

— Não sei se estão dando paz para os pacientes se curarem, ou se... — Mill engoliu em seco antes de olhar diretamente para a tenda. — Ou se simplesmente não se importam. Como se os pacientes simplesmente atrapalhassem.

Anakin estava prestes a dizer algo sobre como era óbvio que a Federação do Comércio trataria as vítimas como bens, mas Obi-Wan falou primeiro:

— Não cabe a nós julgar, porque este é o caso. Pode haver uma razão cultural nisso aqui. Mas é algo que nos dá uma vantagem. Jovem — disse ele, ajoelhando-se para ficar na altura dela, depois inclinando a cabeça para encará-la nos olhos. — Este é um dom único. Você deve abraçá-lo. Tenho um desafio para você.

— Um desafio?

— Preciso chegar ao centro de dados governamental e coletar evidências antes de sairmos de Cato Neimoidia. Ele fica bem ao lado dessas enfermarias temporárias. — Obi-Wan olhou para Anakin. — Minha *amiga* achou irônico — disse ele, antes de se voltar para Mill. — Com você e R2, acredito que possamos chegar lá sem sermos detectados.

— Então, vamos — disse Anakin. — Quanto mais rápido nos movermos, mais rápido poderemos voltar para o plano original e voar para fora deste planeta.

A projeção de R2-D2 mudou, sua rotação parando para diminuir o zoom e mostrar um novo local, daquela vez com uma linha verde que seguia o mesmo caminho por cerca de metade do percurso antes de virar à esquerda em vez de à direita na curva.

— A Força nos une nos momentos certos — disse Obi-Wan, acenando para Mill. — Ele tem razão. Jovem, mostre o caminho. E vamos tentar ficar nas sombras. Nada de tentarmos os telhados; aqueles droides de detecção remotos estarão nos procurando.

— Você poderia simplesmente dizer que temos sorte de ela estar aqui.

— Anakin, você continua acreditando na sorte.

— Eu não disse que acreditava na sorte. — Ele deu um tapinha no ombro de Mill, provocando um sorriso no rosto da garota. — Mas isso não nos impede de ter sorte. — Mill partiu para o beco com o capuz cobrindo a cabeça com chifres e R2-D2 deslizando atrás dela. Anakin a seguiu, e Obi-Wan o acompanhou, numa caminhada apressada, mas silenciosa.

Do céu, Zarra brilhava com estruturas elegantes e topiarias exuberantes. Em todas as áreas que Mill identificou, no entanto, ela poderia muito bem ser o setor industrial de Coruscant. Com a maioria das enfermarias posicionadas nas extremidades da cidade-ponte, mover-se na direção do centro de dados provou-se bastante fácil; os droides médicos e as equipes de enfermagem estavam muito envolvidos com as preocupações imediatas para se importarem com qualquer sinal de movimento. Eles estavam na metade do percurso projetado por R2 quando Mill parou de repente.

— O que há de errado, Mill? — perguntou Anakin. Ela deu outro passo adiante, embora pressionasse a cabeça com as mãos. Ele avançou para apoiá-la, e embora ela tentasse empurrá-lo, o que quer que a afligira de súbito também drenara sua força.

— Estou sentindo alguma coisa.

Obi-Wan apareceu ao lado deles, logo seguido por R2-D2.

— Escaneie a área em busca de guardas ou ameaças — pediu ele ao astromecânico, embora desse espaço para a garota respirar. R2-D2 apitou em reconhecimento, depois deslizou para vários metros de distância dali antes de liberar uma pequena antena parabólica da sua cúpula.

— Alguém está se aproximando? — perguntou Anakin.

— Não. Mas estão próximos. Medo. Sofrimento. Fúria. — Ela pressionou as têmporas com as mãos e começou a olhar ao redor, cada movimento parecendo uma luta. Ela abriu os olhos e encarou Anakin.

— Não consigo me desligar disso. É tão avassalador... — Anakin segurou-lhe as mãos, mas também olhou em volta.

— É a enfermaria ali? — perguntou Anakin, apontando para o armazém adjacente convertido em uma ala médica local.

— Não. Eu os sinto, mas isso é diferente. E é tão intenso que sinto em toda parte. Eu acho que é apenas uma pessoa, mas a dor que está sentindo...

Mill foi parando de falar, mas R2-D2 ocupou o espaço, apitando rápido o bastante para se inclinar para a frente e para trás.

— Uma bomba? — perguntou Obi-Wan. A luz do projetor óptico do astromecânico desenhou um mapa com um simples X vermelho marcando um local não muito distante dali.

— Vamos — disse Anakin, içando Mill nos braços. Obi-Wan assumiu a liderança, deslocando-se rapidamente com R2-D2 deslizando atrás dele e Anakin à espreita enquanto carregava Mill.

— Tem alguma coisa errada — alertou Mill, encostando a cabeça no ombro de Anakin.

— Anakin! — gritou Obi-Wan da esquina de um prédio abandonado, suas portas e janelas fechadas com grandes placas de metal. Ele permaneceu parado ao ar livre, os céus cinzentos de Cato Neimoidia lançando uma luz pálida sobre eles até que o sabre de luz de Obi-Wan acrescentou um tom de azul. Ele cortou um buraco com precisão, movendo a lâmina em um quadrado sem atravessar a superfície muito profundamente. Anakin compreendeu os movimentos específicos: Obi-Wan não queria que a energia da lâmina de plasma detonasse acidentalmente qualquer explosivo.

Obi-Wan deu um passo para trás, depois estendeu a mão com os dedos bem abertos e extraiu a placa de metal quadrada através da Força, antes de deixá-la cair no beco vazio.

— Aí está — disse Obi-Wan, chamando com a mão Anakin até ele. — Isso se parece com as bombas que vocês encontraram ontem?

A lente óptica de R2-D2 girou, junto com o zumbido e a vibração de uma varredura ativa. Anakin colocou Mill no chão e ajoelhou-se ao lado de Obi-Wan para olhar dentro do prédio abandonado.

— Sim — disse ele, confirmando seu palpite inicial, mas estudando o objeto mais de perto para confirmar. — O mesmo material laranja. A fiação segue o mesmo projeto. E a unidade de ignição é a mesma, assim como o processador de sinal remoto. E a forma explosiva... é quase do mesmo tamanho. E — observou Anakin — também é um trabalho desleixado. Mas isso — disse ele, apontando ao redor — não faz sentido. As outras bombas estavam todas no raio do julgamento. Todos aqueles alvos significavam algo para esta comunidade. — Anakin balançou a cabeça, depois olhou em volta para ter uma vista completa dos arredores. — Este aqui é apenas um armazém abandonado. Não faz sentido.

— Agh — exclamou Mill, levando as mãos à cabeça. Ela se levantou, empurrando Anakin para longe quando ele tentou ajudar. — Não, eu preciso superar isso. Essa pessoa está por perto. Em algum lugar próximo. — Seus joelhos fraquejaram, mas ela grunhiu e se firmou. — Não vou deixar isso me dominar. Eu consigo controlar.

R2-D2 emitiu uma série de gorjeios e assobios curtos, rápidos o bastante para que Anakin colocasse a mão no punho do sabre de luz.

— Como vocês desarmaram essa coisa antes? — perguntou Obi-Wan.

— Religação manual completa. Requer um pouco de esforço. O responsável por isso pode não ser muito meticuloso, mas teve um bom professor. Fique de olho — disse Anakin, estendendo a mão para remover a bomba de seus suportes de montagem. — Preciso tomar cuidado com isso.

O cascalho fez barulho sob suas botas enquanto Anakin puxava o dispositivo. Obi-Wan deu um passo para trás para lhe dar espaço enquanto ele depositava o dispositivo armado no chão de pedra do beco.

Anakin virou-se para Obi-Wan, depois deu uma rápida olhada em Mill, que cerrava os dentes, lutando para se endireitar.

— Está se aproximando. A raiva.

— Então é melhor eu me apressar. — Mas assim que ele se inclinou para começar a desarmar o explosivo, uma voz gritou:

— Afaste-se da bomba, *Jedi*.

ANAKIN VIROU-SE, SACANDO E ACENDENDO O SABRE DE LUZ EM UM único movimento.

Àquela altura, a arma de Obi-Wan também iluminava seu rosto de azul, mas ele estendeu uma única mão, fazendo sinal para Anakin ir com calma.

E Anakin o escutou.

Ele fitou o guarda de pé do outro lado da rua, o jovem Neimoidiano que fez o discurso inflamado durante o julgamento. Ambas as mãos seguravam alguma coisa: uma pistola apontada contra eles na esquerda, e um pequeno dispositivo na direita, cujo dedo estava no gatilho.

— Ketar — disse Obi-Wan, diminuindo o tom de voz. — Gente demais já se feriu. Abaixe o detonador e vamos conversar.

— Você não vai conseguir conversar com ele — disse Mill. — Ele está num estado de fúria. Eu posso *senti-la.*

Anakin olhou para a região ao redor, procurando por vulnerabilidades. Apesar de mais comuns e ligeiramente degradadas, muitas das estruturas por perto ainda mantinham os desenhos arredondados típicos da estética daquela cultura. Mas em termos de auxílio imediato, o ambiente não oferecia truques.

Bastaria velocidade — um único impulso para correr e cortar o detonador. Ou ele poderia empurrar Ketar para o chão com a Força, esperando derrubar o detonador de sua mão. Ou puxar o detonador como faria com qualquer objeto no chão. Todas as alternativas ofereciam o mesmo risco: se Ketar percebesse o que estava acontecendo, seu polegar apertaria o botão e acionaria a bomba.

Um pensamento surgiu em sua mente, um que ele afastou quase no mesmo instante: se ele tivesse o domínio de Conde Dooku sobre raios, um relâmpago provavelmente bastaria para nocautear Ketar rapidamente e liberar o detonador com segurança.

— Anakin, deixe-me falar com ele — disse Obi-Wan baixinho, como se soubesse que Anakin já estava pensando em formas de apressá-lo.

— Você escutou Mill. Não vai conseguir conversar com ele agora.

— Vou tentar. Me dê uma chance.

Anakin assentiu, deixando Obi-Wan fazer o que ele fazia de melhor, mas não gostava das probabilidades, nem tinha a paciência necessária para deixar aquilo acontecer. Obi-Wan retraiu a lâmina de seu sabre e levantou as duas mãos.

— Está vendo? — perguntou Obi-Wan. — Estamos calmos. Estamos aqui para conversar. Falei de boa-fé antes e pretendo mantê-la. — Com o canto da boca, ele falou devagar: — Abaixe suas armas.

— Espero que saiba o que está fazendo — murmurou Anakin, desativando a lâmina de plasma de seu sabre de luz.

— Ketar — disse Obi-Wan. — Aquelas bombas ao redor do Grande Anfiteatro das Deliberações eram suas?

— Você! — vociferou ele em um tom baixo e frio, olhando para Anakin. — Você deve ser o do comunicador. Você desarmou minhas bombas?

— Fui eu — respondeu Anakin. — Ainda não consegui entender por que você escolheu aqueles alvos. Não sei, achei que eram belas obras de arquitetura...

— Algumas das melhores da história da nossa cultura — disse ele, com a voz carregada de raiva.

— Mestre — disse Mill —, você o está pressionando. Não sei se essa é uma boa ideia.

— Olhem para vocês, olhem para a maneira como zombam de nós. Não mudou nada desde que me lembro, o mesmo jeito que a República trata os Neimoidianos, o mesmo jeito que trataram gerações da minha família. Por que eu destruiria pilares da cultura Neimoidiana? Porque *só então* a República poderia ver que somos mais do que comerciantes de recursos. Porque ela *veria* — sua voz se elevou — os restos fumegantes de tudo o que o emissário Jedi explodiu.

— Acho que ele estava tentando incriminá-lo — sussurrou Anakin.

Obi-Wan assentiu, depois virou-se para o jovem guarda.

— Ketar — tentou ele novamente. — Eu entendo as suas queixas contra a República. Você não está errado. Mas, por favor, escute as evidências. *Não* causamos a catástrofe em Cadesura. Você pode nos ajudar. Ruug confia em mim. Você também pode confiar.

— Não fale sobre a minha parceira. Você a corrompeu.

Obi-Wan deu um passo à frente, com as mãos para cima enquanto tentava uma tática diferente.

— Você pode assumir a liderança na investigação das minhas provas — disse ele, omitindo especificamente Ruug daquele detalhe. — Pode ser um herói tanto para a República quanto para os Separatistas. Suas ações podem se tornar a única coisa que levará a galáxia à paz. Se quer ajudar o seu povo, ajudar a Federação do Comércio, esta é a sua oportunidade. Por favor, aceite-a e trabalhe comigo. — Obi-Wan olhou para Mill. — O que você está sentindo? — perguntou ele baixinho.

— Angústia. Confusão. Ele ainda está muito bravo. Mas você...

— Chega de papinho entre vocês. Parem de conspirar contra mim. Eu estou no controle aqui. — Uma rajada irrompeu de sua pistola, e Anakin usou a Força para projetar para longe a trajetória e local de impacto do disparo.

Um tiro de advertência, sem alvo. Ele deixou passar por eles, e Obi-Wan também não se moveu. Ela chamuscou a parede do prédio, deixando uma marca escura e fazendo detritos caírem no chão.

— Sim, Ketar — disse Anakin. — Este é o seu espetáculo. Você está no controle.

— Não fale mais de Ruug. Eu sei tudo sobre seus poderes Jedi.

— Ruug fez suas próprias escolhas — assegurou Obi-Wan. — Não a influenciei em nada.

— Então, ela é uma traidora para os Neimoidianos de todas as partes.

— Ketar — disse Obi-Wan, tentando reconduzir a discussão. — Escute-me. Ninguém precisa saber das bombas que você plantou. Ninguém precisa saber sobre *esta* bomba bem aqui, ao lado desta enfermaria. — Embora ninguém houvesse dito nada, os planos de Ketar de repente fizeram sentido para Anakin. Se tudo aquilo fosse para incriminar Obi-Wan por desrespeitar o povo Neimoidiano, então os alvos seriam coisas que importavam para sua cultura e comunidade, e não para a Federação do Comércio como uma organização.

Estátuas e edifícios de significado cultural — e feridos desprotegidos.

— Essas bombas podem ser apagadas da história. Em vez disso, você pode ser aquele que disse desejar dar o primeiro passo para a paz.

Use as minhas provas, eu imploro. Você pode ser o herói que a galáxia precisa agora. Isso lhe dará tudo o que você deseja. Maior reconhecimento para o povo Neimoidiano. Uma solução para o maior crime que Cato Neimoidia já viu. E justiça para a linhagem da sua família.

— Mais um bom discurso — sussurrou Anakin e, embora Ketar não pudesse ver, ele percebeu o canto da boca de Obi-Wan curvando-se para cima.

— Algo diferente está acontecendo com ele — disse Mill. — Suas emoções são como uma nuvem de cores diferentes.

— Agora é a minha chance, enquanto ele está distraído. — Anakin olhou para Obi-Wan, que permanecia imóvel. — Ele está instável.

Ketar lentamente deslizou a pistola de volta para o coldre em seu quadril, um gesto que chamou toda a atenção deles. Mas o detonador ainda estava em sua outra mão erguida — aquilo não mudara. Sua mão livre foi para a lateral de seu capacete. Os detalhes permaneciam baixos demais para serem escutados, mas *alguém* falava em seu ouvido.

— Alguém está no comunicador dele — disse Anakin. — Eu deveria detê-lo agora.

— Espero que seja Ruug — sussurrou Obi-Wan. — Não, ele ainda está com o detonador. Um movimento e ele explode. Não somos assim *tão* rápidos.

Quem quer que estivesse falando com Ketar terminou, e o guarda reafirmou sua postura, com os olhos vermelhos arregalados. Ele deu um passo na direção do trio enquanto puxava sua pistola de volta.

— Você afirma que eu seria um herói — disse ele. — Mas aproximar a Federação do Comércio da República me tornaria um traidor. Não seremos forçados para o domínio da República. Ventress me contou tudo sobre vocês, Jedi, e a forma como manipulam as pessoas. A maneira como controlam suas emoções. Eu já vi o que você fez com Ruug. Como distorce a verdade. Como a República lhes dá a liberdade para fazerem o que quiserem. Eu disse isso no julgamento e vou dizer aqui novamente: já chega. Você tentou esconder os seus crimes. Eu vou tornar isso impossível.

— Ventress — disse Obi-Wan, uma rara maldição murmurada antes de sua voz retornar ao volume máximo. — O espírito de cooperação é necessário para a paz da galáxia. Devemos nos unir para impedir esse grupo externo que causou estragos em seu planeta natal. Por favor, olhe para as minhas provas. A República não tem culpa nisso.

— Você está perdendo seu tempo. — Sua voz adquiriu um tom sombrio e seus dedos se fecharam ao redor do punho da pistola. Ele olhou para cima com uma clareza surpreendente em seus olhos vermelhos injetados. — Você não entende.

— Ah, não — disse Mill com um suspiro.

— Não me importa quem bombardeou Cadesura. — Suas palavras conjugavam-se com uma fúria crescente. — Não sei e não me importo. Esse nunca foi o objetivo. A única coisa que importa é o que acontece agora. A República desprezou os Neimoidianos por tempo demais. A neutralidade não é o caminho aqui. A única maneira de salvar o meu povo é nos juntando ao movimento de Conde Dooku. O Conde Dooku salvará a galáxia. Ele pode até falar muito bem de sua Ordem, mas também entende a verdadeira natureza das coisas.

Anakin pôde sentir Obi-Wan ferver com a última frase, um claro indicador de que mais uma variável estava em jogo.

— Ventress esteve em seu ouvido como agente do Conde Dooku. Dê-me a mesma quantidade de tempo que você deu a ela. Eu lhe ofereço apenas palavras.

Anakin colocou a mão no punho do sabre de luz, só por via das dúvidas.

— Ele é um caso perdido. Quem quer que tenha falado com ele através do comunicador o levou ao limite — disse Mill, dando um passo para trás de Anakin.

— Foi Ventress. Ela está manipulando o idealismo dele. Talvez devêssemos correr. Escapar do raio da explosão é nossa única chance — sussurrou Obi-Wan. — Você leva a jovem. R2 terá que usar seus foguetes de propulsão.

— Tem que haver outra maneira. A enfermaria. Precisamos salvar as pessoas. — Anakin usou a Força, desacelerando tudo ao seu redor para buscar alguma solução que fosse capaz de salvar a *todos*. A melhor coisa que conseguiu foi pensar em um puxão coordenado da Força, ele e Obi-Wan agindo ao mesmo tempo, um focando no próprio Ketar para puxá-lo para a frente, e o outro no detonador. Aquilo poderia tirá-lo de sua mão de forma segura o bastante para que...

— Chega de conversa — gritou Ketar. — Afastem-se da minha bomba.

Ou ele poderia girar e cortar a fiação da bomba com um movimento do sabre de luz e esperar que fosse o bastante. Ele sabia quais fios cortar. Aquilo seria menos preciso do que com as bombas anteriores, mas a Força o guiaria. Obi-Wan poderia cuidar do restante.

— Anakin, temos que correr. O raio da explosão está definido, mas, se sobrevivermos, podemos alcançar o centro de dados e mostrar as evidências para a República.

— Não, estou bolando um plano. Vamos salvar a todos.

— Isto é uma guerra. Numa guerra, há escolhas impossíveis. Nós *devemos* levar as provas à República.

— Estou cansado da sua enrolação. Afastem-se da minha bomba. — Algo mudou na postura de Ketar, como se ele tivesse alcançado algum tipo de epifania. — Não, não importa. — Sua voz adquiriu uma nova firmeza. — Eu não preciso sobreviver a isso.

— Ele está calmo agora — disse Mill. — Como se algo tivesse desligado todas as suas emoções. Todas as cores ficaram escuras.

— Isso não é bom — disse Anakin. Ele levantou a mão, a Força agindo como uma extensão de seu próprio braço. Ele quase sentia o detonador através do éter quando um estalo rugiu do alto, cortando o ar como um trovão.

CAPÍTULO 45

OBI-WAN KENOBI

O DETONADOR CAIU DA MÃO DE KETAR E QUICOU NO CHÃO. UMA rajada de blaster foi disparada com velocidade suficiente para abrir um buraco inteiro na palma da mão do guarda, queimando-a. Ketar olhou para sua mão, seus olhos vermelhos arregalando-se ainda mais quando outro tiro soou. O guarda cambaleou, uma de suas pernas cedendo de repente e fazendo-o desabar no chão uivando de dor.

Obi-Wan olhou para cima e para trás deles, os vestígios das rajadas ainda ecoando no céu.

— Você planejou isso? — perguntou Anakin, atraindo o detonador caído para sua palma aberta. Um segundo depois, a pistola de Ketar voou para sua outra mão, mas ele logo a jogou de lado. Ele se virou, vasculhando as construções ao redor, e fez menção de pegar seu sabre de luz, quando Obi-Wan gesticulou para impedi-lo.

— Não — respondeu Obi-Wan, procurando pela presença de Ruug nos telhados. — Acredito que tenha sido mais daquela boa-fé de que falei. Diante de uma escolha impossível. — Onde ela estava? Obi-Wan tentou a direção mais lógica com base na forma como o disparo de blaster chegou, no ângulo e velocidade específicos. Ele não encontrou sinais, embora seus ouvidos captassem o ruído de passos sobre o metal do telhado vários segundos depois. Cada *clang* informava a localização. Alguém estava correndo num ritmo que deixaria até os Jedi com inveja, apesar de não possuir habilidades da Força. — Você deveria desarmar essa bomba.

— Estou trabalhando nisso — disse Anakin.

— Como você está, jovem?

— Ele está ferido — disse ela. — Mas aquela fúria está desaparecendo.

Obi-Wan assentiu, sua mão indo para sua barba de forma instintiva enquanto pensava em suas opções. Não demorou muito para que os passos acima se transformassem em uma série de bufos e pancadas, e então ele finalmente localizou Ruug: com o rifle sniper amarrado às costas, ela desceu uma série de saliências antes de prender um gancho na lateral de uma parede curva alta e ir de rapel até a superfície. O gancho retraiu as garras e a alcançou enquanto ela diminuía a velocidade, assimilando a cena: Jedi à sua direita, um Ketar ferido à sua esquerda.

Obi-Wan caminhou até a comando Neimoidiana.

— Há outra bomba. Meu apren... Meu colega Jedi a está desarmando. Você sabia sobre a série de bombas plantadas por Ketar?

— Só o que foi discutido aqui.

— O ódio dele pela República é profundo. E foi atiçado pela agente de Dooku.

Ruug assentiu e olhou para cima.

— Ela está por perto. Vi a nave dela.

— Acredito que ela esteja coordenada com Ketar pelo comunicador.

Ambos se viraram para olhar o guarda caído, contorcendo-se silenciosamente de dor. O calor dos disparos de blaster deveria ter cauterizado as feridas da mesma forma que um sabre de luz, já que pouco sangue escorria no chão abaixo dele. Ketar ergueu os olhos e, através da dor de seus ferimentos, inclinou a cabeça e se concentrou em Ruug.

— Traidora — gritou ele. Cuspe voou com suas palavras.

Ruug deu alguns passos na direção de seu parceiro, mas parou e olhou para trás.

— A decisão é sua — disse Obi-Wan. — A menos que você queira que a República esteja envolvida.

— Não. É minha responsabilidade. Eu não estava lá para ele. Ventress sim. — O semblante geralmente indecifrável de Ruug cedeu, demonstrando arrependimento sob a forma de olhos estreitados e mandíbula apertada. — O que você fez, Ketar?

— Traidora! — voltou a gritar ele. — Pessoas como você serão a ruína da nossa espécie.

— Espero que essas sejam palavras de Ventress, não suas. — Toda a conversa de Ruug sobre decisões difíceis, matar por seu governo e sua vida brutal como comando parecia exauri-la. Mas ali, uma simples frase de Ketar rompeu seu exterior estoico, abrindo caminho através de suas defesas até que ela simplesmente olhou para seu parceiro caído, em silêncio.

— Ela me mostrou o caminho. Prometeu que Dooku não explorará os Neimoidianos como a República fez. — Obi-Wan desejou poder mostrar a Ketar o que Dooku dissera sobre Geonosis, mostrar como por baixo de palavras eloquentes e sorriso acolhedor destilavam tanto falsidades sutis quanto evidentes. Mas ele respeitava Ruug o suficiente para deixar aquilo com ela.

— Pense nisso. Como você sabe que ele manterá a palavra? — perguntou ela, ajoelhando-se. Obi-Wan observou enquanto ela tentava alcançá-lo, como se a lógica pudesse funcionar onde a empatia falhara. — Mesmo que ele o faça, como você sabe que todos abaixo dele também o farão? Os Separatistas são uma organização em evolução, cheia de prioridades concorrentes. Incluindo Nute Gunray. O futuro deles é incerto.

— Então você está do lado da República? Dos Jedi?

Ruug fez uma pausa, depois olhou para trás, na direção de Anakin e Mill, que trabalhavam na bomba.

— Os Jedi tentaram ajudar o nosso povo. Você tentou matá-los. Isso é imperdoável. Não há justificativa possível para isso. Independentemente do que Ventress lhe disse, *você* plantou as bombas. — Ela apontou para ele. — Enquanto Cato Neimoidia estava de luto, você fez essa escolha.

— Eu tentei salvar o nosso povo, enquanto você colabora com o inimigo.

— Não. — A postura de Ruug mudou, a dor de antes transformando-se em uma raiva que tensionou seus ombros e cerrou seus punhos. — Considero este Jedi honesto. E estou disposta a ouvir pessoas honestas. Mas eu sempre protegerei os interesses dos Neimoidianos.

— Você vendeu o seu povo.

— Esta bomba teria matado civis!

— Continue dizendo isso a si mesma. Pegue o caminho mais fácil. — Ketar cuspiu nos pés de Ruug, uma mistura de saliva e sangue. — A história vai se lembrar de você como uma traidora. Acabe logo com isso. Me mate agora. Complete a sua traição. O que você está...

O sermão de Ketar foi interrompido pelo soco de Ruug em seu rosto.

— Não vamos mudar a opinião um do outro. — Ela se levantou, aquele gesto de uma fração de segundo marcando a diferença entre ela e Obi-Wan: ele nunca teria cedido a um impulso como aquele, mesmo que nocautear Ketar tivesse um propósito prático.

Anakin, por outro lado...

— Você me julga? — perguntou ela, com os olhos fixos nos de Obi-Wan.

Aquele questionamento estava conectado a muitos resultados diferentes, e ele pesou as possibilidades, a maneira como cada resposta poderia se ramificar.

— Você está em uma posição que eu não consigo compreender completamente. Estas decisões são suas. No entanto — disse ele —, se precisar de ajuda, pode pedir. Da República ou a minha. Como um amigo. — Ele virou-se para verificar Anakin, que ainda trabalhava para desarmar a bomba.

— Ele me identificou como uma traidora. E... — Ela inspirou lentamente. — Suponho que eu seja. Ajudei um inimigo declarado do estado. Ele sabe disso. — Ela deu vários passos, aproximando-se dele. — Ele é o *único* que sabe disso.

— Ruug — disse Obi-Wan. — Pense em suas opções com cuidado.

— Se eu terminar o serviço, terei sua confissão registrada. Ele será legitimamente culpado pelas bombas. Talvez isso aprofunde a discussão sobre extremismo. — Ela olhou para Obi-Wan. — E impulsione a necessidade de negociações. Isso apenas reforça seu argumento.

— No entanto, você terá matado seu parceiro.

— Ah, eu já matei tantos. Em combate. De perto. Em missões. Danos colaterais. Por acidente. Culpados. Inocentes. — Ruug tocou as laterais do próprio rosto com as mãos enluvadas. — Não importa como. Eu tirei a vida dessas pessoas. O que é mais uma, ainda mais se isso puder frear a guerra?

Aquele não era assunto Jedi. O objetivo de Obi-Wan era investigar o atentado e, se possível, persuadir a Federação do Comércio a abrir negociações com a República. O conflito entre Ruug e Ketar era uma bolha exclusivamente dos dois, principalmente com as bombas de Ketar neutralizadas. Em algum lugar, talvez Ventress estivesse observando atenta, mas Obi-Wan suspeitava que ela fosse do tipo cujas palavras promovessem seus próprios interesses, independentemente de quem fosse atraído por elas. Ventress provavelmente não se importava se Ketar fosse viver ou morrer.

— Eu o ensinei. Eu o orientei. E esperava moderar sua raiva mostrando-lhe como trabalhamos. Subestimei Ventress. — A ponta de sua bota se enterrou no chão. — Ou talvez tenha superestimado o quanto ele me ouvia.

Obi-Wan ficou intencionalmente em silêncio. As palavras de Ruug não pediam uma opinião e, naquele caso, deixá-la falar sobre aquilo poderia levá-la a uma conclusão melhor.

Ela ajoelhou-se sobre o corpo caído de Ketar, que tinha a respiração ofegante e os olhos fechados. Concentrou-se nos ferimentos que ela mesmo provocara momentos antes, com o rifle sniper que descrevera para Obi-Wan como “uma extensão do próprio corpo” enquanto trabalhavam juntos na superfície.

Aquilo significava que ela sentia cada impacto visceral causado por sua arma?

Embora mantivessem uma distância respeitosa, Obi-Wan ouviu Anakin conversando com Mill sobre a bomba. Ruug permanecia imóvel, apenas piscando enquanto olhava para seu companheiro caído. Segundos se passaram, dedos se transformando em um punho trêmulo juntos às laterais do corpo até que uma mão roçou o coldre da pistola em seu cinto.

— É assim que vai ser — disse ela.

E Obi-Wan aguardou.

A mão dela pairou, flexionando os dedos sobre a arma, o longo indicador tocando o punho.

— Eu posso me arrepender disso. Mas aqui estamos — suas pupilas se aguçaram com a concentração — e eu não posso mudar nada.

Ela moveu a mão e Obi-Wan inspirou com força. A mão de Ruug passou pelo coldre, deslocando-se mais para a parte de trás de seu cinto de utilidades antes de retirar as algemas de energia padrão, do mesmo tipo que ela colocara em Obi-Wan não muito tempo antes.

— Preciso de um medpac — disse ela, com um suspiro pesado. Enquanto algemava os pulsos flácidos de Ketar, ela inspecionou os ferimentos mais de perto. — O caminho para a prosperidade Neimoidiana está em negociações pacíficas, não em derramamento de sangue. Nós sabemos disso. Nossos cérebros são programados para calcular isso. — Obi-Wan enfiou a mão no cinto para pegar um pequeno tubo de bacta de emergência. — Este ciclo de violência precisa terminar — disse ela, pegando o tubo de bacta dele e fazendo a aplicação nas queimaduras na mão e no joelho de Ketar. — Ele tem sorte de estarmos do lado de uma enfermaria.

— Ruug — disse Obi-Wan, ajudando-a a virar Ketar de costas. — Ainda acredito que temos uma chance de frear a guerra. Precisamos chegar ao centro de dados e baixar as evidências do envolvimento dos Separatistas. Então, mostraremos à República que alguém claramente está atuando dos dois lados.

— Posso ajudá-los com isso — disse ela, puxando o braço de Ketar antes de levantá-lo por cima do ombro. Eles andaram no mesmo ritmo, Obi-Wan deixando-a liderar o caminho de volta até Anakin, Mill e a bomba. — Todas as bombas de Ketar estão desarmadas?

— Trabalhamos na maioria delas ontem. Só faltava esta aqui. Mas estou quase terminando. Está segura. E estabilizada. Só preciso de mais tempo para terminar.

Ruug olhou para o trio de Jedi ao seu redor, e Ketar gemeu em seu ombro.

— O centro de dados tem várias camadas de guardas. Vou precisar usar essa bomba como distração.

— Não — disse Mill. — Chega de sofrimento por ganho político.

Um sorriso surgiu no rosto de Ruug, talvez pelo idealismo ali demonstrado.

— Jovem, seu amigo confia em mim. Você também deveria. — Ela apontou para o material explosivo da bomba. — Usarei uma fração disso em uma unidade de varredura ambiental, a cerca de um quilômetro do centro de dados. Uma região desabitada e isolada. Mas nossa segurança está em alerta máximo. Isso deve fazer com que vários guardas deixem o prédio para inspecionar. Eu mesma vou fazer isso.

— E quanto a Ketar?

— Vou deixá-lo na enfermaria. E dizer a eles para sedá-lo, que ele está preso. Senão, quando ele... voltar a si, me identificará como uma traidora. Não sei o que vai acontecer depois disso. Mas — acrescentou ela, ajustando o Neimoidiano inconsciente em seu ombro —, até lá, espero que vocês já estejam fora do planeta.

CAPÍTULO 46

ANAKIN SKYWALKER

AQUELA ERA A ESPECIALIDADE DE ANAKIN.

Ele avançou rápido, movendo-se com discrição e velocidade; se Mill e R2-D2 não estivessem com ele — ou mesmo se Obi-Wan não estivesse com ele —, Anakin teria chegado lá na metade do tempo. O palpite de Mill de que as vizinhanças das enfermarias eram levemente vigiadas provou-se totalmente preciso, e as varreduras constantes de R2-D2 confirmaram que as patrulhas se concentravam sem sombra de dúvida na área imediatamente ao redor dos escritórios governamentais. Quando o centro de dados estava ao seu alcance, ele parou apenas para checar Mill.

— Eu estou bem — disse ela. — Estou bem.

— Tem certeza? Obi-Wan disse que essa é a maior enfermaria.

Mill endireitou-se após uma breve pausa para recuperar o fôlego.

— Se eu consegui lidar com Ketar, consigo lidar com isso. Além do mais — constatou ela, marchando com uma confiança que poderia ter servido para se exibir —, estou começando a perceber que não é o sofrimento das pessoas que me atrasa. É a minha vontade de ajudá-las.

— Agarre-se a isso — disse Anakin. — A maneira como você se importa com os outros a fortalecerá na adversidade. — De canto de olho, ele percebeu Obi-Wan observando-o enquanto dizia aquilo, embora o companheiro rapidamente avançasse, com os olhos focados em seu destino.

— Aquela é a unidade de varredura ambiental que Ruug mencionou — disse Obi-Wan, apontando para uma torre fina com equipamentos projetando-se de um aglomerado de prédios. — E essa é a entrada dos fundos onde ela deve nos encontrar. — A vista ali dava para uma estrutura simples abobadada, com uma pequena parte cilíndrica no topo, e os únicos floreios decorativos eram as estátuas do pátio da frente; havia um número igual de guardas nas áreas de carga frontal e traseira. Ao lado, havia cinco grandes tendas, droides médicos transportando carrinhos entre elas de vez em quando.

O céu brilhava antes de uma nuvem de fumaça começar a subir da unidade de varredura. Todos se viraram para ver uma de suas pernas de sustentação desabar quando a torre implodiu, o equipamento do topo caindo direto.

— Essa é a nossa deixa — disse Anakin. A distração de Ruug funcionara; a maioria dos guardas que cercavam o prédio deixou seus postos, e alguns também saíram de dentro dele. Eles saltaram para baixo, ficando entre becos e ruas laterais para contornar as enfermarias.

Ao passarem pela última tenda, Mill respirou fundo. Embora continuassem avançando, Anakin virou-se para ela.

— Você está bem, Mill?

— Eu estava errada — disse ela. Mas ao contrário das outras vezes em que suas habilidades pareciam privá-la de ar, ela permaneceu firme. — Achei que tinham deixado as enfermarias sem proteção porque não se importavam com as pessoas. Mas é para proporcionar aos pacientes um espaço mais reparador. Sua cultura se preocupa profundamente com seus doentes e feridos. Não é algo que um observador externo perceberia.

— Você descobriu isso tudo só de andar por elas?

— Eu as senti de uma forma um pouco diferente aqui — disse Mill. Eles pararam, Obi-Wan espiando ao redor da esquina antes de sinalizar para que avançassem. — Todas as outras enfermarias estão livres de guardas. Esta tem alguns por perto. As pessoas parecem ficar tensas quando estão próximas de militares. E os guardas estão atentos. Acho que é a tal avaliação de risco de que você me falou. — Ela se virou para Anakin, seus olhos límpidos. — Eles se preocupam com seu povo, especialmente em um momento de luto. Não sei sobre a Federação do Comércio, mas os *Neimoidianos* se preocupam com seu povo.

Anakin assentiu, mas teve apenas alguns segundos para absorver aquela epifania da jovem aprendiz antes de Obi-Wan acenar para eles.

Talvez todos tenham cometido o erro de vincular o povo ao governo. Obi-Wan os levou para o lado da cúpula, uma área com uma cobertura significativa de árvores, antes de saltar para cima, usando o equilíbrio ampliado pela Força para escalar a lateral curva. Ainda que Mill se movesse mais lentamente do que os adultos, ela provou ser uma escaladora competente, acompanhando o ritmo com R2-D2 ao seu lado.

— Ruug diz que esta é a área com a menor cobertura de câmeras — disse Obi-Wan enquanto eles alcançavam a borda superior. De onde eles ajoelharam juntos, o guarda solitário de pé na parte de trás não parecia ser mais do que um inseto mantendo-se firme no lugar, embora a falsa emergência local também tivesse tirado o restante dos funcionários do escritório. Eles se espalharam, parecendo, àquela distância, pontos movendo-se em uma placa, embora outro surgisse do lado oposto, correndo *para perto* em vez de se afastar. — Lá está ela. — Obi-Wan equilibrou-se nos calcanhares, depois apontou para a estrutura cilíndrica superior. Anakin assentiu, então liderou o caminho para a escotilha do teto, onde Ruug os deixaria entrar sem serem detectados.

— Bem-vindos ao arquivo de dados governamentais — disse Ruug, acenando para que eles entrassem. Ela pressionou o botão do dispositivo em sua mão mais uma vez, projetando um raio laranja translúcido; ela fez o mesmo conforme avançavam pelo interior do edifício para criar uma janela móvel de vigilância incapacitada. — Se eu já não fosse ser presa por traição, qualquer registro meu fazendo esse tipo de coisa certamente me levaria para a prisão.

— Você está fazendo isso pelo motivo certo — observou Obi-Wan com um aceno de cabeça. — Mill, suas habilidades podem monitorar o corredor externo em busca de movimento?

— Se eu realmente me concentrar, Mestre.

— Faça isso. Avise-nos caso alguém comece a vir em nossa direção. — Obi-Wan olhou para Ruug, que assentiu em resposta. — Não podemos nos descuidar.

R2-D2 apareceu e imediatamente chilreou sobre procurar por uma porta de acesso.

— Aqui — disse Anakin, tocando em uma porta na altura do joelho construída para droides astromecânicos. A tela acima ganhou vida com linhas e linhas de texto que a princípio mostravam o que ele supunha ser Pak, mas alguns segundos depois todo o texto foi convertido para caracteres Aurebesh. Ruug aproximou-se, rolando a tela e vasculhando várias pastas até que tocou em dois conjuntos de arquivos.

— É isto — disse ela. — Mande isso para a República. Quaisquer cópias são apagadas automaticamente dentro de um dia padrão para minimização de risco. É por isso que minha fonte teve que invadir diretamente o arquivo. Se vocês vão transmitir esses dados, precisam enviá-los agora, e o receptor terá que recebê-los com segurança.

R2-D2 emitiu um bipe afirmativo, e uma barra de progresso de transferência de dados surgiu na tela, sendo progressivamente preenchida.

— Você deseja se apresentar à República? — perguntou Obi-Wan. — Podemos lhe conceder anistia. Você estará protegida. Talvez possa até liderar as negociações com a Federação do Comércio.

— Eu lhe prometo, nada aconteceria com você — disse Anakin, e ele sentiu o rugido do dragão solar em seu interior, do jeito que sempre fazia na fornalha de seu coração durante aquelas circunstâncias. Quando alguém demonstrava lealdade a Anakin Skywalker, tornava-se um aliado para a vida. E se o traíssem, tal intensidade se inverteria imediatamente para algo muito mais perigoso.

Ruug olhou de um Cavaleiro Jedi para o outro, depois para a jovem que de repente parecia capaz além de sua idade, apesar do fato de ainda não ter seu próprio cristal kyber.

Anakin soube da resposta de Ruug apenas pelo olhar em seu rosto.

— Eu amo meu mundo natal — disse ela, virando-se para a tela acima de R2-D2. — Amo a minha gente. Fiz tantas coisas terríveis em nome deles porque acredito que vale a pena. Vocês têm razão; eu poderia ir com vocês para Coruscant e me tornar uma negociadora. Mas meu lugar é aqui. Passei a vida lutando internamente pelos Neimoidianos. Talvez nem sempre pela Federação do Comércio. Mas para o meu povo. O que quer que aconteça comigo, continuarei nessa luta.

Anakin olhou para Obi-Wan, que apenas assentiu.

— Nós entendemos — disse ele, estendendo sua mão mecânica enluvada. — Se precisar de nós, você tem amigos na República. — Obi-Wan estava certo sobre ela, e ele ficou grato por isso.

Seria o motivo de ele lutar por ela. Era estranho que sentisse aquilo, mesmo para uma Neimoidiana, que trabalhara para a Federação do Comércio. As epifanias que vinham apenas com a experiência se estabeleceram, ressignificando gradualmente suas próprias crenças profundamente arraigadas em uma perspectiva totalmente nova.

Ruug apertou sua mão e, através da luva e dos sensores sintéticos, ele sentiu o calor e o peso da mão dela contra a dele. Das muitas espécies que encontrara em toda sua vida, ocorreu-lhe que raramente estivera tão perto de um Neimoidiano antes, apesar do tanto que eles tinham influenciado o rumo de sua vida. Um sinal sonoro partiu do arquivo e R2-D2 desconectou-se do terminal. Depois de recuar, o droide abriu sua cúpula e elevou uma pequena antena parabólica. Bipes rápidos soaram junto com um gemido eletrônico que o astromecânico normalmente reservava para momentos de grande frustação.

— O que há com o droide? — perguntou Ruug.

— As transmissões para Coruscant estão bloqueadas. O que restou das regras da minha estadia. R2 — disse Obi-Wan —, há algo que você possa fazer para atrasar a exclusão automática dos arquivos? Talvez fazer cópias das cópias?

Anakin levantou a mão antes que R2-D2 pudesse responder.

— Podemos não precisar fazer isso. R2, você pode transmitir para uma nave viajando pela Orla Média? — Um assobio afirmativo depois e de repente Anakin se sentiu mais forte, mais capaz de superar qualquer obstáculo. Pensamentos sobre Padmé resultavam em uma descarga de adrenalina maior do que qualquer combinação de especiaria ou bebida poderia alcançar. — Sou amigo de alguém no Senado em quem podemos confiar.

Obi-Wan inclinou a cabeça para o lado.

Anakin ajoelhou-se diante de R2-D2, recitando rapidamente os detalhes memorizados sobre a conexão a canais de comunicação seguros, algo que ele mantinha para si com tanta força quanto o amor por sua esposa.

Porque, de certa forma, aquelas letras e números preservavam seu casamento através das estrelas.

CAPÍTULO 47

OBI-WAN KENOBI

Houve um breve momento no relacionamento entre Obi-Wan e Qui-Gon Jinn em que o aprendiz agiu pelas costas de seu Mestre enquanto buscava seu verdadeiro caminho a seguir. Na época um jovem e impetuoso Padawan, tão insistente em seguir o Código Jedi que se irritou com a hesitação de Qui-Gon em relação a um acordo entre a inescrupulosa Corporação Czerka e o planeta Pijal — uma hesitação causada pela própria bússola moral do Jedi.

Anos depois, Obi-Wan finalmente compreendeu as objeções de seu antigo Mestre a algo quando o equilíbrio entre o certo e errado, o bem e o mal, não produzia um resultado claro.

Ele tinha certeza de que o desafio de Anakin ao Código Jedi ali não se enquadrava na categoria de "bússola moral". Porque Anakin não o reconhecia nem o defendia. No entanto, falhara miseravelmente em esconder aquilo.

Obi-Wan sentiu *tudo* no instante em que Anakin disse "Orla Média". Em circunstâncias como aquela, ele normalmente precedia conclusões com perguntas, internas ou não, e permitia que as coisas se desenrolassem.

Mas não precisou fazê-lo *naquele* momento. A onda de emoção que acompanhava aquelas palavras bastou para que Obi-Wan compreendesse a situação. E pouco tinha a ver com a estratégia de transmissão dos dados à República ou com as possibilidades das decisões de Ruug. Tudo ali se conectava aos pensamentos sobre Padmé Amidala e à forma como Anakin conseguiu redirecionar a missão na direção dela. Aquela era a intenção dele o tempo todo? Ou ele se aproveitava da situação sempre que podia?

Ou talvez fosse tudo uma mera coincidência e Padmé realmente fosse a melhor escolha ali? Ela estava acessível, e garantir uma rota de transmissão confiável para Coruscant era a principal prioridade.

O projetor de R2-D2 se acendeu e a figura brilhante de Padmé Amidala surgiu. Apesar das cores fortes do holograma, o requintado bordado de cobre em seu vestido roxo ainda era distinto, mas Padmé em si apresentou-se mais casualmente, com os longos cabelos cacheados soltos, sem manto, usando apenas um simples pingente de ouro com um desenho espiralado.

— Ani! É...

Embora a imagem fosse do tamanho do cabo de um sabre de luz, sua mudança foi clara. Ela inclinou a cabeça levemente, como se identificar as pessoas ao redor de Anakin tivesse pressionado um interruptor.

— Mestre Skywalker — saudou ela, sua voz adquirindo um tom formal.

— Senadora Amidala — cumprimentou Anakin, retornando a um tom profissional em sua fala. Obi-Wan optou por não olhar diretamente para ele, em vez disso usando um pedaço de metal refletivo do console do centro de dados como espelho para avaliar suas expressões e reações. Mas embora Anakin se dirigisse em um tom baixo e monocórdio, sua boca continuava lutando contra um sorriso e seus olhos não eram capazes de esconder coisa alguma. — Temos dados urgentes para enviar a você. Estamos em um local seguro em Cato Neimoidia, e as transmissões para Coruscant estão bloqueadas.

— Senadora — interveio Obi-Wan, mantendo a fachada de formalidade para a conversa. — Esses dados são excluídos automaticamente. Você precisará capturá-los de forma permanente e transmiti-los ao Conselho Jedi para análise. Acreditamos que esta informação pode ser vital para frear a guerra e talvez convencer a Federação do Comércio ou os Separatistas a negociarem. — Ele olhou para Ruug antes de continuar. — Talvez ambos.

C-3PO surgiu, atabalhoado.

— Oh! Mestre Anakin! E R2-D2. Entre as minhas capacidades está a habilidade de capturar dados de imagem ou texto em um formato permanente que pode ser baixado através de qualquer sistema seguro padrão da República. Embora eu normalmente use isso para traduzir memorandos enviados em idiomas diferentes do Básico à medida que são transmitidos, isso pode se aplicar aqui. Pode exigir...

— Obrigado, C-3PO. Sim, Mestre Kenobi, podemos lidar com essa informação.

Anakin começou a explicar os aspectos técnicos do que precisavam, o que deu conta da parte prática do trabalho. Mas seus sentimentos eram tão evidentes que Obi-Wan não precisava observar o reflexo para captá-los; estar na mesma sala era o suficiente. Apesar de os dois disfarçarem suas palavras, as reações de Padmé anulavam sua tradicional formalidade estoica o suficiente para transmitir o que se passava e revelar uma discreta fratura em seu dom de se disciplinar em nome da diplomacia.

De perto, o vínculo entre eles ficava óbvio mesmo quando tentavam escondê-lo. Para os leigos, aquele disfarce talvez tivesse funcionado. Mas ele conhecia Anakin o bastante para ler cada movimento dele que, por sua vez, refletia em Padmé.

Obi-Wan logo teve outra epifania: aquilo também refletia *nele próprio*. Apesar de toda a teimosia, as discussões e o menosprezo sutil que às vezes tinham um pelo outro, uma nova forma de Anakin estava emergindo, uma mais autêntica e humana, desde sua promoção. Suas conversas ainda se manifestavam em tom de competição, mas em vez de um tentar irritar o outro, eles tinham dado uma leve guinada para uma demonstração de superioridade verbal.

Tudo que bastou foi deixar para trás o vínculo de Mestre e aprendiz. A mente de Obi-Wan desviou-se da missão por um momento, tomada por uma saraivada de questionamentos implacáveis. Será que Anakin era daquele jeito porque Obi-Wan tentou *demais* respeitar o pedido final de Qui-Gon? Se ele tivesse sido mais como Qui-Gon e menos como ele *acreditava* que um mentor Jedi deveria ser, Anakin o desafiaria tanto? Enquanto Anakin e Padmé supervisionavam a transmissão de dados, Obi-Wan finalmente identificou aquele sentimento nele, algo tão raro e singular que foi preciso uma enxurrada de perguntas e o peso da insegurança para reconhecer:

Arrependimento.

Qui-Gon vez ou outra revelava suas próprias dúvidas e inseguranças, até mesmo recusando um assento no Conselho Jedi para permanecer como professor de Obi-Wan, mas será que alguma vez elas tinham se tornado algo parecido com o que ele estava sentindo?

Mas, conforme fora treinado desde criança, Obi-Wan deixou o sentimento de lado, permitindo que se dissipasse, em vez de sufocá-lo em uma cicatriz que poderia apodrecer. Ele se deparava com novos questionamentos ao observar as interações sutis entre Anakin e a Padmé holográfica: a maneira como o jovem Cavaleiro Jedi permitia que um sorriso surgisse diante de algo tão trivial quanto "setenta e quatro por cento carregado", o modo como a ex-rainha de Naboo sustentava seu olhar por muito mais tempo do que deveria, e a forma como os sentimentos de Anakin irradiavam dele, como se seu coração fosse um sol aquecendo todo o centro de dados.

O que ele poderia aprender com aquele momento, sobre Anakin, sobre si mesmo e sobre o tempo que passaram como Mestre e aprendiz?

Sobre como as coisas precisavam seguir adiante, de um jeito ou de outro?

Os últimos dias tinham apenas reforçado a predisposição avassaladora de Anakin para simplesmente *se importar*. Aquela atitude um dia poderia fazer a diferença entre a vida e a morte, uma decisão certa e uma decisão errada decorrente de um mero lampejo de emoção. Mais cedo naquele dia, a situação com Ketar poderia ter sido muito diferente em questão de segundos.

Numa guerra, segundos poderiam definir o destino da galáxia.

A barra de progresso na tela ficou cheia antes de piscar várias vezes em sinal de confirmação.

— Estou vendo — disse Padmé. — C-3PO e eu começaremos a processar esses dados.

— Entraremos em contato com você assim que estivermos fora de Cato Neimoidia — disse Anakin. Daquela vez, ele se afastou dos olhos observadores, embora seu reflexo revelasse que ele reservara um olhar suave para a senadora.

— Entendido, Mestre Skywalker — respondeu ela, num tom intencionalmente monocórdio digno do tempo que passara como rainha de Naboo, sob toda aquela maquiagem e adornos. Sua imagem desapareceu e R2-D2 desligou-se do terminal com seus ruídos de sempre.

— Isso mesmo, R2 — disse Anakin. — Vamos dar o fora.

— Esperem. — Ruug ergueu a mão, segurando o bloqueador de vigilância em sua palma. — Há algo que eu preciso fazer. — Ela puxou o rifle sniper de suas costas e o alojou em seu ombro com a outra mão, seu polegar acionando um interruptor na lateral. Servomotores e atuadores zumbiram dentro da arma, fazendo o cano recuar para o comprimento de um rifle de ação padrão.

— O que está acontecendo? — inquiriu Anakin, cedendo aos seus instintos. O sabre de luz azul do jovem Jedi se acendeu, preenchendo o arquivo mal iluminado com seu brilho.

— Espere — disse Obi-Wan. — Abaixe sua arma. Ruug, você está nos prendendo?

— Ainda estamos em lados opostos. É importante lembrar disso. — Ruug piscou, o vermelho das telas do terminal refletindo em sua pele verde tanto quanto a lâmina de Anakin. — Não estou prendendo vocês. Mas preciso que pareça que eu tentei.

— Do que você está falando? — perguntou Anakin, seu tom ficando mais impaciente.

— Vou ficar aqui. Sou uma guarda em atividade. Mas Ketar vai me identificar como traidora. A melhor chance que tenho de evitar ser executada para que eu possa continuar lutando pelos Neimoidianos é lutar contra *vocês*.

— Ruug, você é minha amiga. Eu respeito sua cruzada. Não desejo lutar com você — disse Obi-Wan.

— Se você respeita o que eu defendo, então preciso que me enfrente em combate agora. — Ela ergueu o bloqueador de vigilância. — Vou reativar o sistema de vigilância. Então, Cato Neimoidia me verá "defendendo" o centro de dados. Você vai me dominar e escapar. Precisamos fazer com que pareça crível.

Obi-Wan tinha acabado de dar um sermão em Anakin sobre escolhas impossíveis. Levantar seu sabre de luz contra Ruug era mais uma daquelas escolhas.

— Eu entendo. Mas, se vamos fazer isso, serei apenas eu. Anakin e a jovem Mill devem partir para a nave.

— De acordo. — Ruug olhou para cima e ao redor, provavelmente para os sistemas de segurança e para as câmeras de vigilância embutidas nas paredes, coisas que apenas um Neimoidiano nativo com treinamento de comando entenderia e esperaria. — Vocês devem ir — disse ela para Anakin.

— Eu os alcanço — assegurou Obi-Wan, assentindo para o companheiro. — Mill, o caminho está livre?

— Sim, Mestre — gritou ela enquanto se empoleirava na saída.

— Vamos depressa — disse Anakin. Ele deu um passo à frente, as pontas de seu manto escuro balançando atrás de si enquanto avançava para a porta, quando viu que Mill estava parada.

Mas ela não estava paralisada pelo medo ou pelo sofrimento de outras pessoas; em vez disso, seus olhos melancólicos cobriam um sorriso tranquilo em seu rosto.

— Você é uma boa pessoa — disse ela para Ruug. — Posso sentir isso.

— Jovem, espero que você tenha muitos anos pela frente para conhecer mais do que esta guerra.

— Vamos tentar fazer isso acontecer — disse Obi-Wan, sacando seu sabre de luz. Anakin pegou a mão de Mill, e a porta de segurança se abriu para que eles saíssem, seguidos por R2-D2, que deslizava o mais rápido que podia. — Se nos encontrarmos novamente, pode ser no campo de batalha.

Uma expiração pesada escapou de Ruug, algo que carregava peso suficiente para romper sua postura de soldado, mesmo que apenas por um segundo.

— Se isso acontecer, pelo menos será de forma honrada. Mas vamos torcer para que cabeças menos quentes estejam escutando.

Tudo o que Obi-Wan podia fazer naquele momento era assentir.

— Estou pronto.

— Pela independência — declarou Ruug, apertando um botão na lateral do punho de seu rifle. Um zumbido agudo partiu da arma, indicando que sua câmara de disparo atingira a potência máxima.

Obi-Wan flexionou os dedos ao redor do punho do sabre de luz, depois o girou para uma posição de prontidão, erguendo a mão direita atrás de si enquanto a lâmina ficava paralela ao chão, o calor palpável contra suas bochechas. Seu peso repousava sobre seu pé traseiro e o braço esquerdo estava totalmente estendido, com dois dedos esticados em um equilíbrio preciso.

— Pela República.

Um som de clique ecoou nas paredes do arquivo quando Ruug reativou o sistema de vigilância.

CAPÍTULO 48

ANAKIN SKYWALKER

A MEIO CAMINHO DO TRANSPORTE, SIRENES DE ALARMES SOARAM pela cidade.

Então vieram os droides de batalha.

— Acho que viram Obi-Wan — disse Anakin. Mill manteve o ritmo enquanto eles continuavam, beco após beco, quarteirão após quarteirão. O caminho, que parecia tão livre de resistência não muito tempo antes, tornara-se repleto de pequenos grupos de droides de batalha. O que significava usar o sabre de luz conforme necessário, desviando disparos de blaster e fatiando os opositores. Mas embora tais ações fossem necessárias, tudo aquilo parecia desgastar as defesas emocionais de Mill. Anakin se movia com uma precisão ligeira, às vezes mais em sintonia com as correntes da Força do que na arena em Geonosis. Apesar do contratempo de seu braço mecânico, ele brandia o sabre de luz de um lado para o outro, inclinando-se em diversos ângulos, cobrindo a dianteira e a retaguarda, tudo para proteger Mill enquanto seguiam adiante e o volume de droides aumentava conforme avançavam.

R2-D2 ficou para trás, mas entre os foguetes em suas pernas e algumas descargas elétricas bem cronometradas, o histórico de bom desempenho do droide astromecânico em combate veio à tona mais uma vez. Pelo menos até que um disparo de blaster perdido finalmente acabasse com sua sorte, fritando um de seus foguetes e forçando-o a apenas deslizar no solo para acompanhar os Jedi.

— Acho que estamos livres — disse Anakin, levando Mill para cima de um prédio antes de dar uma guinada brusca para o lado e apontar para uma grade de esgoto. R2-D2 deu um bipe afirmativo, deslizando ao redor do prédio para alcançá-los do outro lado, continuando as buscas por droides de detecção remotos ou de batalha. A grade se revelou bastante pesada, mas uma combinação de adrenalina e esforço físico com uma ajudinha da Força rapidamente a afastou para que Mill descesse. R2-D2 seguiu, flutuando com o foguete restante, e Anakin desapareceu por último.

Usando a Força, Anakin puxou a grade, arrastando-a de volta para o lugar original, cobrindo seus rastros. Eles se moveram rapidamente, aproveitando a cobertura. R2-D2 projetou um mapa que conectava as passagens subterrâneas em segmentos que os levavam até sua nave.

— Ali está — disse Anakin quando eles viraram uma esquina, um semicírculo de luz esperando por eles no final do túnel. R2-D2 bipou algumas indicações do que estava por vir: uma pequena cachoeira de drenagem que se derramava sobre uma saliência até a superfície do planeta. Mais importante, sua nave estava estacionada diretamente acima deles. Depois de alguns saltos calculados e assistidos pela Força, o único obstáculo restante seria o retorno de Obi-Wan. No entanto, algo estranho os aguardava no final do túnel, e Anakin levou vários segundos para perceber que o ronco baixo que ouvia vinha de uma *nave* pairando na saída, e não de qualquer coisa relacionada ao próprio túnel. Uma nave estranha, certamente, com uma cabine dianteira bulbosa e uma linha fina como algum tipo de barbatana caudal alta.

— Espere. — Ele se agachou, acessando a Força para ampliar seus sentidos. — Fique atrás de mim — disse ele, usando um braço como barreira para Mill e o outro empunhando o sabre de luz já aceso. — Alguma coisa está errada. Acho que já vi aquela nave antes.

Ao dizer aquilo, um zumbido mecanizado ecoou da nave flutuante e Anakin semicerrou os olhos até perceber que o barulho vinha do canhão no topo da barbatana, e quando seu ângulo mudou, ficou clado que não era apenas uma barbatana caudal, mas uma hélice semicircular com a cabine posicionada no centro. O canhão se moveu levemente e Anakin colocou seu corpo sobre Mill quando percebeu o que estava acontecendo.

O som de uma única explosão de canhão rapidamente se tornou o estrondo de duracreto quebrando e o tinido de metal caindo. A saída iluminada desapareceu em um instante. Preso na completa escuridão, Anakin segurava seu sabre de luz diante do corpo, tanto numa posição defensiva quanto num esforço para fornecer alguma luz, embora seus sentidos Jedi fossem de maior utilidade naquele momento.

— Estou bem — sussurrou Mill. — Acabei de...

— É você, não é? — Aquela voz. Ela ressoou, ecoando pelo túnel. Anakin sabia exatamente quem estava falando.

A voz misteriosa no comunicador de Obi-Wan.

A pergunta soou no meio do caminho entre uma ameaça fria e uma zombaria divertida, e seus olhos procuraram a origem dela na escuridão.

— Então você é o parceiro de Kenobi.

Seus instintos o compeliam a voar contra a figura misteriosa, brandindo o sabre de luz. Se estivesse sozinho, aquela poderia ter sido uma estratégia aceitável. Mas o encontro com o Conde Dooku em Geonosis permanecia em sua mente, e um momento de dúvida surgiu enquanto ele segurava o cabo do sabre de luz com as duas mãos: sua mão mecânica se moveria com a mistura exata de precisão e poder que aquele momento exigiria, sem nenhuma visibilidade para ajudá-lo?

— Vá para o canto e se esconda — sussurrou Anakin. — Fique fora de vista. R2, proteja-a. — Sua voz se elevou para um grito completo, alta o bastante para cobrir o som de Mill se esgueirando. — Estamos apenas de passagem. Estaremos fora do planeta em minutos. Sugiro que se afaste enquanto removemos os escombros. Se — seus olhos procuraram por qualquer movimento no breu — você quiser viver.

— Isso é uma ameaça? — perguntou a mulher com uma risada.

Tinha que ser a agente de Dooku.

— Com Kenobi eu poderia lidar. Ele é tão educado. Mas você... Você é mais... — Enquanto ela falava, Anakin se aproximou, o zumbido de seu sabre de luz acompanhando seu movimento para a frente. — ... curioso. — Suas botas tocavam o chão com passos medidos, num esforço consciente para diminuir a velocidade e continuar firme.

— Já lidei com os lacaios de Dooku antes.

— Ah, estou ciente disso.

— Nunca acabou bem para eles. O que a faz pensar que terá uma chance melhor do que o último?

A única resposta da mulher foi uma risada que ecoou no escuro, mais nada.

Então ele ouviu passos. Soando contra a pedra do túnel, passando por ele tão rapidamente que ele não conseguiu ter uma noção de por onde ou como. Ele brandiu seu sabre de luz em um arco iluminado diante de si, embora não conseguisse atingir nada. Os passos continuaram soando de um lado para o outro, dando uma volta no túnel circular, e Anakin fechou os olhos para permitir que a Força o guiasse, o mostrasse para onde se inclinar, onde pisar e para onde se virar.

Ele segurava o sabre com as duas mãos, a carne de sua mão natural trabalhando junto com a mão mecânica e enluvada. Ele levou uma fração de segundo para pensar em como ajustar a diferença entre elas internamente, mas essa abertura bastou para que os passos parassem, um pé o atingindo no estômago antes que duas linhas vermelhas brilhantes ganhassem vida.

Armas dos Sith.

O sabre de luz de Anakin descreveu meio arco, que terminou em uma chuva de faíscas quando se chocou com as duas outras lâminas. O brilho das armas tingiu o espaço, e os dois lutaram, cada um de seus golpes sendo aparado por outro, os impactos ardentes lançando uma tempestade de luz por todo o túnel. Ele empunhava a arma acima da cabeça com ambas as mãos, procurando por uma abertura para atacar. Mas o que aquela mulher não tinha em refinamento de técnica, compensava em velocidade, e eles se rodeavam ao lutar, o ruído do chiado e o estalo dos sabres de luz alto o bastante para ecoar nas paredes de pedra do túnel.

— Você *é* forte. Conde Dooku ficará muito interessado em seu progresso. — Ela atacou, cruzando as lâminas contra a dele, num teste de força enquanto se empurravam.

— Já encontrei o conde. Ele é muito menos interessante do que parece pensar. — Ele flexionou o pulso mecânico e aproveitou sua força inerente, que lhe permitiu empurrar a mulher para trás antes de seguir adiante com um golpe rápido. Mas ele calculou mal quanto poder extra vinha com o braço robótico, e a mulher foi empurrada muito para trás para que sua combinação de golpes fosse eficaz. Ela recuou e desativou os sabres de luz novamente, desaparecendo no túnel; ele improvisou, avançando novamente, daquela vez usando movimentos básicos: cortes diretos altos e médios, movimentos que seriam muito eficientes se realizados corretamente.

Anakin ouviu o distinto som de uma bota se chocando contra a parede curvada à sua esquerda, e os sabres de luz vermelhos irromperam sobre ele. O Jedi deu meia volta, girando com força o bastante para derrubar os feixes de luz vermelha. Sem equilíbrio, ele mal teve tempo de compreender o som da saia da mulher girando enquanto ela mudava de tática, chutando-o no estômago antes de atingir a lateral de sua boca com a ponta da bota. O impacto causou um grunhido, mas ele ergueu a lâmina novamente para um bloqueio rápido.

Mas era tarde demais.

Porque mesmo que Mill não tivesse gritado nem chamado seu nome, sua respiração alarmada bastou para chamar a atenção da mulher.

— Ah — disse ela, com as lâminas de volta e totalmente reajustadas em suas mãos. — Olha só, você não está sozinho. — As sombras vermelhas tremeluziram, revelando apenas detalhes fracos de bochechas e olhos se movendo e se transformando em um sorriso. — Isso é *realmente* interessante.

Anakin a empurrou para trás e atacou, usando estocadas e golpes diretos. Ele se movia com agressividade, disposto a abrir algumas brechas em sua defesa em troca de uma ofensiva que cobria sua oponente. Ele recuperou a vantagem, usando a pura maestria de sua forma de combate para compensar as preocupações persistentes a respeito de seu braço direito.

Com a mulher misteriosa em desvantagem, Anakin aproveitou o momento.

— Mill! Corra até o fim do túnel.

Anakin ainda não tinha descoberto o que faria quando ela chegasse lá, mas colocá-la na extremidade oposta pelo menos o colocava na posição de protegê-la.

Os dois sabres vermelhos giraram, e Anakin escutou Mill correndo em direção à saída do túnel desmoronado. Ele correu para trás e usou a Força para agarrar a misteriosa agressora. Ela tropeçou, desacelerando o suficiente para que ele pudesse diminuir a distância que o separava de Mill, depois estendeu a mão e usou a Força para lançar um punho invisível contra os escombros caídos.

Parte dele caiu, criando um feixe de luz.

Ele fez aquilo de novo, empurrando mais detritos para fora do lugar novamente, a ponto de o pequeno buraco dar lugar a uma abertura onde ele podia realmente ver a nave em forma de leque da mulher.

A assassina andava com um passo ritmado, empunhando uma lâmina vermelha em cada mão. Luz suficiente brilhava pelo túnel para que os detalhes de suas feições ficassem claros, de seus olhos severos até sua cabeça raspada. Sua silhueta revelava uma roupa justa complementada com uma saia esvoaçante, a faixa de seu cinto balançando atrás dela com a brisa. Mas antes que ele pudesse notar completamente tais características distintivas, ela correu.

— Quem é essa jovem que você está tão desesperado para proteger? — perguntou ela.

Anakin não estava mais apenas em combate contra a mulher.

Ele tinha que proteger Mill dela.

A mulher se lançou sobre ele, numa troca de golpes e defesas, exceto que daquela vez ela usou a Força para derrubar uma parte da parede de escombros e arremessar um pedaço de entulho em seu caminho. Ele agarrou o sabre de luz, ainda o empunhando na técnica adequada com ambas as mãos, embora a mão orgânica quisesse se mover ligeiramente mais rápido que sua mão robótica, apesar da maior resistência e durabilidade do membro sintético.

Ele olhou para trás. O caminho estava parcialmente livre de escombros, de forma que Mill e R2-D2 pudessem quase sair, caso se espremessem por eles.

— Você aí, jovem. Ele é seu Mestre? Você ainda não foi a Ilum para o Encontro?

— Não responda a ela — disse Anakin, dando um passo à frente e desferindo outro golpe com ambas as mãos, mas ela bloqueou com facilidade. Sua palma esquerda se abriu, puxando detritos soltos com a Força para abrir ainda mais a passagem, mas a mulher atacou novamente, numa enxurrada de golpes.

No entanto, a coisa mais estranha aconteceu. Ainda que seu estilo de luta muitas vezes se voltasse para uma empunhadura com as duas mãos, Anakin aparou instintivamente usando apenas a mão robótica. E ao fazer aquilo, sob o ataque de uma combatente misteriosa e uma jovem para proteger, as diferenças inerentes entre seus membros vieram à tona. Seu braço não precisava ser ajustado para seus antigos instintos.

Não, era muito mais simples.

Sua *mente* é que precisava se ajustar ao novo braço.

Daquela forma, tudo mudou.

Assim como fora com seu relacionamento com Obi-Wan, tudo o que ele precisava fazer era aceitar que tinha mudado.

— Há conflito em você, jovem. Eu mesma já fui uma garota perdida e assustada que não entendia meu próprio potencial. Assim como você. — A mulher apertou os olhos, inclinando a cabeça. — Interessante. Uma Zabrak. Eu conheço bem a sua espécie. E o que é isso? Estou sentindo algo diferente em você. Sim, é claro. — Ela assentiu, curvando seus lábios para cima. — Seu *medo* diz muito sobre você. Você questiona o estilo de vida Jedi. Como deveria.

Se as palavras eram uma provocação para atraí-lo ou uma conjectura genuína, Anakin não sabia por que desencadearam uma reação instintiva, uma espécie de piloto automático entre ele, seu sabre de luz e a Força. Mas em vez de seu braço estar fora de sincronia com aquele fluxo, ele ali estava alinhado, não como uma parte diferente de seu corpo, mas como algo único e poderoso, que aumentava suas habilidades agora que Anakin descobrira como aproveitá-lo. Sua necessidade de proteger Mill, o desejo de fazer as coisas certas, de assumir a responsabilidade por aquela jovem que ele levara, tudo aquilo focado em um único ímpeto. Ele brandiu o sabre de luz com uma velocidade assustadora e, de repente, todas as vulnerabilidades da mulher se tornaram visíveis para ele, sua percepção desacelerando o tempo para lhe mostrar as possibilidades antes que acontecessem.

Ele atacava, às vezes com as duas mãos unidas no punho do sabre de luz, às vezes com sua carne natural e outras com as partes sintéticas — cada opção sendo usada no máximo de suas capacidades —, e ali Anakin se tornara o atacante implacável, um furacão de luz azul cintilante pressionando a onda vermelha a recuar. Com cada golpe ele avançava para a frente, forçando a mulher na direção da saída do túnel, cada impulso calculado para mantê-la desequilibrada, para transformar as duas lâminas em uma desvantagem, para evitar que ela saltasse sobre ele ou utilizasse o ambiente como arma.

Apesar de tudo aquilo, a mulher riu e, de repente, voltou sua atenção na direção de Mill.

— Mas não se preocupe, jovem. Você está certa em questionar os Jedi. Deixe-me lhe mostrar outro caminho. Vou libertá-la das pesadas algemas dos Jedi.

Ele a golpeou com o sabre num golpe descendente, deixando-a instável. Anakin a observou mover o corpo inteiro. Uma das lâminas da mulher se apagou, e o cabo foi preso ao cinto. Com a mão livre, ela empurrou o éter para abrir um espaço maior nos destroços caídos. Depois usou a Força contra Anakin apenas o bastante para empurrá-lo um passo para trás, antes de sair correndo.

A outra lâmina vermelha também se apagou e foi presa ao cinto, e ela correu na direção da abertura...

Não. Na direção de Mill.

— Mill! — gritou Anakin ao começar sua própria corrida na direção da garota. Mas a mulher estava muito à frente e esticou o braço para agarrar a jovem.

Os instintos de Anakin entraram em ação, e, em vez de tentar alcançá-la, ele usou a Força para proteger Mill.

Com sua mão mecânica.

Mas era tarde demais. O avanço rápido da mulher misteriosa permitiu que ela agarrasse Mill pela cintura enquanto pousava no topo de sua embarcação. A nave chacoalhou levemente com o impacto, afundando momentaneamente na neblina antes de se estabilizar, mas foi o bastante para que ela se desconcentrasse. Anakin fez um gesto usando a Força, aproveitando o momento para puxar a jovem Zabrak, soltando-a. Mill também percebeu a oportunidade e bateu no braço da mulher para escapar de seu alcance. Guiada por Anakin, ela flutuava em direção à terra firme quando sentiu um puxão na outra direção.

Anakin olhou para cima e viu a mulher de pé sobre a cabine de sua nave, com os dois braços estendidos. Mill estava presa entre eles, e uma queda enorme através da névoa até a superfície do planeta estava abaixo dela. Mill pairava no ar, com os braços abertos.

— Mestre! — gritou a garota. — Me ajude!

Ela permanecia no ar, na metade do caminho entre a extremidade quebrada do túnel e a cabine da nave da agente de Dooku. Com a Força, Anakin percebeu o aperto da garota ficar mais firme, como uma mão entrelaçada nos dedos dele.

— Vamos, Mill — disse ele. — Você consegue.

— Ela é *minha*, Skywalker. Deixe-a treinar com um mestre de verdade.

Como aquela mulher sabia o nome dele?

— Ventress! — chamou uma voz vinda de cima.

Obi-Wan. Fora de vista, mas provavelmente em algum lugar acima do túnel.

— Obi-Wan — gritou Anakin. — Peguei a Mill!

O zumbido de um sabre de luz soou, e depois Anakin viu uma lâmina azul arremessada com precisão, não na assassina, mas em partes vitais do casco de sua nave. A lâmina penetrou em uma lateral, causando uma baforada de fumaça seguida por uma pequena explosão de chamas, e a nave começou a afundar — não numa queda a toda velocidade com o nariz para baixo, mas uma descida gradual com a falha dos sistemas principais. O cabo da arma voou para trás, e Anakin o escutou bater de volta na palma de Obi-Wan.

Mill voou até Anakin, pousando em seus braços. Ele a colocou imediatamente no chão, depois correu para a beira do túnel aberto para ver aquela mulher — Ventress — lutando para entrar na cabine enquanto a nave ganhava cada vez mais impulso para baixo.

— Anakin, sugiro que saiamos daqui *agora mesmo*.

Anakin olhou para cima e viu Obi-Wan espiando por cima da borda, com uma mão estendida. Sem perguntar, Mill a agarrou. Anakin deu-lhe um empurrãozinho, depois subiu para encontrar Obi-Wan, que usou a Força para ajudar R2-D2 a se estabilizar com apenas um dos foguetes funcionando. Mill estava com a respiração pesada, mas sua cabeça se inclinou e um pequeno sorriso cruzou seus lábios quando ela pegou a mão de Anakin.

— Negociações agressivas são sempre desse jeito?

ANAKIN FECHOU A RAMPA DE EMBARQUE ENQUANTO R2-D2 PROCURAVA por qualquer sinal de Ventress ou de sua nave. O sistema hidráulico assobiou quando o hardware foi puxado para cima para selá-los de volta, e a *Norriker* roncou em uma partida tão grosseira quanto sua condição externa.

— Você está bem? — perguntou Anakin, apontando para as marcas de queimado na túnica de Obi-Wan.

— Ruug luta bem — disse ele, olhando para trás. — Ela é uma sobrevivente. Tenho total fé nela.

— Eu poderia dizer a mesma coisa sobre Mill. — Ele apontou para ela na sala dos fundos, sentada no chão com as pernas cruzadas. — Aquela mulher é uma ameaça perigosa, nós precisamos…

— Sim — assentiu Obi-Wan, com profundas linhas de preocupação surgindo em sua testa. — A agente de Dooku. Tenho a sensação de que ainda a veremos muito. — Ele sacudiu a cabeça, seu cabelo na altura dos ombros balançando de um lado para o outro. — A jovem está bem?

— Abalada. — Eles se elevaram, a paisagem urbana abaixo deles ficando cada vez menor. — Mas bem. Ela é corajosa.

— Ela é uma Jedi — disse Obi-Wan, com tanta crença em suas palavras, uma síntese de bravura e propósito, como se aquelas duas coisas fossem inseparáveis, fosse em um Iniciado, Padawan ou Cavaleiro Jedi.

Anakin se afastou de Obi-Wan, seus pensamentos vagando em diversas direções enquanto a nave rompia a atmosfera. O mapa da galáxia surgiu no console principal, e Anakin digitou as coordenadas para Coruscant, mapeando uma rota em ziguezague projetada para abalar qualquer suspeita que a Federação do Comércio pudesse ter de uma nave que partira repentinamente.

— E você? — perguntou Obi-Wan. — Está bem também?

— Eu? — Anakin olhou para seu braço mecânico, que segurava o acelerador da nave de uma forma que começava a parecer mais instintiva. — Talvez eu tenha que começar a treinar de uma forma um pouco diferente. — O manto de estrelas diante deles sangrou em linhas estelares e a nave estremeceu quando eles entraram no hiperespaço. — Mas estou bem. Sempre estou.

CAPÍTULO 49

OBI-WAN KENOBI

A SENADORA AMIDALA APARECEU NA TELA DE COMUNICAÇÕES DA nave, numa versão mais formal de si mesma em comparação com várias horas atrás, quando interromperam sua viagem de Coruscant a Naboo. Como se suas roupas fossem sua armadura, todo o seu comportamento mudou com o manto cinza-escuro brilhante sobre os ombros e o cabelo moldado em um diadema oval de metal; o pingente simples de antes tinha sido trocado por joias mais ornamentadas. Embora Anakin ainda se comportasse de maneira diferente quando Padmé estava envolvida, os olhares sutis dela ou a fração de segundo em que ela hesitava desapareceram com seu traje mais formal.

Aquele era o nível de controle que alguém adquiria sendo a rainha de Naboo na idade de um Padawan?

— C-3PO e eu processamos os dados. Também vi uma gravação do discurso de Mestre Kenobi em Cato Neimoidia. Obi-Wan — disse ela, voltando seu olhar para ele. — Concordo com suas descobertas. Há um terceiro elemento claro aqui, que coloca em risco todo o equilíbrio da galáxia. Vou compartilhar isso primeiro com o chanceler, depois com o comitê de segurança do Senado.

— Palpatine? — perguntou Obi-Wan, num raro deslize de sua disciplina.

Anakin se virou com um olhar interrogativo no rosto, e até mesmo Padmé inclinou a cabeça diante da pergunta.

— Há algum problema com o chanceler? — perguntou ela.

Aquela não era a companhia certa para questionar Palpatine. E ainda que o chanceler conduzisse a República através de muitas camadas burocráticas, muitas vezes em direção a uma sociedade mais eficaz quando comparado a seu antecessor, ele ainda operava sob a mentalidade de um político, permitindo que paixões e preconceitos culturais influenciassem seus planos. Algo daquele tipo precisava de mais objetividade.

— Não é um problema com o chanceler. Nem com qualquer indivíduo. Dada a natureza dessa evidência, acho que é melhor que seja divulgada de forma independente, diretamente ao público. Sem o filtro da política.

— Mestre Kenobi, respeito a sua opinião, mas isso é uma questão de segurança. Deve passar pelos canais da República — disse Padmé. — E eu conheço o chanceler há muito, muito tempo. Podemos não concordar em tudo, mas sei que ele dará a devida consideração.

— Eu confio nele — disse Anakin, numa defesa quase por reflexo. — Ele é um bom homem.

— Já avisei a seu escritório que tenho uma mensagem urgente. Apresentarei isso ao chanceler pessoalmente assim que entrarmos em órbita ao redor de Naboo.

— Obrigado, Senadora — disse Obi-Wan, inclinando a cabeça. — Por todo o seu serviço.

— Estou ansiosa para ver vocês dois pessoalmente de novo em breve.

— Eu também — disse Anakin. A energia dele aumentou mais uma vez, e um pequeno desespero se infiltrou nos pensamentos de Obi-Wan quando ele a sentiu.

Anakin simplesmente não conseguia evitar.

E aquilo não explicaria *tudo*?

Anakin se levantou e apontou para o depósito dos fundos onde Mill descansava.

— Vou ver como Mill está — disse ele. — Talvez tentar dormir um pouco. R2, posso confiar em você para pilotar?

Da cabine, o droide apitou.

— Muito engraçado, R2 — retrucou Obi-Wan. — Só porque não gosto de voar, não quer dizer que eu seja incapaz de pilotar. — Então sua voz baixou quando ele olhou para Anakin, que verificava o painel de controle uma última vez. — Embora eu certamente não me importe de ficar aqui por um momento. Preciso entrar em contato com o Conselho Jedi, de qualquer forma.

Obi-Wan esperou que Anakin estivesse fora do alcance da audição para começar a discussão com Yoda, Mace Windu, Kit Fisto, Even Piell e o restante do Conselho Jedi, e ainda que a maior parte do relato se concentrasse em uma recapitulação cronológica dos eventos em Cato Neimoidia — e o surgimento de Asajj Ventress —, não havia muito o que dizer de uma perspectiva estratégica. O próximo passo estava nas mãos do chanceler, algo que tanto Yoda quanto Mace pareciam abraçar no mesmo nível que Anakin e Padmé.

Havia, no entanto, mais uma revelação dos últimos dias que precisava ser tratada.

— Mestre Kenobi, mais a dizer você tem?

Segundos. Eles estavam a poucos segundos de Ketar detonar a última bomba ele mesmo, e qualquer tipo de envolvimento emocional — ou simplesmente o ato de se *importar* — poderia simplesmente fazer alguém hesitar por pequenos instantes. Se aqueles segundos tivessem acontecido em outra situação, uma em que a decisão tomada por Anakin pudesse salvar ou colocar a perder o destino da galáxia, como seus sentimentos pessoais interfeririam?

Tal questão deveria ser confrontada. Mas enquanto Obi-Wan observava a imagem trêmula do Conselho Jedi, ele se perguntou: eles deveriam ser os primeiros a saber?

Não. Obi-Wan deveria discutir o assunto com Anakin antes de apresentá-lo ao Conselho. No mínimo, ele devia aquilo ao seu ex-aprendiz.

— Mais nada. Chegaremos a Coruscant em breve.

— Muito bem — disse Yoda. — Quando chegar, falarei com você. Diplomacia impressionante, Mestre Kenobi. Muito impressionante.

Obi-Wan respondeu com um simples aceno de cabeça, sua mente muito preocupada com o peso de Anakin Skywalker para realmente considerar o que significava a despedida enigmática de Mestre Yoda. A imagem do Conselho Jedi se desvaneceu quando ele se recostou na cadeira frágil, cujas velhas articulações rangiam. Ele ouviu barulho vindo do depósito dos fundos, e percebeu a voz abafada de Anakin, seguida logo depois pela voz igualmente abafada de Mill. Aquela antiga nave poderia ter sido construída para transportar mercadorias, já que a privacidade não parecia ter sido uma preocupação. Obi-Wan sacudiu a cabeça e disse a si mesmo para fazer outra coisa em um momento como aquele, pelo menos até que um momento de silêncio com Anakin se apresentasse. Ele pensou em realizar uma meditação repousante e, embora já a tivesse praticado em muitos lugares desconfortáveis antes, aquela nave em particular oferecia incômodos físicos suficientes para tornar aquilo impossível. Em vez disso, ele ligou o sistema de comunicação novamente, sintonizando a HoloNet para o caso de o Conde Dooku fazer qualquer tipo de declaração pública sobre os eventos do último dia. Mas o Mestre Jedi caído não estava na tela quando ele a ligou. Em vez disso, ele deu um suspiro rápido, realmente esperando que Anakin não escutasse.

Porque na tela, com as palavras AO VIVO no canto superior, estava Satine Kryze, de Mandalore.

— Este recém-formado Conselho de Sistemas Neutros se baseará em princípios, não em violência. Porque uma vez que nos comprometemos com a violência, já perdemos. — A câmera pairava próxima ao rosto de Satine enquanto ela falava do Palácio Real em Mandalore, seu diadema roxo e o decote de sua roupa azul rivalizando com o de Padmé em seus desenhos elaborados. — O extremismo está aumentando em toda a galáxia. Ele deve ser extinto antes que mais vidas sejam perdidas. Há apenas uma solução para todos nós, em todos os lados: frear a guerra. E há apenas um caminho para isso: recusar-se a contribuir com ela.

Aquela fala fez Obi-Wan se sentar. Ela estava citando o discurso dele, ou era apenas a mais incrível das coincidências? Ele assistiu, a fadiga anterior substituída por um aumento na atenção e, embora ela argumentasse *contra* o que ele defendia, enquadrara sua fala da maneira mais convincente numa declaração para persuadir planetas e sistemas a reconsiderar suas posições com relação às Guerras Clônicas, não importando de que lado estivessem.

— A guerra é intolerável, e para aqueles de ambos os lados que acreditam que é o único caminho, escutem-me agora: isso é errado. Matar só vai gerar mais matança, e Mandalore *não* fará parte disso. Sei que muitos, muitos outros sentem o mesmo, e todos eles percebem como a paz é *lógica*. Quem está lá fora, quem está ouvindo, sabe que o Conselho de Sistemas Neutros defende a paz. E convidamos todos vocês a ficarem do nosso lado.

A tela mudou para um repórter do noticiário da HoloNet, que prontamente começou a tagarelar sobre imagens de Satine misturadas com imagens do Conde Dooku, do Chanceler Palpatine e de batalhões de clones.

— Essa foi Satine Kryze, líder do Conselho de Sistemas Neutros. Como Duquesa de Mandalore, Kryze rejeitou a história de violência de seu planeta assumindo um movimento pacifista, e agora está pedindo que outros se juntem. Este é um caminho razoável, considerando os ataques terroristas da Confederação de Sist…

Obi-Wan apertou um botão no painel e o sinal se foi, embora as palavras dela ecoassem em sua mente. "Matar só vai gerar mais matança, e Mandalore não fará parte disso."

Mesmo durante aquele breve período juntos, quando o idealismo de Satine embriagava o entusiasmo juvenil de Obi-Wan, ela falava de um Mandalore pacífico. Tal ideia parecia tão impossível quanto discutir com a própria gravidade. No entanto, lá estava ela, organizando sistemas estelares inteiros para se juntarem ao seu movimento pacifista. Se eles tivessem fugido juntos, se ele tivesse deixado a Ordem Jedi e ela tivesse escolhido uma vida completamente diferente, que impacto teriam na galáxia? E ali, por terem superado seus sentimentos e confiado em seus caminhos, ela liderava Mandalore em novas e ousadas direções enquanto ele se sentava recém-nomeado nas alturas do Conselho Jedi.

A porta dos fundos abriu até a metade e emperrou, e os dedos de Anakin agarraram a borda, empurrando-a.

— Ugh — disse ele, saindo da sala dos fundos. — Esta nave chacoalha demais para descansar. Ouvi você assistindo à HoloNet. Alguma coisa interessante acontecendo lá fora?

A oportunidade para uma conversa tranquila estava ali, e ele sabia exatamente o que e como queria dizer. No entanto, as palavras de Satine o desviaram daquele caminho, criando uma hesitação em usar o momento que se apresentara diante dele. Obi-Wan observou seu ex-aprendiz se ajoelhar para examinar o mecanismo deslizante da porta, provavelmente já considerando todas as opções que tinha para consertá-la.

Obi-Wan e Satine precisaram de certo tempo e disciplina para encontrarem seus caminhos.

Anakin poderia alcançar a mesma maturidade? De todas as perguntas impossíveis de responder nos últimos dias, aquela parecia se provar como a mais inescrutável.

E aquilo significava que ele seria paciente. Por enquanto.

— Nada importante — disse Obi-Wan.

CAPÍTULO 50

ANAKIN SKYWALKER

PARA ANAKIN, A MISTURA DE AR FRESCO E FUMAÇA DA QUEIMA DE combustível industrial de Coruscant tinha cheiro de casa.

Estranho para alguém que crescera em um planeta deserto que parecia coletar a maior parte da tecnologia descartada da galáxia. Mill, por outro lado, não parecia tão entusiasmada com o retorno. Ela tinha os ombros caídos e evitava os olhares das pessoas, preferindo olhar para baixo ou para longe o tempo todo.

Obi-Wan partiu sem pensar duas vezes, e R2-D2 o seguiu, batendo as rodas nas placas irregulares do convés na rampa de embarque.

— Vejo o Mestre Yoda lá embaixo — disse ele enquanto Anakin se ajoelhava.

Anakin olhou por cima do ombro e viu o Grão-Mestre caminhando lentamente em direção a Obi-Wan, movendo-se cautelosamente com sua bengala para encontrar o Jedi no meio do caminho antes de iniciar a discussão.

— Parece que ele queria um relatório de Obi-Wan agora mesmo. Mas ei — disse Anakin, com um sorriso fazendo suas bochechas se levantarem. — Este é um bom momento. Posso contar a ele sobre tudo o que você fez. Você está perto da idade para ser selecionada como Padawan. Imagino que assim que a notícia se espalhar, vários Cavaleiros Jedi vão querer…

— Mestre — disse Mill, olhando para ele. Ela finalmente fez contato visual, e ele pôde ver a confiança que a garota construíra nos últimos dias espreitando por trás de um nervosismo súbito, algo que parecia destoar da pessoa que se tornara.

— Eu sei que você sente que não se encaixa. Eu também me sinto assim. Um questionamento — disse ele, que, embora não quisesse mencionar Ventress, pensava nas palavras que a mulher dissera no túnel. — Mas você pode transformar isso em algo mais forte. Sua empatia, suas habilidades, elas tornam você diferente. Você merece ser uma Jedi. Você se conectou com a Força e aprendeu a controlá-la. — Anakin se lembrou de um momento de silêncio com Qui-Gon, algo escondido de todos, possivelmente até de Obi-Wan, em sua passagem por Naboo. Ele repetiu as palavras do falecido Cavaleiro Jedi ali, de um jeito que elas nunca pareceram tão verdadeiras. — Vai ser uma vida difícil. Mas no final, você descobrirá quem é.

— Eu entendo — disse ela. Aquilo deveria ter soado com alegria, mas seu olhar revelava que outras engrenagens estavam girando em sua mente, considerando alguma outra coisa, se não paz, algum tipo de resignação.

— Consigo sentir a incerteza em você. E quando me sinto assim, lembro de uma história que minha mãe costumava me contar.

— Sua mãe? — A atenção dela mudou, baixando o olhar para o peito do Cavaleiro, como se enxergasse a própria essência de seu ser.

— Sim. Esta história é uma das minhas memórias mais antigas. — Anakin hesitou, a confluência de diferentes emoções roubando seu fôlego por um momento. — É sobre um mito de Tatooine: o dragão solar. O dragão solar é uma fera que vivia dentro de uma estrela, protegendo tudo o que valorizava. Nada poderia machucá-la. Nem fogo, nem chama. Ela sobreviveu às circunstâncias mais impossíveis, até mesmo à vida no núcleo de uma estrela. Porque o dragão solar tinha o maior coração da galáxia, uma fornalha ardente poderosa o bastante para proteger a tudo e todos que amava. Minha mãe costumava me contar a história de maneiras diferentes. Como uma celebração para dias bons e uma lição para dias ruins. Mas sempre se resumia a uma coisa, a mais importante: seu coração pode levá-la aonde você quiser ir. Onde você precisa estar. Porque é forte o suficiente. É por isso que estou lhe contando isso agora. — Anakin colocou as mãos nos ombros dela, da mesma forma que Qui-Gon fizera tantos anos antes. — *Você* é forte o suficiente. Você me mostrou exatamente quem é através de tudo o que enfrentamos nos últimos dias. Você é corajosa, esperta e tem um dom único, diferente de todos que já encontrei na Ordem. Você pode fazer o que seu coração quiser.

Os lábios de Mill se contraíram e ela baixou os olhos, não em derrota, mas em clara contemplação.

— Você realmente acredita nisso, não é?

— Sim. Mill, eu acredito nisso mais do que qualquer coisa. — Ele se moveu para se sentar nas placas frágeis do convés, numa atitude que desejava que Obi-Wan tivesse tomado com mais frequência. Embora talvez sua própria teimosia, sua constante necessidade de superar seu mentor, consumisse tanto do relacionamento dos dois que um momento como aquele se mostrara impossível. — Sente-se comigo. Respire. Apenas respire e sinta o seu lugar na Força. Você vai ver. Vai ver tudo.

O chão tremeu levemente quando Mill também se sentou, a distribuição dos pesos diferentes dos dois fazendo a placa do convés se inclinar de maneira desigual. Ele observou-a fechar os olhos e cair em um estado quase imóvel. O único movimento que vinha dela era a respiração e a vibração ocasional sob suas pálpebras. Segundos se passaram, depois minutos, e o mundo parecia tão calmo que Anakin ouvia as vozes de Obi-Wan e Yoda, mas não sabia dizer se estavam longe ou perto.

— Eu sinto a Força — sussurrou ela. — Junte-se a mim na meditação.

Anakin atendeu ao pedido da jovem, fechando os olhos e acessando a Força. As correntes o cercavam como ondas em um oceano, cada uma empurrando e puxando diferentes partes dele. Seu tempo com Padmé. Seu vínculo mutável com Obi-Wan. Sua lealdade à República, ao Chanceler Palpatine. A forma como os últimos dias tinham desafiado cada uma daquelas partes e ainda as aproximara, talvez até levando a uma unificação. Ele se deixou flutuar naquele espaço, onde as correntes pulsantes o golpeavam. Dentro daquele oceano da Força existia uma presença — não, uma consciência, uma que Anakin encontraria em momentos de extrema pressão ou de meditação profunda, algo que parecia composto de partes iguais de orientação, calma e questionamento. Algo que, apesar de suas melhores intenções, ele não escutava.

Qui-Gon Jinn.

Ela veio e se foi, substituída por algo muito mais tangível: sua mãe, contando a história do dragão solar como se estivesse sentada na beirada de sua cama, como fizera em tantas noites naquela pequena casa em Tatooine.

O dragão solar. Ele era o dragão solar, com um coração mais poderoso que uma estrela. Ele poderia fazer qualquer coisa se apenas se importasse o suficiente.

Não.

Ele *faria* qualquer coisa.

Ele faria *tudo*.

Sua existência na Força não era um cabo de guerra entre amor e dever, entre amizade e parceria. Era tudo aquilo de uma vez. Ele não tentaria se reprimir em apenas um caminho; seu coração brilharia e se comprometeria com tudo aquilo.

E ali ele sentiu uma voz em sua cabeça sussurrando uma verdade simples: ele era Anakin Skywalker, aquele que simplesmente *encontraria um caminho*.

O profundo suspiro de Mill o tirou da meditação. Anakin abriu os olhos e a encontrou olhando diretamente para ele.

— Eu entendo — disse ela, e embora a garota tivesse dito aquelas exatas palavras minutos antes, algo nelas carregava um peso diferente, quase uma curiosidade.

— Você disse isso antes — disse ele, num retorno ao reino físico que provou ser mais impactante do que a maioria das meditações.

— Sim, mas desta vez eu entendo muito mais. Sobre muito mais coisas. — Parecia que cada palavra dita por Mill tirava um peso de seus ombros. Ela se levantou primeiro, estendendo a mão. Anakin a segurou, apesar de ser mais velho, mais alto e significativamente mais forte do que ela, e ainda assim o aperto firme da garota pareceu exercer a quantidade certa de força para levantá-lo.

— Obrigada, Mestre Skywalker. Quero que você saiba... — Ela usou a outra mão para envolver e apertar a dele, depois lançou-lhe um olhar, com um sorriso contente, mas e a testa franzida. — Quero que saiba que aprecio tudo o que você fez por mim.

— É claro. Está pronta, jovem?

— Estou — assentiu ela.

Eles se viraram, apenas para encontrar Yoda e Obi-Wan ainda parados no meio da rampa, em vez de seguir em frente. Quanto eles teriam ouvido?

— Mestre Yoda — disse Anakin, sua voz caindo para seu tom de respeito habitual. — Desculpe, eu não...

— Em meditação profunda você estava. Um momento importante. — Yoda bateu na rampa com a bengala, cuja ponta ficou presa na grade por um momento. — Transmitindo sabedoria — disse ele, em um tom lento e generoso. — Tem algo a dizer, jovem?

— Sim, Mestre Yoda — disse Mill, olhando de relance para Anakin, que lhe deu um sorriso e um aceno rápido. — Eu sinto a Força. — Ela respirou fundo e acenou com a cabeça também, mas de um jeito que poderia ter sido mais para si mesma do que para responder ao gesto de Anakin. — Sinto a Força, mas não tenho vontade de me tornar um Cavaleiro Jedi.

CAPÍTULO 51

OBI-WAN KENOBI

As palavras de Mill deixaram os três Jedi em silêncio. Yoda emitiu um "hmm" curioso, enquanto Obi-Wan optou por não falar nada. Não era seu lugar.

Mas observava Anakin com interesse. Ele assistira a coisa toda daquela maneira, tanto a conversa quanto a meditação improvisada entre Anakin e Mill. Na rampa de embarque, Yoda observou com presença suficiente para entender que algo importante estava acontecendo, que o fluxo da Força estava mudando — não em grande escala, capaz de mudar a galáxia, mas em nível mais pessoal.

— Importantes esses momentos de silêncio são — disse Yoda antes de dar vários passos rampa acima. — Ecos no futuro eles geram.

Anakin arregalou os olhos, como se não conseguisse compreender a declaração da jovem, nem suas intenções. Momentos depois de se conectar com Mill em um nível tão profundo, depois de revelar algo tão pessoal quanto uma história que sua mãe lhe contara, sua expressão percorreu um espectro completo de emoções. Obi-Wan sabia o que poderia esperar se aquela conversa tivesse ocorrido entre eles: uma discussão, é claro, independentemente do assunto, junto com uma argumentação contrária quase instintiva, que levaria a um eventual suspiro exasperado por parte de Obi-Wan.

E, em raras ocasiões, a irritação o dominava o suficiente para fazer um comentário sarcástico ou dar uma bronca.

Aquilo, claro, era diferente — e diferente também das conversas que ele observara com Padmé. Obi-Wan livrou sua mente do julgamento, permitindo-se observar de forma objetiva. Embora parecesse que minutos tinham se passado em silêncio, talvez tivessem sido apenas dez ou quinze segundos, e finalmente Yoda respondeu a Mill de uma maneira certamente planejada para fazer todos pensarem mais.

— Os testes determinarão isso. Seu verdadeiro caminho, encontrar para você irão.

Mill olhou para Anakin com incerteza no olhar diante da declaração evasiva de Yoda.

— Mestre Yoda — disse Anakin, com uma seriedade calma em sua voz que Obi-Wan raramente ouvia e, na verdade, talvez nunca tivesse ouvido. — Nos últimos dias aprendi a confiar no julgamento da Iniciada Alibeth. Ela é sábia e corajosa, com uma conexão única com a Força a guiar seu caminho. Se há uma lição que passei para ela durante nosso curto tempo juntos, é confiar em si mesma. Acredito que devemos ouvir sem julgamento os sentimentos dela sobre isso.

Entre o curto discurso de Anakin e os momentos de silêncio com Mill, ocorreu a Obi-Wan que as ações do jovem Jedi refletiam os ensinamentos de outra pessoa:

Qui-Gon Jinn.

Anakin estava ao lado da jovem, e todas as preocupações sobre o quanto ele era guiado pelo instinto de se *importar* em vez da fé na Força de repente assumiram um novo contexto, a típica disciplina estoica de seus modos sempre lutando com os ímpetos avassaladores de Anakin. Aquilo era um problema, não era? Mas também englobava a maneira como Qui-Gon o teria ensinado.

Outra pergunta ocorreu a Obi-Wan, uma que o surpreendeu o suficiente para que sua mudança de comportamento chamasse a atenção de Anakin. As coisas com Satine teriam sido diferentes se ele tivesse apenas uma gota daquela vontade de pensar *além* do caminho Jedi?

Obi-Wan sentiu seu pulso acelerar, um desconforto causado por tal pensamento antes que ele o deixasse ir embora, aceitando que passaria. Ou pelo menos ele tentou deixar passar. Apesar do instinto de sempre em limpar sua mente, as perguntas começaram a rolar umas sobre as outras, todas o levando a considerar sobre como seria se sentir do jeito que Qui-Gon se sentia — e ver aquilo de forma tão extrema quanto Anakin fazia.

Era errado? Ou apenas *diferente*?

Eles estavam na entrada da nave que mal funcionava direito. Um barulho constante de gotejamento vinha de algum lugar desde que a embarcação pousara. Yoda observava, com a expressão neutra, enquanto esperava algo de Mill. Anakin também a observava, mas uma urgência coloria seu olhar: estava claro que ele queria que Mill conseguisse o que desejava, mesmo que ele não concordasse totalmente.

Ali mesmo Obi-Wan finalmente entendeu que estava errado sobre o que Qui-Gon significava para qualquer um deles. Tão errado, de fato, que se surpreendeu; foi preciso uma década, uma guerra emergente e a dupla promoção de Anakin a Cavaleiro Jedi e a dele ao Conselho para que percebesse.

Anakin dissera antes que Obi-Wan era a coisa mais próxima que ele tinha de um pai, mas aquilo não era totalmente verdade. Por mais longos ou breves que tivessem sido seus contatos, Qui-Gon moldara os dois, conduzindo-os a caminhos baseados na crença de que tinham destinos maiores. Suas vidas não estavam entrelaçadas pelos laços de Mestre e aprendiz, nem qualquer relação paterna. Era algo maior e mais duradouro do que aquilo. Um vínculo que cresceu a partir do momento em que apertaram as mãos na nave da rainha acima de Tatooine.

Obi-Wan e Anakin estavam ligados para sempre por algo sem regras ou obrigações, algo intangível, mas poderoso e frágil: a fé que Qui-Gon tinha em cada um deles.

Com tal epifania, foi como se o universo se inclinasse, seus sentidos absorvendo cores, luzes e sons através de um filtro ligeiramente diferente. No entanto, num piscar de olhos, tudo se tornou parte de Obi-Wan Kenobi, sua mente Jedi disciplinada tão comprometida com uma vida de fluxo que aquelas mudanças monumentais simplesmente se integraram em seu próprio ser.

— Diga-nos, jovem — disse Obi-Wan em uma voz suave, embora seus olhos se encontrassem com os de Anakin. — Queremos ouvir.

— Eu tenho uma maneira *diferente* de me conectar à Força — começou Mill.

— Ela é especial. Eu mesmo já vi — disse Anakin. — Vá em frente. Você pode contar ao Mestre Yoda. — A garota assentiu, depois engoliu em seco, hesitante. — Eu acredito em você.

A breve expressão de confiança de Anakin abriu a porta para Mill, como se o encorajamento de alguém fosse tudo o que ela precisasse para falar. Yoda escutava atentamente enquanto Anakin esperava, deixando a jovem assumir a liderança. O estímulo gentil, tão diferente de sua determinação feroz no campo de batalha — ou numa discussão com Obi-Wan — provou fazer a diferença. Seus sentimentos, a maneira como eles o seguravam, uma potencial distração em tempos de guerra, também o impulsionaram a se conectar com Mill de maneiras que Obi-Wan não compreendia.

Tal percepção exigia uma certa maturidade que não existia nele como Padawan. Ou talvez Obi-Wan simplesmente não tivesse se permitido notar aquilo antes.

No entanto, ali na rampa de embarque de uma nave que mal parava em pé, ele começou a entender.

Anakin tinha fé em Mill. E finalmente, depois de tantos anos de dúvidas e queixas mesquinhas, Obi-Wan começou a reconhecer verdadeiramente a fé de Qui-Gon em Anakin.

CAPÍTULO 52

ANAKIN SKYWALKER

O DISCURSO DE PALPATINE SE DESENROLAVA DIANTE DELES.

Anakin e Obi-Wan estavam na alcova do Senado, observando a mistura de discurso teatral e política densa. Padmé estava em algum lugar do outro lado da enorme rotunda, provavelmente com Bail Organa. Outros Jedi permaneciam nos corredores externos, escutando como seus destinos seriam decididos por políticos e não pelo Conselho Jedi, embora muitos permanecessem no próprio Templo.

— É profundamente decepcionante que, após a tragédia de Cato Neimoidia, a Federação do Comércio tenha reafirmado seu compromisso com a neutralidade hoje, apesar da esmagadora, e ouso dizer, perturbadora evidência apresentada pela República. É claro o fato de que outras forças sinistras estão em jogo. E a única escolha possível é: devemos fazer o que está ao nosso alcance para que esta guerra chegue ao fim o mais rápido possível.

Anakin achava as palavras de Palpatine justas; elas vinham carregadas de uma compreensão da fragilidade da situação que faltava a outros. Obi-Wan, por outro lado, fazia uma pose sombria, com a mão sobre a barba.

— Sabemos que há quem tente tirar vantagem deste conflito. Isso representa uma ameaça à nossa estabilidade a curto e a longo prazo. A única resposta é uma ação estratégica decisiva. — Vozes dispersas começaram a murmurar das plataformas mais próximas. — A ascensão do extremismo exige uma nova e ousada iniciativa: a integração oficial da Ordem Jedi no Grande Exército da República. Tal ação permitirá que as forças da República avancem mais, ataquem com mais força e se movam mais rapidamente. — Gritos vieram das plataformas, com aplausos e comemorações espalhados entre eles. — Esta onda inicial pode causar uma forte reação dos Separatistas. Eles podem resistir. Mas entre a força do nosso exército de clones e... — Palpatine fez uma pausa, e Anakin o conhecia bem o suficiente para saber que a mudança de tom significava o surgimento de um pequeno sorriso em seu rosto. — ... a *sabedoria* dos Jedi, vamos derrotar a ameaça Separatista e garantir a unidade na República. A paz está ao nosso alcance, e agora é a hora de tomá-la.

Aplausos ecoaram das plataformas flutuantes do Senado, um fervor patriótico entregando uma ovação contínua ao chanceler de um tipo que Anakin não conseguia se lembrar. Embora, para ser justo, ele realmente não assistisse a muitas discussões políticas.

Obi-Wan claramente não concordava.

— Você parece infeliz — sussurrou Anakin. — Um fim mais rápido para a guerra é uma coisa boa. Agora o chanceler poderá tomar medidas mais decisivas.

— Já sei o que "integração acelerada" significa. — Claro que Obi-Wan saberia. Nos últimos dias, o antigo Mestre de Anakin recebera a notícia de que o Conselho tinha achado seu desempenho em Cato Neimoidia tão impressionante que seu assento se tornaria permanente. Se Obi-Wan tinha alguma reserva em ocupar o lugar de Coleman Trebor, no entanto, ele não demonstrara, pelo menos não para Anakin. Em vez disso, a única constante na mente de Obi-Wan parecia ser o estado da guerra: quem lutava onde, que informações tinham sido recebidas, com que rapidez as escaramuças se espalhavam, e como a República passara a ter muito mais influência nos assuntos dos Jedi. — O Conselho foi informado há vários dias, mas fomos instruídos a manter o silêncio até este anúncio formal. — Obi-Wan virou-se sem dar uma última olhada enquanto Palpatine continuava falando sobre o recente ataque do General Grievous às principais cadeias de suprimentos de munição de guerra. Anakin o acompanhou num passeio casual nos corredores quase vazios do Senado, apesar das circunstâncias de alerta máximo que engoliam toda a galáxia. Um droide de limpeza passou, chiando algo sobre estar com pouca bateria, mas o restante dos visitantes do edifício se aglomerava em torno do discurso de Palpatine. — Seremos generais comandando tropas.

— Já somos "generais comandando tropas". "General Skywalker" — disse Anakin, numa imitação pobre do jeito de falar dos clones.

— Não, quero dizer oficialmente. Generais do Grande Exército da República. Padawans serão comandantes. Os Jedi terão uma verdadeira posição militar em termos de estratégia e recursos. Nosso relacionamento com a República agora vai muito além da manutenção da paz e da mediação. — Obi-Wan nunca deixava seus sentimentos transparecerem, mas seu rosto ficou pálido enquanto seguia descrevendo as responsabilidades emergentes dos Jedi. — Iremos receber armas e armaduras adicionais.

— Eu não preciso de armadura — disse Anakin. Eles pararam diante de uma tela transmitindo a HoloNet, onde um noticiário mostrava as gravações do julgamento em Cato Neimoidia, e Anakin voando para o resgate. — Viu só? Eu pareço precisar de armadura?

Obi-Wan balançou a cabeça, a piada de Anakin provavelmente interrompendo seus cálculos internos de custo/benefício sobre quanto uma armadura diminuiria sua agilidade contra a vantagem de uma camada extra de proteção.

— No que nos metemos? — perguntou ele com um suspiro.

— Numa armadura, pelo jeito.

— O negociador Jedi, Obi-Wan Kenobi, defendeu o caso da República — disse o repórter da HoloNet enquanto a gravação mudava para o discurso de Obi-Wan em Cato Neimoidia, embora suas palavras tivessem uma cadência estranha.

— Eu vi as evidências. Eu as vi, em minha própria investigação, bem como em dados coletados por outros... evidências apontando para os Separatistas.

— Isso é estranho. Você viu aquilo? — perguntou Anakin. — Não foi quando você falou sobre os materiais da República?

A gravação cortou novamente para Anakin, daquela vez para um momento em que ele lançava seu sabre de luz contra dois grupos de droides de batalha.

— Felizmente o Cavaleiro Jedi Anakin Skywalker estava lá, um verdadeiro destemido herói enquanto enfrentava a armada que se aproximava…

Um gemido baixo veio de Obi-Wan, qualquer leveza ligada a piadas sobre armaduras aparentemente levada embora.

— A HoloNet nada mais é do que propaganda para políticos. Não é exatamente conhecida por sua precisão.

— Não sei… — disse Anakin com uma risada. — Destemido herói.

— Anakin…

— Estou falando sério. — Ele apontou para a ação na tela, como se tivesse saído de uma holonovela em vez de uma reportagem. — Sabe, se vamos estar juntos na HoloNet, pode ser que você queira cortar esse cabelo.

— O quê? — Qualquer hesitação sombria de Obi-Wan desapareceu, mudando instantaneamente para uma defensiva surpresa.

Obi-Wan se importava mesmo com sua aparência? Anakin se deleitou com aquele sinal inesperado de vaidade de seu antigo Mestre — embora tivesse escolhido não revelar como ele e Padmé zombavam das mechas de Obi-Wan na altura dos ombros.

— Só estou dizendo que as pessoas vão ver muitas imagens de nós dois.

Nós dois.

Aquilo era o que Skywalker e Kenobi deveriam ser: uma equipe construída com emoção e intelecto, bravura e disciplina, fogo e gelo.

E apesar de não terem mais o vínculo formal de Mestre e aprendiz, estariam ligados para sempre. Na verdade, eles eram melhores daquele jeito.

Qui-Gon Jinn teria concordado. E Anakin tinha certeza daquilo.

CAPÍTULO 53

MILL ALIBETH

O HANGAR PARECIA IGUAL ÀS OUTRAS VEZES QUE MILL O VIRA DESDE Geonosis, pelo menos à primeira vista. Naves chegavam e partiam, Jedi caminhavam com seus Padawans, soldados clones carregavam suprimentos e armas. Mas, olhando mais de perto, as coisas tinham mudado desde o recente Ato de Integração Militar Jedi. Ao redor da galáxia, as escaramuças se intensificavam. A mudança na política da República provocara um aumento na atividade Separatista, deixando danos de batalha espalhados pelas naves de combate.

E alguns Jedi adotaram armaduras revestidas sobre seus peitos, ombros e antebraços, com adaptações sutis em suas túnicas para acomodar as mudanças.

Incluindo Anakin e Obi-Wan, que naquele momento estavam examinando peças de armadura em uma caixa de suprimentos.

— Este é apenas um período de testes. — Anakin levantou os braços e torceu o corpo. — Sem compromisso de longo prazo. — Ele apontou para o braço esquerdo de Obi-Wan, que carregava uma braçadeira blindada branca. — *Acabei* de me acostumar com meu braço novo, e mais essa agora?

— Acho que é tudo bem prático — disse Obi-Wan, virando-se para examinar o brasão da República pintado em seu ombro. Alguma coisa mais nele parecia diferente, e Mill levou alguns segundos para perceber.

O cabelo outrora longo de Obi-Wan estava bem aparado e tinha um penteado simples para o lado.

— É volumoso demais. Eu simplesmente não consigo... — Anakin fez uma pausa, depois se virou. — Mill.

— Mestre Skywalker. — Obi-Wan fez uma reverência educada quando ela se voltou para ele. — Mestre Kenobi.

— Você parece feliz — disse Anakin, com alívio em seu tom de voz.

Feliz poderia não ter sido a palavra certa. *Satisfeita* parecia mais adequado. Uma longa jornada no espaço profundo enquanto a guerra eclodia na galáxia — alguém poderia ficar feliz com aquilo? Mas a sugestão de Mestre Yoda para que ela utilizasse suas habilidades inatas para ajudar Rig Nema a fornecer assistência médica e espiritual especializada para Jedi feridos em batalha... uma tarefa daquelas parecia muito mais importante do que construir um sabre de luz.

— Vamos partir em breve. — Ela apontou para um cruzador vermelho classe-*Consular* do outro lado do hangar, separado das fileiras de naves de guerra, projetado apenas para uma porção de passageiros e suprimentos médicos. — Mestre Nema diz que nossa primeira parada é Valo.

— Você encontrou seu caminho, jovem — disse Obi-Wan. — Desejo-lhe muito sucesso nisso.

— Não teria conseguido sem Anakin. Antes de partirmos, gostaria de agradecer. — Anakin se ajoelhou e pegou as mãos dela. Embora provavelmente não percebesse, tal ato os conectou na Força da mesma forma que fizera quando estavam juntos em meditação profunda acima da rampa de embarque.

Ela viu novamente, como se a Força colocasse a tempestade interior de Anakin diretamente em sua mente.

Um pano de fundo preto profundo e, no centro, uma esfera brilhante e ardente.

Não. Pequenos pontos salpicavam o pano de fundo, como uma tela representando o espaço. E no meio daquilo tudo estava a intensidade fundida de uma estrela.

Ela vira aquilo durante a meditação, uma espiada no que sempre deveria estar acontecendo no interior da alma de Anakin. Mas ali, com Mestre Nema treinando suas habilidades para que ela tivesse um maior controle e uma maior percepção, a visão a levou para *dentro* da estrela, além das camadas de chamas e fogo na superfície.

Nas profundezas da estrela rodopiava a forma de um dragão, seu longo corpo torcendo e girando. E entre as garras flamejantes, o dragão agarrava algo... inescrutável. Uma luz brilhante e frágil, algo que *parecia* capaz de explodir ou se apagar se o dragão a soltasse por apenas um segundo.

— Eu acredito em você, Mill. Lembre-se sempre disso.

— Obrigada, Mestre Skywalker. Vou me lembrar. — Ela o soltou e deu passos hesitantes na direção da nave de Mestre Nema. Sua pulsação se acelerou quando dois caminhos surgiram diante dela: um onde ela dizia algo ali e outro onde ela continuava quieta.

— Acho que você a impressionou — disse Obi-Wan, provavelmente supondo que ela não podia mais ouvi-los. — Talvez esteja pronto para um Padawan.

Falar ou se calar; as escolhas pesavam sobre ela a cada passo.

— O quê? Não, de jeito nenhum. Essa parece a pior ideia da galáxia.

Mill parou.

Ela precisava. Devia aquilo a Anakin.

Mill se virou e começou a andar de volta até eles.

Seu movimento chamou a atenção dos dois homens e, sem mais palavras, ela pegou as mãos de Anakin novamente e olhou para os profundos olhos azuis, que de repente refletiam tudo o que ela tinha testemunhado através da Força.

— Tem uma coisa que eu quero que você saiba.

— O que é?

Mestre Nema explicara o dom de Mill como uma conexão com a forma como as emoções empurravam e puxavam a Força. E ali ela vira dentro da própria essência dele, a fornalha fumegante de um coração, uma paixão tão furiosa que a intensidade de seus sentimentos poderia ser o mesmo que incinerar-se em seu pior pesadelo: o último aperto de um dragão frio e ressequido, sua brilhante casa consumida e transformada em uma massa de minerais sem vida.

A vida de um Jedi, em todos os caminhos da Ordem, significava uma vida de sacrifício. Mas não ao ponto da autodestruição.

Ele poderia escolher outra coisa. Se alguém lhe desse permissão.

Se Mill nunca mais cruzasse o caminho de Anakin Skywalker, ela esperava poder oferecer uma única verdade, uma gota no oceano que pudesse ondular em possibilidades invisíveis.

— Você não precisa ser o dragão solar sempre.

Clones se moviam rapidamente ao redor deles, alguns correndo para um transporte. Droides carregavam suprimentos e armas em carrinhos flutuantes. Cavaleiros Jedi e Padawans caminhavam em pares, conversando e apontando. Naves se erguiam e se afastavam, ou se aproximavam, com as asas ou caudas danificadas, voltando para casa com propulsores instáveis.

No meio de tudo aquilo, o rosto de Anakin congelou. Mill bloqueou todo o resto, até mesmo a reação de Obi-Wan, qualquer que fosse, e se concentrou apenas em Anakin enquanto ele fechava os olhos lentamente, em silêncio.

Ela soltou as mãos dele e caminhou em direção ao seu futuro com Mestre Nema.

CAPÍTULO 54

OBI-WAN KENOBI

OBI-WAN JÁ TINHA VISTO ANAKIN *ATORDOADO* DAQUELE JEITO? Não sem palavras, como quando ele expressou sua gratidão no telhado durante a fuga em Cato Neimoidia, nem chocado, como quando a República mergulhou sobre a arena Geonosiana, mas aquele silêncio de olhos fechados, resultado de uma única frase, que carregava o peso da galáxia.

Ele ouvira Anakin contar a Mill parte da história do dragão solar logo depois que desembarcaram em Coruscant, mas simplesmente presumiu que era uma história que os pais contavam a seus filhos, uma fábula para orientá-los na direção certa. Aquilo claramente atingiu Anakin de uma maneira muito mais profunda — será por causa do que acontecera com sua mãe em Tatooine? Ou por causa de seu vínculo com Mill? Ou teria algo a ver com Padmé?

Ou tudo aquilo?

— Anakin — disse ele suavemente, colocando uma mão sobre o ombro blindado de seu antigo Padawan. — Eu o conheço desde que era um garotinho, e você nunca me contou sobre o dragão solar.

Anakin abriu os olhos e se virou para Obi-Wan, com uma rara melancolia revelada em suas pupilas.

— Minha mãe… — começou ele, com a voz sumindo, e Obi-Wan percebeu que seu jovem companheiro poderia estar revelando muito mais do que um conto infantil.

Talvez ele finalmente estivesse pronto para discutir os eventos recentes em Tatooine, o assunto que ele vinha evitando de forma tão misteriosa.

— Minha mãe — disse Anakin novamente.

Obi-Wan deu espaço, um convite para que Anakin finalmente revelasse o que realmente acontecera, porque aquilo claramente o incomodava. Por um momento, Obi-Wan se repreendeu por não ter perguntado antes, por simplesmente não dizer em voz alta que estaria disponível sempre que a verdade estivesse pronta para vir à tona.

— Em Tatooine — continuou Anakin.

Mas tal coerção parecia contrariar o modo Jedi. Eles viviam uma vida guiada pelo fluxo, não pela emoção. Anakin ainda tinha que dominar aquele fato. Obi-Wan disse a si mesmo para ser paciente, e quando Anakin estivesse pronto ele também estaria, fosse naquele momento ou mais tarde. Se uma guerra fosse atrasar aquilo, os dois descobririam o que fazer quando a hora chegasse. A galáxia, afinal, precisava deles ali.

— Minha mãe — disse Anakin mais uma vez antes de respirar bem fundo, e a luz em seus olhos mudou. — Ela me contava essa história. Durante as noites difíceis. — Obi-Wan sorriu, depois guardou seus próprios sentimentos sobre o assunto para um momento posterior, mais apropriado. — É algo que eu mantive por perto. Só a procuro quando preciso lembrar o que deve me guiar. — Ele baixou o olhar, e suas mãos ajustaram a armadura sobre o peito. — Só falei sobre isso a algumas pessoas. — Seus lábios se contraíram, e Obi-Wan o deixou onde quer que estivesse até que o foco de Anakin retornasse ao hangar repleto de máquinas de guerra.

Algumas pessoas? Ele tinha contado aquela história a Padmé?

Anakin olhou para cima, depois estendeu a mão para a caixa de suprimentos a seus pés para pegar uma manga blindada antes de entregá-la a Obi-Wan.

— Talvez eu conte essa história completa em breve. Durante o almoço — disse ele, com o humor de volta ao normal. — Já faz um tempo desde que estive no restaurante do Dex.

Aquela história claramente significava algo para Anakin além da importância que o conto favorito de uma criança normalmente tinha. E se ele a tivesse contado para Padmé, se tivesse baixado sua guarda para ela, então talvez a senadora soubesse muito mais e…

Obi-Wan parou por ali, deixando o pensamento passar, junto com o desejo de confrontar Anakin sobre suas paixões ou contar suas preocupações ao Conselho Jedi. Em vez disso, ele se fez uma simples pergunta, que cristalizava a verdade do passado, presente e futuro do antigo Padawan:

Anakin faria a escolha certa quando chegasse a hora?

Obi-Wan observou enquanto ele olhava para Mill, acompanhando a jovem que caminhava confiante pelo hangar. Aquele único olhar apresentou a resposta, clara como o dia. Porque Anakin tinha dado aquilo a Mill, não através do treinamento da Força nem de técnicas de sabre de luz, mas simplesmente por se importar.

Simplesmente por *ser* Anakin Skywalker, o Escolhido.

Sem hesitar, sem questionar ou buscar justificativas, Obi-Wan viu-se dizendo que sim.

Qui-Gon Jinn tinha uma fé pura e inabalável em Anakin. Obi-Wan era apenas o canal para ela.

E aquilo era tudo o que ele precisava saber.

Ele prendeu a armadura em seu antebraço, depois fez alguns movimentos defensivos precisos, vendo se a peça moldada de liga plastoide o atrapalhava de alguma forma.

— Basta dizer que eu peço para Dex nos reservar uma mesa.

Passos se aproximaram, um soldado clone com pintura amarela no capacete correndo para interromper a conversa.

— General — disse ele. — Aqui está o relatório que solicitou.

— Obi-Wan pegou o datapad da mão estendida do clone antes de dar um rápido aceno de reconhecimento. Anakin deu uma olhada, e Obi-Wan virou o datapad para mostrar suas últimas descobertas.

— Obrigado, Comandante Cody. Estou ansioso para trabalhar mais com você.

— De Cato Neimoidia? — perguntou Anakin, estreitando as sobrancelhas ao olhar para a tela. Qualquer foco em sua história pessoal tinha sido redirecionado para o contexto da guerra.

— De fato. Mas não exatamente o negócio em que estávamos envolvidos. Um transporte de prisioneiros caiu na superfície há vários dias. A história oficial é que todos os cinco prisioneiros a bordo morreram. — Obi-Wan passou a mão pelo cabelo aparado. Ele examinou os detalhes na tela, procurando por algo concreto, depois ergueu para que Anakin visse. — Aí está.

Anakin apontou para uma única linha na tela do datapad.

— Apenas quatro corpos foram encontrados.

Arquivo após arquivo, uma lista abrangente de histórico de prisioneiros, esquemas de transporte, investigações do local do acidente e outros detalhes importantes reunidos pela inteligência da República.

— E um prisioneiro *não identificado* é simplesmente dado como morto. — Obi-Wan olhou nos olhos de Anakin, e havia uma galáxia de possibilidades entre eles. — Vamos para o Dex agora? Ele cozinha bem, mas eu realmente vou mais pela conversa.

Anakin colocou suas peças de armadura de volta na caixa de suprimentos, depois gesticulou para a saída.

— É como você disse. Sempre que somos nós, as coisas ficam complicadas.

O que era verdade. Mas as últimas semanas também tinham mostrado o outro lado daquilo: enquanto estivessem juntos, as complicações não seriam um desafio. Não para Kenobi e Skywalker.

Embora avançassem juntos com propósito, Obi-Wan flagrou Anakin olhando por cima do ombro. Ele acompanhou o olhar do jovem Cavaleiro através do hangar até a nave de Mestre Nema, que se elevava do chão, levando Mill Alibeth ao destino dela, enquanto os dois caminhavam em direção ao deles.

EPÍLOGO

RUUG QUARNOM

Ruug jurara sua vida ao povo Neimoidiano. Por isso parecia apropriado que ela encontrasse seu fim em algum lugar na superfície de Cato Neimoidia.

Desde que escapou do transporte de prisioneiros desativado, ela tinha aterrissado em algum lugar bem abaixo da cidade de Kyr Uneris com o tornozelo possivelmente fraturado, mas uma tala e uma bengala feitas de trepadeiras e galhos a levaram pelo menos a um lugar livre dos perigos de animais selvagens, uma cobertura de madeira, pedras e névoa que bastava para pensar em um possível plano. E embora suas opções fossem escassas, ela acreditava ter uma chance.

Afinal de contas, ela era uma mera prisioneira política. Por que valeria a pena ser caçada?

Então ela viu a nave de ataque do pelotão pousar, rapidamente seguida pelo som familiar de droides de batalha se armando em uníssono, num *clac-clac-clac* de ativação. Na verdade, tantos deles surgiram através da névoa espessa que aquilo demonstrava o quanto a Federação do Comércio tinha injetado em suas fábricas, como se aquelas máquinas de guerra fossem simples datapads para estudantes de toda a galáxia. Ruug estimava que quase cem deles se espalhavam por ali, marchando adiante com seu ritmo tilintante e relatando eventuais varreduras com suas vozes mecanizadas.

Mas algo apareceu ao longe.

Um brilho.

Não, dois brilhos.

E apesar de estar encurralada entre rochas e árvores, meio enterrada sob folhas e gravetos para se camuflar, Ruug se viu inclinada para a frente, observando com espanto quando a última fileira de droides de batalha simplesmente... desapareceu.

Então o mesmo aconteceu com a linha seguinte.

E a outra. E mais uma.

Elas sumiam sistematicamente, e Ruug piscou para ver se a névoa talvez tivesse ficado simplesmente mais densa e escondesse os droides.

Mas não. Aquelas duas pequenas luzes azuis zumbiam por trás dos droides, cortando-os como uma faca quente em manteiga nerf. Os droides de batalha finalmente notaram que seus números estavam diminuindo rapidamente e, quase em sincronia, todos se viraram e começaram uma saraivada de tiros de blaster. E rajadas vermelhas voaram de todas as direções, sendo tão facilmente desviadas pelos brilhos azuis quanto gotas de chuva batendo no para-brisa de um speeder.

Os feixes de luz azul moviam-se em completa harmonia, como duas extremidades de uma corda infinita, uma um instrumento contundente atacando com velocidade e poder assustadores e a outra envolta em uma graciosa dança de violência precisa. Onde um se movia, o outro complementava. Onde um atacava, o outro defendia. Onde um passava, o outro atingia. As luzes avançaram através do batalhão, espadas de laser brilhantes em um furacão controlado que despedaçou fileiras e mais fileiras de droides de batalha até que o último caiu com um grunhido mecanizado.

Eles avançaram na direção de Ruug em um silêncio determinado. Ela firmou sua mão sobre a terra e os pelos de korgee debaixo de seu corpo, e piscou os olhos através do ar espesso de Cato Neimoidia. Sua pulsação acelerou quando ela viu seu futuro diante de si.

Duas silhuetas surgiram através da névoa, o brilho de suas lâminas emitindo luz suficiente para eliminar quaisquer dúvidas sobre quem se aproximava, sobre quem poderia realizar algo tão impossível quanto aquele resgate.

Ali estavam Obi-Wan Kenobi e Anakin Skywalker, irmãos de armas da Ordem Jedi.

E, juntos, eles eram imbatíveis.

AGRADECIMENTOS

Quando assinei pela primeira vez com meu agente, Eric Smith, ele perguntou sobre meus sonhos na escrita. Eu respondi imediatamente: "*Star Wars*". Não apenas qualquer *Star Wars*, mas especificamente a era das prequelas. Por isso não é exagero dizer que este é um projeto dos sonhos. E chegar aqui significa que tive muita ajuda, com meu agente deixando a equipe Del Rey saber que eu estava muito interessado que Tom Hoeler me desse uma chance na antologia *From a Certain Point of View: The Empire Strikes Back* com minha história *"Disturbance"* entre Anakin e Palpatine.

Ao longo do caminho, devo muito a Delilah S. Dawson, Michael Moreci e Rebecca Roanhorse por me ajudarem a entrar no radar da Lucasfilm. E um salve extra para Delilah por ser a melhor mentora ao me guiar pelos aspcctos práticos dos prazos extremos de *Star Wars*.

Também sou extremamente grato por trabalhar com Alex Davis neste projeto. Em nosso primeiro telefonema, dei um pequeno discurso que invocava as imagens do dragão solar da épica novelização de Matthew Stover de *A Vingança dos Sith*, e Alex percebeu instantaneamente. Eu soube na mesma hora que ambos tínhamos sido feitos para esse projeto.

Mesmo assim, escrever este livro contou com desafios que precisaram de assistência imediata e completa. Amy Ratcliffe me deu feedback sobre a primeira sinopse. Os colegas autores de *Star Wars* de 2022, Kiersten White e Adam Christopher, me mantiveram são com nossas conversas e discussões sobre processos e prazos. E.K. Johnston me enviou uma cópia antecipada de *Queen's Hope* para me ajudar a sincronizar nossas linhas do tempo e discutirmos todas as coisas sobre Padmé (o que incluiu a seleção de seu guarda-roupas para este livro). Rowenna Miller e Peng Shepherd ajudaram com algumas ideias de construção de mundo e Catrina Dennis acertou detalhes obscuros sobre a roupa de Ventress.

Um enorme obrigado a Kelly Knox por responder rapidamente às minhas muitas perguntas obscuras sobre o cânone. Kelly é realmente digna de supervisionar os Arquivos Jedi, ou pelo menos uma enorme biblioteca de *Star Wars*.

Minha editora da Harper Collins, Margot Mallinson, também merece que eu tire o chapéu por me deixar adiar meu prazo em dois meses para acomodar esse projeto dos sonhos.

Com personagens originais, sempre imagino atores para voz e ritmo quando começo a escrever. Nesse caso, devo dizer que Ruug veio de Kira Nerys, de Nana Visitor, e Ketar veio de Ocelot, de Josh Keaton, enquanto Mill foi altamente inspirada por Nausicaa, a personagem-título do brilhante filme de Hayao Miyasaki.

Este livro é uma extensão do trabalho realizado por Hayden Christensen, Matt Lanter, Ewan McGregor e James Arnold Taylor, junto com o elenco e a equipe da trilogia prequela e da série de TV *Clone Wars* e, claro, George Lucas e Dave Filoni. Obrigado por darem vida a Anakin e Obi-Wan. Sou eternamente grato por ajudar a contar um pouco da história deles.

Por fim, quando meu agente ligou com essa oferta, hesitei porque já estava sob contrato enquanto lidava com meu trabalho diário e as dificuldades da paternidade em meio à pandemia. Minha esposa, Mandy, me puxou de lado e disse: "Faça. Vamos dar um jeito de fazer isso funcionar".

Eu te amo. Você sabe.